겨울
소묘

Mrs. Drew Plays Her Hand
by Carla Kelly

MRS. DREW PLAYS HER HAND

겨울 소묘

칼라 켈리 · 안선영 옮김

Carla Kelly

현대문화센타

아내를 어떻게 다루어야 할까 생각하면서 떨지 않을
남자가 있을까?

— 헨리 8세

1

여느 때라면 록세나 드루 같은 숙녀가, 지주가 국외에 나가고 없다 해서 남의 땅을 함부로 밟고 지나가는 일은 없었다. 그러나 지금은 발바닥에 물집이 잡힌 처지라 모어랜드 파크의 풀밭이 더없이 반가워 보였다. 구두와 양말을 벗어 던지고 들판을 가로질러 간다면 집으로 돌아가는 길을 5킬로미터는 절약할 수 있을 터였다.
「새 신발을 신는 건 정말 바보 같은 짓이야.」
중얼거리며 숲 가장자리에 있는 나무 그루터기에 걸터앉은 그녀는, 강물처럼 물결치는 풀밭으로 시선을 던진 채 발바닥을 문지르며 생각에 잠겼다. 가운데 넓적한 바위가 있고, 그 너머로 드넓은 목장이 이어지고 있었다. 허리춤에 달려 있는 시계를 짤깍 열어 보았다. 아침 일곱 시. 지금쯤 헬렌과 필리시티는 서로 마주 웅크린 채 곯아떨어져 있을 테고, 잠에서 깨어난 매기 왓슨은 차를 만들 채비를 하고 있으리라.

9월인데도 여태 꽃을 피우고 있는 들장미 향기를 만끽하며, 록세나는 바람 냄새를 들이마셨다. 그 향기 너머 어디에선가 쌉쌀한 바다 내음이 감도는 듯하다. 바닷가 모래언덕을 떠올리며 그녀는 두 눈을 감았다. 맨발로 모래 위를 거니는 것은 얼마나 멋진 일인가. 울적한 봄과 변덕스런 여름을 지나는 동안 헬렌은 스카버로우의 바다에 가고 싶다고 졸랐는데. 내년 여름이 머지 않았으니 그때는 한 번 데리고 가리라. 겨울이 다가오는 지금, 바닷가에 가겠다는 계획이 그렇게 다시 마음속에 들어서고 있었다.

록세나는 구두와 양말을 벗고, 이슬 머금은 풀밭 위에 발을 뻗었다. 옛날에는 참 많이도 걸어다녔지. 그 자리에 편안하게 앉아 일어날 생각도 하지 않은 채, 록세나는 생각에 빠져들었다. 얼굴에 살며시 미소가 떠올랐다. 그이는 무척이나 걷기를 좋아했어. 이제는 남편을 떠올리면서도 웃을 수 있게 되어 고마웠다. 첫 아이를 가졌을 때도 그는 아내에게 교구 주변을 산책해야 한다며 부드러우면서도 위협적인 어조로 우겨대곤 했다. 배가 불러와 몸이 무거워졌는데도 그 고집은 꺾일 줄을 몰랐다. 이러다가 가로수 밑에서 아이를 낳게 될지도 모른다고 록세나가 불평을 해도 그저 웃기만 했고, 침실에서 무사히 헬렌을 낳았을 때도 미소만 지을 뿐이었다.

록세나는 허리를 앞으로 구부려 손으로 턱을 괴었다.

「앤서니, 당신 말은 늘 옳았어요.」

록세나의 눈에 이슬이 맺혔지만, 남편의 무덤에 흙이 채 마르지 않았던 지난 4, 5월과는 달리 금방 사라졌다.

둘째를 임신했을 때도 록세나와 남편은 산책하는 습관을 꾸준히 지켜나갔다. 그러던 어느 날 아침, 남편은 큰 나무 아래 앉아 쉬고 있는 그녀에게 의사가 한 말을 전했다. 그때 차분히 그녀를 바라보며 말하던 남편의 얼굴은 평생 잊혀지지 않을 것이다.

「오진이 아니라면, 여보, 난 내년 여름까지도 살 수 없대.」

그러나 다음해 여름에도 그는 살아 있었다. 그 다음 여름도 무사히 넘겼다. 둘째 딸 필리시티가 걸음마를 시작하는 것도 병석에 누워 지켜볼 수 있었다. 필리시티가 '아빠'하고 부르면서 그의 침대에 기어올라가 옆에 앉을 때쯤에는 형편없이 야위어 있었다. 필리시티가 네 살이 거의 다 되고 헬렌이 여섯 살 되던 해, 남편은 평소처럼 조용히 눈을 감았다.

이제 겨우 희미하게 퇴색해 가는 슬픔 속에서, 록세나는 그토록 오래도록 죽음과 싸울 수 있었던 목사의 강인함에 대해 의사가 놀라워했던 일이 떠올랐다. 그이가 얼마나 강한 사람인지 이제는 모르는 사람이 없을 거야. 눈앞에 펼쳐진 목장을 바라보면서 그녀는 생각했다. 겉보기에는 당신이 조용하고 남의 눈에 띄지 않는 나약한 사람처럼 보일지 몰라도 정신은 꺼질 줄 모르는 불길처럼 타오르고 있었죠. 열성을 다해 간호하기도 했지만, 끊임없이 기도한 덕분이었어요. 지금 같은 이성의 시대에 사는 사람들은 대부분 그저 미신이라고 치부해버릴 테지만 말이에요.

지루하고 음울한 겨울 내내, 서서히 숨이 다해 가는 남편의 모습을 지켜보면서 록세나는 다짐했었다. 병실을 벗어나면 다시 신선한 공기를 마시면서 긴 산책을 하겠노라고. 끝내 남편이 그녀의 팔에 안겨 마지막 숨을 몰아쉬었을 때는 슬픔과 함께 안도감이 느껴졌다. 위트콤의 교구 목사, 앤서니 드루는 세상과 작별하여 사랑하는 아내가 남편 없이도 잘 살아가는지를 지켜볼 때가 된 것이었다.

처음에 록세나는 위트콤 마을의 언저리에서 2, 3킬로미터 정도만 가볍게 산책을 했었다. 혼자 걷고 있는 그녀를 본 교구민들은 마차나 달구지를 세우고는 태워다주마 고집을 피워대곤 했다. 늘 그랬다. 그저 정처 없이 걷고 있노라는 말을 할 수가 없었던 록세나는 옷이나 식료품을 사러 가는 중이라고 둘러댈 수밖에 없었다.

말을 지어내는 데도 한계가 있었기 때문에, 결국 록세나는 들판을 가로질러 가는 것이 좋겠다고 생각했다. 그렇게 하는 편이 원치 않는 호의나 동정을 베풀어주려는 마을사람들과 마주칠 위험이 적을 듯했다. 눈이 오나 비가 오나, 록세나는 곤히 자는 아이들을 한 번씩 들여다보고는 기분 좋을 만큼 피곤해질 때까지 걷다가 돌아오곤 했다. 신발이 닳아서 새 것으로 사 신었는데, 지금 그것 때문에 발바닥에 커다랗게 물집이 잡혀 너무 아팠다.

「새 신발은 언제나 말썽을 부린다니까.」

평소보다 오래 걷고 있었던 그녀는 지금 자신이 가로질러 걷고 있는 땅의 임자가 누구인지 알고 있었다. 여러 군데 영지를 소유하고 있는 윈 경, 플레처 랜드 대령으로, 지금은 벨기에 주둔군에 복무 중이었다. 앤서니는 교구민의 일이라면 무엇이든지 꿰고 있었는데, 멀리 떠나 있는 사람이나 예배에 참석하는 일이 없는 사람에 대해서도 그랬다.

윈 경은 두 가지 경우에 모두 해당되었다. 브뤼셀에 주둔하고 있는 그에게 해마다 크리스마스 카드를 보내던 일이 생각났다. 서한은 늘 앤서니의 알아보기 힘든 필기체로 시작되어 록세나의 단아한 필체로 끝을 맺기 마련이었다. 윈 경이 요크셔의 비교적 잘 알려진 연대 소속이라는 것을 그녀는 알고 있었다. 물론 그 밖의 소문도 들었지만 입 밖에 내는 일은 결코 없었으며, 두 번 다시 생각하지 않았다. 안타깝다는 듯 머리를 한번 흔들고는 그만이었다. ‘너희 중 누구도 죄가 없는 사람이……’ 앤서니가 항상 하는 말이었다. 록세나 역시 그 말에 전적으로 동감이었다.

그녀는 다시 들을 가로질러 걷기 시작했다. 멀리까지 뻗어 있는 큰 목장이 눈에 들어왔다. 목장의 한가운데 뿌리내린 나무들 사이로, 가을이 다가오면서 낮이 점점 짧아져 가는 것에 대해 도전이라도 하듯 새들이 큰 소리로 지저귀고 있었다. 앤서니의 투병과 죽음을 겪는 동안, 그녀는 가끔 그런 생각을 하곤 했다. 지난 수년 동안 너무 헤프게 웃고 성마르게 굴어서 하느님이 천벌을 내리시는 게 아닐까 하는. 지금은 모든 감정이 말라버렸다. 언제 다시 배꼽이 빠질 듯 웃어볼 날이 있을까, 미칠 것처럼 화가 날 일이 또 있을까 하는 생각을 하면서 그저 근근히 숨쉬며 살아가고 있을 뿐이었다. 다시는 그런 날이 찾아오지 않을 것만 같다.

추수를 앞둔 들판의 향긋한 공기를 들이마시며 이리저리 걸으면서도 그녀의 머리에서는 한 가지 근심거리가 떠날 줄을 몰랐다. 딸들을 데리고 어디로 가야 하나? 어서 빨리 집을 구해야 할 텐데 어떻게 해야 하지? 앤서니를 교회 묘지에 묻은 날부터 남편의 형인 마셜 위트콤 경이 목사관을 후임 목사에게 넘기고 싶어한다는 것을 그녀는 잘 알고 있었다. 어제까지는 위트콤 경이 그 문제를 전혀 거론하지 않았다. 제수의 부서진 꿈과 마음을 다독이고 안정을 찾을 때까지 여섯 달쯤 걸리겠지 생각하여 그러나보다 짐작한 록세나는 뜻하지 않게 오래 참아준 데 대해 그에게 내심 고마워하고 있던 터였다.

어제 그가 찾아온 일은 그리 놀랄 일도 아니었다. 상의할 문제가 있어 찾아오겠노라고 미리 전갈을 보내왔던 터였다. 그가 왔을 때, 마침 아이들은 앤서니와 마셜의 유모였던 매기 왓슨이 목사관 뒤의 개울가로 데리고 나가서 보이지 않았다. 개울에서 헬렌은 아빠처럼 낚시하는 흉내를 내며 놀았고, 필리시티는 물장구를 치며 조약돌을 줍고 놀았다.

록세나는 이마를 찌푸리며 편편한 돌 위에 걸터앉았다. 별 생각이 다 들었다. 위트콤이 목사관에 앉아 있는 동안 딸들에게 응접실을 들락거리며 놀도록 했으면 그도 좀 다르게 행동하지 않았을까?

「록세나 드루, 바보같은 생각을 하는구나.」

그녀는 혼자 중얼거리다가 주위를 둘러보았다. 사람은커녕 소나
말 한 마리 눈에 띄지 않았다. 마음을 놓고 돌 위에 올라가 책상
다리를 하고 앉았다. 숙녀가, 특히 상복을 입은 여자가 그렇게 앉
는다는 것이 점잖지 않은 줄은 알지만 지금은 체면 따위를 생각하
고 싶지 않았다.

「토마스 위나거가 이 집에 들어와 살게 되었소.」
　어제 시숙은 록세나가 손수 구운 비스킷과 찻잔을 앞에 두고 그
렇게 말했었다. 그녀는 고개만 끄덕거리며 듣고 있었다. 최근에 케
임브리지 대학을 졸업하고 수련을 마친 위나거는 세인트 캐서린
부근의 교회에서 부목사직을 수행하다가 앤서니가 죽기 일년 전부
터 대리 목사로 일해온 사람이었다. 곧 결혼할 거라지 아마. 그의
아내도 분명히 목사관을 좋아하게 될 거야. 정말이지 우린 한 번
도 그 집에 싫증을 낸 적이 없었어.
　「어쩔 수 없는 일이오.」
　위트콤 경은 찻잔을 내려놓으며 말한 다음 주름 하나 없는 조끼
를 쓰다듬었다.
　「마을에 작은 집을 하나 구해서 살 생각을 하고 있었어요.」
　그때 록세나는 그렇게 대답했었다.

문득 한기가 느껴진 그녀는 놀란 눈으로 주위를 둘러보았다. 태
양이 그녀가 앉아 있는 자리와 어깨를 따사롭게 비치고 있었다.
마음이 추운 탓이리라. 위트콤 경에 대해서는 더 이상 생각하고
싶지 않았다.

　제수가 독립을 생각하고 있다는 것을 알자 위트콤은 놀라고 화
가 난 것 같았다. 그는 록세나에게 아우가 숨을 거두면 자신이 유

족을 돌봐주겠다고 약속했음을 상기시켰다.

「그런 말은 안 들은 걸로 하겠소」

그는 은근한 눈길로 록세나의 눈을 바라보며 소파에 앉은 그녀의 옆자리로 다가와 앉았다.

「우리 집으로 들어와 살면 되는 거요」

「그런 생각은 해본 적이 없어요」

록세나는 부드럽게 대답했다.

「우리 애들이 집안을 뛰어다니며 소란을 피우면 형님이 좋아하지 않을 거예요. 성미가 까다로워서가 아니라……」

시숙의 처, 애그니스 드루가 시동생이 선택한 별난 아내를 탐탁지 않게 여긴다는 말은 굳이 할 필요도 없었다. '여자가 예쁘면 얼굴값을 꼭 한다니까. 목사 부인이 예뻐야 할 필요가 있나요? 차라리 뚱뚱한 과부가 낫지.' 록세나는 애그니스가 그렇게 말하는 것을 우연히 들은 게 한두 번이 아니었다. 워낙에 큰 목소리로 지껄여 댔기 때문에 듣지 않으려고 해도 듣게 될 수밖에 없었다. 부부가 도란도란 친척들에 대한 이야기를 주고받는 늦은 밤 침실에서 위트콤 경은 그런 얘기는 아마 들어본 적이 없으리라.

남편에게 얌전하게 복종만 하던 제수가 예기치 않게 거부하자 위트콤 경은 얼굴을 붉히며 어쩔 줄을 몰라했다. 일어나 창문 앞을 서성이는 그를 바라보며 록세나는 그가 왜 화를 내는지 궁금해했다.

「록세나, 그 사람 신경질이야 천성인데 어쩌겠소」

결국 위트콤은 그녀 앞에 멈춰 서서 인정을 했다. 그러더니 이번에는, 그녀와 무릎이 거의 맞닿을 정도로 옆으로 바짝 다가와 앉았다.

「그건 내가 남편 구실을 소홀히 한 탓일 거요」

록세나는 놀라며 조금 떨어져 앉았다. 매기가 어서 돌아와 주었으면 좋으련만…….

체면 때문인지, 위트콤은 그녀의 옆으로 바싹 다가앉으면서도 말은 꽤 신중하게 가리는 듯했다.

「우리 두 사람이 아주 특별한 거래를 하게 될지도 모르겠다는 생각을 하는 중이었소, 록세나.」

그의 목소리가 사뭇 은근했다.

석연치 않은 것을 천성적으로 참지 못하는 록세나는 체온이 스며 따뜻해진 돌 위에서 미끄러져 내려와 잰걸음으로 계속해서 들판을 가로질러 갔다. 어제의 울화 치미는 대화를 생각하자 가만히 앉아 있을 수가 없었다.

「아주버님, 도대체 그게 무슨 소리죠?」

그는 무릎이 닿을 만큼 더 바싹 다가와 앉았다. 더 이상 물러날 자리도 없었다.

「당신이 몇 년 동안이나 남편한테서 위안을 받지 못한 채 살았다는 것을 내 잘 알고 있소.」

비단 가격이나 올해 풍작이 된 농사 얘기를 하는 양 그의 목소리는 사근사근했다.

「나에게서는 특별한 위안을 얻을 수 있을 거요. 좋은 거처는 말할 것도 없고 말이오.」

록세나의 무릎 위로 스멀스멀 손이 올라왔다.

「게다가 아들이라도 하나 낳아주면 애를 낳기 싫어하는 애그니스가 무슨 말을 할 수 있겠소 아무도 모르게 자기 아이로 키우게 되겠지.」

록세나는 들판 한가운데서 걸음을 멈추었다. 그 다음에는 무슨 일이 일어났었는지 생각이 나지 않았다. 순식간에 벌어진 일이라는 것밖에는. 위트콤 경은 한 손에 모자를 움켜쥐고 다른 손으로는 벌개진 자신의 뺨을 어루만지며 현관에 서서 을러댔다.

「자기 처지를 너무 모르는군.」

그 말을 끝으로 위트콤은 말에 올라타서 가버렸다.

그후 록세나는 욕지기가 나서 세면대에 대고 헛구역질을 하다가 잔을 들어 얼굴에 물을 끼얹어보려 했지만 손이 부들부들 떨렸다. 그의 말을 되새겨보았다. 고통스럽지만 분명한 사실은, 목사 미망인으로서 받는 연금을 그가 좌지우지할 수 있다는 사실이었다. 게다가 부모는 여의고 두 오라비는 봄베이에 있는 동인도 차(茶) 회사에서 일하고 있었다. 지금 교구민 중에서 가장 가난한 사람보다 더 의지할 데가 없는 자신의 처지만 점점 또렷해졌다.

록세나는 걸음을 재촉했다. 다행히 앤서니가 남긴 돈이 아직 조금 남아 있었다. 이제 거처를 구하고 아껴서 살면 12월까지는 그럭저럭 버틸 수 있을 것이다. 상처받은 자만심 때문에 위트콤이 연금을 삭감할지는 몰라도 통째로 삼킬 수는 없을 것이다.

한숨이 저절로 나왔다. 근심거리가 너무 많았다. 앞날이 너무나 두려워, 어제 위트콤이 한 말이 맞을지도 모른다는 의심이 들었다. 록세나는 걸음을 멈추었다. 앤서니가 앓아 누운 3년 동안 혹시라도 남편의 품이 그립다는 내색을 시숙에게 내비친 적이 있었던가. 절대 아니었다. 말할 수 없이 앤서니의 사랑이 그리웠지만 시숙이 눈치챌 만한 일은 전혀 하지 않았다. 그럼, 그럴 리가 없어.

록세나는 머릿속에 떠오르는 온갖 생각들을 쫓아버리려고 애썼다. 죽어가는 남편 옆에 누워 있을 때 그를 깨우고 싶었고, 그에게 사랑을 나눌 수 있는 여력이 있었으면 했던 적이 한두 번이 아니었다. 그러나 시숙에게 내색한 적은 없었다. 절대로.

불안과 걱정 속에 걷다보니 어느덧 큰 목장이었다. 젖소들이 특유의 호기심 어린 눈동자를 굴리며 지나가는 록세나를 쳐다봤다. 몇몇 녀석은 이쪽으로 다가오기도 했다. 록세나는 녀석들에게 미소를 보내며 길을 재촉했다. 이 사람이 뭘 하려고 그러나 싶어 졸래졸래 따라오는 젖소들을 봤다면 헬렌이 무척 즐거워했으리라.

앞으로 내가 어떻게 될지 사람들이 모두 궁금해하겠지. 그런 생각을 하며 울타리에 다다른 록세나는 신발을 손에 든 채 될 수 있는 한 우아하게 울타리에 올라갔다. 잠깐 울타리에 앉아서 어느 방향으로 갈 것인지를 고민하다가 목장을 가로질러 가기로 작정했다.

조금 더 걸어가자 모어랜드 파크의 풀밭이 나타났다. 주위에는 양들이 그곳 분위기에 어울리게 풀을 뜯고 있었다. 윈 경은 외국에 나가 있지만 충실한 관리인에게 모든 것을 믿고 맡기겠지. 저택을 한 바퀴 둘러보았지만, 어느 굴뚝에도 연기가 나는 기색이 없었다. 사람이 살고 있지 않군. 안타까운 사실이었다. 아침 햇살을 받아 반짝거리는 벌꿀색 돌벽에는 새로 칠을 해야겠다 싶은 곳이 군데군데 있었지만, 그마저도 낡은 전원주택다운 분위기를 도드라져 보이게 했다. 록세나는 이 집 내부의 모습이 상상되었다. 분명 기름 먹인 천으로 가구를 죄다 덮어놔서 귀신이 나올 것처럼 을씨년스럽겠지. 사방이 거미줄투성이에 쥐들이 활개를 칠 거고. 마치, 누군가 와서 덮개를 걷어내고 창문을 올린 다음 다시 사람 냄새 나는 가정을 꾸며달라고 저택이 외치고 있는 듯했다.

관리인을 찾아가 이 저택을 연 50파운드에 빌릴 수 없겠느냐고 묻는 자기 모습을 상상하며 록세나는 쓴웃음을 지었다. 필시 날 미쳤다고 하겠지. 그래도, 살 집이 없어 절박한 사람이 있는데 이런 집이 그냥 비어 있다니 너무나 큰 낭비이고 모순이라는 생각이 들었다.

다시 시계를 보니 여덟 시였다. 지금쯤 딸들은 일어났을 테고 매기는 아침식사 준비를 하고 있겠지. 서둘러 돌아가야 했다. 제발 오늘은 위트콤이 찾아오지 않았으면.

흘깃 위트콤 저택 쪽을 바라보고는 저택 뒤에 있는 큰 정원을 가로질렀다. 그때, 모어랜드의 큰 나무들 아래 숨은 듯이 서 있는 문지기 집 한 채가 눈에 띄었다. 록세나는 자력에 이끌린 듯 그쪽으로 걸어가다가 길 쪽을 돌아보았다. 서둘러야 해. 빨리 집에 돌아가야 한다는 생각을 하면서도 그녀는 그 이층집 앞에까지 걸어갔다. 그 집 역시 벌꿀색의 돌로 지어졌지만 저택보다 좀더 낡아 보였다. 칠은 온통 벗겨졌고 홈통은 지저분한 것들로 막혀 있었다. 집을 돌아보니 창문이 몇 군데 깨져 있었다. 발을 딛고 설 상자가 있었으면 창문 너머로 안을 들여다볼 수 있겠다 싶어 손잡이가 떨어져 나간 나무 양동이를 하나 찾아내서 거실 창문 앞에 뒤집어놓았다. 그러고는 그 위에 올라서서 소맷자락으로 유리를 문지른 후 까치발을 했다.

「드루 부인, 그러다가 넘어지면 어쩌려고 그러세요?」

그 소리에 놀란 록세나가 양동이에서 뛰어내리자 그녀와 키가 비슷한 나이 지긋한 남자가 팔을 붙들어주었다.

「아이구, 맨발이군요? 사금파리에 찔리면 어쩌시려구요.」

록세나는 얼떨결에 악수를 청했지만 사실 그가 누구인지도 몰랐다.

「저를 아시는가 봐요?」

남자는 그녀의 손을 놓고 현관 앞 계단에 쌓인 낙엽을 손으로 대강 쓸어낸 다음 앉으라고 손짓했다.

「저는 윈 경의 저택 관리인, 티비 원즐로라고 합니다. 아까부터 부인께서 이 근처를 서성이는 것을 보았죠.」

「놀라게 해드릴 생각은 없었어요.」

되도록 위엄 있게 양말과 신발을 신으면서 록세나가 말했다.

윈즐로는 껄껄 웃으며, 양말을 무릎까지 조심스럽게 끌어올리는 록세나를 가만히 지켜보았다.

「저는 세인트 캐서린 교회에 다닙니다만, 위트콤 교구에 사는 사람으로서 목사님이 돌아가셨다는 소식을 듣고는 여간 슬프지 않았답니다.」

「고맙습니다, 윈즐로 씨.」

그녀는 조용히 말했다. 진심 어린 윈즐로의 말에 감동이 느껴졌다.

「드루 부인, 그럼 이제 집안을 한번 돌아보시겠습니까?」

록세나가 신발 끈을 다 묶자 윈즐로가 말했다. 그녀는 겸연쩍은 듯한 미소를 지으며 고개를 끄덕였다.

「부탁해요, 저는 오래된 집을 좋아하거든요.」

집이 절실히 필요하다는 말은 차마 나오지 않았다.

윈즐로가 문을 여는데는 시간이 조금 걸렸다.

「이런, 열쇠가 구부러졌군.」

투덜거리던 그는 문이 열리자 록세나가 안으로 들어갈 수 있도록 옆으로 비켜섰다.

아래층에는 거실과 식당, 부엌, 서재가 자리하고 있었다. 깨진 창문으로 들이친 빗물 때문에 마루는 조금 내려앉아 있었다. 록세나는 화재로 생긴 거실 마루의 구멍을 조심스럽게 피하며 걸음을 옮겼다.

「엉망이지요.」

노인은 중얼거리며 록세나를 이층으로 안내했다. 그곳에는 침실이 세 개 있었고 작은 드레스 룸도 보였다. 방마다 천장에서 비가 새는 듯했고, 보기 흉하게도 벽지는 너덜너덜 찢어져 있었다. 집에 사람이 살지 않으면 이렇게 되는구나. 주인이 긴 세월을 전쟁터에

나가 지낸 결과가 어떤 것인지 록세나는 분명하게 실감하고 있었다.

　록세나는 그곳에서 하지 말았어야 될 일을 하고 말았다. 하지만 어떤 여인인들 버려진 집에서 그런 상상을 하지 않을 수 있단 말인가. 황량한 방들을 돌아다니면서 방에 어울리게 가구를 배치하는 것. 이 창문 옆에는 딸애들 침대를 나란히 놓으면 좋겠네. 아늑한 온기가 퍼져 나오는 벽난로 앞에서 헬렌이 인형들을 가지고 소꿉놀이를 하겠지. 모어랜드 뒤편 정원이 내려다보이는 앞쪽 침실은 내 방으로 쓰면 좋겠다. 날씨가 추워지면 의자를 안쪽으로 당겨놓고 앉아 처마 밑 둥지를 찾아 돌아가는 겨울새들을 바라보고…….

　「나폴레옹과 싸우느라고 주인이 집을 비운 사이 버려진 집들이 많을까요?」

　상상 속에서 가구를 배치하고 창에 커튼을 달면서 록세나는 무심코 큰 소리로 중얼거렸다. 머릿속의 세탁실에서 빨래를 개키고 허공에 있는 꽃병에 꽃을 꽂는 사이에도 발 밑에서는 유리 파편들이 버석거렸다.

　침실 문을 닫으면서 미소 띤 얼굴로 윈즐로가 주의를 주었다.

　「이 말씀만은 꼭 드려야겠는데요, 지금은 계단을 보고 걸으셔야 합니다. 윈 경이 요크셔를 떠나기 전부터 모어랜드는 비어 있었던 것 같아요. 그분이 이 영지를 상속받기는 했지만 여기에서 살았던 적은 없었답니다. 부자들은 으레 그렇잖아요.」

　「아, 그랬군요.」

　록세나는 천장에서 물이 샌 탓에 썩은 바닥을 조심스럽게 피하면서 걸음을 옮겼다.

　관리인이 문을 잠그는 동안 그녀는 현관 앞에 잠시 서 있었다.

　평소 같았으면 황량하게 변한 집에 대해 의례적인 말을 몇 마디

건넨 후 작별을 고하고는 서둘러 위트콤으로 향했을 것이다. 하지만 록세나는 심호흡을 하고 나서 입을 열었다.
　「수리하면 들어가서 살 만 할 것 같군요, 윈즐로 씨. 임대를 하려면 일년에 얼마씩 지불하면 될까요?」

2

「얘, 나폴레옹이 세인트헬레나로 쫓겨났으니 이제는 가족으로서
의 의무를 피할 구실도 없잖니?」

영국 제20사단 요크셔 보병 대령, 플레처 랜드, 윈 경은 읽고 있
던 신문에서 눈을 들었다. 그러고는 안경을 약간 내려 콧잔등에
걸치고 그 너머로, 방금 속사포처럼 말문을 연 여자를 쳐다보았다.

「아마벨 누나, 난 누나가 어디 깊은 동굴 속에라도 들어가 버렸
으면 좋겠어.」

툭 내뱉듯 대꾸를 하고 나서 그는 요크셔의 옥수수 가격으로 주
의를 돌려버렸다. 옥수수 값이 오르던 내리던 상관없었지만 누나
의 말에 별 관심이 없다는 것을 보여주어야 할 필요가 있었다. 아
마벨이 추궁을 하다가 지칠 때까지만 옥수수 가격에 열중하면 되
는 것이다.

「여기 좀 봐라, 윈.」

　이번에는 다른 누나, 레티스였다.

「네 시력도 점점 나빠지고 있잖니. 다음에는 또 뭐가 어떻게 될지 아무도 모르는 일이야. 제발 더 늦기 전에 결혼해서 상속자를 낳았으면 좋겠구나.」

「누나, 내 정력에는 전혀 이상이 없다구.」

　또 한 번 툭 내뱉고서 그는 신문을 뒤집어 돼지와 양의 선물 시장에 관심을 돌렸다.

「런던에는 말이야, 내가 브뤼셀에서 돌아오기를 목이 빠져라 기다리고 있는 숙녀들이 한 소대는 된다구.」

　사실이 아니지만 그러지 말란 법도 없지. 다들 충격을 받은 듯 잠잠해진 침묵 속에서 윈은 그렇게 생각했다. 다시 돼지 값에 관심을 돌리면서 그는 반격을 기다렸다.

　오래지 않아 레티스가 연거푸 한숨을 내쉬었다. 윈은 신문으로 얼굴을 가리고서 슬그머니 미소를 지었다. 방 안이 서늘한데도 지금쯤 부채질을 해대고 있겠지? 이렇게 미풍이 느껴지니 말이야. 아마벨은 비니그렛(코로 향을 맡아 정신나게 하는 약)을 찾고 있을 거야. 그는 숨을 크게 들이마셨다. 이제 클레어리스가 개입할 때가 됐는데. 우선 목청부터 가다듬겠지? 봐, 내 말이 맞잖아.

「윈, 취미가 고약하구나. 이런 식으로 누나들을 놀리면 못 써. 다들 널 염려하고 있잖니.」

　윈은 신문을 내려놓고, 반대편 소파 끝에 앉아서 옷을 수선하고 있는 누이를 가만히 쳐다봤다. 그녀도 단정하고 흔들림이 없는 눈길로 아우의 시선을 맞받았다.

「그럴 테지. 그래서 누난 맨워링 경같이 돈 잘 버는 남자와 결혼했고, 그러니 내 돈까지 걱정할 필요는 없잖아.」

　윈은 레티스의 팔에 손을 얹고서 소곤거리고 있는 아마벨에게 눈을 돌렸다.

「아마벨, 누나가 나한테 결혼을 해서 아들을 낳으라고 하는 건 레티스 누나의 장남 때문이지? 지금 내 상속자니까. 안 그래?」

「그런 생각은 해본 적이 없어. 난 단지 널 위해 하는 말이라구.」

아마벨은 언니의 팔을 놓으며 소리를 질렀다.

어쨌든 그의 말이 효과가 있었는지, 클레어리스는 자신의 일감으로 다시 눈을 돌렸고 아마벨과 레티스는 서로 노려보았다. 다음 말이 언제, 몇 분만에 이어질지 시계를 꺼내 확인해보고 싶은 충동을 꾹 누르면서, 윈은 누이들의 반응을 기다렸다.

「난 그저 윈이 우리 집 재산을 모두 상속한다는 게 공평치 못하다고 생각하는 것 뿐이야.」

아마벨은 언니에게 큰소리로 말했다.

윈은 신문을 내려놓고 안경을 벗으며, 잔뜩 토라져서 돌아앉은 막내누나를 쳐다봤다. 아마 속이 부글부글 끓고 있으리라. 윈은 그런 누이를 물끄러미 쳐다봤다. 그가 처음 전쟁터로 나간 후로 10년이 흘렀건만 달라진 게 아무것도 없었다. 아마벨은 자기 몫으로 받은 영지가 형편없다고 여태 감정이 상해 있고, 레티스는 별 볼일 없는 자기 아들이 상속자라는 사실 때문에 은근히 뻐기고 있으며, 클레어리스는 냉정하기만 하고.

변한 건 하나도 없어. 제국은 흥하기도 하고 쇠하기도 하건만 랜드 가문 사람들은 바뀔 줄을 몰라. 언제나 서로를 도와주다가도 물어뜯고, 서로에게 받은 상처를 혼자 삭이고. 이번에는 레티스가 비웃는 듯한 표정으로 물어올 테지. 이혼한 네 전처가 요사이 저지른 일들을 아느냐고. 꼬치꼬치 캐묻다가 상처를 입고, 상처는 아물 줄을 모르고.

레티스는 반쯤 눕다시피 소파에 기대어 있다가 아마벨에게 일으켜달라고 손을 내밀었다.

「넌 참 안 됐어. 돌아오자마자 이런 스캔들을 들어야 하다니. 알고나 있니?」

그 말에 윈은 역성을 내며 대꾸했다.

「그만 뒤, 레티스. 신시아가 저지른 더러운 일은 하나도 듣고 싶지 않아. 관심 끊은 지 오래야.」

「관심을 가져야 해! 사교계에서 문제를 일으키고 다닌다구. 사람들 붙잡아 놓고 뭐라고 떠벌리는지 아니? 네가 틈만 나면 손찌검을 했다느니…… 게다가…….」

소리치던 레티스가 말을 멈추더니 숨을 들이쉬며 얼굴을 붉혔다.

「네가 부자연스러운 행위를 강요했다고…….」

결국은 클레어리스까지 눈을 동그랗게 뜨고 말았다. 아마벨은 비니그렛을 코에 댄 채 동생의 눈을 피해 실없이 방 안을 두리번거렸다.

저 하늘이 눅눅한 영국의 하늘이 아니라 뜨겁고 먼지 자욱한 스페인의 하늘이라면 얼마나 좋을까. 자리에서 일어나 창 쪽으로 걸어가면서 윈은 그런 생각이 들었다.

「별 것도 아닌 일에 괜히 호들갑 떨지 맙시다들. 신시아를 때리고 싶은 적이야 수도 없이 많았지만, 화가 난다고 해서 손찌검을 한 적은 없어. 단 한번도. 아무리 괘씸한 짓을 해도 여자를 때리지는 않는다구.」

「난 사람들이 하는 말, 믿지 않았다, 윈.」

아마벨이 확신에 찬 어조로 말했다.

「그 부자연스러운 행위라는 것도…….」

「정말이다, 윈.」

클레어리스도 나직하지만 분명하게 말했다.

「신시아에게 부탁했던 부자연스런 행위라고 해봐야 그저 돈을 수입 내에서 쓰라는 것뿐이었어.」

원은 창 밖으로 시선을 던지며 쓴웃음을 지었다.

「그 여자에게는 그게 변태적인 걸로 생각됐나 보군.」

몸을 돌려 누나들의 얼굴을 바라본 그는 또 다시 그런 생각이 들었다. 얼마나 사랑스러운가, 불만에 찬 저 얼굴들.

「그럼 이제, 내 혐의가 풀린 거야?」

레티스는 고개를 끄덕였다.

「풀리다 뿐이겠니.」

「항상 그렇지 뭐.」

원이 투덜대듯 중얼거렸다.

레티스가 애정이 담뿍 담긴 목소리로 말을 이어가기 시작했다.

「얘, 신시아 때문에 네가 얼마나 손해를 보는지 모르겠구나. 런던에서는 딸 가진 어머니들이 널 자기 딸 옆에 얼씬도 못 하게 할 거야. 네가 아내감을 찾을 수 있을지 정말 걱정이다.」

원은 문 쪽으로 가서 괜스레 문손잡이를 절걱거렸다. 아무 하인이든 그 소리를 듣고 이 방으로 들어와 줬으면 싶었다.

「재혼을 하고 싶은 생각은 조금도 없으니까, 아내감을 찾든 못 찾든 나하고는 상관없는 일이지. 그럼 오늘 잘 보내요, 누님들.」

밖으로 나오자 비로소 안도감이 들었다. 그러나 그것은 잠깐뿐이었다. 문이 열리더니 클레어리스가 그의 옆에 와 섰다.

「플레처, 넌 반드시 네가 낳은 자식에게 이 모든 재산을 상속해야 해. 언젠가는.」

그녀는 과장된 동작으로 천장과 바닥 따위를 가리키며 말했다.

아무리 기분이 나빠도 이렇게 관심을 가져주는데 어찌 계속 모른 척 하랴. 그는 손등으로 누이의 뺨을 어루만지며 말했다.

「내가 왜 자식들을 재산 때문에 싸우게 해야 돼. 그랬다가는 서로 상처받고 원수가 될 텐데. 그럼 안 되지, 누나. 난 절대 그럴 생각이 없어. 그냥 자식 없이 살 거야.」

그렇다고 쉽게 포기할 클레어리스가 아니었다. 그랬다면 랜드 가문의 여자가 아니지. 그녀는 현관까지 동생을 계속 좇아왔다.

「플레처, 넌 분명 널 사랑해주는 여자를 찾을 수 있어.」

그는 문을 열었다.

「아, 물론 그렇겠지. 하지만 과연 믿을만한 여자를 찾을 수 있을까? 다들 그럴 듯하게는 보이기는 하지만, 그런 여자를 찾는 게 그리 쉬운 일은 아니지. 지금은 실례를 해야겠어. 누님들이 좀 색다른 추궁거리를 찾을 때까지 숲 속에 숨어 있을 거야.」

윈은 양손을 주머니 깊숙이 꽂고 현관 계단을 내려왔다. 천천히 걸음을 옮기면서 잿빛 하늘을 올려다보니 안개비가 얼굴에 내려앉았다. 잔디밭을 가로지르던 그는 저택을 바라보면서 몇 주 전 집에 도착했을 때를 떠올렸다. 그때 노팅햄으로 귀향하는 동료 장교를 길동무 삼아 런던으로 돌아왔었다. 말하기를 좋아하는 성격이 아닌 그였지만, 집으로 돌아오는 내내 침묵하고 있어야 할 일이 따분할 것 같아서였다. 긴 여행을 하는 동안 펙 소령은 즐겁게 이런저런 얘기를 주절거렸고, 전쟁에 관한 이야기는 무언중에 서로 피하고 있었다.

고향에 가까워지면서부터 소령은 낯익은 풍경을 바라보며 침묵에 잠겼다. 자신의 영지로 접어들기 전, 그가 윈 경을 쳐다보며 말했다.

「저는 말입니다, 대령님, 내가 아내를 그리워하는 만큼 아내도 날 그리워할지 늘 궁금했어요.」

윈은 공허하게 껄껄 웃기만 했다.

「물론 늘 나를 그리워했겠지만, 그래도 궁금하네요. 어느 남자인들 그걸 장담할 수 있겠습니까, 안 그래요?」

어느덧 그들은 펙의 저택에 당도했다. 드와이어 강가에 우뚝 서 있는 품위 있는 저택이었다. 마차가 현관 앞에 멈춰 서기도 전에 소령의 아내가 문을 열고 날 듯이 계단을 내려와 남편의 품에 안겼다. 공연히 민망해진 윈은 부부가 끌어안고 키스하는 동안 딴 곳을 쳐다보며 잠시 기다리다가 펙의 짐을 내려놓고 있던 마부를 불렀다. 동료가 떠나는 것도 모른 채 소령 내외는 서로에게 열중하고 있었다.

마차 좌석에 등을 기대고 그 집을 떠나면서 윈은, 4년 전 피레네를 넘어 개선 행진을 한 후 귀향했던 때를 떠올렸다. 신시아는 그를 반겨주지 않았다. 지친 그를 기다리고 있는 것은 이혼소송이었고, 그 사건을 신문에 보도한 기자는 다름 아닌 가장 절친한 친구였다.

「빌어먹을.」

윈은 작은 소리로 중얼거리며 저택을 올려다보았다. 자신에게는 아무 의미도 없는 것이나 마찬가지인 장엄한 회색 석조 건물. 3주 전, 브뤼셀에서 돌아왔을 때 그가 받은 환영인사는 펙 소령의 경우와는 딴판이었다. 하인들이 현관 앞에 도열한 채 형식을 갖추어 절을 했고, 누이들과 그 남편들, 얼굴도 생각나지 않는 조카들도 와 있었지만, 다들 그를 돈 많은 남자로밖에 보지 않는 사람들이었다. 누이들의 짤막한 키스와 매형들의 악수, 그게 전부였다. 그의 품에 뛰어들어 살아 있음을 느끼게 해주는 사람은 아무도 없었다.

그러나 조금 전, 클레어리스에게 분명하게 선포했다. 그 따위 것은 두 번 다시 필요치 않을 거라고. 그래, 그 따위는 필요 없다.

잠시 나무 밑 의자에 앉아 앞일을 생각해보았다. 영국에 돌아와서 제일 먼저 하고 싶었던 일은 일주일쯤 푹 자고 좋아하는 음식을 모두 먹어보는 것이었다. 줄어든 체중을 되찾고 싶었다. 하지만 사람 좋았던 늙은 영국인 요리사는 그 사이 일을 그만두었고 프랑스 요리사가 새로 들어와 있었는데, 한번 시험삼아 로스트 비프와 요크셔 푸딩을 주문해봤더니 부채질을 하며 눈알만 떼굴떼굴 굴릴 뿐이었다.

조상 대대로 물려온 편안한 가구들을 신시아가 바꾸어버렸다는 사실도 윈은 한동안 잊고 있었다. 그는 새로 자리한 가구들을 그저 해괴망측한 이집트 스타일이라고 불렀다. 하지만 그가 쓰던 침대만은 그대로였다. 신시아는 그 침대에서 한번도 자지 않았지만, 감히 그걸 없애버릴 용기는 없던 모양이었다. 침대 외에 신시아가 남겨놓은 것은 창 밖의 풍경뿐이었다.

「사는 게 다 그렇지 뭐.」

누나들의 관심사가 남동생의 앞날에 대한 문제에서 벗어나기를 기다리면서, 윈은 나무 아래 앉아 계속 비를 맞고 있었다. 지금은 다시 집을 떠나고 싶은 마음뿐이었다. 매형들은 2주일 전에 저마다 볼일이 있다며 떠나버렸다. 모두 핑계라는 것을 윈은 알고 있었다. 그나 매형들이나 직업이 없기는 매한가지니까. 맨워링은 그래도 최소한의 체면은 있는지, 윈이 자신을 배웅하러 마차 곁으로 다가오자 한마디했다.

「누나들한테 너무 시달리지 말게. 도저히 클레어리스를 참을 수 없겠거든 그냥 우편 마차에 실어보내라구.」

지금은 내가 떠나고 싶어. 그렇게 생각하며 윈은 저택 쪽으로 천천히 걸음을 옮겼다. 관리인들은 신시아와는 전혀 다른 사람들이다. 한번도 의심을 사본 적이 없잖은가. 과연 내가 내 땅을 사랑하고는 있는 걸까. 한번 직접 다니면서 확인을 해볼까. 그 생각을 하니 가슴이 두근거렸다. 우선 노섬벌랜드로 가서 윈필드까지 죽 내려오면서 도중에 있는 영지들을 돌아봐야겠다. 토지 가운데 일부는 신경 쓰지 않아 되지만 그 외의 땅들은 그가 책임을 져야 한다. 법에 따라 그가 관리해야만 한다. 이번 참에 죽 둘러보면서 그 땅들을 어떻게 활용할지 생각해봐야겠다. 전쟁은 끝났다. 이번에는 나폴레옹도 돌아오지 못하리라.

요크셔에는 찾아가봐야 할 집이 몇 군데 있었다. 그을음으로 거무칙칙해진 부엌에서 예를 갖추고 앉아, 용맹스럽게 싸우다가 지금은 스페인과 벨기에의 흙에 묻혀 있는 병사들의 부모들을 위로하리라. 요크셔의 선량한 사람들은 머리를 조아려야 할 사람이 그들이 아니라 자신이라는 사실을 결코 이해하지 못할 것이다. 윈은 그 사람들의 아들들에게 생명을 빚진 셈이었다. 전쟁터에서 그는 그 아들들에게 죽으러 나가라고 명령을 했을 뿐이었다. 그러나 그 사실을 알 턱이 없는 부모들은 그의 겸손한 태도에 황송해 할 것이다. 윈은 이름 없이 죽어간 병사들의 희생, 콰트라 브라와 몽 생 장, 부사코와 씨우닷 로드리고, 그밖에 수많은 땅에 묻혀 있을 그 아들들을 생각했다. 그가 안전한 곳에서 지휘하고 있는 동안 그곳에서 마치 유치원 아이들이 전쟁놀이 하듯 어이없이 죽어간 영령들을.

그는 걸음을 빨리 해 마구간으로 갔다. 얼마 전에 태터솔의 가게에서 사온 말이 낮은 천장 아래로 허리를 구부리고 들어오는 그를 보더니 흐흥거리며 우는소리를 냈다. 하지만 윈은 느슨하게 묶인 채 자기를 쳐다보는 밤색 말에게 먼저 다가갔다.

「잘 있었나, 헨리 경. 뭐, 불편한 점은 없었어?」

그는 익숙한 요크셔 사투리로 자신의 애마와 인사를 나누었다.

「워낙 억센 풀만 먹던 놈이라서요.」

널 위의 자리에 앉아 있던 마부가 주인에게 말을 긴넸다.

「헨리 경에게 특별히 신경 써야 하네, 라울리. 리스본에서 브뤼셀까지 나를 태우고 온 놈일세.」

마부는 고개를 끄덕이며 주인을 향해 웃음을 지었다.

「당근은 먹고 싶어하면 항상 주고 크리스마스에는 설탕 젖꼭지 (설탕을 천에 싼 젖꼭지)도 물려주려고 합니다.」

「그때까지는 나도 돌아올 걸세. 혹시라도 말을 훔쳐 도축업자에 게 팔아먹으려는 놈이 있으면 그냥 쏴 버리게.」

말의 긴 얼굴을 쓰다듬으며 하는 주인의 말에 마부는 헤픈 웃음을 흘리며 손바닥을 마주 비볐다.

「도축업자들, 정말 빵 쏴 죽여버렸으면 좋겠습니다요!」

윈은 집에 돌아온 이후 처음으로 웃음을 지었다.

「그 명장면, 나도 보고 싶네, 라울리. 농담인 거 알지?」

「물론입죠. 늙은 전사에게 당근과 설탕은 꼭 챙겨 먹이겠습니다.」

마부를 쳐다보던 윈은 문득 마부 역시 늙은 전사라는 사실이 뇌리를 스쳤다.

「그리고 라울리, 내가 얼마 전에 새로 사온 말에 안장을 얹고 내일 아침 일찍 떠날 채비를 해주게.」

마부가 고개를 끄덕였다.

「그놈 이름은 지으셨습니까?」

「아직. 곧 뭔가를 생각해내겠지.」

마구간을 나오면서 그는 혼자 낄낄 웃었다. 지난달에 런던에서 연대의 마지막 소집이 있었다. 장교들과 참모들이 그에게 증정한 훈장에 적힌 글귀. '플레처 랜드 대령, 윈 경에게. 1808년부터 1816년까지, 우리는 그가 뭔가 생각해내리라는 것을 믿었노라.'

연대 내에서 일종의 전설이 되어버린 문구였다. 잇달아 교전을 치르는 동안 제20연대는 수많은 격전지에 투입되어야 했다. 그는 헨리 경을 타고 전선을 누비며 부하들에게 살아 돌아갈 수 있도록 '뭔가를 생각해낼' 거라는 확신을 불어넣어 주었고, 제20연대가 먼 기억 속으로 잊혀질 지경에 처한 워털루 전쟁을 치를 때까지만 해도 그 말은 힘을 발휘했다. 어쨌든 병사들은 죽지 않고 살아 있었으니까. 영원히 끝나지 않을 것만 같은 하루의 교전을 치른 후에 병사들이 그를 들것에 실어 전장 밖으로 옮길 때까지도 그는 계속 중얼거리고 있었다. 반드시 무슨 수를 생각해내…….

다시 집안으로 들어가면서 그는 머리를 흔들었다. 이제 그 기억들은 모두 날려보내야 해. 이제 난 다시 전업 지주로 돌아온 거야. 지주노릇을 어떻게 하는 건지 기억이 날까 모르겠군.

고맙게도 누이들은 그날 내내 그를 혼자 있게 내버려두었다. 저녁 식탁에서 그는 여행 계획에 대한 이야기를 꺼냈다.

「더 추워지기 전에 노섬벌랜드부터 둘러보려고 해.」

그러자 아마벨이 항의하는 듯한 반응을 보였다.

「왜 이렇게 빨리 떠나려고 하는지 알 수가 없구나. 관리인들이 어련히 알아서 잘 하고 있을 텐데. 크리스마스, 아니 부활절을 지낸 후에 떠나도 늦지 않을 거야.」

「아냐, 누나, 당장 떠나고 싶어. 소작인들도 만나보고 싶고. 크리스마스 전에는 돌아올 거야.」

윈은 조용히 대답하고서 레티스와 클레어리스를 쳐다봤다.

「누나들도 분명 집에 돌아가고 싶을 테고.」

클레어리스가 그를 향해 눈을 반짝였다.

「누나들이 진절머리가 나서 그러지, 플레처?」

「이 세상에 누나의 날카로운 눈을 피할 수 있는 사람이 어디 있겠어.」

클레어리스는 머리를 흔들면서 깔깔 웃기만 할 뿐 다른 말은 하지 않았다.

「언제 떠날 건데?」

아마벨이 물었다.

「내일 아침.」

그녀의 눈이 동그래졌다.

「그렇게 빨리 여행 준비가 되겠니?」

「준비는 벌써 끝났지. 빵 좀 건네줘.」

「이건 빵이 아니야, 크로와상이지.」

레티스가 고쳐 말했다.

「레티, 그만 좀 해!」

클레어리스의 잔소리를 피할 수 있다는 것에 기분 좋아하며, 윈은 마부를 제외하고는 아무도 깨지 않았을 때 집을 나섰다. 비누나 면도기, 빗 등의 생필품은 영지마다 준비되어 있을 터라, 갈아입을 옷 한두 벌과 속옷만 넣어 여행가방을 가볍게 꾸렸다. 혹여 어느 곳에서 조금 오래 머물게 될 경우에는 윈필드에 연락을 해서 옷가지들을 챙겨오게 하면 된다.

요크에 잠깐 들러서 친구들을 만나볼까 생각하다가, 첨탑이 많은 그 도시에 점점 가까워지면서 그 생각을 접어버렸다. 만날까 했던 그 친구들에게는 성장한 딸들이 있고, 윈은 최근에 런던에서 겪은 일을 되풀이하고 싶지 않았다.

말의 머리를 쓰다듬으며 그는 중얼거렸다.

「그래, 그런 모욕을 한 달에 두 번이나 당할 필요는 없지. 한번이면 족해.」

그 일을 생각하면 지금도 마음이 괴로웠다. 런던의 사교 시즌이 끝났을 때였는데, 커즌 스트리트에 사는 그의 이웃 웜즐리 경이 벨기에에서 돌아온 그를 간단한 저녁식사를 곁들인 댄스 파티에 초대했다. 화기애애한 분위기 속에서 저녁식사를 마친 후, 윈은 웜즐리의 딸 하나에게 춤을 청했다. 그런데 레이디 웜즐리가 쪼르르 달려나오더니 자기 딸들은 이혼한 남자와는 춤을 출 수 없다고 선언하는 것이었다. 전쟁에서 아무리 혁혁한 공훈을 세웠어도 그를 받아들일 집안은 없을 거라고 덧붙이기까지 했다.

그때 윈은 머릿속이 멍해지는 기분이었다. 그는 레이디 웜즐리에게 허리를 굽혀 절을 한 후, 공포에 질려 바라보고 있는 주인에게 고개를 까닥 숙여 인사를 하고는 몸을 돌려 뚜벅뚜벅 홀을 가로질러 가서 문을 쾅 닫고 나가버렸다. 문이 닫힐 때의 충격으로 안에서 유리 같은 것이 떨어져 깨지는 소리가 그나마 통쾌함을 느끼게 해주었다. 다음날 아침, 그는 요크에 있는 집을 매물로 내놓았다.

「그래서 난 요크에 가고 싶지 않아, 이름 없는 내 말아.」

그러나 그 도시에의 유혹은 뿌리치기 어려웠다. 요크셔 명문가의 당당한 자제들이 앞다투어 지원하던 자신의 연대가 전설적인 명성을 누리며 행군하던 행복했던 시절을 떠올리며, 그는 성당 쪽으로 말을 몰았다. 그는 옥스퍼드에 입학하기 전 3년 동안 요크에 있는 기숙학교를 다니다가 대학을 졸업하고는 군에 입대했다. 지금도 밤늦게 학생들이 담을 넘어 다닐까 하는 생각을 하면서 그는 천천히 세인트 자일즈 옆을 지났다. 잠시 들러보고 싶은 마음을 애써 참았다. 이혼을 한 후, 그는 유구한 역사를 가진 이 학교로부터 자신을 이사회에서 제명시키겠다는 통보를 받아야 했다.

「말아, 내가 아이를 낳지 않겠다고 결심한 건 정말 잘한 일이다. 혹시라도 내 아들이 이 학교에 다니고 싶어하면 정말 마음이 아플 테니 말이야. 입학이 허락되지 않을 건 뻔하잖아, 안 그래?」

그는 성당 앞에서 멈추어 말에서 내렸다. 거리의 꼬마녀석에게 말을 맡겨두고서 천천히 계단을 올라가다가 기도하는 마음으로 성당의 전면을 쳐다보았다. 친숙한 성인들의 얼굴이 중세 성자들처럼 동정심 어린 표정으로 내려다보고 있었다. 머리를 흔들며 그는 서늘하고 어둠침침하며 오랜 세월의 냄새가 배인 내부로 들어갔다.

잠시 후 어두움에 눈이 익자, 높은 제단 너머의 아름다운 장밋빛 창유리에 눈길이 가 닿았다. 바로 이 제단 앞에서 아름다운 신시아 단리는 그의 팔짱을 끼고 서 있었고, 요크의 대주교가 두 사람에게 부부의 연을 맺어주었다. 강렬한 태양빛을 받고 선 아프리카 여인보다도 더 빛나던 머리카락, 코발트보다 더 파란 눈. 미래의 행복을 오로지 그에게 내맡긴다는 듯 그윽하게 바라보던 그 눈빛. 지금도 신시아를 생각하면 속이 뒤집어지려 했다.

바보천치가 따로 없었지. 긴 신도 좌석에 털썩 앉으며 그는 생각했다. 신시아는 어느 남자든지 그런 눈빛으로 바라본다는 사실을 결혼 전에 깨달았어야 했는데, 불행하게도 그는 그걸 몰랐다. 예고 없이 스페인에서 돌아온 어느 날 밤, 신시아가 그의 대학 시절 룸메이트이자 결혼식 때 들러리를 섰던 친구와 한 침대에 있는 모습을 목격하고 만 것이었다. 그 선량한 친구 아래서 살을 비비고 있다가 확 몸을 빼고 시트로 몸을 가리며 뻔뻔스럽게도 눈을 치켜 뜨고는 '노크를 하고 들어와야죠'라고 툭 쏘아붙이던 일을 떠올리면 구역질이 치솟았다.

울며 자비를 호소하던 친구를 향해 그는 총알을 한방 날렸고 침대는 피투성이가 되었다. 생식능력을 잃어버리기는 했지만 의사들마다 그만하면 행운이라고 했다. 6개월 후 스페인의 막사로 날아온 변호사의 편지를 읽으면서 랜드 대령은 쓴웃음만 지었다. 이혼 서류가 상원으로 넘어갔다는 내용이었다. 그동안 랜드 대령은 스페인에서 전투를 벌이고 있었고, 아내는 남편과 그녀 자신의 친구나 친척들 등 한 소대는 됨직한 남자들과 간통을 벌이고 있었다. 그 와중에서도 신시아가 계속 자신의 재산을 어마어마하게 탕진해 나간다는 사실이 그녀의 뻔뻔스러운 바람기보다 더 그의 분노를 돋구었다. 그도 어디까지나 요크셔 사람이었다.

재판을 비롯한 이혼절차가 모두 끝났을 때, 신시아는 그가 신사답게 그냥 뺨이나 한번 찰싹 때리고는 보내려니 했지만 그건 오산이었다. 한 소대쯤 되는 그녀의 정부들을 상원의원들 앞에 열을 세워놓고는 그들이 신시아의 과오를 낱낱이 밝히는 동안 신시아는 울분이 솟구치면서도 당황하여 어찌할 바를 몰랐다. 의원들이 신시아를 비난하는 동안, 배반당한 영웅 플레처 랜드 대령은 부사코 전투에서 부상을 입은 팔에 삼각건을 한 채 가슴에 훈장을 달고 무표정한 표정으로 앉아 있었다.

허나, 지금 그는 이혼한 남자이고 아무도 받아주려 하지 않았다. 윈은 한낮의 태양 주위로 구름이 시시각각으로 움직임에 따라 오묘하게 색깔이 변하는 창문을 잠시 물끄러미 바라봤다. 그 여자를 그냥 뒀어야 했나? 그럼 최소한 얼마간의 즐거움을 선사했던 사교계로부터 배척 당하는 일은 없었겠지. 선조들처럼 정부를 두고서 즐길 수도 있었을 테고. 하지만 하늘에까지 그 악취가 가 닿을 수치와 굴욕은 어찌하라고.

제단으로 시선을 내리면서, 윈은 어떤 이유로든 자신은 신시아를 그냥 두지 못했을 거라고 결론을 내렸다. 일어나 하품을 하며, 그는 기지개를 폈다. 문득 눈을 돌려보니, 기도하던 사람들 몇 명이 얼굴을 찌푸리며 그를 쳐다보고 있었다.

문제는, 대주교가 사랑과 명예와 복종에 대해 설교할 때 난 그 설교에 귀를 기울이게 된다는 말씀이야. 어떤 때는 단순한 말 이상의 의미로 다가오기도 하고, 또 어떤 때는 공허한 메아리처럼 들릴 때도 있어. 고맙군, 레이디 윈. 빌어먹을 인간, 레이디 윈.

등뒤로 손을 꽉 모아 쥐고서 중앙 통로를 따라 걸어가던 윈은 양쪽 제단에서 반짝이고 있는 촛불이 눈에 띄어 그쪽으로 다가갔다. 그는 가난한 자들을 위한 모금함에 동전 하나를 던져넣은 후 초 하나에 불을 붙여 꽂혀 있던 초와 조심스럽게 바꿨다.

자신의 인생에서 천국과 화해해야 할 만한 것이 있는지 떠올려 보았으나 아무것도 생각나지 않았다. 벌써 서른 여덟이 넘었고, 때가 되면 죽음이 찾아와 그간의 짐을 모두 내려놓게 될 터, 그럼 그만 아닌가.

하지만 최면에 걸린 듯 거기 그렇게 서 있는 동안, 그런 생각은 그저 자기 기만에 불과하다는 것을 알게 되었다. 친구들과 가족들에게야 두 번 다시는 아내를 바라지 않겠다고 말할 수 있지만, 전능자 앞에서는 거짓말을 할 수가 없었다.

「좋은 여자를 허락해주소서, 하느님.」

그는 소리내어 기도했다.

「믿을 만한 여자, 그런 여자가 있습니까?」

잠시 기다렸지만 아무런 응답도 들려오지 않았다. 그는 발길을 돌려 성당을 떠났다.

3

 고맙게도 티비 윈즐로는 그저 가만히 턱만 쓰다듬을 뿐, 정신이
나가서 헛소리를 하고 있다는 듯 그녀를 쳐다보지는 않았다.
「당장 들어오시려구요, 부인?」
 록세나의 입에서 다급하게 대답이 튀어나왔다.
「오, 윈즐로 씨, 제발 이 집을 빌릴 수 있게 도와주세요.」
 윈즐로는 머리를 가로 저었다.
「그럴 수는 없지요! 이렇게 다 쓰러져가는 집을 빌려줬다간 다
들 절 욕할 겁니다. 언젠가 윈 경이 찾아오시면 어떻게 하라고 답
을 주시겠지만, 지금은 어렵습니다.」
 손사래를 치더니, 그는 저택을 향해 발걸음을 옮겼다.
 록세나는 서둘러 뒤를 따랐다. 필리시티처럼 막무가내로 그의
소맷자락을 붙잡고 늘어지고 싶은 것을 간신히 참고 있었다.
「제발, 윈즐로 씨, 깨진 창문이나 갈아주시고 지붕만 손을 봐주

시면 됩니다. 나머지는 제가 다 알아서 할게요.」

원즐로는 걸음을 멈추고서 그녀를 쳐다보았다.

「드루 부인, 그런 건 남자들이 할 일입니다.」

「잘 알아요. 하지만 전 지난 3년 동안 남자가 하는 일을 도맡아 했답니다. 지금은 더 많이 하고 있구요. 남편은 집수리 같은 건 신경 쓰기 힘들었거든요. 그래서 제가…… 제가 다 했어요. 페인트며 벽지 바르는 것도요. 마루 고칠 때만 좀 도와주시면 돼요.」

숨이 차서 그녀는 잠시 말을 멈추었다. 무모한 행동에 스스로도 놀랄 지경이었다.

원즐로의 표정을 보니 자신의 말을 진지하게 받아들이고 있는 것 같아 그녀는 일단 마음을 놓았다.

「집이 엉망일 텐데 정말 괜찮겠습니까, 드루 부인?」

「지붕과 창문만 고쳐주시면 나머지는 제가 할 수 있어요.」

어떻게 말해야 이 요크 출신 남자를 가장 잘 설득할 수 있을까 생각하며 록세나는 고집스럽게 말을 해나갔다.

「주인에게는 아무런 부담이 가지 않을 거예요. 어떻게 보면 이 아름다운 옛 집을 복구하고 덤으로 집세까지 받게 되니까 일석이조 아니겠어요?」

원즐로는 다시 한 번 집을 쳐다보았다. 가을날의 이른 햇살을 받아 벽이 벌꿀 색으로 반짝였다.

「집이 제대로 관리되어 있는 걸 보시면 윈 경께서도 틀림없이 기뻐하시긴 할 텐데.」

골똘히 생각에 잠긴 듯한 얼굴로 원즐로가 소리내어 중얼거렸다.

「지난번에 저택을 수리하고 쓰다 남은 페인트와 벽지가 어디 있을 거고…….」

선량한 표정으로 록세나를 바라보다가 그는 천천히 고개를 흔들었다.

「하지만 그 일을 어떻게 다 하시려고요?」

록세나는 최대한 몸을 곧게 펴고 섰다. 수년 간 요크 사람인 남편과 살아온 경험이 있기에 그녀는 지금 윈즐로의 표정을 읽으며 이것이 마지막 기회라는 생각이 들었다. 오, 앤서니, 제발 도와줘요. 록세나는 크게 숨을 들이마셨다.

「제 남편은 늘, 투지가 있는 개보다는 그 개가 품고 있는 투지 자체가 훨씬 중요하다는 말을 하곤 했답니다. 윈즐로 씨, 전 할 수 있어요. 그리고 제 딸들에게는 집이 필요해요」

「위트콤 경이 받아주시지 않을까요?」

마치 누가 엿듣기라도 하는 것처럼 윈즐로는 목소리를 낮췄다.

「받아주시기야 하겠지만, 전 그분과 한 지붕 아래서 살기 싫어요. 제 시숙은 저를…… 너무 의존적인 여자로 만들려는 것 같았거든요.」

록세나는 뺨이 화끈거렸다. 알아서 생각하라지. 눈치가 있는 사람이라면 구구절절 설명하지 않아도 알아채겠지.

윈즐로가 다시 걸음을 옮기자 록세나는 다 끝났구나 싶어 심장이 덜컥 내려앉았다. 하지만 윈즐로가 걸으면서도 계속 얘기를 하자, 그녀는 절뚝거리지 않으려고 물집이 생긴 발가락의 아픔을 꾹 참아가며 부지런히 그를 따라갔다. 그러면서 희망을 가지고 그의 말에 귀를 기울였다.

「시숙 되시는 분에 대한 소문은 들었습니다, 드루 부인. 설마, 설마 했었는데 이젠 저도 믿지 않을 수가 없네요.」

이런 미묘한 대화를 나누면서 혹시라도 상대방이 이것저것 캐물어 얼굴을 붉히게 만들면 어쩌나 싶었는데, 윈즐로는 무심코 앞서 걸으면서 조심스럽게 그 말만 했다.

앞서 걸어가는 윈즐로의 등을 바라보면서 록세나는 예전에 여느 순박한 요크 사람들에게서도 느꼈던 그의 다정다감함을 마음속으로 축복했다. 잠시 사이를 두었다가 마침내 그녀가 다시 입을 떼었다.

「그럼, 제 처지를 잘 아시겠네요.」

「알 것 같습니다요, 암요, 알 것 같아요.」

계속 록세나를 돌아보지 않은 채로 그가 말을 이어나갔다.

「일년에 10파운드면 괜찮겠습니까? 이런 집을 그 이상 받는다는 건 부끄러운 일이지요. 다음주에는 지붕을 고쳐드릴 수 있을 테고, 창문도 가급적이면 빨리 바꿔 달아드리겠습니다.」

록세나는 코끝이 시큰했지만, 이 자리에서 울음을 터뜨리는 것은 보기 좋은 일이 아니라는 생각에 애써 미소를 지어 보였다.

「정말이지 저에게 꼭 맞는 집이에요, 윈즐로 씨.」

윈즐로는 몸을 돌려 그녀에게 손을 내밀어 악수를 청했다.

「그럼, 이제 계약이 된 겁니다, 드루 부인. 그리고 이제 절 그냥 티비라고 부르세요.」

윈즐로는 조끼 주머니에서 열쇠를 꺼내 조심스럽게 록세나의 손바닥 위에 올려놓았다.

「부인은 지금 조금도 흥정을 하지 않고 계세요, 아십니까?」

「어머, 아니에요! 하나 둘씩 방을 수리해나가면 되니까, 좀 불편한 건 상관없어요.」

윈즐로는 환한 눈빛으로 고개를 끄덕였다.

「제 짐작이 틀리지 않다면, 지금 부인의 머릿속은 이 집을 어떻게 고칠까 하는 생각으로 꽉 차 있겠죠.」

록세나가 아무런 대꾸를 못한 채 가만히 입을 다물고 있자, 윈즐로는 그녀의 어깨너머를 바라보며 다정하게 말했다.

「그럼 이제 된 겁니다, 드루 부인. 우리 두 사람 모두 좋은 거래를 한 셈이네요. 이젠 어떻게 윈 경의 허락을 받아낼 것인가 하는 문제만 생각하십시오. 그분이 어떤 분인지 기억나는 게 많진 않지만, 아마도 유쾌한 거래는 좋아하실 겝니다.」

록세나는 손안에 단단히 움켜쥔 열쇠의 윤곽을 기억에 새기며 고개를 끄덕였다. 미소를 지으며 그녀는 입을 떼었다.

「저도 그래요, 티비. 이사는 언제쯤 가능할까요?」

티비는 다시 집 쪽으로 눈을 돌려 지붕을 쳐다보았다.

「다음주 이맘쯤이면 되지 않겠습니다? 그때쯤이면 되겠지요.」

목사관까지 남아 있는 5킬로미터를 걸어가는 동안 록세나는 가슴이 설레어서 발이 아픈 것도 잊을 정도였다. 나도 이제 집이 생겼어. 이미 들일을 나와 있는 농부들을 지나칠 때는 그 사람들을 향해 목청껏 노래라도 부르고 싶은 마음이었지만, 상복을 입은 슬픈 여인에 어울리는 차분한 모습으로 목례만 건넸다. 하지만 가슴은 콩콩 춤을 추고 있었다. 예배당 안에 들어가 앤서니에게 소식을 전해주고 싶었지만 늦은 아침이라 그럴 틈이 없어서, 록세나는 묘비를 그냥 지나치면서 손으로 키스를 보냈다.

걸음을 재촉하면서 그녀는 작게 중얼거렸다.

「앤서니, 그리 좋은 집은 아닌데, 그래도 얼마나 다행인지 몰라요.」

보닛과 털외투를 벗어놓고 아침식사를 하는 자리로 헐레벌떡 들어서 보니 아이들과 매기 왓슨이 테이블에 앉아 그녀를 기다리고 있었다. 식어가는 포리지(오트밀에 우유 또는 물을 넣어 만든 죽)를 안타깝게 쳐다보고 있던 필리시티가 반짝이는 갈색 눈동자를 들어 쫑알쫑알 잔소리를 해대기 시작했다.

「엄마, 엄만 저-어-엉말 느림보야. 아침에 내가 얼마나 배고파하는지 잊었어요?」

록세나는 빙긋 웃으며, 간밤에 잠을 험하게 자서 제멋대로 헝클어져 있는 작은딸의 곱슬머리 정수리에 쪽 입을 맞추었다. 엄마를 닮아서 필리시티는 성질이 불같았다.

딸아이의 어깨에 팔을 두르며 록세나가 말했다.

「그렇게 찡그리면 미워져요. 필리시티, 너는 식사 때마다 늘 배가 고프잖니. 우리 집에서 참을성 있는 사람은 우리 헬렌뿐인 것 같구나.」

「아빠하고 나하고.」

헬렌은 의젓하게 엄마의 말을 정정했다. 잘 웃지 않던 아이가 잠깐 미소를 지어 보이더니 곧 창 밖으로 시선을 돌렸다.

록세나는 필리시티를 놓아주고 헬렌의 어깨를 안았다. 왜 이렇게 수척해졌니…… 말수도 줄어들고……. 록세나는 아이를 껴안은 채로, 마지막 두어 달 동안 헬렌과 앤서니가 속삭이며 나누었던 수많은 대화를 생각했다. 쉴 새 없이 엄습하는 통증 속에서 남편에게 유일한 위안이 되어주었던 큰딸이었다. 네가 아빠의 고통을 모두 삼켜버린 거니? 시선을 피하는 헬렌의 뺨을 어루만지며 록세나는 다시금 그런 생각이 들었다.

「우린 노상강도한테 납치되신 게 아닌가 했지 뭐예요.」

매기 왓슨의 말에 록세나는 장난스럽게 응수했다.

「누가 날 납치하겠어요 돈도 없고 앞날이 까마득하기만 한데.」

「엄마, 그럼 노상강도가 불쌍하다고 엄마한테 뭘 줬어요?」

필리시티가 스푼을 들며 또 종알거렸다.

록세나는 몇 달만에 처음으로 크게 소리내어 웃었다. 유쾌하고 순진한 아이의 말에 매기 왓슨의 눈에는 눈물까지 고였고, 헬렌은 놀란 얼굴로 주위를 둘러보았다. 록세나는 딸아이의 손을 들어 입을 맞추었다.

「헬렌, 우린 좀 웃을 필요가 있단다. 하지만 지금은 우선 식사기도를 하고 나서 엄마가 너희들한테 해줄 말이 있단다.」

필리시티는 오트밀 한 그릇을 뚝딱 해치운 반면 헬렌은 몇 차례

뜨다가 수저를 놓아버렸다. 록세나는 수저를 들어 아이의 손에 다시 들려주었다. 식사 때마다 조금만 더 먹으라고 다그치지 않아도 된다면 좋으련만.

헬렌이 몇 수저 더 뜨는 것을 본 후에 록세나는 수저를 내려놓았다.

「얘들아, 엄마가 방금 전에 모어랜드에 있는 집을 빌리고 왔단다. 다음 주에 이사할 거야.」

매기는 놀란 눈으로 그녀를 쳐다보았다.

「드루 부인, 그 집은 몇 년 전에 불이 났었지 않나요?」

「건물 자체는 튼튼한데 수리해야 할 데가 좀 많아요. 티비 윈즐로가 다음 주까지 지붕을 고쳐준다고 했어요. 창문도 갈아주고.」

「맙소사, 그 다음에는 마루가 썩어 내려앉고 벽의 칠이 다 벗겨졌다고 하실 건가요?」

매기가 기겁을 하며 물었다.

「맞아요, 그 말을 하려던 참이었어요.」

록세나는 처음으로, 이른 아침에 성급하게 결정했던 일이 정말 현명한 선택이었을까 하는 의문이 들었다.

「마루 수리가 끝날 때까지는 조심해서 걸어다녀야 하겠지만 벽은 아무 하자가 없어요.」

「엄마, 큰아버지가 위트콤에서 살게 해주신다고 약속했잖아요. 나한테 조랑말도 사준다고 했어요.」

다 비우지 않은 접시를 옆으로 밀어내며 헬렌이 말했다.

엄마한테는 그보다 더한 것도 약속했지. 록세나는 딸을 보며 마음속으로 중얼거렸다. 하지만 누구한테도 차마 말할 수가 없는 것이란다.

「그건 엄마도 아는데, 엄만 우리끼리 오순도순 살 수 있는 집을 갖고 싶단다.」

「여기서 살면 되잖아.」

제 것을 다 먹은 필리시티가 언니의 그릇을 넘겨보며 말했다.

「내 베게도 여기 있단 말이에요.」

네 살배기에게 그보다 더 완벽한 논리가 있을까.

록세나는 작은딸을 보며 빙그레 웃음을 지었다.

「모어랜드로 네 침대를 가지고 가면 돼. 베게도 가져가고. 그리고 말야, 토마스 위나거 아저씨가 여기로 이사오셔서 새 목사님이 되실 거야.」

「어…….」

필리시티의 목소리가 체념한 듯 잦아들다가 그도 잠시, 곧 다시 얼굴이 밝아졌다.

「그럼 아저씨가 엄마랑 함께 자면 되잖아.」

「필리시티, 바보처럼 굴지 마.」

헬렌이 말했다.

「난 좋은 생각 같은데.」

매기 왓슨이 턱을 만지며 웃음을 참는 사이 필리시티는 토라져서 입이 삐죽 나왔다.

록세나는 또 웃음이 나왔다.

「애야, 우리 위나거 아저씨는 곧 결혼하실 거야. 이 집을 우리에게 양보해주실지도 모르지만, 그래서는 안 돼. 우린 되도록 빨리 모어랜드로 이사가야 해.」

필리시티는 무엇이든 일단 말이 나왔으면 확실한 결론을 얻어내야 직성이 풀리는 아이였다.

「그런데 있잖아요, 엄마, 거기 좋은 집이에요?」

록세나는 딸들을 죽 둘러보았다. 헬렌은 다시 입을 꾹 다문 상태로 돌아가 있었고, 필리시티는 아빠의 죽음으로 뒤죽박죽이 되어버린 자신의 세계에 다시 질서를 잡아줄 해답을 바라고 있었다.

록세나는 지금 자신이 앉아 있는 자리의 임자였던 남편을 생각했다. 이 정든 집을 떠가면 앤서니의 일부도 남겨두고 가는 거야. 문득 마음이 저릿해오자, 록세나는 괴로운 마음을 얼굴에 드러내지 하려고 애를 쓰며 간신히 입을 열었다.

「리시, 네가 바라는 만큼 그곳을 좋아하게 될 거야. 우리 헬렌 마음에도 들 거고. 그리고…….」

목소리가 떨려 나오자 록세나는 턱을 바짝 치켜들고 그 순간이 지날 때까지 기다렸다.

「그리고 엄마도 그 집을 좋아하게 될 거야. 애들아, 우린 우리에게 주어진 것에 최선을 다하자꾸나.」

모두들 잠시 침묵하고 있을 때, 매기 왓슨이 자리에서 일어났다.

「암요, 그래야죠! 자, 꼬마아가씨들, 이제 공부할 시간이에요.」

아이들이 일어나 나가는 동안 록세나는 그대로 앉아 있었다. 매기 왓슨은 아이들에게 거실로 가라고 이른 후 문을 닫고는 록세나의 옆에 와서 앉았다. 그러고는 가만히 그녀의 손을 잡았다.

「드루 부인, 어제 위트콤 경이 부인께 뭐 못할 짓이나 못할 말을 했나요?」

깜짝 놀란 표정으로, 록세나는 힘을 주어 늙은 여인의 손을 마주 쥐었다. 그 끔찍했던 일을 차마 입밖에 낼 수가 없어서 그녀는 고개만 끄덕였다. 평소 그렇지 않던 매기가 그녀를 꼭 안아주었다. 고지식하기만 한 줄 알았던 유모의 이런 친근한 모습에 놀라우면서도 말로 다할 수 없는 위안이 그저 고마워 록세나는 그녀의 품에 가만히 자신을 내맡겼다.

록세나는 간신히 힘을 내어 입을 열었다.

「정말 어떻게 해야 할지를 모르겠어요, 매기. 모든 게 뒤죽박죽인데 여기서 날 꺼내줄 사람이 아무도 없으니 내 힘으로 빠져나가야 해요.」

그녀는 천천히 매기의 팔을 풀었다.

「여자도 스스로의 힘으로 생계를 꾸려갈 수 있는 세상이라면 얼마나 좋을까요.」

매기는 손을 뻗어 록세나의 레이스 모자를 바로 해주고는, 마치 어린아이를 다루는 듯 머리카락을 쓰다듬었다.

「여기 이렇게 우리 두 사람이 있잖아요, 드루 부인.」

록세나는 마주하고 있는 다정한 얼굴을 바라보며 미소를 지었다. 매기는 퇴직을 했는데도 앤서니의 병마 소식을 듣고 한 걸음에 달려와준 사람이었다. 록세나는 미안한 마음에 한숨을 내쉬었다. 지난 몇 달간 고민해오던 문제를 이제 더 이상은 미루면 안 될 것 같았다.

「저, 매기, 월급 말인데요, 이젠 드릴 수가 없게 되었어요.」

그녀는 쏟아내듯 말을 이어나갔다.

「여기 남아 계셔도 아무것도 드릴 수가 없으니 우릴 떠나신다고 해도 충분히 이해할 수 있어요.」

그녀는 한숨을 쉬었다.

「이전과는 많이 달라졌거든요.」

매기는 눈을 깜빡거렸다.

「여길 떠나라고요?」

「지금으로서는 월급을 드릴 방도를 생각해낼 수가 없어서요. 아이들의 백부가 제 연금을 관리하고 있는데, 어제 그런 식으로 떠났으니 아무래도 날 도와줄 것 같지가 않아요.」

록세나는 눈시울이 뜨거워지는 것을 느꼈다. 앤서니가 병상에 누워지낸 지난 3년 동안 그에게 고통을 더해주지 않으려고 괴로움을 혼자 삭이는 데 익숙해진 그녀였다. 그런데 이제 와서 매기의 무릎에 눈물을 쏟아내는 것은 비겁한 일일 것 같았다.

매기의 눈이 가늘어졌다.

「아니에요, 그렇게는 못 할 겁니다!」

「물론 그렇게는 못 하겠죠. 법이 있으니까. 하지만 연금을 줄일 수는 있어요. 난 그게 무서워요.」

일어나서 창가로 걸어간 록세나는 방이 빙빙 돌기라도 하는 듯 창틀을 양손으로 꽉 움켜쥐었다.

「헬렌에게 조랑말을 사줄 수도 없을 거고, 애들한테 좋은 것은 아무것도 해줄 수가 없겠죠. 아침에는 포리지만 먹어야 할 테고, 옷은 뒤집어 두 번 입혀야 하고, 결혼지참금을 챙겨주는 일은 바라지도 못 할 거예요.」

그녀는 창유리에 이마를 갖다댔다.

「솔직히 어젯밤에는 그 사람의 제안을 받아들일까 하는 생각도 들었는데…… 오, 매기!」

록세나는 끝내 울음을 터뜨리고 말았다.

유모는 흐느끼는 그녀를 꼭 껴안은 채 가만히 옆에 서 있었다.

「이제 괜찮아요, 드루 부인.」

「그런 생각까지 한 날 분명 끔찍하다 여기실 거예요.」

괴로운 듯 거칠게 숨을 몰아쉬며 록세나는 손에 얼굴을 묻었다.

「아니에요, 전혀 그렇지 않아요. 사람이 극한 상황에 몰리면 무슨 생각인들 못하겠어요.」

그녀는 록세나의 손을 잡고 가볍게 흔들었다.

「내가 부인 옆에 있을 거니까 그런 극한 상황까지 갈 일은 없을 거예요.」

록세나는 눈을 감고 정신을 가다듬었다.

「난 정말 매기한테 아무런 보답도 해줄 수가 없어요.」

이번에는 매기의 눈에 눈물이 가득 고였다.

「브라이튼(영국 해협에 면한 해변 행락 도시)의 셋방으로 돌아간들 나아질 게 뭐가 있겠어요. 어떤 말을 하셔도 난 떠나지 않습니다.」

유모는 록세나를 한번 더 안아주고 나서 문 쪽으로 걸어갔다.

「이제 전 애들한테 가봐야겠네요. 빨리 가지 않으면 필리시티는 오늘 공부는 안 해도 되는 줄 알 거예요.」

그 말에 대답이라도 하듯 문이 덜그럭거렸다.

「왓슨 아줌마, 기다리다가 힘 다 빠져버리겠어요.」

필리시티가 문밖에서 소리지르자 매기는 빙그레 미소를 지었다.

「저 애는 영락없이 부인 딸이에요.」

록세나는 웃으며 고개를 끄덕였다.

「앤서니도 항상 그렇게 말했죠. 고마워요, 매기. 말로 다 할 수 없을 만큼.」

매기가 자신의 입술에 손가락을 가져다 대어 말을 가로막았다.

「이제 그만하세요. 내 생각에는 가능한 빨리 10파운드를 관리인에게 갖다주는 게 좋을 것 같네요. 위트콤 경의 귀에 들어가면 무슨 트집을 잡으려들지 모르니까요.」

「맞는 말이에요. 애기에 몰두하다보니 우리 서로 아침 일거리들을 깜빡 잊고 있었네요.」

식탁을 치우면서 록세나는 서서히 마음이 진정되었다. 설거지를 하려고 손을 담근 개수통의 따뜻한 물은 날카롭던 신경을 가라앉혀 주고 있었다. 그릇을 닦으면서 그녀는 모어랜드의 그 집을 생각했다. 딸아이들의 침대만 제외하고 가구나 집기는 모두 여기 두고 가야 할 것이다. 목사관에 들어올 때 혼수로 가져왔던 그릇들과 두고 가야 할 그릇들을 마음속으로 분류해보면서 록세나는 씻은 그릇을 닦아 정리했다. 어머니가 주신 사기그릇들은 당연히 가져가도 되겠지만, 두서너 개의 냄비와 프라이팬을 제외하고 나머지는 모두 위트콤의 소유물이었다.

「절대로 당신에게 기대어 살지 않겠어요, 마셜 드루.」

록세나는 나지막하면서도 적의가 담긴 음성으로 중얼거렸다.

남은 돈이 얼마나 되는지는 애써 외면한 채, 그녀는 서재의 책꽂이 뒤에 숨겨놓은 주머니에서 10파운드를 꺼냈다. 창 밖을 내다보니 요크셔의 풍요로운 여름과 함께 무르익은 들판이 추수를 기다리고 있었다. 이제는 농부들이 가져다주는 곡식과 열매를 기대할 수도 없으리라. 새로 부임하는 목사 댁으로 가져갈 테니까. 설마 산 입에 풀칠도 못 할까. 록세나는 또 그런 생각을 하면서 보닛과 외투를 집어들고 낡은 구두와 연고를 찾아들었다. 조금 후, 그녀는 다시 서둘러 모어랜드로 출발했다.

저택으로 이어진 긴 느릅나무 길의 끄트머리에 다다라서야 그녀는 문득 티비 윈즐로가 있을 만한 곳을 알지 못한다는 사실이 떠올랐다. 윈 경이 부근에 몇 군데 땅을 소유하고 있는데 그 땅을 윈즐로가 관리하고 있다는 말을 앤서니에게서 들었다.

「오, 제발 저택에 있어야 할 텐데.」

치마를 걷어올리고서 마구 달려가고 싶은 충동을 억누르면서 록세나는 숨이 턱에 닿은 소리로 혼자 중얼거렸다.

다행히, 윈즐로는 저택 둘레에 둥그렇게 깔린 자갈길 위에 뒷짐을 지고 서서 건초 밭에 풀어놓은 양떼를 모으러 나간 양치기를 기다리고 있었다. 록세나는 숨을 가다듬으려고 걸음을 멈추고는 기쁨에 겨워 길게 한숨을 내쉬었다.

모어랜드의 황토빛 석벽이 서늘한 가을 한낮의 햇살을 받아 기름진 버터처럼 반짝이고 있었다. 작은 언덕 위에 서서, 사방으로 뻗어 추수할 날만을 기다리고 있는 들판을 바라보고 있는 집이었다. 오른쪽으로 보이는 과수원에는 가지마다 탐스러운 과일들이 주렁주렁 달려 있었다. 그 과수원으로 달려가 사과를 따려고 나무 위로 기어올라가는 필리시티의 모습이 연상되자 록세나의 얼굴에는 절로 미소가 피어올랐다. 그럼 엄마도 가지 위로 올라가서 너와 함께 사과를 딸 거야. 모어랜드는 지체 높은 저택의 생계를 떠맡고 있는 경작지였다. 어느 정도 사회적인 출세도 이루어진 집안의 늘어나는 식구 수에 맞춰 저택의 규모도 조금씩 늘려 지었다. 왜 완전히 부수고 위풍당당하게 새로 짓지 않았는지 모를 일이야. 그렇게 하지 않은 게 내 입장에서야 오히려 다행이긴 하지만 말야.

그런 생각을 하고 있던 록세나에게 윈즐로가 오라고 손짓을 했다. 록세나는 자갈길을 따라 잰걸음을 옮겼다. 비와 눈에 자갈이 쓸린 자리들이 우묵하게 패여 있었다. 건물이 가까워질 수록, 칠이 벗겨진 창틀과 처마 밑의 회색 칠과 커튼을 달지 않은 창들이 눈에 들어왔다.

「마음이 바뀌셨나요, 드루 부인?」

록세나가 곁에 가 서자 윈즐로가 물었다.

「아닙니다, 그럴 리가 있겠어요.」

록세나는 강하게 부인하며 그에게 10파운드를 내밀었다.

「얼른 돈을 드려야 마음을 바꾸시지 못할 것 같아서요.」

윈즐로는 빙그레 웃고는 돈을 받고 나서 그녀에게 따라오라는 고갯짓을 했다. 집안으로 들어서자 록세나는 주의를 기울여 꼼꼼하게 둘러보기 시작했다. 그날 아침 모어랜드의 잔디밭을 가로질러 가면서 상상했던 것 이상이었다. 곳곳마다 천을 덮어놓은 가구들이 놓여 있었다. 먼지 때문에 록세나는 연달아 재채기를 해댔다.

「손을 많이 봐야겠죠?」

윈즐로는 딱 그 한마디만 하고는 그녀를 서재로 안내해 장부를 꺼내들었다. 그러고 나서 꼼꼼하게 영수증을 쓴 후 록세나에게 건네주었다.

「윈 경께는 편지로 이 일을 알리겠습니다. 별 관심을 보이시지 않을지도 모릅니다마는.」

자리에 앉아 책상 너머로 록세나를 올려다보며 그가 말했다.

「어쨌든 이제 영수증을 받았으니 한시름 놓이네요. 잘 보관할게요.」

록세나는 영수증을 주머니에 넣었다.

윈즐로는 잠시 입을 다문 채 이마를 찌푸리며 장부를 내려다보았다.

「드루 부인, 부인도 알고 계셔야 할 게 좀 있는데요. 윈 경께서는 과거 신상에 좀 많은 일을 겪으셨습니다.」

록세나는 책상 맞은편에 놓인 나무의자 위를 후 불어 쌓인 먼지를 날리고는 다시 재채기를 하다가 그 자리에 앉았다.

「이혼에 관한 얘기라면 저도 좀 들었어요. 하지만 그 일이 저와는 상관없을 것 같은데요. 이곳은 그분이 소유하고 있는 여러 영지 가운데 하나일 뿐이잖아요, 안 그런가요?」

윈즐로는 고개를 끄덕였다.

「크리스마스가 지나면 토지를 둘러보시려고 이곳에 들르실지도 모르겠습니다만 그 외에는 뵐 일이 별로 많지 않을 겁니다.」

「아주 놀랄 만한 스캔들이 있었다는 말을 일전에 남편에게서 들은 기억이 있어요. 하지만, 누구나 때로는 실수도 하고 잘못도 저지르는 법 아닌가요.」

어젯밤 바로 자신이 느꼈던 유혹을 떠올리며, 록세나는 조용하게 말했다.

「그래도 아저씨 같은 분을 관리인으로 고용한 것을 보면 뛰어난 면이 있는 사람 같아요.」

그 말에 티비는 만면에 웃음을 드러냈다.

「말 한마디로 두 사람을 칭찬한다는 게 아부나 가진 재주가 아닌데, 참 대단하십니다. 어쨌든 저야 여기서 최선을 다해 일하며 살아온 것 밖에 없지요.」

「그랬을 것 같아요, 티비.」

창문 너머로 바라보니, 고맙게도 현관문의 경첩이 떼어져 나가 있었다. 비틀린 부분을 바로잡으려는 모양이었다. 또 한 사람은 지붕 위에 올라가 세밀하게 상태를 살펴보고 있었다.

「지붕을 고치는 데 사람을 더 썼으면 좋겠는데, 마침 추수 때라서 그나마도 힘들게 손을 빌렸답니다.」

록세나의 시선을 좇던 윈즐로가 미안해하며 말했다.

「저야 뭐든지 해주시는 대로 다 고마울 따름이죠.」

록세나는 일어나 그와 악수를 나눈 후 현관으로 걸어갔다.

「우리 딸아이들을 데리고 와서 한바탕 대청소를 하려고 하는데 괜찮을까요?」

티비는 고개를 저었다.

「아유, 그럴 필요 없습니다, 부인. 다음주 목요일까지는 저희가 죄다 치워놓을 테니까요. 그럼, 그날 뵙지요.」

목사관에 이르렀을 무렵, 록세나는 하루에 두 차례나 숨이 차게 걸어다닌 탓에 기분 좋을 만큼 노곤해진 상태였다. 잠깐 낮잠이나 잘까 생각하며 집안으로 들어서려는데 마침 현관 앞에 매기가 나와 서 있었다. 입을 굳게 다물고 미간을 찌푸린 걸로 보아 들어가지 말라는 뜻인 듯했다. 그녀는 매기의 팔을 잡아 계단 아래로 끌어내리고는 속삭여 물었다.

「무슨 일이에요?」

「상황이 아주 안 좋게 되어버렸어요, 드루 부인.」

분을 삭이지 못하는 목소리로 매기가 속삭여 대답했다.

「피아노 레슨 때문에 헬렌을 위트콤에 보냈는데, 리시가 언니를 따라가서는 이사할 거라는 말을 백부한테 해버렸나 봐요. 아시다시피, 숨기고 꺼리는 게 없는 아이잖아요. 지금 그 양반이 거실에서 부인을 기다리고 있어요. 금방이라도 달려들어 집어삼킬 듯한 호랑이 같은 얼굴을 하고서요.」

록세나는 속이 메스꺼워지면서 가슴도 울렁거려 문틀에 기대어
섰다.

「어차피 집시처럼 야반도주라도 하기 전에는 비밀을 지킬 수 없
으리라 생각은 했어요」

록세나는 혼자 중얼거리듯 말을 이어나갔다.

「그래도 단 며칠만이라도 무사하길 바랐는데.」

「아이들한테 미리 주의를 줬어야 했는데 우리가 미처 생각을 못
한 게 잘못이죠」

매기는 그렇게 말하고는 이내 한숨을 쉬었다.

「그래봤자 그 아이들이 알아들었을 리도 없겠지만요」

록세나도 고개를 끄덕였다.

「위트콤 경이 아이들한테는 꽤 관대한 삼촌이잖아요」

너무나 신랄하게 비꼬는 자신의 말투에 록세나 스스로도 놀랄
정도였다.

「게다가 성실하고 정직한 지주에 모범적인 신자로 평판이 자자
하잖아요. 세상에! 얼마나 뻔뻔스러운지 몰라요, 매기.」

「그런데 당장은 어째야 하죠?」

긴 침묵을 깨고 매기가 물었다.

록세나는 가슴을 펴고 문을 열었다.

「어차피 피할 수 없는 일인 것 같아요」

미지의 그 무엇인가를 통해 용기를 끌어내어 보려고 애를 쓰며,
그녀는 거실 입구에 잠시 멈춰 서 있었다.

「같이 들어가 드릴까요?」

잔뜩 걱정스러워하는 눈빛으로 매기가 물었다.

록세나는 고개를 젓고는 심호흡을 한 후 문을 열었다.

위트콤은 그녀를 보자마자 벌떡 일어났다. 노려보는 눈빛에 서
린 분노가 너무나 매서워, 절대로 달아나지 않으리라 마음먹었던

그녀의 결심이 이대로 무너져버릴 것만 같았다. 록세나는 지금껏 살아오면서 그런 식의 시선을 마주해본 적이 단 한번도 없었다. 시숙이 자기를 향해 성큼성큼 걸어오고 있었지만 그녀는 억지로 용기를 내어 방 안으로 들어섰다.

위트콤은 그녀의 코앞에 와서 멈춰 섰다. 너무 가까워 그의 몸에서 뿜어져 나오는 열기가 느껴질 정도였다. 록세나는 어금니를 꽉 물고는 그 자리에서 꿋꿋하게 버티고 있었다. 당신은 절대 그 욕심을 채울 수 없을 거야. 내려보는 그의 시선을 맞받으면서 록세나는 속으로 중얼거렸고, 상대방의 숨소리는 당장이라도 폭발할 듯 가빠지고 있었다. 의도했던 대로, 그녀가 버티고 있자 상대방이 마지못해 뒤로 한 걸음 물러났다.

「완전히 돌았군?」

위트콤이 그녀를 향해 버럭 소리를 질렀다.

록세나는 손바닥으로 귀를 막은 채 중얼거렸다.

「이 집에서는 소리 지르지 말아요.」

아무 말 없이, 위트콤은 그녀의 손을 귀에서 떼어내어 옆구리에 바짝 붙여놓고는 어깨를 움켜잡은 채 그녀의 머리핀이 풀어져 내릴 정도로 마구 흔들어댔다.

「이 바보! 천치! 다 망가져가는 집에 들어가 어떻게 살겠다는 거요. 난 절대 못 보내! 도대체 생각이 있는 거요?」

자신도 알지 못했던 억센 힘으로 록세나는 그의 손아귀를 비틀어 빠져나왔다.

「당신에겐 우리 가족 일에 참견할 권리가 없어요.」

자신의 목소리가 겁에 질린 사람처럼, 혹은 나약하게 들리지 않기를 간절히 바라며 그녀는 냉정하게 쏘아붙였다.

그러자 위트콤이 이번에는 그녀의 목을 움켜쥐고는 울부짖을 때까지 머리채를 잡아당겼다.

「오호라, 참견할 권리가 없다?」

목소리를 잔뜩 깔며 그가 으르렁댔다. 땀구멍까지 다 보일 만큼 얼굴이 바짝 닿아 있었다.

「한 시간 후에 모어랜드를 담당하고 있는 변호사를 만날 거요. 티비 윈즐로는 말을 하면 알아들을 만한 인간이겠지. 월요일에는 마차를 보내서 당신 가족과 짐을 위트콤으로 실어갈 거요. 준비해 두라고, 이 천치 같은 여자야.」

말을 마친 그가 록세나를 풀어주고는 소파로 밀어버리자, 다리가 꺾이면서 소파에 파묻힌 록세나는 본능적으로 얼굴을 가렸다. 그가 조금씩 가까이 다가오자 그녀는 숨도 쉬지 못한 채 몸서리를 치며, 매기가 문을 열고 들어와 주기만을 애타게 기도했다. 선 채로 가만히 그녀를 내려다보고만 있던 위트콤은 한참 만에야 입을 열었다. 아까와 달리 사뭇 부드러워진 목소리는 분노보다 더 사악한 무엇인가를 감춘 듯한 낌새를 풍겼다. 연인의 속삭임 같은 목소리였지만, 폭력에 대한 공포보다도 더한 두려움이 뱀처럼 온몸을 휘감았다.

「록세나, 그렇게 반항하니까 더 매력적이군.」

그 말을 던져놓고서 그는 사라졌다.

4

위트콤의 무서운 얼굴이 꿈에 나타날까 두려워 록세나는 그날 밤이 늦도록 잠을 이루지 못했다. 마주하고 앉아 얘기를 들어주던 매기가 끝내 졸음을 참지 못하고 눈을 비비며, 잠을 자지 않으면 몸이 배겨나지 못한다고 말하자 록세나도 그제야 고개를 끄덕이고는 침실로 올라갔다. 지칠 대로 지쳐 있으니 꿈을 꾸지 않고 잠을 이룰 수 있을지도 모른다는 희망을 안고서.

잠옷으로 갈아입는 수고를 할 필요는 없었다. 잠을 자지 않았으니 꿈을 꿀 틈도 없었고. 마음이 놓이지 않아, 록세나는 침대에 누워서도 눈을 부릅뜨고서 내내 어둠 속을 응시하고 있었다. 사방이 고요해서 아래층 벽시계의 초침 움직이는 소리가 더욱 선명하게 들려왔다. 낡은 집이라 그런지 무슨 신음소리 같기도 하고 소곤거림 같기도 한 이상한 소리들이 간간이 들려왔고, 그럴 때마다 록세나는 벌떡벌떡 일어나 담요를 가슴까지 끌어올렸다. 그러고는 금방이라도 위트콤이 나타나 덮칠 것만 같은 생각에 주체할 수 없이 흐느껴 울었다.

록세나는 주먹 쥔 손을 양 옆구리에 꼭 붙인 채 누워, 혹시라도 자신이 시숙을 자극할 만한 행동을 한 적이 있었는지 곰곰이 되짚어보았다. 그에게 남편의 형, 그 이상의 관심을 있다는 착각을 하게 할 만한 태도를 보인 일이 있었던가? 사실, 위트콤이 그녀에게 목사의 아내치고는 꽤 곱상하게 생겼다는 말을 한 적은 간혹 있었지만 그건 다른 사람들한테서도 곧잘 듣는 말이었다. 그때마다 록세나는 얼굴을 붉히며 그냥 웃고 넘길 뿐이었다. 그런 말은 앤서니한테 들을 때에나 가슴이 설레었다. 앤서니……. 록세나는 어둠 속에 한숨을 토했다. 앤서니는 그녀의 옷을 벗기며 그런 말을 했었고, 때로는 의외의 장소에서 그런 말을 속삭이며 록세나에게 입을 맞추어 성도들을 깜짝 놀라게 하기도 했다.

자꾸만 우울한 방향으로 생각이 흘러가는 것 같아 록세나는 침대를 내려와 창가에 앉았다. 난 지금 너무나 약해져 있어. 마셜은 그런 약점을 노리고 있고. 남자들 중에는 바다 속에서 피 냄새를 맡고 달려드는 상어 같은 본능을 가지고 있는 사람도 있는 걸까? 내가 다시 남자의 몸을 받아들일 준비가 되어 있다는 걸 그 사람이 알아차린 걸까? 그건 절대 안 돼. 아무리 내가 내 몸과 영혼을 책임질 만큼 자립적인 여자가 못 된다고 해도 그럴 수는 없어. 아무리 마음이 흔들려도 그의 사악한 제안에는 절대 굴복하지 않을 거야.

이봐, 록세나, 넌 지금 생각할 가치도 없는 일로 고민하는 거야. 속으로 중얼거리면서 그녀는 처음으로 꿈틀대는 희망을 느꼈다. 과부가 된 지 겨우 여섯 달이지만, 남편은 이태가 넘게 죽은 사람이나 마찬가지였지. 게다가 록세나, 너는 숙녀라면 입 밖에 낼 수 없는 것을 무척 좋아하지. 그렇지만 시숙은 절대 아냐! 그의 정부가 된다는 건 더욱이나 역겨운 일이고. 기다리다 보면 더 좋은 상대가 나타날 거야. 어쨌든 넌 그 사람을 물리칠 수 있어. 안 그래, 록세나?

해가 솟아오를 때까지 록세나는 창 옆에 앉아 있었다. 이유는 알 수 없지만 왠지 힘이 솟는 듯도 했다. 3년 동안 잠 못 이루는 긴긴 밤을 보낸 끝에 그런 밤을 또 하루 더 보내면서 비로소 자신을 발견한 것이었다. 전과는 다른 느낌이야. 록세나는 지친 눈으로 이슬을 머금은 들판과 햇살을 받아 반짝이며 유유히 흘러가는 저편의 강을 바라보며 생각했다. 예전에는 다가올 상실의 아픔을 슬퍼했어. 지금은 자존심을 잃었다는 상실감과 두려움을 슬퍼하고 있고. 어느 편이 더 힘든 걸까?

「정말 모르겠어. 앤서니, 나만 두고 떠나다니, 당신 정말 나쁜 사람이에요. 그래도 되는 거예요?」

그 물음은 그녀의 숨을 멎게 했고, 이제껏 느끼지 못했던 지독한 아픔에 전율하게 만들었다. 죽은 자, 그것도 사랑하는 남편을 원망하는 것은 이미 곪을 대로 곪은 살을 후벼파는 것만큼이나 고통스러운 일이었다. 록세나는 처음으로 자신의 감정이 어떤 것인지를 찬찬히 들여다보려고 애를 썼다. 철모르는 두 아이와 자신을 무일푼에 집도 절도 없이, 음탕한 시숙 앞에 남겨놓고 간 앤서니는 분명 나쁜 사람이다. 록세나는 창가에 가만히 앉아 악몽 같은 현실을 뚫어지게 노려봤다. 마치 거친 솔처럼 고통이 어깨를 에워싸더니 숨이 막힐 때까지 조여들었다.

더 이상 견딜 수 없을 것 같다는 생각이 들 때쯤 그녀는 애써 정신을 가다듬었다.

「하지만 당신도 어쩔 수가 없는 일이었어요, 그렇죠, 앤서니?」

살아남아 아내와 함께 하려고 오래도록 병마와 맞서 싸워준 남편, 주일 아침이면 침대에 누워 있기도 힘든 몸을 일으켜 기어이

설교단에 오르곤 했던 일을 떠올리며 록세나는 중얼거렸다. 누운 채로 고통에 찬 비명을 안으로 삼키며 두서없이 늘어놓는 아내의 얘기들을 묵묵히 들어주던 시간들도 떠올랐다.

「오, 앤서니 당신은 최선을 다했어요」

속삭이듯 낮은 소리로 록세나는 말했다. 눈을 감으니 신비하게도, 목을 휘감았던 솔이 천천히, 부드럽게 풀어지면서 고통이 누그러져갔다. 록세나는 창틀에 턱을 괴고서, 어린 시절 켄트에서 살 때 오빠들과 카드놀이를 했던 기억을 떠올렸다. 인정사정 봐주지 않는 오빠들이라, 그녀는 카드를 팽개치고 달아나 인형놀이하고 싶은 것을 꾹 참아가며 악착같이 겨루었다. 처음에는 엄마에게 달려가 울며 이르기도 했지만 그러면서 차츰 게임의 규칙을 익히게 되었다. 이길 때도 있었고 질 때도 있었는데, 단 한번도 카드를 팽개치지는 않았다.

「어디 해볼 테면 해봐요, 마셜. 이번 판에는 내가 당신을 때려눕히고 말 테니까.」

그제야 록세나는 미소를 띠며 결심했다. 봄베이의 오빠들에게 차일피일 미루어온 편지를 쓰리라고. 따지고 보면 게임의 규칙을 알게 해준 오빠들 덕을 본 것이나 마찬가지 아닌가.

하지만 우선은 악당과 부딪혀야 해. 록세나는 그렇게 생각하면서 일어나 세면대로 갔다. 물이 찼지만 용감히 잠옷을 벗고 소름이 돋을 때까지 씻고 또 씻었다. 그러고는 거울 속에 비친 자신의 모습에 가차없이 눈길을 돌렸다. 머리 위로 팔을 들어올려 보니 앙상한 갈비뼈가 드러났다. 정말 끔찍하게도 네 몸에 소홀했구나, 록세나 드루. 완전히 가슴 달린 해골이야. 이래서는 안 돼. 그녀는 재빨리 옷을 챙겨 입고 다시 거울을 봤다. 아직 아름다웠다. 반짝이는 갈색 눈동자와 곱슬머리를 한 미래의 필리시티의 모습이었다. 비로소 록세나는 마음이 평온해지는 듯했다. 아름답다는 말을 다시 들으면 기분이 좋아질 거야. 머리를 뒤로 모아 하얀 리본으로 묶으면서 그녀는 생각했다. 검은색은 이제 질렸어. 리본쯤이야 다른 색으로 해도 괜찮겠지.

다시 검은 드레스로 갈아입고 창 밖을 내다보니 어떤 남자가 모어랜드 쪽에서 들판을 가로질러 급히 뛰어오는 것이 보였다. 오호라, 마셜, 정말로 티비에게 가서 한마디했나 보군요. 록세나는 혼자 중얼거렸다. 그 집을 빌리지 못하면, 당신 침대 속으로 들어가느니 차라리 아이들과 함께 구빈원으로 가서 불안한 자비에 몸을 맡기겠어.

록세나는 각오를 단단히 하고 아래층에 내려가, 마치 교구의 바느질 모임 부인들을 맞는 것처럼 사무적인 미소를 지으며 문을 열었다.

교구 내에서는 본 적이 없는 남자였다. 모자를 벗고 인사를 한 후 메모 한 장을 내미는 그에게 록세나가 안으로 들어오라고 권하자 그는 깜짝 놀라며 눈을 끔뻑거렸다.

「신발이 흙투성입니다요.」

록세나는 더 크게 미소를 지어 보였다.

「어쨌든 들어오세요. 아직 차 끓일 물은 없지만, 그래도…….」

「그럴 시간이 없습니다요, 부인.」

사내가 안으로 들어오며 그녀의 말허리를 잘랐다. 록세나는 문을 닫고서, 인부가 모자를 손에 든 채 기다리는 동안 티비의 편지를 뜯어 재빨리 읽어 내려갔다.

「저에게 하실 말이 있다고요?」

「부인을 모셔오라고 하셨습니다. 비열한 인간은 세상 어디에나 있는 법이라고 하시면서요.」

록세나는 매기 앞으로 아이들한테서 잠시도 눈을 떼지 말라는 내용의 메모를 휘갈겨 써놓고는 숄을 찾아 어깨에 둘렀다.

「윈즐로 씨를 기다리게 하면 안 될 테니까, 얼른 가야겠죠?」

서둘러 들판을 가로질러 가는 동안 그 인부는 호위자의 역할만 할 뿐 말상대는 되어주지 못했다. 곳곳에 농부들이 나와 일을 하고 있었다. 큼지막한 낫들이 새벽 햇살을 받아 규칙적으로 빛을 번득이는데, 그 모습은 마치 지주들이 요크셔의 추수를 위해 햇빛을 한 점 남김없이 훔쳐가고 있다는 인상을 주었다. 록세나는 구빈원에 대한 생각을 머릿속에서 지우려고 애쓰면서 가을 들판의 풍요로운 향기를 온몸 가득 들이마셨다. 아직 시간이 있으니까 그때 가서 생각하면 돼.

편지에 할말을 적어 10파운드를 동봉해서 되돌려보내면 그만인 일이건만, 그래도 티비는 나쁜 소식을 직접 만나서 전해주려는 배려를 보여주고 있으니 고마운 일이잖아. 인부와 보조를 맞추려고 부지런히 발을 놀리면서 록세나는 그렇게 생각했다. 매달려 사정하면서 구차한 모습을 보이고 싶지는 않아.

록세나와 인부는 저택으로 이어진 좁을 길을 따라 부랴부랴 걸어갔다. 영지 후미에 있는 그 집을 보니 록세나는 반가운 마음이 들었다. 티비가 두 사람을 기다리며 현관 앞 계단에 앉아 있었다.

「오셨군요, 드루 부인.」

티비가 일어나 손을 내밀었다.

「애써주셔서 정말 고마워요.」

이 사람이 가슴에 비수를 들이대기 전에 그 날을 무디게 해버리자 마음먹으며, 록세나는 그와 악수를 했다.

「어제 저 때문에 위트콤 경과 대면했죠? 정말 미안해요. 분명 유쾌한 말을 들었을 리 없을 텐데.」

티비는 고개를 끄덕이며 미소를 지었다.

「아이고, 말도 마세요. 정말 화가 단단히 났더군요. 사실, 그래서 좀 뵙자고 한 겁니다, 부인.」

　록세나는 어깨를 곧게 펴고는 자신을 육 척 장신의 모습으로 상상해보았다. 차분하게 그녀는 입을 열었다.
「어서 말씀해보세요. 받아들일 준비가 되어 있으니까요.」
　티비는 그녀를 보며 눈을 끔뻑거렸다.
「뭘 받아들이시겠다는 말씀입니까, 부인?」
　그는 록세나의 눈동자를 뚫어지게 쳐다보며 그녀의 팔을 살짝 건드렸다.
「설마 계약을 파기할 거라고 생각하신 건 아니죠?」
「그러셔도 전 충분히 이해해요.」
　록세나는 말을 하다가 뚝 멈추었다. 눈이 동그래졌다.
「티비, 그럼 혹시…….」
「그런 생각을 다 하시다니 혼을 내드려야겠어요, 드루 부인!」
　티비는 록세나를 집안으로 안내한 후 곧바로 서재로 들어가더니 그녀의 팔을 잡아당겨 뒤쪽 창으로 이끌었다. 창 밖을 바라보며 눈물이 고이는 것을 느끼던 록세나는 바로 그 순간 확신했다. 강인해질 수 있을 거라고. 다시는 울지 않을 거라고.
　네 명의 인부가 지붕 위에서 일하고 있었고, 다른 두 명이 창문에 달라붙어 깨진 유리를 떼어내고 있었다. 현관 안쪽으로 마루를 걷어내는 목수들의 모습이 들여다보였다. 록세나는 티비의 얼굴을 쳐다볼 수가 없었다.
「어제 그 양반이 변호사를 대동하고 씩씩거리며 여길 찾아왔지 뭡니까.」
　티비의 목소리는 차분했지만 날이 서 있었다.
「당장 돈을 돌려주고 공사를 중단하지 않으면 따로 윈 경과 연락을 취해서 해치워버리겠다더군요. 그럼 난 당장 해고될 것이고 요크셔 지방에서는 두 번 다시 관리인 자리를 얻을 수 없을 거라고 협박까지 하면서 말이에요.」

「너무 무시무시한 말이군요. 더구나 지금같이 어려운 때에. 그 사람은 한다면 할 사람이에요.」

티비가 어깨에 손을 얹자 록세나는 그를 바라보았다.

「그래서 제가 그랬지요. 일을 중단하느니 차라리 죽겠다고. 돈을 받고 계약서에 서명을 끝냈다는 말도 했습니다. 그러니 지옥에나 가시라고. 죄송합니다, 부인 앞에서 이런 험한 말을 입에 담아서. 해볼 테면 해보라고 그랬습니다. 그래봤자 그 양반이 할 수 있는 일은 아무것도 없을 테니까요.」

그제야 록세나는 한숨을 돌렸다. 좀전에 인부가 들판을 가로질러 목사관으로 오는 것을 목격한 후부터 내내 숨이 목에 탁 걸려 있던 것만 같았다.

「일이 그렇게 잘됐으면 좋겠어요, 티비. 그리고 아저씨께는 너무 고마워서 말로 다 할 수가 없네요.」

관리인은 손을 주머니에 꽂고서, 굉장히 흡족한 듯 가만가만 몸을 앞뒤로 흔들었다.

「부인은 아주 성실하고 좋은 세입자가 되실 것 같습니다. 아마 봄에는 집 앞에 백일초가 필 거예요.」

혹시라도 이 남자를 당혹스럽게 만들까 싶어 록세나는 쏟아져 나오려는 눈물을 꾹 참았다.

「저는 서쪽 벽에 담쟁이덩굴을 심고 싶어요. 물론 자라려면 시간이 좀 걸리겠지만 계속 키워보려구요.」

「연 10파운드에 이 집 주인이 되셨네요, 드루 부인.」

말을 하고 나서 티비는 껄껄 웃었다.

「그럼, 추수 감독을 해야 하니까 전 이만 가보겠습니다. 저택에 급박한 일이 생기면 공사가 조금 늦어질지도 모르겠습니다만, 아마 그럴 일은 없을 겁니다.」

다시 악수를 하고 나서 두 사람은 현관으로 걸어갔다.

「어제 위트콤 경이 미친 듯이 화를 내면서, 다음 월요일 아침에 부인 댁에 마차를 보내 이삿짐을 실어가겠다고 하더군요」
「저한테도 그랬어요」
「그럼 제가 일요일 오후에 마차를 보내드리면 어떨까요?」
록세나는 관리인을 향해 활짝 웃음을 지어 보였다.
「그렇게 하면 짐을 챙겨서 감쪽같이 위트콤 경의 땅을 벗어날 수 있을 것 같아요. 그에 대한 대가는 지불해드릴게요」
티비는 고개를 내저었다.
「10파운드를 내셨잖습니까, 드루 부인. 그거면 됩니다.」

매서운 바람에 노섬벌랜드의 나뭇가지들이 이파리를 떨굴 때쯤 플레처 랜드는 편지 한 묶음을 받았다. 일주일 전에 그가 떠나온 영지로 아마벨이 보낸 것인데 다시 일주일이 걸려 비로소 이곳 하이 포인트의 그의 손에 들어오게 된 것이었다.

그는 망토가 여러 겹 달린 승마용 코트를 더욱 바짝 여몄다. 윈필드를 떠나올 때 누이들의 간청에 못 이겨 최신 유행복을 입고 나온 것이 후회되었다. 투박하기 짝이 없는 군용 오버코트 생각이 간절했다. 하이 포인트의 안방 벽난로에서 불길이 기세 좋게 타오르고 있었지만 창문 틈으로 새어 들어오는 외풍을 막아낼 수는 없었다. 어휴, 사람들은 이곳에서 어떻게 살아가는 걸까? 그는 으슬으슬 떨면서 편지 꾸러미를 풀었다.

아마벨의 편지는 발이나 녹으면 읽어보리라 생각하고 일단 제쳐 놓았다. 변호사에게서 온 편지들은 별로 급한 게 아니었고 초대장은 하나도 없었다. 플레처는 부츠를 벽난로의 쇠살대에 걸쳐놓고서 나머지 편지를 살펴보았다.

그것은 위트콤의 저택의 주인, 마셜 드루가 보낸 것이었다. 플레처는 겉봉을 뜯어내어, 빽빽하게 글자를 써내려 간 편지를 무릎에 올려놓고 목 위로 바짝 코트를 여몄다. 12년 전 먼 친척의 장례식 때문에 처음이자 마지막으로 모어랜드를 찾아갔을 때 위트콤을 만났던 기억이 어슴푸레 떠올랐지만, 외풍이 들이치는 노섬벌랜드 저택에서 오슬오슬 떨며 앉아 있자니 아무런 생각도 해볼 수가 없었다. 그는 힘겹게 노스 라이딩의 토지 경계선을 동부 영지 너머로 쭉쭉 넓혀나가는 일을 떠올렸고, 지금으로서는 그것이 그에게 전부였다.

토지 경계선, 한사 상속, 저당권, 토지 임대와 권리 양도 따위에 대해 멍하니 생각하며, 플레처 랜드는 한숨과 함께 의자에 등을 기대었다. 재산과 영지에 관련된 여러 가지 법률적인 문제 때문에 머리가 터질 것만 같았다. 아직까지도 이름을 붙여주지 못한 말에 올라타서 가까운 항구로 달려가 스페인으로 가는 배에 몸을 싣고 싶은 마음이 간절했다. 지중해에 면한 지브롤터 해변 마을, 음식 맛이 뛰어나고 정열적인 여인들이 사는 그곳이 그려졌다. 지긋지긋한 재산 문제는 능력 있는 관리인들의 손에 내맡긴 채 잊어버려도 그만 아닌가.

하지만 꽉 잠긴 창문 틈으로 쉴새 없이 바람이 들어오는데도 무릎 위에 놓인 편지들은 봐주지 않는 것에 시위하듯 꿈쩍도 하지 않았다. 하는 수 없이 그는 편지를 집어들었다. 다 읽고 난 후, 그는 물끄러미 난로의 불꽃을 바라보며 중얼거렸다.

「경애하는 위트콤 경, 도대체 내가 왜 내 집에 세들어 사는 과부 일에 신경을 써야 한단 말이오. 임대료만 받으면 그만이지.」

위트콤이 왜 티비 윈즐로와 과부, 그리고 그녀의 두 딸을 꼭 집어 이렇게 심하게 대하는 걸까 이상하게 여기면서 그는 다시 한번 편지를 훑어보았다.

윈즐로가 한달 전에 보낸 짧은 편지도 있었다. 노스 라이딩에 있는 토지의 가을 추수 현황을 보고하는 내용이었는데, 끝 부분에 모어랜드에 있는 집을 수리해서 목사의 미망인에게 임대하려 한다는 말이 덧붙여져 있었다. 그리고 그 집에 저택의 가구를 몇 채 들여 놓아줘도 되겠느냐 묻고 있었다. 남편으로부터 아무것도 상속받지 못한 채 목사관에서 나와야 하는 불쌍한 과부라는 것이다. 윈은 관심이 없었다. 모어랜드에 어떤 가구가 있었는지 하나도 생각나지 않는데 무슨 관여를 할 것인가.

그는 한숨을 쉬면서 편지를 구겨 불길 속으로 휙 집어던졌다. 그렇지 않아도 2주일쯤 후에 위트콤을 방문할 참이었다. 거실에 앉아 차를 마시며, 모어랜드를 사지 않겠느냐는 제안을 할지도 몰랐다. 마침, 그 토지는 무조건 상속지로 보유하고 있는 것이라 마음대로 처분할 수 있었다. 그럼 위트콤이라는 양반은 그 가련한 미망인에게 자기 하고 싶은 대로 할 수 있겠군.

더 이상 외면할 도리가 없어서, 윈은 아마벨의 편지를 집어들었다.

「누나는 또 나한테 무슨 꿍꿍이속을 품고 있는 거야, 응?」

구시렁거리며 그는 편지를 뜯었다.

첫 장에는 숨쉴 새도 없이 이어지는 자식 자랑으로 채워져 있었는데, 윈은 그 아이들 가운데 단 한명도 기억나지 않았다. 다음 장에서는 맨 끄트머리에 적힌 '너의 다정한 누나가'에 눈길이 이르기도 전에 얼굴이 일그러지고 입에서는 사정없이 욕설이 튀어나왔다.

「빌어먹을, 아마벨.」

위트콤의 장광설에 이어 누이의 편지를 읽고 난 그가 편지를 벽난로 속으로 집어던지며 내뱉은 가장 점잖은 말이었다. 어쨌든 이번에는 돈 달라는 소리는 없으니 그것만으로도 고마워해야 하나. 그녀는 루이저 두겟과 그 부모인 에스링햄 부부가 윈필드에서 크리스마스 연휴를 함께 보낼 것이라고 통보를 해온 것이었다. '윈필드의 여주인으로서 그분들을 모시고 사교계 최고의 보석 같은 아가씨에게 널 소개해주게 되어 기쁘기 그지없구나.' 그녀는 그렇게 쓰고 있었다.

하느님, 제발 저를 에스링햄 일가와 부딪히지 않게 해주소서. 그 집 아들은 돈으로 대령이 된 위인인데 어리석게도 워털루 전쟁에서 자신은 물론이고 연대 전체를 어이없는 죽음으로 몰아넣은 적이 있었고, 윈의 기억하기에 그 양반의 외동딸은 지금쯤 서른이 넘고 치열이 벌어진 여자였다. 보나마나 귀족 사회에서 알거지나 마찬가지인 에스링햄 일가를 생각하며 그는 불쾌한 미소를 불꽃에 살라버렸다. 분명히 에스링햄, 그 양반은 나한테 돈을 울궈내어 파산을 면해보겠다고 딸내미를 이혼남에게 희생재물로 바치려는 수작이겠지. 그 덕에 난 사회적 체면을 되찾게 되는 거고.

고맙지만, 아마벨, 절대 사절이야. 그나저나 이번 크리스마스를 어디에서 보낸다지. 마음이 잘 맞는 벗들은 스페인과 벨기에의 전쟁터에서 모두 전사했다. 아마 클레어리스라면 날 받아줄 거야. 여자를 소개시키려고 안달복달하지도 않을 테고. 클레어리스라면 그의 행방을 아마벨에게 비밀로 해줄지도 몰랐다. 아침에 편지를 써야겠다.

아, 다시 생각해보니, 이 저주받은 영지에서는 병 속의 잉크가 모두 얼어붙었을 것 같다. 그럼 되도록 빨리 볼일을 마친 후에 말을 타고 곧장 모어랜드로 달려가서 거기서 편지를 쓰는 편이 나을 것이다. 위트콤과 복잡한 일을 매듭짓고, 윈즐로에게는 자신의 신뢰가 변함없다는 것을 보여준 다음, 아직 둘러보지 못한 영지를 몇 군데 더 둘러보고 나서 슬그머니 클레어리스의 집으로 퇴각하여 그곳에서 연휴를 보내는 것이다.

멋진 계획이야. 윈은 그렇게 생각하며 두 손을 마주 비비고 호호 따뜻한 입김을 불었다. 노섬벌랜드를 사정없이 저주하면서 그는 창가로 성큼성큼 걸어갔다. 기분은 엉망인데 하늘 가득 흩날리는 눈송이를 보니 미소가 피어올랐다. 또 한해가 가고 한 살을 더 먹는구나. 그런데 아직도 혼자란 말인가. 윈은 차가운 창틀에 몸을 기댔다.

하지만 결혼생활을 할 때도 외로운 건 마찬가지였어. 공정하게 말하면, 그를 사교계로부터 소외시킨 그 괴팍한 성격이 꼭 신시아 탓이라고만 할 수는 없었다. 원래 고독을 즐기는 천성이 전쟁을 겪으면서 더 심해졌다는 것을 스스로도 알고 있었다. 전쟁터에서 총탄을 맞아 쓰러지는 전우들을 바라보는 것은 정말 사람을 우울하게 해. 땅 위에 소복이 쌓이기 시작하는 눈발을 창 밖으로 내다보며 그는 속으로 중얼거렸다. 전쟁통에서 군인들은 술독에 빠지거나 오입질을 하든가, 혹은 수상쩍은 거래를 하기 십상이었다. 하지만 그는 워낙에 자기 안에만 틀어박혀 있어, 아마벨이 은둔자라고 부를 정도였다.

「그래 어차피 난 그런 인간인걸, 뭐.」

침대로 가면서 그는 크게 소리내어 말했다. 옷을 벗을까 생각했지만 추위에 못 이겨 부츠만 벗고 코트와 옷을 모두 입은 채 이불 속으로 기어 들어갔다. 스페인과 태양과 오렌지를, 그리고 노섬벌랜드를 영영 벗어나는 생각을 하며 그는 덜덜 떨다가 잠이 들었다.

봄에 다시 와서 하이 포인트와 관련된 법적인 문제를 해결해보겠다는 편지를 휘갈겨 쓰고 난 후, 윈은 아침 일찍 길을 나섰다. 하이 포인트 문제는 더럼의 초대 주교 시절부터 질질 끌면서 곪아온 것이었다. '오 백 년을 기다렸으니 내년 봄까지도 기다릴 수 있을 거요.' 큼직큼직한 글씨로 그렇게 쓰고 난 후 화려하게 서명을 했다.

「어쨌든, 난 후작이잖아. 내가 하고 싶은 대로 할 수 있다구.」

호탕하게 소리치며 그는 거실 벽난로 위의 못생긴 꽃병에 편지를 기대어놓았다. '이름 없는 청춘마'를 타고 요크셔를 향해 방향을 잡을 때까지도 그런 철부지 같은 생각을 한 자신을 생각하면 연신 웃음이 나왔다.

이제껏 본 적이 없을 만큼 푸르디푸른 하늘을 뚫고 마치 하얀빛을 쏟아내는 것처럼 흩날리는 눈발 속에 하루종일 말을 달리다 보니 머리가 지끈지끈 아파 오기 시작했다. 저기 아스라이 보이다가 점점 가까워지고 있는 것은 잉글랜드의 등줄기, 페나인 산맥(잉글랜드 북부에서 남부로 뻗은 산맥)이었다. 수심에 잠긴 거인처럼 보이던 산맥이 지는 해를 받아 수줍은 듯 고운 연분홍 빛으로 물들고 있었다. 외로운 길에 작은 여관 하나 눈에 띄지 않더니, 다행히 어떤 소작인의 오두막에서 하룻밤 묵을 곳이 필요한 그를 반갑게 맞아주었다. 그곳에서 마신 맥주에 눈이 돌아가고, 빵과 치즈는 집에서 프랑스 요리사가 만들어주던 어느 고급 요리보다도 맛이 기가 막혔다. 그 집의 두 아이와 한 방에서 잠을 잤는데 일주일만에 맛본 포근한 잠이었다.

아침에는 다시 눈발이 날리기 시작했지만, 윈은 '저 고개만 넘으면 모어랜드다' 라고 되뇌면서 저녁이 될 때까지 쉬지 않고 말을 달렸다. 예정보다 2주나 일찍 가도 과연 티비 윈즐로가 반갑다고 맞아줄까 하는 생각이 들었지만 그냥 무조건 가보는 거다. 나폴레옹의 모스크바 퇴각을 생각하며 그는 끈질기게 말을 몰았다.

자정 무렵, 짙은 구름 사이로 자비의 손길처럼 비추이는 보름달을 환히 받고 있는 모어랜드 초입의 소로에 들어섰을 때는 몸이 녹초가 되어 있었다. 저택에서는 불빛 한줄기 새어나오지 않았지만, 시간이 시간이니 만큼 그리 이상한 일은 아니었다. 당혹스러운 건 집이 텅 비어 있고 열쇠도 없다는 사실이었다.

「망할!」

한밤중에 텅 빈 집을 향해 죽을힘을 다해 달려온 자신에게 짜증이 난 윈은 고요한 밤하늘에 대고 소리내어 욕설을 내뱉었다. 그는 저택 앞 계단의 눈을 대강 치우고 엉덩이를 붙였다. 기분은 저조했지만, 눈송이들이 달빛을 받아 다이아몬드처럼 빛나는 광경이 너무나 아름답다는 것은 인정하지 않을 수 없었다. 바람이 없는 탓에 나뭇가지에도 눈송이가 내려앉아 마치 보석을 달아놓은 것처럼 보였다. 왼편 과수원에는 괴괴한 침묵만 흐르고 있어 봄이 와도 사과가 열릴 성싶지 않았다.

「자알 됐다, 이 똑똑한 친구야, 그래 이제 어쩔 참이냐?」

그는 자신에게 물었다. 시린 바람이 코트와 가죽바지를 뚫고 사정없이 쳐들어오고 발가락은 얼얼해지기 시작하고 있었다.

불현듯 영지 안에 딸려 있는 작은 집을 생각해낸 윈은 몸을 일으켜, 시린 엉덩이에서 눈을 털고는 다시 씩씩하게 안장 위에 올라앉았다. 늙은 미망인이 아주 귀가 먹었거나 특별히 까다롭지 않다면 소파에서 하룻밤쯤 재워줄 것이다. 작은 집이 있었다고 어렴풋이 기억되는 방향을 따라 그는 저택 뒤편으로 말을 몰았다.

앙상한 나무 아래 자리한 그 집은 기억했던 것보다 훨씬 작았지만 어쨌든 무척 반가웠다. 굴뚝에서 연기가 피어오르진 않았지만, 이층 어느 방에서 불빛이 비추고 있었다. 최소한 희망은 보이는군. 그는 말 옆구리를 살짝 쳐서 앞으로 나갔다.

노크를 하고 한참이 지나서야 계단을 내려오는 가벼운 발소리가 들렸다.

「누구세요?」

안에서 나지막한 목소리가 들려왔다. 여자의 목소리에서 경계의 빛이 느껴졌지만, 한밤중임을 감안해보면 그리 이상한 일은 아니었다. 아마도 이 집에 사는 늙은 미망인에게는 혼기가 꽉 찬 딸 두 명만 있을 뿐 아들은 없는 모양이다.

「나는 이곳 토지 주인인 윈 경입니다.」

혹시라도 노파가 귀를 먹었을지도 몰라 그는 목청을 조금 높였다.

　「좀 들어가도 되겠습니까? 아마, 내가 이리 빨리 올 줄을 티비원즐로가 생각 못 했나 봅니다.」

　열쇠 돌리는 소리가 나더니 문이 열리고, 수년 동안, 아니 태어나서 처음 보는 듯한 아리따운 여인이 나타났다. 갈색 눈동자가 아이의 눈 마냥 동그랗고, 초승달처럼 길게 휘어진 눈썹은 티 하나 없이 맑은 얼굴에 놀랄 만한 생동감을 실어주고 있었다. 세상에, 이렇게 고운 피부가 또 있을까. 여인의 아름다움에 넋을 잃은 채 윈은 그런 생각을 했다. 분홍빛이 감도는 뽀얀 얼굴에 나이트 캡 아래로 짙은 갈색 머리타래가 흐트러져 있었다. 그리고 몸피에 비해 너무 헐렁한 잠옷과 가운을 걸치고 있었다. 아마도 남자의 가운인 듯했다.

　「들어오세요.」

　바보처럼 입을 벌리고 넋이 나간 사람처럼 서 있는 윈에게 여인이 그렇게 말하고 있었다.

　「여기 이렇게 길게 서서 의식을 치르기에는 날이 너무 춥군요. 아무리 그걸 바라신다고 해도.」

　윈은 그 말에 껄껄 소리내어 웃고는 '이름 없는 말'의 고삐를 놓고 안으로 들어갔다.

　「오, 아닙니다, 의식이라뇨. 그런데, 어머님은 주무십니까? 하룻밤 묵어갈 수 있도록 청을 드려야겠는데.」

　머리를 갸우뚱하는 여인의 모습이 너무나 사랑스럽다.

　「제가 이 집안 어머니인데요. 무슨 일로……?」

　윈은 깜짝 놀라며 그녀를 쳐다보았고, 여사 쪽에서도 그쯤 되자 호기심 어린 눈길로 시선을 되받았다.

　「저기, 그러니까 내 말은, 티비가 미망인이라는 말을 하기에, 그래서 내 생각에는 당연히…… 에, 그러니까…….」

말이 자꾸 꼬이자 자신이 꼭 시골뜨기 같이 느껴져서 그는 말을
멈추었다.

「아, 네……」

여인이 잠시 바닥을 내려다보다가 다시 그의 얼굴로 시선을 던
졌다.

「윈 경, 젊은 남자들도 죽습니다. 군인 생활을 해보셨으니 이런
상황을 많이 봐오셨으리라 생각됩니다만.」

「죄송합니다, 미시즈…… 미시즈…….」

「드루예요」

여인이 성(姓)을 일러주며 손을 내밀었다.

「남편은 위트콤 교구의 목사였죠. 걸어드릴 테니 코트를 벗으세
요.」

두 사람은 악수를 나누었다. 말리기도 전에 그녀가 등뒤에서 코
트를 잡아 빼는 바람에, 윈은 팔을 소매 밖으로 뺄 수 밖에 없었
다. 조그마한 여자가 몸놀림이 참 빠르기도 하지. 어쩔 수 없이 그
는 여자가 하는 양 내버려두었다.

「드루 부인, 혹시 거실 소파에서 하룻밤 신세를 질 수 있을까
요?」

그녀는 문 옆의 외투걸이에 코트를 걸었다.

「소파가 없어서 그건 어렵겠는데요.」

그녀는 위층에서 가지고 내려온 램프를 높이 들어 거실 전체를
볼 수 있게 비추었다. 마루는 아직 다듬어지지 않은 송판 그대로
인데다가 칠도 되어 있지 않았고 벽지는 너덜너덜한 상태였다.

「방을 하나씩 수리하고 있는데 딸아이들 침실 정리가 급하다보
니 집안 모양새가 아직 엉성하답니다.」

윈은, 커튼도 치지 않은 창으로 흘러 들어오는 달빛을 받아 서
늘하고 횅해 보이는 텅 빈 방 안을 휘 둘러보았다.

「티비가 무리한 임대료를 요구한 건 아닐지 모르겠습니다.」

록세나는 조용히 소리내어 웃었다.

「어머, 아니에요. 아무래도 지금 제가 윈 경을 속이는 것처럼 돌아가고 있는 것 같네요.」

집주인의 기분을 가늠해보려는 듯, 그녀는 잠깐 말을 멈추었다.

「아침이 되면 다른 방들도 보여드리죠. 어떻게 해놓았는지 말이에요. 아마 마음에 드실 겁니다.」

윈은 그녀의 목소리에서 초조해하는 기색을 눈치챘지만 모르는 척했다.

그는 외투걸이에서 코트를 집어들고 거실로 들어갔다.

「난 그냥 여기 마루에서 그럭저럭 자면 됩니다.」

코트를 마루바닥에 펼치면서 그가 말했다.

그녀가 말간 눈을 더욱 동그랗게 뜨면서 세차게 머리를 젓더니 숨이 넘어갈 듯한 목소리로 그를 말리고 나섰다.

「말도 안 돼요. 좋은 생각이 있는데, 차라리 제 방에서 주무시면 어떨까요?」

이번에는 윈 쪽에서 눈이 휘둥그레졌다.

「그건 상상도 할 수 없는 일입니다, 부인!」

윈은 뺨이 달아오르는 것을 느꼈다.

「그것 말고는 달리 방법이 없는 것 같아서요.」

록세나가 단호하게 나오자, 윈은 그녀의 효율적인 일 처리에 군소리 없이 승복해야 할 것만 같은 기분이 들었다.

「저는 아이들과 함께 자면 돼요. 안방 침대에 뜨거운 물병도 넣어두었어요.」

윈의 얼굴을 유심히 살펴보던 그녀의 눈에 걱정하는 빛이 역력했다.

「머리가 지끈거리시나 봐요.」

「아, 예.」

어떻게 그리도 쉽게 알아챌 수 있을까. 어느새 두통은 깡그리 잊어버린 채, 윈은 그녀에게 매료되어 간결하게 대답했다.

「눈길에 말을 달려오느라 좀 고단했습니다.」

「안방 침대 옆 테이블에 두통에 잘 듣는 가루약이 있어요. 조금 드시고 주무시면 아침에는 한결 좋아질 겁니다. 이리로 오세요. 제가 지금 맨발이라 발이 시리네요.」

록세나의 솔직함에 혀를 내두르던 윈은 그제야 문득 밖에 세워 둔 말이 생각났다.

「집 뒤에 마구간이 있기를 바란다면 너무 많은 걸 기대하는 걸 까요, 부인?」

「죄송합니다, 윈 경. 마구간은 없고 작은 헛간이 하나 있어요. 내일 아침 티비가 올 때까지 그 속에 말을 넣어두면 될 거예요.」

록세나가 계단 맨 아래 칸에 앉아 기다리는 동안 윈은 다시 밖으로 나가서 서둘러 말을 헛간으로 데려가 매었다.

「어쩔 수 없다, 이 녀석아.」

안장을 내리고 말 등에 마대자루 몇 장을 덮어주면서 그가 걸쭉한 요크셔 사투리로 말했다.

「내일 아침에는 좀더 좋은 데를 찾아주마.」

그가 다시 집안으로 들어갔을 때, 드루 부인은 아직 계단에 그대로 앉아 눈을 감은 채 난간에 기대어 있었다. 윈은 그녀의 도톰한 입술선과 특이할 정도로 긴 눈썹을 음미하며 잠시 멍하니 서 있었다. 세상에, 이런 여자가 목사의 아내라고? 불경한 마음에서가 아니라, 정말 저도 모르게 그런 생각이 들었다.

그는 조용히 입을 떼어 그녀를 불렀다.

「드루 부인?」

록세나의 눈이 번쩍 뜨였고, 윈은 놀란 그녀의 얼굴에 나타난

꾸밈없는 표정을 보고 하마터면 웃음을 터뜨릴 뻔했다. 이런, 당신도 찡그릴 때가 있어? 유쾌한 기분을 느끼며 그는 속으로 속삭였다.

「자, 그럼 이제 이층으로 올라갈까요? 머리를 좀 숙이세요. 계단이 돌아가는 부분에서는 천장이 좀 낮아지거든요.」

말한 곳에 이르자 윈은 록세나의 말대로 고개를 숙이고 뒤따라가며, 그녀에게서 풍겨 나오는 은은한 라벤더 향을 들이마셨다. 록세나는 소리도 내지 않고 재빠르게 계단을 올라갔다. 꼭대기에 이르자 그녀는 램프를 높이 들어 그가 올라오는 길을 비추어주었다.

「이쪽이에요, 윈 경.」

록세나는 첫 번째 방으로 그를 안내했다.

벽난로의 쇠살대 안에서 타오르는 불씨는 별로 힘이 없어 보였지만, 그 불이나마 반갑기만 하여 장갑을 벗고 그 앞에 다가가 꽁꽁 언 손을 녹이는 윈의 얼굴은 환해져 있었다. 윈이 불을 쪼이며 서 있는 동안 록세나는 서둘러 침실에 있는 옷가지를 드레스 룸으로 치운 후에 난로 옆에 가서 그의 곁에 섰다.

그녀는 부드러운 목소리로 말했다.

「그럼, 안녕히 주무세요. 이 방에서는 편안히 주무실 수 있을 거예요. 티비는 보통 아홉 시쯤 되어야 오니까, 저희 집에서 함께 아침식사를 하고 가세요. 포리지나 뭐 그런 것밖에 드릴 것은 없지만요.」

「제가 좋아하는 음식입니다.」

빈말이었지만 기분은 정말 좋았다.

「정말 감사합니다, 드루 부인. 이렇게 갑자기 들이닥쳐서 많이 놀라셨을 텐데.」

록세나는 눈을 동그랗게 뜨며 그를 쳐다봤다.

「목사관에 있을 때 비하면 아무것도 아니에요. 폭풍우가 몰아치는 날 윈 경보다 더 녹초가 되어 찾아온 고아들을 재워준 적도 많았답니다. 그럼, 편히 주무세요. 필요한 것이 있으면, 뭐든 내 집이다 생각하시고 편안하게 찾아 쓰시면 되구요.」

윈은 그녀의 대답이 너무나 순박하게 들려 미소를 지었다. 가만히 미소를 짓고 있던 그는 록세나가 문을 닫고 나가자마자 침대 밑을 바라보고는 그만 터져 나오는 웃음을 참지 못해 박장대소를 했다. 침실용 변기가 그곳에 있는 것이었다. 참 싹싹한 사람이야. 록세나에 대한 인상을 그렇게 평하면서 그는 옷을 벗어 던지고 따뜻한 이불 밑으로 기어 들어갔다. 거기에서도 근사한 라벤더 향기가 배어 나왔고, 윈은 어깨 위의 짐을 내려놓은 듯 홀가분한 마음으로 긴장을 풀었다. 부인, 이 고아가 얼마나 지쳐 있었는지 당신은 상상도 못하실 겁니다. 그는 눈을 감고 스르르 잠이 들었다.

5

곤하게 잠을 자던 윈은, 딱 한 차례, 누군가 등을 두드리는 듯한 꿈을 꾸며 몸을 뒤척였다.

「그만 둬, 스렐켈드」

워털루 전쟁에서 전사한 직속 부관의 꿈을 꾸며 그는 잠꼬대를 했다. 긴급한 사항을 전해야 할 때면 엄지손가락으로 옆구리를 눌러 깨우곤 하던 부하였다.

「그만 둬.」

다시 한 번 잠꼬대를 하더니 이번에는 꿈도 꾸지 않는 깊은 잠 속으로 빠져 들었다. 침대는 적당히 푹신했고, 윈은 지난 10월 노섬벌랜드를 찾은 이래 처음으로 따뜻한 단잠을 이루었다.

눈을 떴을 때는 마치 어제의 폭설이 악몽이었던 양, 창문으로 밝은 햇살이 비춰 들어오고 있었다. 그는 옆으로 편안하게 드러누워 유리창에 살랑살랑 부딪히는 헐벗은 나뭇가지들을 나른한 눈길

로 바라보면서, 여름날의 싱그럽고 무성한 잎새들을 상상했다. 그
러다 보니 어느새 등허리가 노곤해지면서 다시 스르르 눈이 감기
기 시작했다.

그러다가 감기던 눈이 번쩍 뜨이고 그는 헉 숨을 들이마셨다.
누군가 옆에 꼭 붙어 자고 있는 것이었다. 담요를 바짝 더 끌어올
려 벌거벗은 가슴을 가리고 어깨너머로 살짝 보니, 동그랗게 뜬
예쁜 갈색 눈동자 한 쌍이 자신을 말똥말똥 쳐다보고 있었다.

「우리 엄마 어디다 뒀어요?」

일어나 앉아 얌전한 꼬마숙녀처럼 잠옷 자락으로 발을 가리며
아이가 물어왔다.

네 살을 채 넘지 않았을 것 같아 보이는 귀여운 얼굴을 향해 미
소를 지어 보이면서 원은 엄마를 닮은 차분한 아이의 분위기에 기
분이 유쾌해졌다. 엄마를 본떠 놓은 것 같구나, 꼬마아가씨. 담요
를 끌어당겨 벗은 몸을 가리고 일어나 앉아 베개로 등을 받치면서
그는 생각했다. 아무리 모녀라지만 이렇게도 닮을 수가 있을까.

하지만 아이는 진지하게 대답을 기다리고 있었다. 사실은, 슬슬
조바심이 나는 모양이었다. 아이는 놀라울 정도로 엄마와 똑같은
모양새로 입술을 오므리더니, 사랑스럽게도 한숨을 내쉬며 담요가
덮인 그의 허벅지에 머리를 기대어왔다.

「아저씨는 알 줄 알았는데.」

종알거리던 아이는 다시 눈을 감았다.

도저히 참을 수 없을 정도로 어여쁜 아이였다. 난 아이들 따위
에는 관심이 없는 인간이잖아. 그런 생각을 하며 그는 머뭇거리는
손길로 아이의 곱슬머리를 쓰다듬고는 자그마한 어깨에 손을 얹었
다. 한숨을 쉬며 아이가 다시 바싹 다가왔다.

「그래서 간밤에 아저씨가 그렇게 따뜻하게 잠을 잘 수 있었던
게로구나. 애야, 아저씬 엄마를 숨기지 않았단다. 어디 도박 한판

해볼까?」

아이가 커다란 눈망울로 얼굴을 찡그리며 그를 쳐다봤다.

「그게 뭔지 모르는데요.」

윈은 빙그레 웃었다.

「물론 모를 테지. 목사의 따님이니까. 그러니까, 무슨 말이냐 하면, 조금 있다가 너희 엄마가 널 찾으러 이곳으로 달려온다는 쪽에 아저씨가 돈을 걸 수 있다는 거지. 그 테이블 위에 있는 시계 좀 집어주겠니?」

아이는 다시 일어나서 시계를 찾다가 그 옆에 놓인 그의 독서용 안경을 집어들고는 자기 눈에 걸쳐 보았다. 윈이 그 모습에 껄껄 소리내어 웃자 아이가 안경 너머로 물끄러미 쳐다봤다. 그러고는 시계를 찾아 내밀자 그는 고개를 저었다.

「열어보렴, 아가. 시계 볼 줄 아니?」

잠시 궁리를 하던 아이는 안경을 코끝에 걸치고 이 사이로 혀를 내밀더니 시계를 딸깍 열어 의기양양하게 들어올렸다.

「잘했구나! 그럼, 이번에는 숫자를 읽어보겠니?」

아이가 고개를 끄덕였다.

「쪼끄만 바늘은 7이고 큰 바늘은 6이요.」

윈은 음칫 놀랐다.

「7시 30분! 넌 정말 군인처럼 시간을 잘 지키는구나.」

아이는 시계에 귀를 가져다대고는 째깍거리는 시계소리에 관심을 기울였다. 그는 아이에게서 안경을 빼내었다.

「아저씨는 5분쯤 후에 엄마가 이 방으로 불쑥 나타나실 거라고 봐. 넌 어떻게 생각하니?」

아이가 얼굴을 찡그리며 시계를 짤깍 소리나게 닫더니, 긴 금줄을 늘어뜨려 그의 얼굴 앞에서 대롱대롱 흔들리게 했다.

「더 빨리 오실 거예요.」

「자, 아저씨는 5분이라고 했다. 이건 도박이다, 애야, 내기. 너희 엄마가 5분이 지나서 오시면 내가 이기는 거고, 그 전에 오시면 네가 이기는 거야.」

「내가 이기면 어떻게 되는데요?」

풀썩 드러누워 다시 그의 허벅지에 머리를 괴며 꼬마가 물었다.

「어떻게 해줬으면 좋겠니?」

여전히 시계를 대롱대롱 흔들리게 잡은 채로 아이는 잠시 생각에 잠겼다.

「언니한테 줄 조랑말을 갖고 싶어요.」

아이의 대답은 뭐라 말할 수 없으리 만치 그의 가슴을 찡하게 했다. 문득 아마벨과 레티스가 떠올랐다. 항상 삐걱대며 다투는 자매들. 그는 다시 아이의 머리로 손을 가져가 곱슬거리는 머리카락을 손가락에 둘둘 감았다.

「하지만 그건 너무 비싸, 그쵸?」

그를 향해서라기보다는 제 자신에게 하는 말처럼 들렸다.

「그러면요, 그거 말구 털실을 한 타래 갖고 싶어요.」

「왜?」

가슴이 뭉클해지는 것에 스스로 놀라며 그가 물었다.

「엄마가 벙어리장갑을 짜주실 수 있으니까요. 어젯밤에 눈이 왔어요.」

아이가 시계를 돌려주더니 금세 눈을 방울만하게 떴다.

「근데, 아저씨가 이기면요?」

지금 있는 곳에 머무르는 것 말고는 원하는 게 떠오르지 않았지만, 굳이 대답을 해야 할 필요는 없을 것 같았다. 그때, 문 열리는 소리와 함께 나지막하게 누구를 부르는 소리가 들렸다.

「필리시티? 필리시티?」

「아저씨가 졌다. 엄마가 오셨잖아. 네가 필리시티지?」

아이가 고개를 끄덕였다.

「담요 밑에 숨으면 되는데.」

그는 담요를 꽉 그러쥐었다.

「그럼 안 돼, 필리시티! 이미 너무 늦었어. 아마 혼이 날걸. 참, 아저씨 이름은 플레처 랜드다. 우리 악수 한번 할까?」

「이름이 이상해요.」

아이가 진지하게 머리를 흔들며 말하고 있을 때 드루 부인이 살며시 문을 두드렸다.

「나도 늘 그렇게 생각했단다. 윈 아저씨라고 불러라, 알았지? 들어오세요, 부인. 찾고 계신 아이가 여기 있는 것 같네요.」

동그란 갈색 눈의 원조인 한 쌍의 눈동자가 살짝 방 안을 들여다봤다. 아직 잠옷과 가운 차림인 드루 부인이 문을 열다가 그의 벗은 가슴을 보자 얼굴이 더욱 짙은 분홍빛으로 물들었다.

「죄송합니다, 윈 경…….」

말문을 열어 머뭇거리던 그녀는 창 쪽으로 시선을 돌렸다.

「필리시티가 여기 있을 줄은…… 미처 생각을…… 제발 발길질이나 심하게 하지 않았어야 할 텐데. 한번은 제가 침대 아래로 굴러 떨어질 뻔했거든요.」

윈은 큰 소리로 웃다가, 털이 수북하게 난 가슴이 유리창에 비칠까봐 다시 스르르 담요 안으로 들어갔다.

「아, 전적이 있었군요! 옆구리를 쿡쿡 찔러 깨워주곤 하던 내 직속부관인 줄 알았지 뭡니까. 제가 워낙에 잠귀가 어두워서 말이죠. 필리시티와 전 벌써 인사를 나눴습니다. 내기도 가르쳐줬구요.」

「그런 쓸데없는 일을!」

록세나가 소리를 지르듯 크게 말했다.

「얼마나 빨리 제가 아이를 찾으러 오나 내기를 했겠군요.」

윈은 고개를 끄덕였다. 여태 그의 허벅지에 머리를 기대고 있던 필리시티도 덩달아 고개를 끄덕였다.

「내가 이겼어요, 엄마.」

「당연히 그랬겠지, 요 말썽꾸러기. 이제 처음 뵙는 손님보다는 네가 엄마를 조금이라도 더 잘 알 거 아니니.」

록세나는 딸아이에게 손을 내밀었다.

「자, 이제 그만 내려온. 손님을 편안히 쉬시게 해드려야지.」

필리시티가 일어나 생글거리며 그를 돌아다봤다.

「뜨개실이랑 조랑말이에요, 아니면 뜨개실만이에요?」

드루 부인이 손을 허리 위에 올려놓으며 입술을 오므리자, 윈은 그 모습이 재미있어 보여 속으로 웃음을 지었다.

「필리시티! 다음 번에는 스페인에 있는 성을 걸고 내기했다고 할 거니?」

「엄마, 그건 절대 안 해요. 그거 가져서 뭐하게요?」

드루 부인은 웃음을 감추려고 잠시 고개를 돌렸다. 누가 요크 태생 아니랄까봐……. 혼자 중얼거리던 그녀가 윈을 향해 손가락을 들어 흔들며 말을 꺼냈다.

「윈 경, 앞으로 필리시티가 도박이나 범죄에 빠지게 되면 전적으로 경의 책임이에요.」

「그럴 일은 없을 것 같은데요. 그리고, 그냥 재미로 한 거니까 따님을 너무 혼내지는 마십시오.」

「쟨 정말 못 말린다니까요!」

필리시티가 침대 위에 서서 엄마를 향해 팔을 활짝 벌리자, 록세나는 방 안으로 들어가 아이를 안고 한바퀴 빙그르르 돈 다음 아이가 비명을 지를 때까지 목에 얼굴을 파묻고는 비벼댔다. 그녀는 문으로 가서 딸을 내려놓고는 엉덩이를 몇 번 가볍게 때린 후에, 아이의 방이 있는 쪽을 가리켰다.

「윈 경, 정말로 죄송합니다.」

「무슨 말씀을요. 뜨거운 물병보다는 아이가 훨씬 나았습니다.」

록세나는 그제야 미소를 지어 보이고는 문으로 갔다.

「조금 있다가 더운물을 한 병 가져다드릴게요. 준비가 되면 노크를 하겠습니다. 석탄도 좀 가져다드리구요. 워낙 비싸서 많이는 못 갖다드릴 것 같네요.」

나가려고 돌아섰던 그녀가 다시 고개를 돌려 머뭇거렸다.

「드레스 룸에 남편이 쓰던 면도기가 있으니까 필요하시면 쓰세요. 제가…… 거기에 뒀거든요.」

「고맙습니다, 드루 부인.」

턱을 매만지며 그가 대답했다.

「어젯밤에 내 가방을 헛간에 놓고 왔나 봅니다.」

「그럼, 우선 편한 대로 여기 있는 것을 쓰세요. 식사는 준비되시는 대로 하기로 하구요.」

록세나가 나가고 나서 잠시 후, 윈은 나직하면서도 단호하게 필리시티를 꾸짖는 그녀의 목소리를 들었다. 그는 침대 위에 잠시 그대로 누운 채, 이른 아침 침대에서 만난 꼬마친구를 생각했다. 필리시티는 빨간 털실을 좋아할까, 아니면 초록색을 좋아할까? 빨간색일 거야. 그리고 조랑말은 어디서 사야 하지? 그는 일어나서 바지를 입고 부츠를 신었다. 곧 방문을 두드리는 소리가 들려왔다. 록세나에게 뒤로 물러설 틈을 충분히 주고 나서, 그는 문을 열어 더운물과 석탄 조금을 받아들고 왔다.

「석탄이 비싸긴 엄청 비싼 모양이군.」

더운물을 세면대에 부으면서 그가 말했다.

「그럼 아껴 써야지.」

세수는 했지만, 고인이 된 목사의 면도기는 차마 가져다가 쓸 수가 없었다. 그는, 드루 부인의 옷에서 풍기는 은은한 라벤더 향을 들이마시며 잠시동안 드레스 룸에 서 있다가 상의를 걸쳤다.

목도리를 매면서 아래층으로 내려온 윈은 음식 냄새를 좇아 식당으로 들어갔다. 검은색 상복 차림에 단정하게 뒤로 묶은 머리를 레이스 캡 안으로 집어넣은 드루 부인이 포리지를 젓고 있었다. 필리시티가 자리마다 수저를 챙겨놓고 있었고, 마르고 키가 큰 여자가 차를 끓이다가 의혹에 찬 눈길로 그를 쳐다보았다.

「윈 경, 매기 왓슨이에요. 남편의 유모였는데……, 저희 가족 사정이 어려워져서 도와주려고 와 계시답니다. 매기가 없으면 어떻게 살아갈지 막막하죠. 매기, 이쪽은 윈 경이세요.」

그는 매기에게 고개를 끄덕여 인사를 하고 나서 필리시티의 머리카락 속에 손을 집어넣어 장난치듯 헝클어뜨렸다.

「수저 담당인가 보구나? 아저씨 것도 하나 놓아줄 수 있겠니?」

아이는 고개만 끄덕이고는 다시 숟가락과 냅킨 놓는 일에 열중했다.

「이제 얌전해질 거니까 방해하지 말아주세요.」

아이의 당돌한 대꾸에 드루 부인은 크게 소리를 내어 웃다가 손으로 입을 가렸다.

「필리시티! 우리한테 집을 빌려주신 분께 그러면 못 써!」

그녀는 딸아이의 엉덩이를 가볍게 한 대 때려주고는 윈을 쳐다보았다.

「면도기를 못 찾으셨어요? 분명히 드레싱 룸에 있는 줄 알았는데.」

「그건 말입니다, 드루 부인, 남자는 항상 자기가 쓰던 면도기를 쓰려고 하는 게 좀 있죠.」

바지 안에 셔츠 자락을 집어넣고, 누군가가 친절하게도 난로 앞에 걸어둔 승마용 외투를 걸치며 그가 말했다.

「하룻밤 사이에 자란 이 수염이 여러분들 식욕을 떨어뜨리지 않는다면 식사 후에 헛간에 가서 면도기를 가져다가 수염을 깎으려고 하는데 어떤가요?」

「저희는 괜찮아요.」

드루 부인이 스토브에 올려져 있던 주전자를 가져오며 말했다.

「윈 경, 얼른 헬렌한테 가봐주시면 좋겠네요. 윈 경의 말에게 먹이라고 물 한 바가지를 들려 보냈거든요.」

「아직도 돌아오지 않았어요? 하여간, 걘 말 옆에만 가면 정신을 못 차린다니까요.」

드루 부인이 말했다.

「나도 그렇답니다, 부인.」

뒷문을 열고 밖으로 나가면서 윈이 웃으며 말했다.

뒤쪽 계단은 헬렌이 걸어간 자리만 빼고 눈 속에 푹 묻혀 있었고, 덕분에 그날 아침 윈이 맡은 첫 번째 임무는 눈을 치우는 일이 되고 말았다. 일을 끝마치고 상쾌한 공기를 폐부 깊숙이 들이마시며 주위를 둘러보았다. 바람 한 점 없는 탓에 잔가지나 덤불 스치는 소리 하나 들리지 않았다. 나무와 땅에는 여전히 눈과 얼음 보석들이 박혀 있었고 새파란 하늘만큼이나 사위가 고즈넉했다. 왜 사람들은 이런 곳을 두고 도시에 모여 사는 걸까? 헛간으로 난 좁은 길을 따라가면서 그는 혼자 중얼거렸다.

말과 코를 맞대어 무슨 말을 속닥이고 있는 저 아이가 헬렌인 모양이었다. 우정이 싹트는 광경을 방해하고 싶지 않아서, 윈은 문간에 가만히 멈춰 선 채 아름다운 미망인 드루의 사랑스러운 또 한 명의 딸을 흐뭇한 마음으로 바라보았다.

넌 아버지를 닮았나 보구나. 그는 문설주에 기대서서 눈앞의 아이를 유심히 관찰하며 생각했다. 아이의 어깨 위에 살포시 금발이 드리워져 있었다. 상자를 끌어다가 딛고 서 있는 모습이 깨물어주고 싶을 만큼 앙증맞았다. 자기 소유의 좋은 말 위에 안장을 놓고 올라앉아 말을 달리는 아이의 모습이 상상되었다. 날씬하고 우아하고, 여왕처럼 당당한 옆모습.

헬렌이 고개를 돌렸다. 눈동자는 바깥의 하늘처럼 맑고 파랬다.

「전 윈 아저씨 말이 참 좋아요.」

그 말을 하고 나서 상자에서 내려온 헬렌은 갑자기 부끄러워졌는지 주뼛주뼛하는 모습을 보였다. 윈은 자신이 문 옆에 서 있지 않았다면 이 아이가 뛰어 나가버렸을 것이라는 생각이 들었다.

소녀가 사라지는 모습을 보고 싶지 않아서 그는 그 자리에 계속 서 있었다.

「나도 그 말을 좋아한단다. 네가 헬렌이니?」

아이가 그와 눈을 맞추면서 고개를 끄덕였다. 차분하고 예쁘장한 모습을 보고 있으려니 죽은 아이 아버지를 향해 괜스레 참을 수 없는 질투심이 끓어올랐다. 드루 씨, 당신은 분명 멋있는 사람이었을 거요. 목사의 맏딸에게 미소를 지으며 그는 그런 생각을 했다.

「내 말에게 물을 먹여줘서 고맙구나.」

그는 겁 잘 먹는 망아지에게 다가가듯 천천히 조심스럽게 헬렌을 향해 움직였다.

「티비 아저씨가 우리 집 마구간에 옥수수를 좀 놔뒀으려나.」

「있을 거예요. 오실 때마다 티비 아저씨 말을 거기에 두시니까요. 그런데 지금은 그곳에 말이 한 마리도 없어요.」

아이의 목소리에 소망이 담겨 있는 듯했지만, 윈은 아는 체 하지 않았다.

예닐곱 살도 채 안 되어 보이는 아이의 목소리에 배어 있는 성숙함이 애처롭게 들렸다. 스페인에 있을 때, 나이에 비해 웃자라버린 아이들을 너무 많이 봐서 그런가. 이젠 어떤 언어를 사용하든 그 목소리만 들어도 느낄 수가 있어. 헬렌, 너는 그 마음의 상처를 의젓한 겉모습 속에 숨기고 있는 거야.

　말 옆으로 다가간 그는, 뒤꿈치를 들고 서서 다정한 손길로 말의 어깨를 토닥이고 있는 헬렌과 나란히 서서 가만가만 말의 코를 쓰다듬었다. 슬그머니 상자를 밀어주자, 기쁘게도 헬렌은 그가 내민 손을 붙잡고 상자 위로 올라가는 것이었다.

　「이 말 이름이 뭐예요?」

　엉킨 말갈기를 손으로 빗기면서 헬렌이 물어왔다.

　「아직 이름을 지어주지 못했단다.」

　어쩜 그리도 무심할 수 있냐는 듯 커다래진 아이의 푸른 눈동자에서 윈은 아이 어머니의 표정을 또 한 번 발견했다.

　「어디, 네가 좀 생각해보려무나.」

　인물을 평가하는 듯한 아이의 시선을 받아내기가 괴로워, 그가 서둘러 제안을 했다. 분명 점수는 신통치 않을 거야. 그래도 재미있고 유쾌한 순간이었다.

　「어떤 이름이라도 환영이다.」

　고개를 끄덕이는 아이의 표정이 사뭇 진지했다.

　「엄마에게 물어볼게요. 엄만 뭐든지 이름을 붙여주거든요.」

　아이의 얼굴에 잠시 미소가 어렸다가 이내 사라졌다.

　「우리 돼지들에게도 이름을 지어주셨는데요, 아빤 그래서 그 돼지들을 먹으려면 마음이 아파진댔어요.」

　윈은 아이를 보며 빙긋 웃었다.

　「혹시 ‘햄’과 ‘베이컨’이라고 불렀니?」

　다시 한 번 짧은 미소.

　「아니에요! 한 마리는 컬럼바인이고 또 한 마리는 신시아였어요.」

　신시아? 윈은 폭소를 터뜨렸다. 자신의 전처가 목사의 헛간에 뿌리를 내렸다는 생각에 오금이 저릴 지경이었다.

「정말 멋지구나! 그게 얼마나 재미있는 이름인지 아마 너는 잘 모를걸. 자, 그럼 엄마한테 가서 이름을 지어달라고 부탁드려 보자꾸나. 그리고…….」

「윈 경! 헬렌!」

헬렌이 한숨을 내쉬었다.

「우리 둘 다 아침식사에 지각이에요.」

윈은 아이의 어깨를 가볍게 찌르며 물었다.

「그럼 우린 버림받는 거니?」

헬렌은 숨김없는 눈길로 그를 응시했다.

「아저씨가 안 계시고 저 혼자 있었으면요.」

윈은 헬렌을 안아 상자 아래로 내려주었다.

「'뭉치면 산다'라는 군대 전술 아니, 헬렌? 어때, 우리 한번 해볼까?」

뒷문에서 기다리는 드루 부인의 옆에서 필리시티가 안달이 나 있었다.

「리시는 식사시간 기다리는 걸 싫어해요.」

헬렌이 비밀얘기를 하듯 속삭여 말했기 때문에 윈은 허리를 굽혀서 들어야 했다.

「개는 오트밀도 좋아해요.」

말수 적은 아이의 환심을 산 것 같아 기분이 좋아진 윈은 빙그레 웃음을 지었다. 만나자마자 어디서 조랑말을 사야 되느냐는 질문부터 건네면 티비 윈즐로는 어떤 표정을 지을까? 참, 석탄도 조금 사야지. 필리시티의 빨간 털실하고.

좀전에 윈이 눈을 치워서 낸 길을 따라 헬렌이 앞장서 걸어갔다. 맑고 시린 공기 속에 금발이 밝게 빛나며 나풀거리고 있었다.

「엄마, 엄마가 윈 아저씨 말에게 이름을 지어주셔야 해요!」

드루 부인이 어리둥절한 표정으로 자신을 보며 눈을 깜빡이자 윈은 심장이 멎는 것만 같았다.

「그래, 엄마가 뭔가를 생각해보마.」

그렇게 말하고 나서, 드루 부인은 헬렌의 뺨을 잠시 어루만진 후에 코트 단추를 풀어주었다.

윈은 제20사단에서 받은 훈장에 방금 그녀가 했던 말이 그대로 새겨져 있다는 것을 떠올리며 혼자 고개를 끄덕거렸다. 어디, 부인 지략이 얼마나 뛰어난지 봅시다, 그려. 그런 생각을 하며 그는 헬렌을 따라 부엌으로 들어갔다.

필리시티가 헬렌을 식당으로 끌고 가는 사이, 윈은 코트를 벗으면서 잠시 드루 부인과 힘께 서 있었다. 가만히 딸들의 모습을 바라보면서 그녀가 입을 열었다.

「그럼 이제 저희 가족을 모두 만나보신 셈이네요.」

웃고 있는 갈색 눈동자를 내려다보는 순간, 윈은 다시 심장이 두방망이질 치기 시작했다. 조금씩, 조금씩 빠르게.

「귀엽네요, 드루 부인. 정말 귀여워요. 아이들을 좋아하지 않는 제가 보기에도 말이죠.」

드루 부인이 돌아서서 그를 쳐다봤다.

「세상에! 누구나 아이들을 좋아해요!」

「난 그렇지 않아요.」

그는 단호하게 말했다.

「조카들은 만나기만 하면 서로 싸움질이고, 아쉬운 소리를 하려고 할 때만 날 반기죠. 지겨운 녀석들.」

드루 부인은 그의 얼굴에 가 있던 시선을 떨구었다.

「저기, 아까 들으니까…… 우리 필리시티가 털실을 사달라고 졸랐던 것 같은데.」

윈이 그녀의 팔을 잡고 식당으로 들어갔더니, 필리시티가 뒷짐을 지고 머리를 갸우뚱한 채 문간에 서 있었다.

「드루 부인, 그건 어디까지나 내기였고 필리시티는 정정당당하게 이긴 겁니다. 도박 빚은 항상 확실히 해두는 게 철칙이죠.」

그는 록세나의 걸음을 세워놓고서 라벤더 향기를 들이마시며 그녀에게 가까이 몸을 기울였다.

「그런데, 작은 장갑을 짜려면 털실이 얼마나 필요하죠?」

윈은 드루 부인이 꺼려하고 있다는 것이 느껴졌다.

「오, 그러실 필요 없어요.」

「부인, 나보고 노름빚을 떼먹으란 말씀입니까? 그건 내 명성에 흠집을 내는 일이죠. 얼마나 필요합니까? 기필코 알아내야 되겠습니다.」

「이런! 한 타래면 됩니다, 윈 경.」

윈은 그녀를 향해 가볍게 머리를 숙였다.

「고맙습니다, 부인. 물론, 부인께서 떠주시겠지요? 하루 빨리 빚을 갚았으면 하는 게 내 바람입니다.」

말없이 웃으며 머리만 끄덕인 록세나는 의자 위에 책을 올려놓고 필리시티를 그 위에 앉혔다.

「그쪽으로 앉으시죠. 더 오래 기다리게 하면 필리시티가 화를 낼지도 모르는데, 별로 보기 좋은 광경이 아니랍니다.」

막 숟가락을 들려고 하는 순간, 드루 부인이 한쪽 팔을 잡고 헬렌이 다른 쪽 팔을 붙잡는 바람에 그는 화들짝 놀랐다. 의아한 눈초리로 그는 록세나를 바라보았다.

「저희는 항상 식전기도를 올린답니다. 오늘은 윈 경께서 기도를 해주시면 어떨까요?」

「안 해본 지 오래 되었는데.」

「제가 도와드릴게요.」

헬렌이 제의했다.

그때까지도 윈의 시선은 록세나에게 고정되어 있었다. 그런데,

놀랍게도 그녀의 두 눈에 갑자기 눈물이 괴는 것이었다. 그녀는 몇 차례나 숨을 삼키다가 머리를 숙였다. 뭐라고 말할 수 없는, 그리고 이해할 수도 없는 감동이 밀려와 그도 머리를 숙였다.

「그래, 그럼 부탁한다, 헬렌. 난 서툴러서 잘할 수 있을지 자신이 없구나. 스페인에서는 기도를 자주 하는 사람이 하나도 없었거든.」

헬렌이 가만히 입을 열어 기도를 시작했다.

「주님, 저희를 그리고 주님께서 주신 이 음식을 축복해주세요.」

「아멘.」

끝맺음은 윈이 했다. 눈을 떠보니, 드루 부인은 또 애써 눈물을 참고 있었다. 그녀가 각자의 그릇에 음식을 떠 담아주자 필리시티가 허겁지겁 달려들어 먹기 시작했다.

그는 이보다 맛난 포리지를 먹어본 일이 없었다.

헬렌이 테이블을 닦는 동안, 드루 부인은 창 밖을 내다봤다.

「어머! 윈 경, 티비가 지금 저택에 와 있네요.」

윈에게는 별로 즐겁지 않은 소식이었다.

「먼저 면도를 좀 해야겠는데요.」

시간을 끌어볼 요량으로, 그가 턱을 쓰다듬으며 말했다.

「그러세요. 매기, 윈 경께 뜨거운 물을 좀 가져다드리겠어요? 헬렌, 너는 윈 경께서 면도를 마치시면 배웅해드릴 수 있겠지?」

헬렌은 수줍게 웃으며 고개를 끄덕였다. 필리시티의 눈길이 엄마를 향해 돌아갔다.

「나도 갈래요.」

록세나는 작은딸 옆에 무릎을 꿇고 앉아 아이의 이마에 자기 이마를 가져다대었다.

「아가, 너는 나갔다가 저 눈더미 속에 파묻혀 버릴지도 몰라. 이건 언니가 해야 할 일이에요.」

한참동안 서로 눈을 맞대고 있는 모녀의 모습에 윈은 웃음이 나오려고 했다. 그는 필리시티의 머리를 쓰다듬었다.

「필리시티, 너는 저기 아저씨 코트 주머니에서 면도기하고 면도 그릇이 들어 있는 가죽 주머니를 꺼내서 이층으로 갖다주겠니?」

필리시티는 언제 심통을 부렸느냐는 듯 고개를 끄덕이더니 망아지처럼 폴짝거리면서 부엌으로 뛰어들어갔다. 헬렌이 빙그레 웃으며 그 뒤를 따랐다.

「대단하신데요. 누가 보면 애들을 여럿 키워본 솜씨라고 생각하겠어요.」

그 말에 윈은 움찔했다.

「아이들에 관해서는 이미 말씀드린 대로입니다, 부인! 아까는 어쩌다가 그렇게 된 것일 뿐이죠.」

그가 방을 나가려 하자 드루 부인이 미소를 지으며 팔을 살짝 붙들었다.

「조금 전에는 약한 모습을 보여드려서 죄송해요.」

그가 입을 떼어 뭐라고 말하려 하자 부인이 머리를 흔들었다.

「윈 경, 헬렌이 오늘 아침에는 말을 무척 많이 했어요. 몇 달만에……. 어떤 마술을 부리셨는지는 모르겠지만, 어쨌든 전 너무 기쁘네요.」

「그렇다면 그건 말이 부린 마술입니다, 부인.」

또 무엇인가 가슴을 울컥하게 하는 것이 치미는 듯했지만, 그는 애써 밝은 목소리를 내었다.

「그리고 부인은 말 이름을 지어주기로 약속하셨고 말이죠.」

또 다시 드루 부인의 눈에 눈물이 고이려 하고 있었고, 윈은 그녀를 끌어안아 마음껏 울게 해주고 싶은 터무니없는 욕구를 느꼈다. 물론, 그렇게 하지는 않았다.

「난 이만 면도하러 가봐야겠군요. 그럼 실례하겠습니다, 부인.

더 늦으면 필리시티가 안달이 날 거예요」

그랬군요, 드루 부인. 목도리를 풀며 계단으로 오르던 그는 생각했다. 이곳 노스 라이딩에 머물면서 당신네 단출한 식구들과 깊이 사귈 수 있는 시간이 있었으면 좋겠는데. 그럴 수가 없으니 정말 유감이오.

필리시티는 침대에 웅크리고 앉아, 셔츠 단추를 풀고 수건을 어깨에 두르는 그의 모습을 유심히 지켜보고 있었다. 그가 거품을 내고 면도를 시작하자 진지한 표정으로 바라보던 아이의 그 사랑스러운 눈동자가 동그래졌다. 서랍장 위에 기대어놓은 면도용 거울에 아이의 모습이 비치고 있었다.

면도를 반쯤 마쳤을 때, 열린 문 사이로 또 다른 갈색 눈동자 한 쌍이 나타나 그를 응시했다.

「필리시티! 귀찮게 해드리면 안 돼.」

「괜찮습니다, 부인.」

코밑을 면도하려고 얼굴을 위로 비스듬히 치켜올리며 그가 말했다.

「엄마! 아저씨는 혼자서 면도를 해요! 그리구 서서 해요!」

속삭여 말하는 필리시티의 목소리에 경이감이 가득 차 있었다.

「신기하죠, 엄마?」

윈은 웃으며 아이의 얼굴에 거품을 조금 튀겼다.

「당연하지, 이 웃기는 꼬마아가씨야! 안 그러면 어떻게 면도를 하란 말이냐?」

윈은 그렇게 장난말을 던지고 나서 아이의 어머니를 쳐다보았다. 순간, 그녀의 눈에 다시 눈물이 가득 차 오르는 것을 보자 가슴이 철렁 내려앉았다. 이번에는 몸을 돌리고 어깨를 떨며 흐느끼고 있었다. 재빨리 비누거품을 훔쳐낸 그는 필리시티를 번쩍 안아 문 밖에 내려놓고는 문을 닫았다. 아무 말 없이, 그는 드루 부인을

안아주었다. 그녀는 그의 목에 두른 수건에 얼굴을 파묻고 흐느껴
울었다.

정말 이상한 가족이야. 울고 있는 그녀를 보며 윈은 생각했다.
품에 안고 마음껏 울게 해주는 것 말고는 어찌 해야 할지 알 수가
없었다. 마치 발끝에서부터 솟구쳐 올라오는 것처럼 그녀의 눈물
은 하염없이 흘러내렸다.

잠시 후, 그녀는 몸을 떼더니 그의 목에 걸린 수건으로 눈물을
닦았다. 얼굴이 빨개져 있었다.

마침내 그녀가 입을 열었다.

「정말 부끄럽네요.」

「무슨 일입니까? 무슨 영문인지 도무지 알 수가 없군요.」

면도를 마저 끝내기 위해 다시 얼굴에 비누거품을 묻히면서 그
가 물었다.

「무슨 일인지 얘기를 들어봤으면 좋겠군요.」

「남편 면도는 늘 제가 해줬었고 필리시티는 그걸 봐왔거든요.
그러니 그 어린것이 서서 면도하는 남자를 본 적이 있어야죠.」

그녀는 쏟아내듯 단숨에 털어놓았다.

「알 수가 없군.」

윈이 혼잣말을 하듯 중얼거렸다.

「그러실 거예요. 그 아인 다른 남자들처럼 건강한 아버지의 모
습을 본 적이 없답니다. 눈물을 보여드려서 정말 죄송해요. 제가
왜 이러나 모르겠어요.」

문을 열며 그녀는 덧붙여 말했다.

「제가 잠시 정신이 나갔었나 봐요.」

필리시티는 기분이 상한 듯 뾰로통한 얼굴을 하고서 방으로 들
어왔다. 윈은 아이를 안아 다시 침대에 앉히고, 자신의 얼굴에서
비누거품을 조금 덜어내어 아이의 뺨에 발라주었다. 재미있게 해

줄 요량으로, 그는 면도날의 무딘 쪽을 아이의 뺨에 대고 쭉 긁어
주었다. 필리시티는 비명을 지르며 깔깔 웃어대더니 언니에게 보
여주겠다며 방을 뛰어나갔다. 윈은 방을 둘러보았다. 드루 부인은
이미 나가고 없었다.

아래층에 내려가서 옷을 챙겨 입고 준비하는 동안에도 그녀의
모습은 보이지 않았다. 헬렌이 그의 승마용 코트를 들고 현관에
서 있었다.

「화내지 마셨으면 좋겠어요, 윈 아저씨. 제가 아저씨 말을 현관
까지 끌고 왔어요.」

윈은 헬렌에게 빙긋 웃음을 지어 보이며 현관문을 열고는 아이
를 번쩍 안아 말 등에 앉혔다.

「안장은 나중에 가지러 오자꾸나.」

그는 말고삐를 잡고 저택을 향해 걸었다.

「저건 서재 옆에 있는 후문이에요.」

「그래, 잘 아는구나. 하지만 일단은 마구간부터 들르자꾸나. 어
느 쪽으로 가야 하는지 가리켜줄 수 있지?」

마구간은 상당히 넓고 근사했지만, 안에는 단 한 필의 말만 매
어져 있었다.

「저건 윈즐로 아저씨 말이에요.」

그렇게 말을 하고 나서 헬렌은 몸을 앞으로 기울여 은밀하게 속
삭였다.

「그 아저씨는 말을 별로 좋아하지 않아요.」

눈을 반짝거리며, 아이가 그의 어깨에 손을 얹었다.

「그리고 있잖아요, 윈즐로 아저씨는 말을 잘 못 타요.」

은밀한 일을 공모하는 사람들처럼 둘이 함께 낄낄거리며 웃고
난 후, 윈이 헬렌을 들어올려 말에서 내려주었다. 아이는 말이 매
어져 있지 않은 칸으로 폴짝폴짝 달려가서 문을 열었다.

「여기다가 들여놓으시면 돼요.」

말을 안으로 몰아넣자 헬렌이 다시 문을 닫았다. 윈은 그 문에 기대어 서서 자기 말을 바라보았다.

「얘야, 이 칸에는 주인이 따로 있는 것 같구나. 건초랑 옥수수랑 물이 다 갖춰져 있잖니. 이 마구간은 항상 비어 있었다고 네가 말했던 것 같은데.」

헬렌이 얼굴을 붉히며 시선을 발치로 내렸다.

「제가 그렇게 해놨어요. 여기에 내 말이 있는 것처럼 생각하면 기분이 좋거든요.」

아이가 눈을 들어 그를 올려다봤다.

「엄마는 제가 이곳에 와서 하녀를 돕고 있다고 생각하는데요, 가끔씩은 마구간을 돌아보러 오기도 해요.」

「절대로 말하지 않으마.」

가슴에 성호를 그어 보이며 그가 약속했다.

잠시 후, 헬렌은 집으로 돌아갔다.

「헬렌, 너는 요정이야.」

혼자 중얼거리며 그는 다시 말에게로 돌아섰다.

「나리! 저는 서재 쪽으로 오시는 줄 알았습니다!」

돌아보니 관리인, 티비 윈즐로가 문가에 서 있었다. 윈즐로는 요크셔 토박이답게 위엄을 갖추고 다가와 주인에게 손을 내밀었다.

「못 뵌 지가 한 서너 해 되었지요, 나리?」

윈이 고개를 끄덕였다.

「벌써 그리 됐군, 티비.」

그는 주위를 둘러보며 말을 계속했다.

「이곳은 자네가 잘 관리하고 있는 것 같으니.」

「서재로 가시면 더 자세히 알게 되실 겝니다, 나리. 제 딴엔 장부 정리를 하나도 틀리지 않고 꼼꼼하게 해놨습니다. 농사는 꽤 풍작이었고요. 함께 안으로 들어가시죠. 아마 여기저기 영지를 다 둘러보려면 바쁘실 겝니다. 여기 모어랜드에는 오래 계시지 않아도 되게 해놓았으니 걱정 마세요.」

「자네 말이 맞네, 티비. 여기에는 이삼 일 정도만 있을 거니까 서둘러 일을 처리해야 하네.」

그는 관리인을 따라 문 쪽으로 가다가 걸음을 멈췄다.

「그런데, 조랑말은 어디 가면 살 수 있나?」

6

록세나는 이층 창문에 서서 윈 경과 헬렌이 함께 떠나는 모습을
지켜보았다. 말 위에서 몸을 구부리고 그에게 무언가를 속삭이는
딸아이를 보자 흐뭇한 마음이 들었다. 미소를 지으면서도 그녀는
가슴을 껴안고 몸을 떨었다. 오, 헬렌. 다시 누군가와 말을 하다니,
엄마는 얼마나 기쁜지 모르겠구나.

그녀는 재빨리 헬렌의 침대를 정리하고 베개를 턴 다음 자신의
침실로 갔다. 분명 윈 경은 거기 없건만, 문을 열고 들어가면서 순
간적으로 숨죽여야 할 것만 같은 기분이 들었다. 왠지 이곳이 그
녀만의 방이 아니라 그의 것이기도 한 듯 느껴지는 것이었다.

「당연하지, 록세나, 여긴 그 사람 집이잖아.」

자신에게 상기시키며 안으로 들어가 문을 닫은 순간, 그녀는 당
혹스러움에 입술을 깨물었다. 그에게 쓰라며 나누어주었던 석탄이
통에 그대로 남아 있는 것이었다.

「윈 경, 당신에게 내가 꽤 구차하게 보여졌나 보군요.」

사실 그렇잖아, 록세나. 서랍장 쪽으로 걸음을 옮기며 그녀는 생각했다. 다음 달까지는 그럭저럭 살아가겠지만 시숙이 그 다음 석 달치 연금에서 얼마나 삭감하는지를 알아내어 현실과 맞서나가야 해. 그런 생각이 들자 괜히 기가 꺾이는 것 같아 록세나는 억지로라도 다른 쪽으로 마음을 돌려보려고 애를 썼다. 나쁜 생각은 묻어두는 게 좋은 법이야.

서랍장 위에는 윈 경이 남기고 간 면도용 거울이 놓여 있었고, 비누와 브러시도 보였다. 록세나는 브러시를 씻어내다가 아련한 향이 콧속으로 스미자 면도용 비누 향을 마지막으로 맡아본 때가 언제였는지 기억을 더듬었다. 임종이 가까워질수록 남편의 수염을 깎아주는 것마저도 견딜 수 없이 괴로워 그 일을 그만두었다. 비누곽을 들어보니 스페인어로 무슨 말이 쓰여 있었다. 록세나는 소리내어 읽어보았다.

「스페인의 레몬. 신사의 비누.」

그녀는 코 가까이 비누를 가져다가 조금 시큼한 듯 하면서도 짜릿한 레몬향을 다시 한 번 음미했다.

「참 좋다.」

그녀는 브러시의 물기를 닦아내고 면도기를 가죽 주머니에 집어넣었다. 가서 이걸 전해주고 오라고 다시 한 번 심부름을 시키면 헬렌이 무척 좋아하겠지.

또 잊고 간 물건이 없나 주위를 둘러보다가 보조 테이블 위에서 안경을 발견했다. 케이스가 없었기 때문에 록세나는 자신의 손수건으로 조심스레 안경을 싸서 필리시티의 손이 닿지 않는 서랍장 위에 올려놓았다. 드레스 룸에는 셔츠가 남겨져 있었다. 록세나는 손가락으로 천을 만져보았다.

「좋은 천이네요. 재단도 잘 되어 있고.」

옷감을 뺨에 대고 비비면서 그녀는 숨을 들이마셨다. 은은한 레
몬 향과 함께 땀 냄새와 나무 타는 냄새가 기분 좋게 조합되어 있
었다. 여러 번 세탁을 한 탓에 천이 좀 낡은 듯했지만, 옷을 들어
올려 보니 디자인과 재단이 유럽풍이었다.

「얼마나 오래 나가 있으셨던 건가요?」

록세나는 조심스럽게 옷을 개켜서 다른 물건과 함께 서랍장 위
에 챙겨놓으면서 보이지 않는 그를 향해 물었다.

침대를 정리하다 보니 그녀의 베개 옆에 놓인 주인 없는 베개에
원 경의 머리 자국이 오목하게 남아 있었다. 남자들은 남자의 베
개를 본능적으로 알아보는 걸까? 그녀는 자기 베개를 털고 담요를
정리했다. 헬렌이 태어난 후로 록세나는 밤중에 아이가 울면 재빨
리 일어나려고 문 쪽에서 자기를 고집해왔었다. 그의 베개를 털려
고 하다가 마음을 바꾼 그녀는 오목하게 들어간 곳을 조심스럽게
만져보다가 두 개의 베개 위에 그대로 이불을 덮었다. 침대보를
갈아야 할 텐데. 생각은 그렇게 하면서도, 섣불리 손을 대지는 못
할 것임을 그녀는 알고 있었다.

록세나는 다시 창가로 가서 헬렌을 바라보았다. 내가 원 경 앞
에서 추태를 보인 건 아닐까. 얼굴에 비누거품이 잔뜩 묻은 남자
에게 안겨 울음을 터뜨렸으니 분명히 날 얼간이로 생각하고 있을
거야. 앞으로는 철저히 자기 단속을 해야지, 안 그러면 인생이 비
참해지고 말겠어. 오늘부터는 제 시간에 잠자리에 들고, 녹초가 되
어서 꿈도 꾸지 않은 채 잠이 들 지경까지 너무 생각에 몰두하지
말 것. 그리고 앤서니의 물건은 정리해서 필요한 사람들에게 나눠
줘야겠어. 헬렌이 생강 케이크를 먹고 싶다고 할 때 앤서니가 좋
아했던 음식이라는 이유로 만들어주지 않으려는 바보 같은 짓은
그만둘 것. 이젠 달라져 해.

무심한 눈길로 창 밖을 내다 보니, 눈에 보이는 것은 생기 넘치

는 겨울 풍경이 아니라 끝없는 심연처럼 자기 앞에 버티고 서 있는 무기력한 세월이었다. 록세나는 잠시 더 창가에 서 있다가 문득 잊고 있었던 게 생각이 나서 서둘러 다시 방으로 들어갔다. 오늘은 매기의 침실 벽지를 벗겨내기로 약속한 날이었다. 매기의 침실을 마지막으로 위층 작업은 마무리되는 것이고, 이제 거실만 해치우면 끝이었다. 봄이 올 무렵에는 집 단장이 모두 끝나겠지. 그때 가서는 무엇으로 마음을 채워야 하나……

원의 저택에 갔던 헬렌이 추위에 볼이 빨갛게 상기된 채 행복에 겨운 얼굴로 달려오는 동안, 필리시티는 식당 창가에 서서 뚱한 얼굴로 언니를 노려보고 있었다.

「이건 안 평등해요」

작은딸이 선포하는 억지소리에 록세나는 가만히 미소를 지으며 아이의 뺨에 입을 맞추어주었다.

아이를 무릎에 앉혀 따뜻하게 감싸면서 그녀는 말을 시작했다.

「평등한 거야. 너는 어젯밤에 그분과 같이 자지 않았니? 리시, 요 꼬마도깨비 같으니라구! 언제쯤이면 혼자 자는 것을 배울 거야, 응? 그분이 우리 식구를 대체 어떻게 생각하시겠니.」

「그래도 빨간 털실을 사주시겠다고 약속하셨는걸요.」

엄마 품에 안기니까 아이가 비로소 기분이 풀리는 모양이었다.

「그리고 있잖아요, 내가 언니한테 줄 조랑말부터 사달라고 한 거 알아요?」

록세나는 눈동자를 굴리며 딸을 꼭 껴안았다.

「다시는 원 경과 내기를 하면 안 돼. 내일이나 모레 중으로는 떠나시겠지만 그동안이라도 혹시 내기를 하면 가만두지 않아.」

정오가 조금 지나자, 가끔씩 모어랜드에 들러서 살림을 관리해주는 가정부, 하웰 부인이 털실을 들고 찾아왔다. 록세나는 그녀를 반갑게 안으로 맞아들여 망토의 눈을 털어준 후에 식당으로 데리고 가서 차를 대접했다.

하웰 부인이 가방에서 털실을 꺼내며 말했다.

「드루 부인, 윈 경께서 고맙다 하시면서 이걸 전해달라셨어요. 이 파란 털실은 헬렌 거랍니다. 헬렌의 푸른 눈동자와 잘 어울릴 거라고 하시더군요.」

록세나는 뺨을 붉히며 털실을 무릎에 올려놓고, 의아해하는 하웰 부인의 표정을 살펴보았다.

「그분이 우리 리시와 말도 안 되는 내기를 하셨다가 지셨대요. 이걸 걸었나 봐요. 덕분에 난 장갑을 떠야 하게 생겼구요.」

하웰 부인은 웃음을 터뜨렸다.

「이렇다 저렇다 말이 많지만, 정말 좋으신 분 같네요.」

잠시 말을 멈춘 그녀는 차를 한 모금 더 들이키면서 찻잔 너머로 록세나를 뚫어지게 쳐다봤다.

「안 좋은 소문이 좀 있지 않았던가요?」

필리시티가 이층에서 낮잠을 자고 있는지, 헬렌이 매기와 공부에 몰두하고 있는지 주위를 둘러보며 확인을 하고 나서 록세나가 조심스럽게 물었다. 하지만 마음속으로는 다른 생각이 들었다. 이건 내가 알아야 할 일이 아닌데. 왜 내가 신경을 쓰는 걸까?

하웰 부인은 의자를 바싹 당겨 앉아 열을 올리며 이야기를 꺼냈다.

「맞아요, 드루 부인! 굉장한 소문이었죠. 오륙 년이나 지났는데도 생생하게 기억이 나네요. 그분이, 그 불쌍한 분이 스페인에서 전쟁을 치르는 동안 글쎄 레이디 윈이 런던의 숱한 남자들하고 놀아났다지 뭐예요!」

「세상에! 그렇게 심했나요?」

록세나는 불에 덴 듯 얼굴이 화끈거렸다.

「그보다 더하면 더했지 덜하지는 않았지요.」

하웰 부인은 찻잔에 차를 더 따르며 점점 이야기 속으로 푹 빠져들고 있었다.

「그냥 쉬쉬하고, 재미를 본 인간들한테서 간통죄를 물어 위자료나 받아내면 조용히 끝날 수도 있었는데, 윈 경이 그 작자들을 의회에 모조리 불러 세워놓고는 정식 재판을 요구했답니다. 그 소행들을 낱낱이 밝혀가면서 말이에요.」

「그럴 수가! 얼마나 끔찍하셨을까!」

「누가요? 윈 경께서요? 말도 마세요. 윈 가문 사람들 모두가 창피해서 죽을 지경이었다나 봅디다. 결국 그 댁 어르신께서는 울화병을 얻어 돌아가셨지 뭡니까, 글쎄!」

혹여 듣는 사람이 없는지 주위를 둘러보고 나서 하웰 부인은 소리를 낮췄다.

「못되어먹었다는 이유로 런던 사람들은 아무도 윈 경을 상대하지 않으려고 한다네요. 소리소문 없이 갈라섰으면 되었을 걸. 사실, 귀족이니 영주니 하는 사람들 죄다 그렇게 하는 것 같던데 말이에요.」

「아마 부인에게 굉장히 큰 상처를 받았겠죠.」

록세나는 조용하게 말했다. 어이없게도 레몬 향 비누가 뇌리에 떠올랐다.

「아마도 윈 경은 부인을 진심으로 사랑하셨을 거예요.」

「아유, 그럼요, 그러셨겠죠. 틀림없이 남자 자존심에도 타격이 컸을 테고 말이에요.」

하웰 부인은 입을 다물고서 조용히 찻잔을 비웠다.

「아무도 그분을 받아들이려 하지 않는다구요? 정말 안됐어요. 그럼 윈 경의 전부인은 지금 어떻게 되었죠?」

하웰 부인은 코방귀를 뀌며 찻잔을 내려놓았다.

「귀족 양반들이 하는 짓을 우리 같은 사람이 어떻게 이해하겠어요. 뭐, 나야 관심도 없지만. 그 부인이야 애인 중에 하나를 골라서 결혼하는 것 말고 달리 할 일이 없죠. 이젠 레이디 마스터슨이 됐는데, 모르긴 해도 계속 여기저기 들쑤시고 다닐걸요.」

「제 버릇 남 못 주나 보군요.」

록세나는 중얼거리다가 또 얼굴을 붉혔다.

「어머, 죄송해요, 무례한 말을 해서. 어찌 됐든, 우리가 신경 쓸 일은 아니잖아요, 안 그래요?」

「글쎄요. 그나저나 제가 큰일났어요. 이삼일 내로 저택에 있는 살림을 전부 끄집어내서 목록을 만들기로 했거든요.」

「네, 윈 경이 영지를 시찰하고 계시다는 말은 저도 들었어요.」

화제를 돌리게 돼서 록세나는 마음이 놓였다.

「이 근방에 그분 땅이 많은가요?」

하웰 부인은 자다가 웬 봉창 두드리는 소리냐는 듯한 얼굴로 록세나를 쳐다봤다.

「드루 부인, 어디 다른 데 가서 살다 오셨어요? 노스 라이딩의 절반은 그분 땅일걸요. 거기다, 요크 남부 어디에 있다는 땅은 말할 것도 없고, 노섬브리아와 더럼에도 영지가 있죠.」

「맙소사, 틀림없이 일부는 처분하고 싶으시겠죠? 부담스러워서 그걸 어떻게 다 돌보겠어요. 제발 이 모어랜드만은 팔지 않았으면 좋겠는데.」

「글쎄요, 그 문제에 대해서는 잘 모르겠네요.」

하웰 부인은 일어나서 손을 내밀며 쾌적하게 정돈된 부엌을 둘러보았다.

「그 엄청난 일을 다 하셨다니, 고역이 말이 아니었겠네요.」

록세나는 시숙을 떠올리며 속으로 고개를 절레절레 흔들었다.

「정말 고역이 어떤 건지 부인은 모르실 거예요. 윈 경이 모어랜드는 그냥 놔두고 떠나시기를 바랄 뿐이죠. 털실 고마워요, 하웰 부인.」

저택 하녀장은 외투를 걸쳐 입고 현관문을 열었다. 차가운 공기가 폐부로 확 밀려들었다.

「눈이 녹고 있네요. 조만간 다 녹을 것 같은데요.」

「그 눈이 다시 얼어붙으면서 본격적으로 겨울이 시작되겠죠. 하웰 부인, 혹시 집안 정리를 하시는데 도움이 필요하시면 부르세요. 기꺼이 달려갈 테니까.」

가정부는 손을 입으로 가져가며 웃음을 터뜨렸다.

「제가 여기 들른 또 다른 이유가 바로 그건데 깜빡했네요. 아무래도 제가 망령이 드나봐요. 그럼, 정말 도와주실 수 있는 거죠? 티비하고 윈 경이 내일 회계장부를 점검하러 레틀링 벡에 가시면 일을 시작할 생각이에요. 여덟 시면 괜찮으시겠어요? 이왕이면 헌 옷으로 입고 오는 게 좋을 거예요.」

「저는 헌 옷뿐인걸요.」

웃으며 농담을 하던 록세나가 얼굴을 떨구었다.

「하지만 검은색이 아닌데.」

하웰 부인이 그녀의 팔을 토닥거렸다.

「걱정 말아요, 입다물고 있을 테니. 그럼, 내일 오시는 거죠?」

「네. 여덟 시요.」

여덟 시가 채 되기도 전에, 록세나는 짙은 녹색의 모직 드레스 차림으로 헬렌과 필리시티의 손에 새로 짠 털장갑을 끼워주고서 함께 저택으로 갔다. 하웰 부인의 환대를 받으며 따뜻한 실내로 들이찼을 때, 록세나는 헬렌의 얼굴에 행복한 미소가 피어나는 것을 놓치지 않았다.

「여긴 정말 따뜻해요, 엄마.」

록세나는 하웰 부인의 의아해하는 눈빛을 못 본 척하며 헬렌의 턱을 위로 치켜들었다.

「그럼, 애야. 이곳이 우리 집보다 따뜻한 건 당연하지. 윈 경은 스페인 날씨에 익숙하실 테니까 말야.」

필리시티도 신이 났는지 빙글빙글 돌면서 장난을 쳤다.

「그럼 나도 스페인에 갈래요, 엄마.」

아이의 말에 록세나는 웃음을 터뜨렸다.

「넌 뜨거운 태양이랑 장난칠 구실만 있으면 어디라도 좋다고 할 걸. 자, 그럼 이제 뭘 하면 되는지 말해주세요, 하웰 부인.」

하웰 부인은 아이들을 모았다.

「먼저, 너희들은 식당에 가서 계피빵을 먹으려무나. 윈 경께서 너희들 주라고 남겨놓으셨단다. 다 먹으면 접시를 치워놓고 우릴 찾아오렴. 너희들도 이제 먼지 털기 정도는 할 수 있겠지? 부엌 하녀에게 물으면 접시 놓는 데를 가르쳐줄 게다.」

록세나는 하녀장인 하웰 부인을 따라 메인 홀로 들어갔다. 하웰 부인이 가구에서 커버를 벗겨놓은 터라 그녀는 즐겁게 감상했다.

「세상에, 정말 근사하고 고풍스러워요.」

거실에 놓여 있는 대형 피아노를 보자 감탄사가 저절로 튀어나 왔다. 건반을 눌러본 록세나는 그 소리에 미간을 찌푸렸다.

「음이 좀 이상한데요.」

「난 들어도 몰라요, 드루 부인. 그 소리가 그 소리 같기만 하 지.」

하웰 부인이 말끔하게 닦여 윤이 나는 피아노를 한쪽 손바닥으로 훑으며 말했다.

「윈 경께서 뭔가를 좀 쳐보시더니 두통이 날 것 같으니까 당장 조율시키라고 하시더군요.」

「그분이 피아노를 치세요? 얼마나 좋으실까. 그것 보세요, 하웰 부인, 그렇게 나쁜 사람은 아니라니까요!」

「나도 그분의 나쁜 면에는 별 관심이 없답니다. 그건 그렇고, 여기 좀 와보세요. 부인은 리넨 보관실을 맡으실래요? 난 은식기를 정리할게요. 티비가 그러는데, 섭정 왕자의 빚을 다 갚을 수 있을 만큼 은식기가 많다네요, 글쎄.」

록세나는 오전 내내 리넨 보관실에서 시트, 베갯잇, 침대보, 타월, 행주 따위의 개수를 꼼꼼하게 적어놓으면서 쥐에게 쏠린 것은 따로 추려냈다. 어떤 시트는 앤 여왕 시대에 만들어진 것이 아닌가 할만큼 자수가 정교해서 감탄을 자아내기도 했다. 내내 시트만 쳐다보고 있자니 지루하기도 하고 눈도 피로해지는 것 같아서 이 층을 거닐며 침실 몇 군데를 들여다봤다. 발판이 없으면 올라가지도 못하겠다 싶을 만큼 높고 커다란 침대를 보면서 그녀는 그 위풍 당당함에 놀라 눈이 휘둥그레질 지경이었다. 필리시티와 헬렌은 엄마를 졸졸 따라다니고 있었다.

「언니, 이런 침대 위에 올라가려면 우린 아주아주 높이 뛰어야 할 거야!」

필리시티가 제 언니를 보며 탄성을 질렀다.

「그럼 엄마한테 혼나.」

헬렌이 엄마를 향해 미소를 지으며 동생을 꾸짖었다.

「윈 아저씨는 괜찮다고 하실 거야. 정말이라니까.」

장담하는 작은딸의 손을 록세나가 꽉 움켜잡았다.

「이 녀석, 네가 그걸 어떻게 알아!」

저택 뒤의 잔디밭에 그림자가 길게 드리워질 때쯤 그들은 집으로 돌아왔다. 기분 좋을 만큼 피곤하고 허기진 터라, 매기가 약속했던 저녁식사 생각이 간질했다. 필리시티는 장갑 벗을 생각은 하지도 않고 있었다.

「장갑을 벗지 않으면 저녁 못 먹는 줄 알아.」

엄마의 단호한 명령에 시무룩해졌던 필리시티는 매기가 뚜껑 덮

인 팬에 요리를 담아 내오니까 비로소 표정이 밝아졌다. 코를 콩
콩거리며 음식 냄새를 맡아보다가 아이는 슬그머니 또 엄마를 쳐
다봤다.

「장갑을 벗어야 음식을 준다니까, 리시.」

록세나는 아이를 타이르면서도 자꾸만 터져 나오려는 웃음을 참
느라 애를 먹고 있었다. 오, 하느님, 장갑을 벗는 게 아이한테는
그리도 어려운 일일까요?

결국 필리시티는 엄마의 지시에 따랐다. 유모가 생글거리면서
음식 그릇을 가리키자 그제야 엄마와 딸의 시선이 한 곳으로 모여
들었다. 록세나가 뚜껑을 열자 구운 양고기 다리가 촉촉하게 먹음
직한 모습을 드러냈다. 그녀는 놀라서 혹 숨을 들이마셨다.

「매기, 이 고기는 어디서 난 거예요?」

「하웰 부인이 고기를 너무 많이 샀다면서 좀 가지고 왔어요. 윈
경께서 시키셨다나 봐요.」

록세나는 미간을 찌푸렸다.

「이런 호사가 버릇이 되면 안 될 텐데.」

그녀는 손에 나이프를 들고도 선뜻 손을 대려 하지 않았다.

「다른 사람이 알면 뭐라고 할까.」

그러자 매기가 그녀를 안심시키려고 나섰다.

「록세나, 그분은 고작해야 한 이틀 여기 계실 거라잖아요.」

록세나는 한숨을 내쉬며, 접시에 담아놓은 고기국물에 벌써부터
손가락을 담그고 있는 필리시티를 바라봤다.

「잘 한다, 이 녀석. 그나저나 윈 경에게 너무 많은 신세를 지는
구나. 그렇지만 오늘은 일단 맛있게 먹자. 헬렌, 필리시티, 접시를
이리 다오. 순서를 지켜야지. 식사 예절을 잊었니?」

그날의 진수성찬은 헬렌의 입에서 한숨이 나올 만큼 진한 소스
를 얹은 요크셔 푸딩으로 마무리되었다.

「엄마, 아빠가 늘 하시던 말씀 생각나세요?」

등받이에 몸을 기대고 빈 접시를 밀어내며 헬렌이 툭 말을 건넸다. 록세나는 가만히 아이를 쳐다봤다. 넌 한번도 아빠 얘기를 입밖에 낸 적이 없잖니. 손이 떨릴 것만 같아 조심스럽게 포크를 내려놓으면서 그녀는 생각했다.

「글쎄, 뭐였더라. 어디 한번 말해보렴.」

그녀의 입에서는 북받치는 감정이 묻어나며 낮게 가라앉은 목소리가 흘러나오고 있었다.

헬렌은 등을 곧게 펴더니 아빠 흉내를 내어 식탁 위에 팔꿈치를 세웠다. 가만히 지켜보던 록세나는 잠시 눈을 지그시 감았다.

헬렌이 목소리를 내리깔며 말했다.

「잘 먹었어요, 드루 부인. 전능하신 주께서 함께 식사를 하셨더라도 이보다 더 맛있을 수는 없었을 거야.」

필리시티가 깔깔 웃으며 손뼉을 쳐댔지만, 헬렌의 눈에서 눈물이 터져 나오자 급기야 모두 함께 엉엉 소리내어 울다가 웃다가 서로를 껴안고 또 울고 하는 사이, 접시를 가지러 부엌에 들어갔던 매기까지 달려와 합세를 했다. 혼자 오래 슬픔을 삭일 때보다는 덜 외롭다는 생각을 하면서 록세나는 두 딸을 무릎 위에 앉혀 끌어당겼다.

헬렌이 테이블에서 냅킨을 뽑아내어 힘차게 코를 풀었다.

「엄마, 괜찮아요?」

딸의 머리에 입을 맞추며 록세나는 고개를 끄덕였다.

「다 같이 모여서 아빠 얘기를 하니까 기분이 참 좋아요.」

「엄마도 그렇단다. 우리 이제부터는 언제라도 그러고 싶을 땐 아빠 얘기를 하자꾸나.」

딸들을 재운 후에 록세나는 집밖으로 나왔다. 찬 공기를 깊이 들이마시는데 왠지 모르게 가슴이 벅차 올랐다. 몇 달 만인지 몰랐다. 스스로 생각해도 놀라울 정도로 마음이 편안해지는 것을 느끼면서 그녀는 숄로 몸을 감쌌다. 록세나 드루, 너 정말 신이 났구나. 웃으며 혼자 중얼거리다가 문득 어디선가 들려오는 소리에 저도 모르게 귀를 기울였다.

저택의 어느 창문을 통해 희미하게 피아노 음이 들려오고 있었다. 록세나의 얼굴이 점점 환해졌다. 피아노 조율사가 이 눈보라를 뚫고 와주었구나. 귀를 쫑긋 세우고 정신을 집중해서 들어보니 베토벤 소나타였다. 발이 시려 얼얼해지려고 할 즈음, 화려하고 장중한 화음으로 곡이 끝을 맺었다. 록세나는 가볍게 손뼉을 치고 나서 현관 안으로 들어가 문을 닫았다.

필리시티가 옆에 누워서 체온을 나누어주면 얼마나 좋을까 생각하며 옷을 벗고 침대로 들어가는데 이가 덜덜 부딪쳤다. 하지만 그런 버릇은 들이지 말아야 해. 겹겹이 덮은 담요가 차츰 몸을 데워주는 사이 스르르 졸음이 몰려왔다. 잠이 들기 직전, 록세나는 옆자리의 빈 베개에 남아 있는 머리 자국을 손으로 더듬어보았다. 베개에 묻었던 레몬 비누 향은 사라진 지 오래지만 아직도 코끝에서는 그 향기가 맴도는 듯 기억이 생생했다. 그리고 따뜻한 나라 스페인, 그곳이 어떠할지도 상상이 되었다.

이튿날 오후, 록세나가 시트의 숫자를 세어 적고 다시 선반에 정리해놓느라고 부산하게 움직이고 있을 때, 레틀링에 갔던 윈 경과 티비가 돌아왔다. 자갈길을 밟는 말발굽소리에, 헬렌이 개키고 있던 타월을 옆으로 밀어놓고 창문으로 달려가 바깥을 내다봤다.

「엄마, 마구간에 가도 돼? 윈 아저씨가 아저씨 말을 빗질하게 해주실 텐데!」

간청하는 아이의 눈빛이 반짝반짝 빛나고 있었다.

「'돼'라고 하지 말고 '돼요'라고 해야지.」

록세나는 하던 일을 다시 손에 잡으면서 무심코 딸의 말을 바로

잡아주었다. 그랬다가 곧 눈을 들어 헬렌의 팔을 잡아끌며 아이를
바라봤다.
「물론, 가도 된단다, 얘야. 하지만 가서 성가시게 굴면 안 된
다.」
「난 절대 안 그래요, 엄마.」
헬렌은 단호하게 대답했다. 동생을 돌아보니, 필리시티는 못 쓰
는 시트 더미에 누워 새근새근 잠들어 있었다. 빨간 털장갑은 손
에 그대로 낀 채…….
「근데, 리시는 그럴지도 몰라요.」
록세나는 입술에 손가락을 갖다댔다.
「쉿, 깨우지 마라.」
다시 일로 돌아간 록세나는 개켜놓은 시트를 차곡차곡 모아서,
아직 채워놓지 않은 장롱이 있는 곳으로 옮겨갔다. 휴, 이게 마지
막이구나. 그런데 모어랜드에 사는 사람들이 이걸 한번이라도 꺼
내 쓸 일이 있을까? 장롱을 열어본 록세나는 혹 하고 크게 숨을
내쉬다가, 그 소리에 놀라 필리시티가 깨지나 않았는지 돌아봤다.
장롱에는 레이스, 그것도 아주 아름다운 레이스가 가득했다. 지
금은 세월의 때를 입어 누렇게 변색되어 있었지만 여전히 사람의
눈을 매혹시키는 힘이 배어 있었다. 조심스럽게 식탁보 한 장과
냅킨 몇 장을 꺼내어, 만지기도 겁이 날 정도로 한 땀 한 땀 정성
스럽게 수놓아진 천을 손가락으로 가만히 쓸어보았다. 이 중에서
하나만 가져갈 수 있어도 좋을 텐데. 그녀는 들고 있던 것을 내려
놓고 다시 장롱 안으로 눈을 돌렸다.
자그마한 식탁보에 이어 배내옷 한 벌이 나왔다. 즐거운 탄식을
내지르며 록세나는 그 옷을 꺼내 들었다. 정교한 바느질, 그리고
소맷부리와 목둘레를 장식한 레이스는 저절로 감탄사를 자아냈다.
몇 대의 아기들이 이 옷을 물려 입었을까? 그런 옷이 지금은 이렇

게 장롱 속에 처박혀 있어야 하다니 너무나 안타까운 일이었다. 선반과 장롱들을 둘러보는 동안 뭐라고 형용할 수 없는 감정이 그녀를 사로잡았다. 고운 물건이 이렇게 넘쳐나는데 집은 텅 비어 있단 말인가.

그때 바깥 홀에서 들려온 둔탁한 발자국소리에 록세나는 상념에서 깨어나 얼른 배내옷을 내려놓고 고개를 들었다. 그녀의 얼굴에 미소가 피어올랐다. 윈 경이었다.

「안녕하세요, 윈 경.」

인사를 건넨 후에 록세나는 곧 머리로 필리시티를 가리키면서 손가락을 입술에 가져다댔다.

윈은 가죽바지를 입고 무릎까지 오는 장화를 신은 전형적인 시골 신사의 차림으로, 코트를 열어제치고 목도리는 느슨하게 걸치고 있었다. 록세나의 눈길은 모자를 썼던 자국이 선명하게 남아 있는, 희끗희끗해져가는 갈색 머리카락에 가서 멎었다가 근사한 초록색 눈동자로 옮아갔다. 이렇게 선명한 초록색이었구나. 큰 키에 군살 하나 없이 딱 벌어진 몸매, 당신은 정말 건강해 보이네요……. 그런 생각을 하다가 문득 그녀는 이 무슨 엉뚱한 관찰인가 싶어 저도 모르게 얼굴이 화끈 달아올랐다.

「왜 얼굴을 붉히십니까? 내가 무슨 실수라도…….」

가까이 다가서면서 윈이 나지막하게 물었다.

록세나는 그저 당혹스러울 뿐, 자신이 생각하고 있던 것을 차마 인정할 수가 없어 머리를 흔들었다.

「아니에요, 어제 바보같이 굴었던 걸 생각하면 아직도 창피한 생각이 들어서…….」

록세나는 웅얼대듯 대답했다. 이만하면 된 것이다. 그녀가 그에 대해 자세히 알고 싶어한다는 것을, 그리고 어떤 모자람도 발견하지 못했다는 사실을 굳이 그에게 알려야 할 필요는 없을 테니까.

「난 벌써 잊어버렸는걸요, 뭘.」

쾌활하게 말하고 나서 그는 필리시티를 슬쩍 쳐다봤다.

「장갑이 멋지군요.」

「식사 때 말고는 통 벗으려고 하질 않아요.」

화제가 바뀌자 록세나는 마음이 놓였다.

윈은 고개를 끄덕이다가 그녀를 보며 활짝 웃었다.

「그건 뭐죠?」

록세나의 무릎 위에 놓인 레이스를 가리키며 그가 물었다.

그녀는 그것을 들어 감상해보라는 듯 그에게 내밀었다.

「배내옷이에요. 바느질이 얼마나 정교한지 몰라요.」

「나하고는 상관없는 일입니다. 애들은 태어나면 죄다 물에 빠뜨려 없애버리는 게 그만인데.」

「윈 경!」

「쉿!」

그가 필리시티를 가리키며 더 이상 말을 못 하게 막았기 때문에 록세나는 입을 다물어야 했다.

「내가 어린애를 어떻게 생각하는지는 이미 밝혔잖습니까. 난 죽어도 애는 갖지 않을 겁니다.」

윈은 조용히 속삭여 말하고서 필리시티를 쳐다보았다.

「저렇게 계속 장갑을 벗지 않으려고 하면 어쩌죠? 혹시 너무 빡빡하게 떠서 벗겨지지 않는 거 아닌가?」

록세나는 웃음을 참으려고 손바닥으로 입을 막았다.

「아니에요! 리시는 윈 경을 나무 위에 걸린 별처럼 생각하나봐요. 얘가 강아지였다면 윈 경이 가는 방방마다 줄래줄래 따라다녔을 걸요, 정말이에요! 그러니 이곳에 오래 머물지 않으시는 게 윈 경께는 좋을 거예요.」

윈은 고개를 끄덕이면서 심드렁하게 대답했다.

「그렇겠지요.」

록세나는 침묵이 불편하기만 한데, 윈은 별로 그렇지도 않은 듯 뒷짐을 지고 좁은 방 안을 서성였다.

마침내 그가 멈추어 서서 입을 열었다.

「넌더리 나게 시트가 많기도 하군. 갖고 싶은 것이 있으면 얼마든지 가져가세요, 드루 부인.」

「어떻게…….」

「괜찮아요. 저 배내옷도 가져가세요. 어차피 재혼을 하실 것 아닙니까? 내가 지금 요크 남자들의 능력을 과대평가하는 게 아니라면 언젠가 필요할 때가 있을 겁니다.」

「그, 그 문제는 생각해본 적이 없어요.」

「부인께서 상복을 벗기만 하면 이곳 노스 라이딩 남자들이 시간 낭비할 이유가 뭐가 있겠습니까.」

그는 말을 마치고 성큼성큼 홀로 나갔다. 혼자 남은 록세나는 도저히 갈피를 잡을 수가 없었다. 그녀는 멍하니 그의 뒷모습을 바라보았다. 당신은 걸음걸이도 참 근사하군요, 윈 경. 어떻게 보면 어슬렁거리는 것 같기도 하고…… 어머나, 록세나, 정신차려!

그녀는 장롱에 남아 있는 리넨을 다 쏟아내고는 서둘러 일을 마무리지었다. 간신히 정신을 가다듬어 일을 마친 후에 필리시티를 깨워서 집으로 돌아가려 할 즈음, 홀에서 또 걸음소리가 들려왔다. 이번에는 소리가 가벼운 것으로 보아 헬렌이 뛰어오는 모양이었다. 헬렌을 맞기 위해 록세나는 조용히 홀로 나갔다.

딸아이가 달려와 그녀의 허리춤을 꽉 움켜쥔 채 가쁜 숨을 몰아쉬었다.

「무슨 일 있니?」

딸의 옆에 무릎을 꿇으며 록세나는 근심스럽게 물었다.

「엄마! 이건 상상도 할 수 없는 일이에요! 엄마!」

아이의 눈이 초롱초롱 빛나고 있었다.
「뭐가, 응?」
「조랑말이요! 윈 아저씨가 그러시는데, 그것도 필리시티가 내기에서 얻은 거래요. 아, 엄마, 엄마, 빨리 와보세요!」

7

「안 돼! 헬렌, 그러면…….」

그래도 막무가내로 헬렌은 엄마의 손을 잡아끌었다. 할 수 없이 록세나는 필리시티가 아직 자고 있는지를 확인하고 나서, 딸이 이끄는 대로 계단을 내려와 마구간으로 가보았다. 마구간 문 옆 울대에 한가롭게 팔을 걸치고 서 있던 윈이 록세나를 힐끗 쳐다보고는 아이에게 윙크를 건넸다. 록세나는 한숨을 내쉬고는, 마음이 결코 편안치 않음을 보여주는 듯 입술을 꼭 다물고서 다가갔다. 윈 경이 정중하게 다가와 옆에 섰으나, 그녀는 화가 나서 눈길도 마주치지 않았다. 헬렌은 난간을 타고 넘어가 조랑말의 목에 매달렸다.

「와, 엄마, 이렇게 예쁜 말은 처음 봐요」

록세나는 조랑말을 바라보았다.

「윈 경, 이 일에 대해서는 한마디해야겠네요!」

「나는 도박 빚은 반드시 갚는다고 말씀드렸잖습니까?」

그의 목소리에는 즐거움이 가득했다.

「윈 경!」

「지금 날 꾸짖는 겁니까, 아니면 그냥 불러보는 겁니까?」

윈은 기가 막혀하는 록세나에게서 물러나 주머니에 양손을 찌르고 난간에 기대어 섰다.

「결투를 하시려거든 입회자의 이름을 대시죠, 드루 부인. 난 필리시티를 추천하는 바입니다. 이십 보 떨어져서 칼이나 총으로?」

그는 록세나의 얼굴을 흘끗 훔쳐봤다.

「그런데 말이죠, 얼굴 표정이 정말 아름답군요. 그냥 보면 화를 내고 있는지 분간할 수가 없겠는데요.」

「화, 났어요.」

윈이 가까이 다가와서 그녀의 어깨에 슬쩍 손을 올리며 설명을 시작했다.

「어떻게 된 일인가 하면, 이 조랑말은 레틀링 벡에 있던 놈인데 그곳 마구간이 너무 낡고 쓸모가 없어서 철거하게 됐어요. 그러니 거기 두고 올 수가 없었죠. 게다가 마침 이곳에 썩 괜찮은 주인이 됨직한 꼬마아가씨도 있고 해서 올 때 끌고 온 겁니다.」

「이러시면 안 된다는 걸 아실 만한 분이 왜 그러세요!」

「왜 안 된다는 겁니까? 빈 마구간도 있고, 아주 잘 보살펴줄 손길도 여기 있는데.」

윈은 그녀를 뚫어지게 바라봤다.

「다른 이유라도 있습니까? 친척 아닌 다른 남자의 신세는 지기 싫다는 겁니까?」

「어쨌든 온당치 않은 일이에요. 잘 알고 계실 텐데요?」

윈은 그녀의 어깨에서 손을 떼고 다시 난간으로 가서 몸을 기댔다.

「그럼 이렇게 하면 어떻겠습니까? 시숙이신 위트콤 경에게 이 조랑말을 드리고, 그분이 다시 이곳으로 가져오시면? 아니면 그 양반 댁 마구간에 매어두던가. 그럼 좀 낫겠습니까?」

윈은 무심코 내뱉고 있겠지만, 록세나는 그가 하는 말이 진심에서 우러나온 것임을 알고 있었다. 비록 자신이 하는 말이 그녀에게 어떤 의미를 갖는지 모른다고 해도. 하지만 '시숙'이라는 말에 몸서리가 쳐지는 것은 어쩔 수가 없었다. 순간 록세나는 구역질이 나올 것만 같아, 호의를 베풀어주려는 사람 앞에서 안 좋은 모양새를 보이기 전에 얼른 자리를 피하고 싶었다.

그녀는 간신히 입을 열어 대답을 얼버무렸다.

「안 돼요, 그건 더 안 좋은 방법이에요. 차라리 윈 경의 신세를 지는 게 훨씬 낫죠. 그럼, 이만 실례하겠습니다.」

목소리에 고뇌가 묻어나는 것을 감지했는지, 록세나가 마구간을 나서려고 돌아서는 순간 윈이 재빨리 앞을 가로막더니 그녀의 팔을 잡으려고 손을 내밀었다.

「잠깐만요, 드루 부인!」

부르는 소리를 무시한 채, 록세나는 마치 구역질이 치밀어 올라오기 전에 마구간을 벗어나는 것이 생의 목적인 사람처럼 손으로 입을 막고 걸음을 재촉했다.

간신히 토악질을 참아낸 록세나는 모퉁이에 있는 덤불 숲에 서서 숨을 한꺼번에 몰아쉬었다. 마침 위가 비어 있어서 다행이었다. 윈이 덤불 사이로 비치는 그녀의 모습을 발견했을 때, 록세나는 앞치마 자락을 들어 입가를 닦고 있었다. 이마에 밴 땀을 닦고 돌아섰는데, 그가 놀란 표정으로 멍하니 입을 벌린 채 거기 서 있었다.

「윈 경, 저는 경이든 다른 누구하고든 제 시숙에 대한 얘기는 하기가 싫습니다. 좋아요, 조랑말은 저택 마구간에 넣어두고 헬렌이 가서 돌봐주기로 하죠. 그럼 이만.」

제발 절 붙잡지 마세요. 그를 똑바로 쳐다보며 록세나는 마음속으로 간절하게 부탁했다.

남 속이 타는 것을 아는지 모르는지, 윈은 그녀의 팔을 붙잡고 가만히 눈을 응시했다.

「드루 부인, 대체 왜 그러십니까?」

그는 사뭇 단호한 어조로 물었다.

록세나는 자신의 목소리가 너무 나약하게 들리지 않기를 바라는 마음으로 시선을 피하며 입을 뗴었다.

「윈 경과 나눌 만한 얘기가 못 됩니다.」

윈은 달아나려고 하는 록세나의 팔을 더욱 힘껏 움켜쥐었다. 위트콤과의 끔찍했던 대면, 그에게 팔을 잡혔던 기억을 떠올리면서 록세나는 윈의 눈동자를 쳐다봤다. 그리고 간청했다.

「제발, 놔주세요!」

그러자 윈은 즉시 손을 놓았다. 당혹스러움에 얼굴이 빨갛게 달아올랐다.

「드루 부인, 내가 뭐 실수를 했거나 뭐가 잘못된 게 아니라면, 대체 왜 이러는지 이유를 알고 싶군요.」

록세나는 머리를 저었다.

「윈 경, 이건 저와 위트콤 경 사이의 문제입니다. 윈 경과는 전혀 관계없는 일이에요. 더군다나 곧 여기를 떠나시잖아요. 부탁이니 그냥 모른 척해주세요.」

윈은 얘기를 더 하고 싶었고 록세나도 그런 마음을 알았지만, 때마침 마구간에서 뛰어나온 헬렌 때문에 그는 뒤로 주춤 물러섰다.

「엄마, 조랑말에게 이름을 지어주셔야죠.」

헬렌이 그녀를 마구간으로 잡아끌면서 떼를 썼다.

　록세나는, 찌푸린 얼굴로 주머니에 손을 찔러 넣은 채 자신을 주시하고 있는 윈에게 다시 눈길을 주었다.

「여기서는 얘기를 나누기가 곤란할 것 같네요, 윈 경.」

　평정을 되찾은 목소리로 그녀가 말했다.

「어떤 이름으로 할 거예요, 엄마?」

　모두 함께 외양간 앞에 서 있을 때 헬렌이 또 물었다.

　록세나는 조랑말을 좀더 자세히 들여다보기 위해 치맛자락을 모아 쥐고 난간 위로 올랐다. 그때 놀랍게도, 윈이 그녀를 안아 올려 가로대 위에 앉혀주었다. 록세나는 자세를 바로잡으려고 그의 어깨를 짚으면서도 굳은 표정을 지으려고 짐짓 애를 썼다. 윈은 선한 눈빛으로 그녀를 응시했다.

「도저히 화를 낼 수가 없게 만드는 분이네요, 당신은.」

　록세나가 중얼거리는 듯 말했다.

　윈은 나긋한 말투로 응수했다.

「뭐, 그 점에 대해서라면야 내 전처에게 물어보기만 해도 답이 나올 겁니다.」

　록세나는 얼굴이 화끈거렸다.

「또 하나 있네요. 사람을 화나게 만든다는 것.」

　그 말을 던지고 나서 그녀는 조랑말에게 시선을 내렸다.

「이름말이니, 헬렌? 어디 생각 좀 해보자꾸나.」

　록세나가 그의 어깨에서 손을 떼자 윈은 살짝 몸을 움직여 다시 난간에 팔을 기대었다.

「미안하다만, 헬렌, 너는 다음 차례를 기다려야겠구나. 어머니는 내 것부터 이름을 지어주시기로 했거든. 불쌍하게도 여태 이름이 없는 신세지 뭐니. 내가 먼저란다. 안 그렇습니까, 드루 부인?」

　아이에게 설명을 하고 나서 그가 빙그레 웃으며 록세나를 올려다보자, 그녀는 고개를 끄덕였다.

「네, 그렇게 약속했죠.」

동의를 해주고 나서 록세나는 눈을 들어, 다른 외양간에 들어가 있는 커다란 사냥말을 쳐다봤다. 슬그머니 웃음이 나오기 시작했다.

「맞아요! 왜 내가 진작에 그 생각을 못했지?」

그녀는 윈을 내려다봤다.

「'네이'라고 지으시면 되겠네요.」

헬렌이 마음에 들지 않는다는 듯 얼굴을 찌푸리며 고개를 흔들었다.

「엄마! 그건 안 돼요. 말 이름을 '네이(neigh, 말의 울음)'라고 하면 어떡해요!」

하지만 윈은 혼자 껄껄 웃고 있었다.

「N-E-Y (Michel Ney, 용맹 과감하다고 알려졌으며 나폴레옹에게 인정을 받았던 프랑스 군인. 워털루 전투에서 패한 뒤 국외 도피를 꾀했으나 실패하고, 백색테러의 희생양이 되어 부르봉 왕조에 반대한 죄로 처형) 말씀이십니까, 부인?」

「맞아요. 윈 경께서는 그 교활한 프랑스인을 실제로 알고 계실 테고, 게다가 이 말은 사냥말이잖아요.」

「네이와는 우연히 맞붙은 적이 있어서 조금 알긴 합니다.」

윈의 시선은 록세나를 향하고 있었지만 그녀를 보고 있지는 않았다.

「그자라면 스페인의 광활한 대지에서 한판 맞붙어볼 만한 적수였는데, 루이 왕이 그를 처형했다는 말을 들었을 때는 사실 조금 안타깝기도 했죠. 네이라……, 그것으로 합시다, 드루 부인. 이베리아 반도에서 살다온 사나이의 말 이름으로 제격이군요.」

그는 손을 뻗어 헬렌의 머리를 쓰다듬었다.

「내 말이 맞구나. 엄마가 이름을 짓는데 재주가 있으셔.」

록세나가 윈을 향해 팔을 뻗었다.

「이제 절 내려주세요. 필리시티가 깨나서 날 찾으러 이층에 올라갔다가 침대 위에서 깡충거리며 장난을 쳐댈 거예요. 침대에서 노는 게 네 살 짜리에게는 참기 힘든 유혹이거든요.」

윈은 그녀를 내려주었다.

「마흔 살짜리에게도 그렇습니다, 부인. 거 아주 재미있을 것 같은데요.」

「정말 대책이 서지 않는 분이네요.」

록세나가 치마주름을 바로 하며 중얼거리다가 어색한 웃음을 지었다.

「제가 무례한 말을 하고 말았네요. 정말 죄송합니다.」

왜 난 윈 경 앞에만 서면 이렇게 바보 같은 말과 어리석은 짓만 골라 하는지 몰라. 그런 생각을 하며 록세나는 허둥지둥 다시 저택 안으로 들어갔다. 이삼일 있다가 떠난다니 정말 다행이야. 안 그러면 정말이지 완전 팔불출이 되고 말 것 같아. 세상에, 벌거벗은 가슴에 기대어 울지를 않나, 그가 보는 앞에서 구역질을 할 뻔하질 않나, 게다가 조금 아까는 그런 무례한 말을 마구 해댔으니……. 정말 끔찍해. 리넨 보관실 앞에 당도하자 그녀는 차가운 나무문에 잠시 이마를 기댔다. 하마터면 위트콤에 대한 얘기를 할 뻔했잖아.

필리시티는 못 쓰는 리넨 더미 위에서 아직까지도 자고 있었다. 누런 천과 빨간 장갑의 대조가 사뭇 도드라져 보였다. 록세나는 자리에 앉아서 부드러운 눈길로 작은딸을 물끄러미 바라보았다. 남아 있는 털실로 작은 모자 하나는 뜰 수 있을 거야. 하룻밤이면 뜰 텐데. 그럼 리시는 그것도 쓰고 자겠다고 고집을 부릴 테지? 문득 그녀는 윈이 생각났다. 그렇게 철저히 아이들을 싫어하는 사람이 어쩜 그렇게 아이들한테 잘할 수가 있는 걸까? 낳자마자 죽여야 한다니, 세상에…….

이내 록세나는 가볍게 머리를 흔들었다. 록세나 드루, 네가 윈 경에 대해 아는 게 뭐가 있다고. 이곳 지주이고 아이들에게 친절하다는 것밖에 모르잖아. 대형 이혼 스캔들에 휩쓸린 사람이고. 지금 사교계에서는 받아들이지도 않는다고, 하웰 부인이 그랬잖아. 앤서니라면 윈 경과 같은 사람을 어떻게 대할까? 모든 사람에게 친절한 앤서니조차도 일정한 한계는 두잖아.

「그러니 나도 그렇게 할 수 밖에.」

록세나는 중얼거리면서 필리시티에게 입을 맞춰주고 아이를 깨웠다.

다음날 아침, 눈은 그쳤지만 뼛속까지 스며들 만큼 바람이 매서웠다. 하웰 부인을 도와주러 저택에 가는 것이 반가울 정도였다. 이번에는 매기도 따라나섰다. 윈과 티비는 일찌감치 말을 타고서 나갔고, 헬렌은 코트를 단단히 껴입고 장갑과 모자도 꼭 하고 있겠노라고 엄마에게 다짐을 하고 나서 마구간으로 갔다. 엄숙한 표정으로, 매기는 도서 목록을 작성하기 위해 서재로 갔다. 리시는 윈이 남긴 것을 먹으러 하웰 부인을 따라 식당으로 갔고, 록세나는 이층 침실을 돌면서 각 방에 있는 물품들을 적어나갔다.

침실이 여섯 개뿐이라서 그리 많은 시간이 필요한 일은 아니었다. 하지만 방마다 남향으로 나 있는 창가에 서서, 서튼 뱅크에서부터 요크의 대평원까지 쭉 펼쳐진 경치를 내다보고 싶은 유혹을 떨치기는 어려웠다. 초겨울의 휴식을 만끽하면서 봄날의 쟁기질을 기다리는 비옥한 토지. 그때가 되면 양떼들과 송아지, 다리가 껑충긴 망아지들도 흩어져서 풀을 뜯을 것이고, 헬렌은 서툰 걸음으로 아장아장 울타리를 돌아다니는 어린 가축들을 보면서 환호성을 지르리라. 그러고 보니 록세나의 두 딸은 모두 봄철 태생이었다. 아무래도 난 대지와 잘 어우러지는 체질인가 봐. 기록대장과 펜을 한쪽으로 밀어놓고 무릎을 끌어당겨 그 위에 턱을 괴고 앉으면서 록세나는 상념에 잠겼다.

「나도 종종 여기에 앉아서 창 밖을 내다보곤 한답니다, 드루 부인. 정말 아름답죠? 모어랜드는 생각했던 것보다 더 마음을 끌어당기는 곳이네요」

화들짝 놀란 록세나는 휘둥그레진 눈으로 주위를 둘러보며 기록대장을 다시 챙겨들었다.

「아니, 일어설 것 없습니다. 방해할 생각은 없으니까.」

원이 침대 귀퉁이에 앉으며 말했다. 아직 승마용 외투 차림에, 흙투성이가 된 장화를 손에 들고 있었다.

「이러다간 오늘 하웰 부인이 시킨 일을 못 마치겠어요」

말은 그렇게 하면서도 록세나의 눈길은 다시 창 밖으로 돌아가고 있었다.

「정말, 이렇게 보고 있으니까 요크셔에는 아름답지 않은 계절이 없다는 생각이 들어요」

「겨울도?」

록세나는 고개를 끄덕이고는 뺨을 무릎에 괸 채 그를 바라봤다.

「성스러워 보이는 새하얀 눈도 좋고, 추위에 쩍쩍 금이 갈듯 새파란 하늘도 좋아요. 겨울에는 별들도 더 크게 보이는데, 알고 계셨어요?」

「지금 부인은 수년 동안 전쟁터에서 겨울을 보낸 사람과 얘기를 나누고 있잖습니까. 그래서 그런지, 이제 난 따뜻한 난롯불, 재미있는 책, 푹신하고 편안한 의자가 더 좋더군요. 아, 바로 그거예요, 드루 부인, 난 그 미소를 기다리고 있었어요! 눈 덮인 숲길을 밟으며 뛰어다니는 것이 정말 그렇게 신이 나요?」

록세나는 일어서서 기록대장과 연필을 다시 들었다.

「그건, 진이 다 빠질 때까지 잠도 안 자고 뛰어 노는 두 꼬마아가씨한테 물어보시면 알 거예요.」

「당신도 그렇지 않은가요, 부인? 늦은 밤에 부인 방 창문으로 불빛이 비치는 걸 본 듯한데.」

록세나는 순간적으로 부끄러움을 느꼈다.

「그러셨을 수도 있겠죠. 그럼, 이만 실례하겠습니다.」

「옆방은 신경 쓸 것 없습니다, 드루 부인. 거긴 내 방인데, 워낙 지저분해놔서 들어가게 하기가 좀 그렇군요.」

「알겠습니다, 윈 경.」

윈이 몸을 일으켰다. 양말만 신었는데도 여전히 키가 컸다.

「그냥 윈이라고 불러주면 안되겠소?」

「무례하게 어떻게 그럴 수가 있겠습니까.」

중얼거리듯 대꾸를 하고서 록세나는 방을 나왔다.

윈이 복도로 따라나왔다.

「이름이 뭔지 물어보면 뻔뻔하다고 할 거요?」

「뻔뻔하다뇨, 그럴 리가 있나요. 제 이름은 록세나예요.」

웃음을 참으며 그녀가 대답했다. 낡을 대로 낡은 옷에 앞치마를 두 겹이나 두르고 머리는 먼지투성이일 날 보고 그런 말을 하다니, 당신은 지금 나에게 장난을 치고 있군요. 우스꽝스럽게도.

「혹시 당신을 록시라고 부르는 사람도 있었소?」

록세나는 순간 전율을 느꼈다.

「오빠들 말고는 아무도 그 이름을 부르지 않아요! 더 이상 그런 말씀은 하지 말아주세요.」

윈은 웃음이 나왔다.

「잘 알겠소, 드루 부인.」

그는 자기 방의 문을 열어 진흙 묻은 장화를 던져 넣었다.

「만일 당신을 록시라고 부를 만한 배짱이 내게 없고…….」

「네, 그러지 마세요.」

「…… 당신은 죽을 때까지 날 '윈 경'이라고 부를 생각이라면……」

「네, 그럴 겁니다, 윈 경.」

「말을 못 하게 왜 자꾸 끼여드는 거요, 드루 부인. 봐요, 무슨 말을 하려고 했었는지 헷갈리잖소.」

「전 헷갈리지 않는데요.」

문을 열고 복도 건너편 방으로 가면서 록세나가 대꾸했다.

윈이 그 방 안으로 따라 들어오자 그녀는 어이가 없어 웃음을 터뜨리고 말았다.

「제발 일 좀 하게 내버려두세요! 정말 끈질기시네요!」

「그런 편이죠. 필리시티한테도 그런 면이 좀 있는 것 같던데. 아 참, 오후에 헬렌을 데리고 좀 나갔다와도 되겠소? 읍내에 변호사를 만나러 갈 참인데, 마침 헬렌의 조랑말을 끌고 나갔다 오기에도 적당한 거리인 듯싶어서 말이오.」

「윈 경의 조랑말이죠.」

윈은 눈을 굴리며 그녀를 바라봤다.

「늘 변함없이 예절바른 당신 말투가 얼마나 사람 분통을 터지게 하는지 알기나 하오! 이제 좀 편안한 말투로 돌아가겠지 생각할라 치면 생각지도 못한 대꾸로 사람 놀라게 하고. 어디 두고봅시다, 부인!」

록세나는 또 웃음이 나와 방 안을 둘러보는 척했다.

「어디 보자, 침대 하나, 서랍장 하나, 옷장 하나.」

그녀는 가구들을 목록을 적어 내려갔다.

「알겠어요, 윈 경, 헬렌을 데리고 가세요. 흔들의자 하나, 발판 하나…… 좋아요, 윈 경, 두고보기로 하죠.」

윈은 그 말을 들은 후 휘파람을 불며 아래층으로 내려갔다. 정말 이상한 사람이야. 록세나는 하던 일을 계속 해나갔다. 부엌에서 간단히 점심을 먹은 후, 매기는 필리시티를 데리고 낮잠을 자러 집에 돌아갔고, 헬렌은 조랑말을 타고서 큰 말을 탄 원과 나란히 마을로 갔다. 말 위에 꼿꼿이 앉아 있는 딸아이의 모습에 록세나는 가슴이 뭉클했다. 이층 창가에 서서 그녀는 마음속으로 중얼거렸다. 앤서니가 저 모습을 봤으면 얼마나 좋을까.

마지막으로 비품 점검을 할 이층 침실에서 침대에 잠깐 앉아 쉬자고 생각한 게 실수였다. 이런저런 생각이 들기도 전에, 록세나는 그만 침대 위에 드러누워 버린 것이었다. 원 경이 한 말이 옳아, 날마다 너무 늦게 잠자리에 든 탓이야. 스르르 눈이 감겨왔다. 언제쯤이면 앤서니 없이도 편하게 잠을 이룰 수 있을까…….

눈을 떴을 때는 벌써 방 안이 어두컴컴해진 후였다. 화들짝 놀라 일어난 록세나는 목록을 마저 작성한 후 서둘러 아래층으로 내려갔다. 하웰 부인이 헬렌의 어깨를 감싸 안고 서 있었다.

「사람들을 풀어서 부인을 찾아 나설 참이었답니다. 헬렌은 여기서 원 경과 마카롱(달걀 흰자, 아몬드, 설탕으로 만든 작은 과자)을 먹으면서 시간을 보내고 있었어요.」

하웰은 손으로 입을 가리고 소리 죽여 웃다가 말을 이었다.

「원 경은 부인이 침대에서 잠을 자고 있을 거라는 의견이었어요. 나야 말도 안 되는 소리라고 말씀드렸지만.」

「어머나! 그럼요, 말도 안 되죠.」

당황한 록세나는 맞장구를 치며 딸에게 손을 내밀었다.

「가자, 헬렌. 더 늦으면 필리시티가 현관 앞에 나와서 배고파 죽는다고 엄살을 부리면서 발을 동동 구를 거야.」

추위에 숨이 턱턱 막힐 듯한 것을 참아가며 모녀는 걸음을 재촉했다.

「헬렌, 말타기는 어땠니?」

「아, 맞다! 엄마, 정말 재미있었어요!」

헬렌의 목소리에서 열기가 느껴졌기 때문에 록세나는 윈에게 감사하는 마음이 저절로 우러났다.

「변호사 사무실에서 얌전하게 행동했다면서 윈 아저씨가 '산토끼와 사냥개'로 데리고 가서 트라이플(포도주로 적신 스펀지케이크 위에 거품 크림을 바른 빵)이랑 레이디핑거(가느다란 손가락 모양으로 생긴 카스텔라 류의 과자)를 사주셨어요.」

「그리고 돌아와서는 마카롱을 먹고? 그렇게 마구 먹어대면 집까지 널 떼굴떼굴 굴려서 가야 한단 말야!」

「윈 아저씨는 나보다 더 많이 먹었는데, 특히 트라이플요. 그런데 있잖아요, 윈필드의 저택에 있는 프랑스 요리사는 아무리 해달라고 졸라도 요크셔 음식을 만들지 못한데요.」

록세나는 눈이 커다랗게 떠졌다.

「프랑스 요리사? 세상에, 그분이 요크셔 음식을 주문할 생각을 했단 말이니.」

마냥 즐거워하는 눈빛으로 고개를 끄덕이던 헬렌은 갑자기 고갯짓을 멈추며 시무룩해졌다.

「그런데요, 엄마, 윈 아저씨가 내일 떠나신대요.」

록세나는 새로 듣는 이 소식을 담담하게 받아들이려고 애를 쓰면서 묵묵히 걷다가 겨우 입을 떼었다.

「보고싶어지겠구나.」

록세나는 정말 그럴 것이라는 생각이 들었다. 윈처럼 재미있는 사람을 그녀의 가족들이 사는 좁은 세계에 적응해나가게 만드는 건 꽤 유쾌한 기분전환거리였다.

「엄마, 윈 아저씨께 편지를 써도 될까요?」

헬렌이 신발에 묻은 진흙을 뒷문 베란다의 한쪽 모서리에 문질러 떼어내면서 물었다.

록세나는 어떻게 대답을 하는 게 좋을지 잠시 생각을 해봤다.

「네가 좀더 컸다면 그건 건방진 일이라고 말해줬을 거야. 하지만 여섯 살밖에 안 되었으니까 나무랄 일은 아니구나.」

「엄마, 엄마도 편지를 쓰세요. 그럼 제 편지를 엄마 거랑 같이 넣어서 부치면 되잖아요.」

딸아이의 생기발랄한 모습에 기뻐하며 록세나는 고개를 저었다.

「그건 단정하지 못한 일이지! 게다가, 엄마가 무얼 가지고 그렇게 지체 높으신 분을 즐겁게 해드릴 수 있겠니?」

문을 열고 안으로 들어서려던 록세나는 한순간, 집을 잘못 찾아온 게 아닌가 싶어 깜짝 놀라 뒤로 물러났다. 집안에서 훈기가 풍기는 것이었다. 헬렌과 서로 물끄러미 쳐다보던 그녀가 이번에는 조심스럽게 현관문을 좀더 열었다.

따뜻해서 기분이 너무나 상쾌했다. 차가운 바깥 공기가 들어올까 봐 록세나가 얼른 문을 닫자, 저녁식사를 위해 준비된 은식기를 뚫어지게 쳐다보고 있던 필리시티가 번쩍 고개를 들었다. 매기 왓슨이 양고기 스튜 냄비를 손에 들고 난로 가에 서서 록세나를 보며 싱글벙글 웃고 있었다.

「매기, 이게 무슨 일이에요?」

록세나가 외투를 벗고 보닛을 풀며 물었다.

매기는 그릇에 수프를 퍼담으며 잘 하지 않던 농담까지 건넸다.

「이런 게 따뜻하다는 건가 봐요! 아까 오후에 여기 앉아 있었는데 석탄을 실은 마차가 한 대 오더라구요. 그러더니 사내가 가타부타 말도 없이 헛간에 석탄을 부려놓고 가지 뭐예요.」

「분명히 뭔가 착오가 있었을 거예요.」

록세나는 부엌의 한 면을 다 차지할 만큼 커다란 벽난로 앞에 서서 기분 좋게 불을 쬐다가 돌아서며 말했다.

「난 석탄 값을 지불할 수 있는 가망성이 조금도 없는 사람이에요. 혹시 모어랜드로 갈 것이 잘못 온 건 아닐까요?」

「안 그래도 내가 그 사람에게 물어봤답니다, 부인. 헌데, 그 사
내는 통 말을 하려고 들지 않더라구요. 부인이 봤더라면 귀머거리
라고 생각이 들었을 거예요. 아니면 바보거나.」

「그럴 리는 없어요.」

「맞아요, 부인 말이 맞겠지요. 어쨌든 오늘밤은 그 석탄을 가져
다가 넉넉하게 불을 뗐어요. 내일 아침에 윈 경과 얘기를 나눠보
세요.」

「오늘밤에 얘기해야 돼요. 내일 아침에 떠나시거든요.」

하지만 만나서 어떻게 말을 해야 할지, 록세나는 벌써부터 두려
워지고 있었다.

두 딸을 억지로 침실에 밀어놓고, 곤경에 빠진 두 소녀를 구해
준 왕자님 얘기를 들려주고 나서 침대 옆에 무릎을 꿇고 앉아 아
이들을 위해 취침 기도를 해준 후에 록세나는 윈 경을 만날 일을
생각했다. 얼른 갔다와야 할 텐데. 일을 미루지 말았어야 하는 것
을 알면서도 훈훈한 집밖으로 나가기가 괜히 싫었다. 오늘밤은 방
에서 바느질이나 하면 아주 좋을 텐데.

하지만, 결국 록세나는 다시 코트를 꺼내 입고 별난 사자 한 마
리와 맞서기 위한 결의로 허리춤을 단단히 여몄다. 아마 그 사람
은 잔뜩 허풍을 떨어대면서 나에게 그 비싼 석탄을 계속 써도 좋
다고 우겨대겠지. 매섭게 몰아치는 바람에 한껏 머리를 숙이고 몸
을 떨며 그녀는 생각했다. 지나치게 염려를 해주는 건 주제 넘는
일. 그러니 가서 얘기를 해야 해.

머뭇거리며 문을 두드리는 소리에 하윌 부인이 응답을 했다.

「아니, 드루 부인, 이 시간에 웬일이에요. 무슨 일 생겼어요?」

문을 활짝 열어놓은 채 그녀가 물었다. 록세나는 미소를 지으며
홀 안으로 들어가서 테이블 위에 코트를 벗어놓았다.

「아니에요, 정말 아무것도 아니에요. 윈 경께 드릴 말씀이 좀 있

어서……. 아직 잠자리에 드신 건 아니겠죠?」

하웰 부인은 깔깔 웃으며 대답했다.

「아이구, 웬걸요! 도무지 주무실 생각을 하시지 않는답니다. 집 안을 여기저기 기웃거리다가 창가에 멍하니 서 계시는가 하면, 또 난롯불을 뚫어지게 바라보기도 하시고.」

거실 쪽으로 고개를 갸웃하며 그녀가 계속 말했다.

「지금은 피아노 옆에 계시네요. 피아노를 조율한 다음부터는 좋은 장난감이 생긴 셈이죠.」

록세나는 찾아온 용건도 잊은 채, 닫힌 문틈으로 흘러나오는 모차르트의 선율에 귀를 기울였다.

「정말 잘 치시네요, 안 그래요?」

하웰 부인이 그녀와 나란히 홀을 걸어갔다.

「그런 건 난 잘 모르지요.」

그녀가 록세나의 팔을 잡고 바싹 다가섰다.

「어떤 때는 노래도 하신답니다.」

두 여인은 함께 깔깔거리며 웃음을 터뜨렸다.

하웰 부인이 문을 두드렸다.

「들어와요」

원의 목소리였다. 록세나는 심호흡을 하고 턱을 치켜세웠다. 용기를 내고 전진하는 거야, 록시…….

원이 피아노 옆에 선 채로 주머니에서 회중시계를 꺼내고 있을 때 록세나가 안으로 들어갔고 하웰은 조용히 밖에서 문을 닫았다. 그는 잠시 시계를 들여다보다가 찰깍 소리를 내며 닫았다.

「필리시티가 여기 있었으면 내가 또 한번 내기에서 질 뻔했소, 드투 부인.」

「저기요…….」

그에게 다가가면서 록세나가 말을 꺼냈다.

윈은 피아노 의자에 걸터앉았다.

「음, 난 또 당신이 당장 달려와서 야단을 칠 줄 알았지. 하지만 벌써 3시간은 지났소.」

그가 안경을 쓰며 의자 하나를 가리켰다.

「그 의자를 이리 끌고 와요. 거기 앉아서 내가 피아노를 칠 동안 악보를 좀 넘겨줘요. 모차르트를 치고 싶은데 예전 같은 소리가 잘 나오지 않는군.」

어이없어 한숨을 쉬는 록세나를 그가 안경 너머로 바라봤다.

「악보를 읽을 줄 모르오?」

「읽을 줄 알아요! 윈 경…….」

「어디 계속 큰소리 쳐봐요. 목사의 미망인에게서 그런 흐트러진 모습을 보니까 내가 몸둘 바를 모르겠군.」

윈은 아무렇지도 않은 듯 받아치며 피아노로 몸을 돌렸다.

「정말 한 대 때려주고 싶군요! 평생 혼자 사시게 될 거예요!」

나오는 대로 소리를 치고 보니 너무 경솔했다 싶어 록세나는 숨이 막힐 것만 같았다.

윈은 몸을 굽혀 피아노에 이마를 댄 채 웃어댔다. 너무나 우스워 허리가 끊어지고 배가 아플 지경이었다.

허리를 움켜잡아 가며 그는 겨우 대꾸를 했다.

「오, 드루 부인, 그렇게 말하면 워털루 전쟁에서 받은 내 훈장이 섭섭해하잖소. 그런 눈으로 노려보지는 말아요. 얼굴 붉히지도 말고. 그런다고 심각하게 보이는 건 아니니까 말이오.」

「그런 게 아니라……, 제가 정말 실례되는 말을 했습니다. 저도 모르게 그만…….」

피아노 옆의 의자에 앉으며 그녀가 사과했다.

윈은 입을 열고 조용히 말했다.

「부인은 지금 내가 그 집 마당에 석탄을 잔뜩 쌓아두고 그 얼음

창고 같은 집을 따뜻하게 해줬다고 화를 내고 있는 거겠죠. 그런데 이젠 내가 분통이 터지는군.」

그가 빠른 악장을 연주하기 시작하자, 록세나의 눈길이 자동적으로 악보를 향했다.

「잘 좀 봐요. 지금 넘겨야 하지 않소…… 아, 잘했어요. 그래야죠, 드루 부인.」

어떻게 말을 할까 궁리를 하면서, 록세나는 앞에 놓인 악보를 응시했다. 이렇게 나가선 안 되겠어. 페이지를 넘기면서 그녀는 생각했다.

「저는 그 석탄을 받을 수 없습니다.」

「쉿, 알레그로를 칠 때는 정신을 집중해야 합니다. 야단치는 건 안단테를 칠 때 해요. 내 머리 위에 석탄을 부으려거든 라르고를 칠 때 하고, 응?」

록세나는 더 이상 참을 수가 없어, 연주하고 있는 악보를 휙 잡아채서는 둘둘 말아 그의 머리를 마구 쳤다. 윈이 이미 암기하고 있는 곡의 연주를 끈질기게 계속하며 껄껄 웃어대자 그녀는 또 다시 그의 머리를 때리다가 결국 저도 따라 웃으며 의자에 주저앉아 버렸다.

「성자인 척하지 마세요!」

록세나는 소리내어 웃으면서 덤으로 그의 머리를 한번 더 때렸다. 윈은 록세나가 웃고 있는 사이 악보를 도로 빼앗아, 눈은 악보를 향한 채 싱글싱글 웃으며 연주를 계속했다.

「난 속이 후련해지도록 웃는 게 좋아요, 드루 부인. 자, 다 웃었으면 이제 본론으로 들어가 봅시다.」

록세나는 이제야 겨우 진정이 되어 소매로 눈물을 훔쳤다.

「죄송해요! 이렇게 웃어보는 게 얼마 만인지……. 참 오랜만이에요. 그래도 어쨌든 석탄은 받을 수 없습니다. 제발 제가 드리는 말을 건성으로 듣지 말아주세요, 윈 경.」

윈은 건반에서 손을 떼고 의자에 걸터앉았다. 그가 너무 오래 쳐다보자 록세나는 다시 피아노라도 쳐주었으면 하는 마음이 들었다.

「드루 부인, 임대 계약서에 석탄에 관한 조항이 분명히 있을 겁니다. 집주인으로서 석탄을 공급할 의무가 있는 거죠.」

「그건 윈 경께서 지어내신 구실일 뿐이죠. 잘 아시잖아요.」

록세나의 입에서 나직하게 흘러나오는 말을 듣고 나서 윈이 가만히 그녀의 손을 잡았다.

「부인, 나에게 지난 두 달은 정말 고역 같은 날들이었소. 아니, 석 달이었던가? 영지마다 돌아다니면서 무슨 증서니, 권리니, 조항이니 하는 것들을 들여다보느라 눈이 침침해질 지경이었지. 그러니까, 내가 모어랜드의 토지임대 조건에 석탄에 관한 조항이 있다고 말하면 부인은 그 말을 믿어야 된다, 그 말이오. 가슴에 십자가를 긋고 맹세할 수 있어요.」

「그럼 그 증서를 보여주세요.」

록세나가 손을 빼며 말했다.

그러자 윈이 그녀에게 얼굴을 바짝 들이밀었다.

「라틴어로 쓰여 있어서 보여줘도 모른다니까, 이 분통터지는 여자하고는!」

록세나는 꿈쩍도 하지 않았다.

「다음은 정복왕 윌리엄 때의 토지 대장(Domesday Book, 윌리엄 1세가 1086년에 만들게 한 것으로, 라틴어로 쓰여 있음) 사본에서 그런 조항을 봤다고 하실 테죠!」

그 말에 윈이 눈을 반짝이면서 안경을 벗었다.

「그건 어떻게 알았소? 내 서재에 들어왔었나?」

록세나는 자리에서 벌떡 일어나, 그를 또 한 대 때려주고 싶은 충동을 꾹 누르며 하릴없이 방 안을 둘러봤다.
「제가 졌어요, 석탄은 고맙게 받도록 하죠. 당신을 설득하려는 일은 흐르는 물을 가로막으려는 것과 같을 테니 말이에요.」
윈이 다시 피아노로 돌아앉아 멋진 단조의 선율을 연주했다.
「이제야 깨달으셨군! 훌륭해요, 드루 부인. 아직 희망을 가져도 되겠군요. 자, 의자를 당겨 앉아요. 모차르트 피아노 이중주 C샾 단조를 아십니까?」
록세나는 그를 내려다보며 가만히 서 있었다. 볼일을 마쳤으니 이제 가도 되잖아. 일어나서 나가라구. 하지만 안절부절못하고 고민하느라 기운이 다 빠졌어. 그래요, 윈 경, 듀엣으로 한번 해보죠. 그녀는 윈이 악보를 펼치는 동안 자리에 앉아 의자를 바짝 끌어당겼다.
「그럼 안단테 악장만 해요.」
허리를 곧게 펴고 건반 위에 손을 얹으며 그녀가 말했다.
「아이들 때문에 빨리 돌아가야 하거든요.」
윈은 부드러운 목소리로 응수했다.
「잘 알겠습니다, 부인. 자, 그럼 이제 준비됐소?」
「너무 빠르지 않게요. 쳐본 지가 오래돼서요.」
「천천히 하리다.」
미소를 지으며 그는 악보로 눈을 돌렸다.
「다 치고 나면 부인의 시숙에 대한 얘기를 좀 해봅시다. 오늘밤 날 찾아와서 이 땅을 팔라고 하더군요.」

8

그 말을 듣는 순간, 록세나의 두 손이 건반 위에서 움찔했다. 윈이 손을 뻗어 그녀의 손목을 툭 치고서 연주를 이어나갔다.

「계속 쳐요, 부인.」

시선을 악보에 둔 채 그가 말했다.

「그런 인간을 상대할 때 가장 중요한 원칙은 두려움을 보이지 말라는 겁니다.」

「하지만 전 두려워요. 무섭다구요.」

「표를 내면 안 된다니까요. 뭔가 아주 껄끄러운 게 느껴지긴 하지만, 일단 이 안단테는 끝내놓고 봅시다. 아주 훌륭해요, 드루 부인. 틀리지 않고 잘 하는데.」

안단테가 끝났다. 록세나는 무릎 위에 손을 모은 채 여전히 악보를 응시했다. 윈이 피아노 뚜껑을 닫자 곡의 여운마저 침묵 속으로 사라져버렸다. 그가 몸을 돌려 정면으로 바라보았기 때문에 록세나도 시선을 피할 수가 없었다.

「내가 먼저 말할까요, 아니면 먼저 입을 열겠소?」

「먼저 하세요. 제 말씀을 드리기 전에 우선 오늘밤에 무슨 일이 있었는지를 알아야 하니까요.」

지금 너무 가까이 다가앉았어요. 시숙과의 그 끔찍했던 면담 때 느꼈던 공포감을 다시 느끼며 록세나는 속으로 중얼거렸다.

그러나 다행히 윈은 일어나서 벽난로 앞으로 가서 섰다.

「오늘 오후에 우연히 마을에서 위트콤 경을 만났소. 나와 함께 있는 헬렌을 보더니 놀라더군. 그런데, 헬렌은 아주 반가워하는 것이었소.」

록세나는 그제야 고개를 들었다.

「그랬을 거예요. 그 사람이 헬렌과 필리시티에게 아주 잘하거든요.」

「부인에게도 그랬소?」

차마 말로 할 수가 없어서 록세나는 고개만 끄덕였다.

「사업상의 일로 오늘 방문해도 되겠느냐고 묻더군요.」

윈이 벽난로 옆 테이블에 있는 포도주를 한 잔 따라서 건네자 록세나는 고개를 저었다.

「그래서 오늘밤에 날 만나러 왔는데 단도직입적으로 말을 꺼내더군요. 모어랜드를 사고 싶다고. 값은 아무래도 좋다면서 말입니다.」

록세나는 진저리를 치고는 윈의 눈을 마주했다.

「좀더 불 가까이 와요. 춥지 않소?」

록세나는 고개를 저으며 앉은자리에 그냥 있었다.

「그래서 내가 물어봤지. 왜 그렇게 모어랜드를 사고 싶어하냐고 말이오. 레틀링 벡이라면 기꺼이 팔겠다고 했더니 그 땅에는 관심이 전혀 없다더군.」

윈은 그녀의 자리로 좀더 다가가서 피아노에 몸을 기댔다.

「드루 부인, 그 사람은 부인을 더 잘 지켜주기 위해서 모어랜드를 사고 싶다고 했소. 보아 하니 그 양반은 당신을 위트콤 파크로 데려가려고 더할 나위 없이 관대한 제안을 한 것 같은데, 당신이 그걸 받아들이지 않았나 보더군요.」

그는 다시 록세나의 옆자리에 가서 앉았다.

「그 사람은 당신이 어디가 좀 이상한 게 아닌가 생각하고 있단 말입니다.」

머릿속이 우왕좌왕 들끓는 동안 록세나는 석고상처럼 꼼짝 않고 앉아 있었다. 얼굴에서 핏기가 빠져나가는 것이 느껴졌다. 방 안이 후끈하게 달아올랐다 식었다 하는 것만 같아 그녀는 눈을 질끈 감아버렸다. 잠시 후, 윈이 포도주 잔을 들어 그녀의 입술에 대주었다. 한모금 마시자 비로소 다시 혈색이 도는 기분이 들었다. 윈은 피아노 위에 그 잔을 내려놓았다.

「이건 나보다는 당신이 마셔야 할 것 같군요.」

록세나의 뺨을 만지려던 윈은 그녀가 움찔하며 몸을 뒤로 빼자 얼른 손을 뗐다.

「뭐가 어떻게 돌아가는 건지 이제야 어렴풋이 알 것 같군. 하지만 부인 얘기를 들어야겠군요.」

록세나는 그의 눈을 들여다봤다. 과연 이 남자를 믿어도 될까. 혹시 제2의 위트콤은 아닐까. 평판으로 따지면 이 사람이 시숙보다 훨씬 더 사악하다는 건 누구나 아는 사실이 아닌가. 노스 라이딩에 사는 사람이라면 누구라도 마셜 드루가 훌륭한 지주이자 남편이며 모범적인 신자라고 알고 있다. 그리고 친구도 많았다. 그에 비해 윈은 이혼남이었다. 아주 먼 지방에까지 그 흉한 소문이 파다하게 나 있는 사람. 내가 이 남자에 대해 아는 게 뭐가 있지?

윈은 흔들림 없는 눈길로 그녀를 마주보고 있었다.

「당신은 이미 날 충분히 믿고 있어요. 그래서 오늘 오후에 헬렌을 데리고 나가도 좋다고 허락한 것이었고 말이오. 부인에게는 부인의 목숨보다도 더 소중한 딸들일 것 같은데.」

「그 아이들은 내 목숨이나 마찬가지예요. 좋습니다. 윈 경을 믿어야겠죠, 그렇죠?」

「물론이오.」

록세나는 숨을 크게 들이쉬고 나서 천천히 내쉬었다.

「위트콤 경은 절 자기 침대로 데려가고 싶어해요.」

그녀는 다시 한 번 진저리를 쳤다.

「어떻게 사람이 그렇게 노골적일 수가 있는지…….」

윈은 머리를 끄덕였다.

「노골적이라, 무슨 말인지 알겠군.」

그는 일어나서 소파의 담요를 벗겨내어 록세나의 어깨에 덮어주었다. 손마디가 하얘지도록 담요를 꽉 움켜쥐는 록세나를 보면서 윈은 할말을 잃었다.

「그 사람은 자기 부인을 시시하게 생각하는 사람이었어요, 아니 최소한 나에게는 그렇게 말했어요. 위트콤 파크에서 편안하게 살게 해주는 대신 내가 자기를…… 재워줘야 한다고 생각을 하더군요. 제 딸들의 장래도 확실히 책임지겠다면서.」

록세나는 윈의 눈을 똑바로 쳐다볼 수가 없어서 고개를 돌려버렸다.

「그리고 만일…… 만일 아이가 생기면 자기 부인이 낳은 아이로 삼아야 한다는 말까지 서슴지 않았어요. 자기 아내는 아이를 낳을 수 없는 것 같고, 난 틀림없이 그럴 수 있으니까요.」

록세나는 벌떡 일어나더니 벽난로 앞으로 가서 맨틀피스를 쥐고 불꽃을 뚫어지게 바라봤다.

「'한 식구로 살자' 그러더군요. 마치 내가 싸구려 노리개라도 되는 양 말이죠! 그러니 내가 떠나지 않고 어떻게 견뎠겠어요?」

목소리가 갈라지면서 그녀는 또 몸을 떨었다.

「앤서니의 미망인으로서 받는 연금이 있는데, 그걸 관리하는 사람이 마셜이에요. 그 사람이 연금을 아주 없앨 수는 없지만 삭감할 수는 있죠. 아마 틀림없이 분풀이로 그렇게 할 거예요. 지금 살고 있는 집을 계속 임대할 수만 있다면 받는 수당이 얼마이건 어떻게든 먹고 살 수는 있을 것 같아요.」

「부인을 보호해줄 만한 가까운 남자 친척이 한 사람도 없소?」

록세나는 머리를 흔들었다.

「부모님은 5년 전에 돌아가셨고, 오빠들은 둘 다 동인도 회사의 관리로 봄베이에 가 있어요. 영국에는 의지할 만한 사람이 하나도 없는 셈이죠. 그리고 마셜이 어떤 속셈을 갖고 있는지 내가 아무리 말을 해도 사람들은 믿으려 하지 않을 거예요.」

「그럴 테죠. 겉으로 보기에는 부인의 돌아가신 부군만큼이나 고결해 보이는 양반이니 말이오.」

록세나는 피아노로 걸어가 그의 앞에 섰다. 그러고는 간신히 그의 귀에 닿을 만큼 가느다란 목소리로 물었다.

「윈 경은 제 말을 믿으세요?」

「물론이오. 단연코.」

자신의 목소리만큼이나 나직했지만 확신에 차 있는 그의 대답을 들으니 록세나는 안도의 한숨이 흘러나왔다.

불쑥 그녀가 입을 열었다.

「너무 춥군요. 오한이 그치질 않으려나 봐요.」

그녀는 억지로 미소를 지어 보였다.

「윈 경이 오신 후로 계속 우스운 모습만 보여드리는 것 같아요. 어떻게 생각하실까 정말 걱정이네.」

「난 부인을 아주 용감한 여인이라고 생각하고 있소. 부인은 짐작도 할 수 없겠지만.」

윈은 담요를 잡아당겨 그녀의 어깨에 더욱 꼭 여며주었다.

록세나가 간청을 담은 눈빛으로 그에게 물었다.

「그래서 어떻게 하실 생각이세요? 모어랜드를 팔지 않으시면 그 사람도 더 이상은 도리가 없지 않을까요?」

「그 점에 대해서만큼은 날 믿어요. 모어랜드는 팔지 않습니다. 그자에게도 그렇게 밝혔고.」

「화내지 않던가요?」

윈은 빙긋 미소를 지어 보였다.

「조금. 부인이 걱정하는 것만큼은 아니오. 분명히 뭔가 다른 꿍꿍이속이 있는 것 같은데 그 속을 모르겠더군요. 어쨌든 여기서는 그 사람이 부인에게 해코지를 할 권리가 없을 테고, 난 부질없는 걱정을 사서하지는 않아요.」

록세나는 고개를 끄덕였다.

「'한날 괴로움은 그날에 족하니라' 라는 말씀이 떠오르네요.」

「마태복음 6장 34절.」

무심코 응수를 했는데 록세나는 눈이 동그래져 있었다.

「나도 성서는 읽었소! 교회에도 다녔단 말이오! 지금은 아니지만.」

말끝에 그가 덧붙였다.

「근래에는 하느님도 날 기꺼워하지 않으실 거요.」

록세나는 포도주를 한 모금 더 마시고 그에게 잔을 돌렸다.

「자신에게 너무 엄격하신 것 같네요.」

「그럴지도 모르지. 어쨌든, 집 문제는 걱정할 것 없소.」

「모어랜드를 팔지 않으신다면야 저로서는 안심이죠. 하지만……
그건 제가 결정할 수 있는 일이 아니잖아요. 여긴 윈 경의 땅이고,

만약 경께서 팔기로 결정을 하시면 저희는 떠나야죠. 간단해요.」

「이봐요, 세상에 간단한 일은 그리 흔하지 않아요.」

무슨 뜻으로 하는 말인지 록세나는 가늠이 되지 않았다. 윈은 그녀를 바라보는 게 아니라, 그녀의 어깨너머로 창 밖을 응시하고 있었다. 어디선가 시간을 알리는 종소리가 들려왔다. 고요한 방 안에 울리는 소리를 세어보고 나서 록세나는 자리에서 일어났다.

「시간이 늦었군요. 폐를 끼쳐드려서 죄송합니다.」

그녀는 손을 내밀어 악수를 청했다.

「내일, 가시는 길 즐거우시길 바랄게요. 사시는 곳으로 돌아가는 건가요?」

윈은 고개를 끄덕여 대답했다.

「아마 그럴 거요. 올해 크리스마스는 어디에서 보내야 할지 모르겠군. 골치 아픈 일이나 누이들한테 시달리지 않을 곳이어야 할 텐데.」

「행운을 빌게요. 제 딸들이 그리워할 거예요.」

「필리시티에게 가끔씩은 그 털장갑을 벗으라고 내가 이르더라고 전해줘요. 헬렌에게는 편지를 보내면 언제라도 답장을 하겠노라 했다고 하고.」

「애가 귀찮게 굴지나 말아야 할 텐데.」

「그럴 리가 있겠소.」

그 말을 하고 나서 윈은 록세나의 웃는 눈을 들여다보았다.

「그리고 당신, 당신도 날 그리워해줄 거요?」

록세나는 질문의 취지를 잠시 생각하다가 묻는 사람의 기분이 좋도록 대답해주는 쪽을 택했다.

「그럼요, 그럴 거예요. 경과 함께 웃고, 기대어 울고, 덤불 숲을 지저분하게 만들어놓기도 하고, 경의 음악 실력에 참패를 당하기도 했잖아요.」

윈은 웃음을 터뜨렸다.

「분노나 구역질에 불과할 망정, 전 제가 다시 어떤 감정을 품을 수 있다는 걸 알게 되어 너무나 좋았어요.」

록세나가 서둘러 코트를 걸쳐 입고 뒷문을 열 때까지도 윈은 웃고 있었다. 록세나는 살짝 고개를 숙여 인사를 건넸다.

「피아노 이중주 즐거웠습니다, 윈 경.」

윈이 몸을 굽혀 작별인사를 하자 록세나는 그가 사뭇 매력적이라는 생각이 들었다.

갈 때는 올 때보다 훨씬 더 추웠지만 록세나는 꽁꽁 언 땅을 조심스럽게 밟아가며 천천히 걸었다. 불쌍한 윈 경. 이제 당신은 후회막급이겠군요. 모어랜드에는 눈길을 돌리지 말았어야 했는데 하고 말이죠. 하지만 연 10파운드에 남의 집을 빌려 산다고 해서 드루의 미망인과 그 딸들을 만만하게 보아서는 안 될 거예요.

록세나는 현관문 안으로 들어가서 잠시 그대로 선 채 텅 빈 거실을 둘러봤다. 당장 손을 써야지. 크리스마스 때쯤이면 수리를 마치고 티비에게 부탁해서 모어랜드에서 쓰지 않는 소파와 의자들을 가져다놓을 수 있을 거야. 아, 크리스마스. 올해는 조금 초라한 날이 되겠구나.

그날 밤은 평소보다 쉽게 잠이 밀려왔다. 고맙게도, 매기가 담요 사이에 탕파(湯婆, 더운물을 넣어서 몸을 덥게 하는, 함석 혹은 자기로 만든 그릇)를 넣어두었고, 벽난로 안에는 밤새도록 방 안을 따뜻하게 해줄 만큼 넉넉한 석탄이 채워져 있었다. 여느 때와 다른 온기에 감사하면서 그녀는 좀더 이불 속으로 파고들었다. 스르르 잠이 들 때쯤, 그녀는 앤서니의 다리에 발을 올려놓곤 하던 습관이 되살아나 그쪽으로 다리를 뻗었다가 아무도 없음을 깨닫고는 도로 다리를 거두었다. 아아! 이 버릇은 언제쯤 그치려나.

*　*　*

윈은 서재 창가에 서서 드루 부인이 무사히 집 안으로 들어가는 것을 확인하고 나서야 어슬렁어슬렁 거실로 돌아와, 다시 포도주 한 잔을 따라서 피아노 앞에 앉았다. 그리고 불빛을 향해 잔을 높이 들었다.

「이건 당신을 위한 잔이오, 위트콤 경. 드루 부인을 당신 이부자리 속으로 끌어들이고 싶다는 그 마음, 충분히 이해하겠소」

잔을 끝까지 비우고 그는 또 한 잔을 채웠다.

「그리고 이 잔은 드루 부인, 당신을 위해. 솔직히 말하면, 록시, 난 당신을 내 이부자리 속에서 보고 싶어.」

두 번째 잔은 좀더 천천히 들이키면서, 그는 한 손으로 이중주 악장의 안단테를 쳐내려갔다. 세상의 그 숱한 인간들 중에 왜 하필 내가 이런 바보 같은 감정에 걸려들었단 말인가.

「난 얼간이 같은 놈이오, 록시 드루.」

그는 안단테를 끝내면서 나지막하게 중얼거리다가 록세나가 치던 화음을 연주하기 시작했다.

「나 같이 이혼남을 남편감으로 점찍느니 차라리 벌거벗은 채 요크 시내를 돌아다니는 게 낫겠다고 생각하겠지.」

심란한 마음에, 그는 걸어가서 벽난로 위에 걸려 있는 거울을 들여다보았다. 혹시 그녀가 아무리 좋게 봐준다고 해도 말이야, 윈, 넌 벌써 마흔이 다됐어. 희끗희끗해져가는 머리칼하며 고양이 같은 녹색 눈동자, 게다가 혓바닥은 또 얼마나 매서운지. 지독한 염세가. 결혼하면 록시는 분명 아이를 낳고 싶어할 텐데, 탐욕스럽고 싸우기 좋아하는 꼴사나운 친척들이 설치는 세상에 어떻게 아이들을 내놓아. 다시는 결혼을 하지 않겠다고 결심한 건 잘한 일이지. 그러니까 록시를 사랑해도 그런 일은 없을 거야, 절대로.

문득 신시아에게 사랑을 고백했을 때가 생각나, 그는 찌푸리며 거울을 외면해버렸다. 그래, 그녀를 사랑하긴 했잖아, 윈. 다시 술

잔을 채우는데, 이번에는 술이 자꾸 카펫 위로 흘러내렸다. 손에 들고 있는 술병이 왜 이렇게 가물가물 멀어 보이지……

「당신도 한 잔 하자구, 신시아.」

그는 꾸역꾸역 목 안으로 술을 넘겼다. 전쟁터에서 악 소리지르며 도망가고 싶어질 때 당신을 떠올리면서 여러 차례 목숨을 부지했지. 그러고 보니 당신에게 내가 빚을 진 셈이군.

이제 그는 아예 병째로 마셔대기 시작했다. 빌어먹을, 스페인에서 혼자 고상한 생각을 하고 있는 동안 당신이 우리 침실에서 무슨 짓을 하고 있었는지도 모르고 있었다니. 빌어먹을. 그는 벽난로 옆의 바닥에 털썩 주저앉았다.

「취하셨구만, 원 경.」

중얼대면서, 그는 탁자 위에 놓인 새 술병으로 손을 뻗었다. 너무 멀어 병이 잡히지 않자 그냥 포기하고서, 몇 모금 남아 있는 술병에 만족하기로 했다.

의식은 또렷했다. 벽난로 앞에 깔려 있는 카펫에 드러누우니 등허리에 나른한 온기가 파고들면서 기분이 좋아졌다. 회를 칠한 천장이 파도처럼 출렁거리고 있었다. 록시 드루, 그날 밤 당신이 문을 열어준 순간부터 난 죽은 거요. 그때 현관 계단에서 내 머리에 총을 박고 머리통을 날려버렸어야 했는데. 당신을 바라보고, 당신 목소리를 듣고, 당신을 지켜주면서 남은 생을 살 수 있다면 얼마나 좋을까. 잠을 잘 때 당신 모습이 어떨지 궁금해. 화를 낼 때도. 사랑을 나눌 때도 정말…… 정말 알고 싶단 말이오.

원은 두 손을 머리 뒤로 가져갔다. 그런 일은 절대로 일어나지 않아. 생각해봤자 사람만 미치게 할 뿐이지. 위트콤의 심정도 이해할 만하군.

「불쌍한 자식, 수년간 동경하면서 한번 만지지도 못하는 심정이 오죽했을까. 앤서니가 죽었을 때는 그녀를 품에 안고 위로해줬나?

그래, 기분이 어땠소, 위트콤 경.」

슬슬 눈이 감겨오기 시작했다. 이제 최소한 더러운 빨래더미에 시달리는 일은 없을 거요, 록시. 그리고 내일 내가 떠나면 또 한 명의 불청객으로부터 자유로워질 거고.

그가 잠에서 깨어났을 때는 벽난로에 불씨만 남아 힘없이 타고 있었고, 촛대에는 다 녹아 흘러내린 촛농이 흥건했다. 자리에서 일어나 머리를 문지르는데 문득 어수선한 주변 광경이 눈에 들어왔다. 그는 자리에서 일어나 기지개를 켜고, 새 양초를 찾아들고서 벽난로 속 석탄에 남아 있는 불씨로 불을 붙였다.

홀은 어두웠다. 하웰 부인은 이미 오래 전에 잠을 자러 아래층으로 내려간 모양이었다. 촛불을 들어올려 홀을 둘러봤다.

「좀 추레하군. 손을 좀 봐야겠어.」

그는 중얼거리며 천천히 계단을 올라가기 시작했다.

「안녕. 모두들 잘 주무시게.」

홀을 지나 침실로 향하면서 빈방들을 향해 던진 한마디.

날이 밝자 하웰 부인이 뜨거운 물 한 동이와 난로에 넣을 석탄을 가지고 올라와, 아침식사가 준비되었다는 말과 함께 오늘이 떠나는 날임을 상기시켜 주었다. 윈은 팔꿈치로 침대를 짚고 간신히 몸을 일으켰다. 옷을 입은 채 잠이 들었던 탓인지 몸이 찌뿌듯했다. 잔뜩 못마땅해하는 표정으로 팔짱을 끼고 서 있는, 어머니 연배의 하녀에게 그는 딱딱거리며 말했다.

「알아요, 알아. 속이 좀 안 좋아서 그래요. 곧 내려가리다.」

「천천히 하세요, 윈 경. 속이야 금방 좋아지겠죠.」

하웰 부인은 투덜대며 방을 나갔다.

여유 있게 면도를 한 후, 그는 평소보다 신경 써서 옷을 골라 입었다. 이발을 했으면 싶은데, 그건 윈필드에 가서 시종의 손을 빌리는 것이 좋을 듯싶어 그만두었다. 잿빛으로 변해가고는 있지만 아직 숱이 줄어들지 않았다는 사실에 내심 흐뭇해하면서 그는 머리를 빗었다.

부츠를 꿰어 신고 짐을 꾸리고 나서 마지막으로 방을 한번 더 둘러보았다. 책은 하웰 부인이 서재로 치워가겠지. 그런데 문득 제일 위에 있는 책이 눈에 띄었다. 그는 책갈피 삼아 꽂아두었던 손수건을 꺼내어 냄새를 맡았다. 드루 부인이 그의 안경을 싸서 줬던 손수건이었다. 라벤더 향기는 이미 다 날아가고 없었지만, 그는 손수건을 사각으로 예쁘게 접어 주머니에 넣었다.

하웰 부인이 식당 밖에서 기다리고 있었다.

「손님이 찾아오셨는데요.」

소리 죽여 하는 말을 듣고 윈은 시계를 꺼내 보았다.

「아침 일곱 시에 누가 찾아왔다는 거야.」

불평하며 시계를 넣고 나서, 그는 어깨를 펴고 방으로 들어갔다. 사방을 둘러보았지만 아무도 눈에 띄지 않았다.

「안녕하세요? 여기 누가 와 계십니까?」

필리시티가 안락의자에서 빼꼼 얼굴을 내밀었다. 씩 웃는 아이의 모습에서는 아이의 엄마에게서처럼 거역할 수 없는 매력이 느껴졌다.

「안 내려오시는 줄 알았잖아요.」

호통치듯 말하고서, 필리시티는 테이블 위의 냅킨을 집어들었다.

「배고파 죽겠단 말이에요.」

윈은 의자 뒤에서 아이를 내려다보며 소리내어 웃고 말았다. 필리시티는 고개를 갸웃 기울여 그를 마주보고 있었다. 드디어 털장갑을 벗었구나 생각하며 의자 위에 팔을 걸치고서, 그는 아이의 빨간 모자를 칭찬해주었다. 빨간색은 확실히 필리시티 색깔이었다. 어쩌면 그 엄마의 색깔이기도 하고. 그는 아이의 접시를 들었다.

「뭘 먹을래, 꼬마아가씨? 포리지는 안 보이는데 어쩌지?」

「괜찮아요. 그건 집에 가면 있으니까, 베이컨이랑 계피 빵이 제일 먹고 싶어요.」

「음, 좋았어.」

빙긋 웃으면서 그는, 아이가 고른 음식을 집어서 접시에 담고 삶은 달걀 하나를 더 얹었다. 접시를 아이 앞에 놓아준 후에 자신의 접시도 채웠다. 신기하게도 어느새 두통이 사라진 것 같았다. 그가 자리에 앉자, 필리시티가 기도를 하자는 뜻으로 그의 손을 잡아당겼다.

두 사람은 조용히 식사를 했다. 베이컨과 빵을 다 먹은 필리시티가 냅킨으로 얌전히 손을 닦더니 마음이 짠해지는 눈빛으로 그를 쳐다봤다.

「내기하지 않을래요?」

필리시티의 물음에 그가 또 다시 파안대소하자, 아이는 그를 보며 씩 웃었다.

「네가 악당으로 인정받았다는 거, 너 알고 있니?」

「엄만 나보고 개구쟁이래요.」

「엄마 말씀이 옳아. 안 해, 이제 내기는 안 할 테다. 또 해서 지면 엄마가 날 무지하게 혼낼 거야.」

「엄만 안 그래요!」

필리시티가 놀라서 눈을 동그랗게 뜨며 대꾸했다.

「아냐, 리시. 내 말이 맞아. 그러실 거야.」

그는 의자에 등을 기대며, 마지막 남은 달걀을 부지런히 먹고 있는 아침상의 손님을 바라봤다.

「달걀을 먼저 먹어버렸더라면 맛있는 건 아껴뒀다가 나중에 먹을걸, 하고 후회했을 거야.」

「엄만 맛없는 걸 나중에 먹어요.」

「그래?」

이 더할 나위 없이 확실한 정보원에게서 록시에 대한 것을 더 알아내고 싶은 마음에, 그는 넌지시 물었다.

「나쁜 일은 늘 나중에 생각해도 되는 거라고 하셨어요. 계피 빵 하나 더 먹어도 돼요?」

윈은 또 껄껄 웃다가 홀에서 나는 급한 걸음소리를 들었다.

「리시, 네 아침식사도 이제 마쳐야 될 것 같구나.」

「계피 빵을 하나 더 먹고 난 다음 오면 좋은데.」

실망이 이만저만이 아닌지, 필리시티는 시무룩하게 말했다.

윈이 일어나 아이의 접시에 빵을 하나 더 놓아주고 문을 열었는데 록세나가 막 노크를 하려고 손을 들고 있었다.

「드루 부인, 이렇게 일찍 왕림해주시다니 정말 영광입니다!」

옷은 갖춰 입었지만 손질을 하지 못한 그녀의 머리카락은 아직 어깨 위에서 나풀대고 있었다. 결혼생활을 했던 기간이 얼마 되지 않은 그이지만, 그녀의 외모에 대한 언급은 하지 않는 게 좋다는 건 알았다. 머리카락을 저렇게 드리운 지금 저 모습이 얼마나 아름다운지 말하면 아마 날 한 대 치려고 들 테지. 그런 생각을 하면서 윈은 록세나를 식탁으로 안내해서 의자를 뒤로 빼주었다. 신시아라면 그랬을 거야. 하긴, 신시아는 열 한 시 전에 일어나본 적이 없으니 내가 뭘 알까마는.

「윈 경, 아무쪼록 아직 아무 내기도 하지 않았길 바랍니다.」

딸아이를 노려보며 그녀가 말했다.

「필리시티, 좀 얌전히 굴지 못하겠니!」

「계피 빵 좀 드시죠, 드루 부인. 리시에게 그렇게 일렀습니다. 지금은 엄마한테 찍혔으니까, 엄마가 데리러 올 때가 가까워졌을 때는 내기를 하지 않는 게 좋겠다고 말이죠.」

「정말 잘하셨어요!」

그제야 록세나는 그가 빼준 의자에 앉았다.

「계피 빵 좀 먹어볼까요. 리시가 맛이 참 좋다고 그러던데.」

빵을 한 입 물고 눈동자를 굴리는 그녀의 모습은 윈을 한없이 즐겁게 했다. 빵을 하나 먹고 나서 그녀는 딸에게 눈을 돌렸다.

「이층에 가서 언니를 깨우라고 할랬더니 도망을 갔어!」

「윈 아저씨께 작별인사를 하고 싶었단 말이에요.」

필리시티가 배시시 웃으며 덧붙였다.

「계피 빵도 먹구.」

록세나는 딸의 머리를 쓰다듬다가 그를 곁눈질했다.

「이제 이 꼬마 개구쟁이가 귀찮게 굴지 못할 테니까 편안하게 지내실 수 있을 거예요.」

따분해지기밖에 더할까. 속으로는 그런 생각이 들었지만 윈은 미소로 그녀에게 응수했다.

「귀찮기는요, 즐겁기만 하던데. 어쨌든 떠나긴 해야겠지만.」

그가 냅킨을 식탁 위에 올려놓고 일어날 채비를 하자 드루 부인도 일어나서 필리시티의 손을 잡았다.

「그럼 저흰 현관 계단에서 배웅을 해드리죠. 자, 필리시티, 이젠 털장갑을 껴야지!」

「아침도 먹고 했으니 네가 안낭주머니를 밖으로 옮겨줄래?」

윈이 문간에 있는 것을 가리키며 필리시티에게 말했다.

그는, 의무감이 솟구치는 양 안낭주머니를 질질 끌고 가는 필리시티의 모습을 껄껄 웃으면서 바라보다가 록세나의 옆에 서서, 그녀와 함께 있는 순간 순간을 음미하며 천천히 걸었다.

「드루 부인, 티비에게 날마다 여기 모어랜드에 들르라고 일러두었습니다. 내 생각에는 레틀링 벡이 한 달 내로 팔릴 것 같으니까, 티비가 이곳에서 더 많은 시간을 보냈으면 하오.」

「왜요? 제 시숙 때문에 걱정이 되세요?」

윈은, 혹시 지나치게 치근댄다고 그녀를 화들짝 놀라게 하지나 않을까 조마조마하며 가만히 그녀의 팔을 잡았다. 다행히도, 드루 부인은 손을 뿌리치지 않았다.

「글쎄, 좀 염려가 되긴 하오. 만일 그 사람이 무슨 짓을 하려고 들면 티비가 내게 알릴 겁니다.」

드루 부인은 머리를 끄덕이며 그의 옆에서 천천히 걸었다.

「고맙습니다. 조만간 저희 집 거실 수리를 끝내게 될 테니까, 혹시 이곳에 필요한 일이 있으면 말씀만 하세요.」

당신을 안고 이층으로 올라가서 내년 봄까지 내려오지 않을 수만 있다면 좋겠소…….

「석탄이 줄어들면 곧장 티비에게 말해요. 라틴말로 된 계약서에는 날이 풀릴 때까지 석탄을 대주도록 되어 있으니까.」

드루 부인은 걸음을 멈추고서 그를 바라보았다.

「절 속이려들지 마시라니까요! 알았어요, 티비에게 말할게요. 그리고 고마워요.」

필리시티는 안장주머니를 끌고 현관 밖으로 나갔고, 그곳에는 안장과 고삐가 채워진 말이 기다리고 있었다. 윈은 필리시티에게서 안장주머니를 건네 받아 차례로 네이에게 맸다. 네이도 이제 곧 모어랜드를 떠날 것을 아는지 히힝 울며 발길질을 해댔다.

「가만있어, 이 녀석아. 아직 떠나는 게 아냐.」

모어랜드에서의 볼일도 모두 끝났으니, 이제는 윈필드로 돌아가 친척들로부터 온갖 성가신 관심에 시달릴 일만 남아 있었다. 록세나가 안으로 들어가더니 그의 승마용 코트와 모자를 들고 나왔다. 윈은 머쓱해하며 코트에 몸을 밀어넣고, 필리시티가 써보고 있던 모자를 도로 찾아왔다.

「이건 나한테 더 잘 맞는 거야, 리시.」

그러고 나서 윈은 두꺼운 모직으로 짠 모자를 쓰고 다시 말 쪽으로 걸음을 옮겼다.

「잠깐만요, 윈 경!」

가슴을 두근거리며 그는 돌아섰다. 드루 부인이 이쪽으로 다가오고 있었다.

「코트 단추를 잠그고 가셔야죠!」

그녀가 발끝을 들고 서서 맨 위 단추부터 차근차근 채워나가며 꾸짖듯이 말했다.

「머플러는 두고 오셨군요? 감기 드시려고 그러세요?」

필리시티가 고개를 쳐들고 그를 바라보더니 안됐다는 듯 한마디 했다.

「엄만 나한테도 그러세요」

눈빛에 생기를 담고서, 윈은 단추를 채우는 록세나를 가만히 바라보고만 있었다.

「이젠 됐어요!」

그녀가 한 걸음 물러서면서 말했다. 그러고는 손을 내밀었다.

「그동안 베풀어주신 모든 것에 다시 한 번 감사드릴게요.」

끌어안고서 숨이 막힐 때까지 입을 맞추고 싶은 마음을 느끼면서 윈은 그녀의 손을 잡았다.

「아니, 오히려 내가 즐거웠죠.」

필리시티가 다리에 기대고 있었기 때문에, 그는 무릎을 꿇고서 아이의 뺨에 키스했다.

「엄마 말씀 잘 들어야 한다. 그리고 모르는 사람하고는 내기 같은 거 하면 안 돼. 언니한테도 내 키스 전해주고.」

그리고 너의 엄마에게도, 속으로 중얼거리면서 그는 안장 위에 몸을 실었다. 꼭 처자식을 두고 떠나는 심정이군, 하는 생각이 문득 그를 놀라게 했다. 이런저런 문제들을 두고 얘기를 나누면서 그녀도 나라는 인간에 대해 어느 정도 알았을 테지. 하지만 이젠 작별인사만 남았을 뿐, 난 남편도, 아빠도 아니고, 조만간 돌아오지도 않을 거야. 이제 또 텅 빈 날들이 이어지겠군…….

「계피 빵 또 먹어도 돼요?」

필리시티의 물음에 그는 웃으며 손을 크게 흔들었다. 그러고 나서 네이의 옆구리에 박차를 가했다.

돌아보지 마, 이 바보야. 남쪽으로 길게 이어진 앙상한 느릅나무 길의 끄트머리를 응시하며 그는 속으로 중얼거렸다. 기온이 급격히 떨어지면서 이파리를 거의 떨구다시피 한 나무들이 앙상해 보였다. 클레어리스에게 크리스마스를 보내러 가겠다고 편지를 써야지. 빌어먹을 에스링햄 사람들 같으니라구. 내년 봄에는 하이 포인트 영지 문제를 바로잡기 위해 노섬벌랜드로 가는 도중 이곳에 잠깐 들를 수도 있을 것이다. 그때쯤이면 록세나는 상복을 벗고 노스 라이딩 신사들의 관심을 받고 있으리라. 그렇지 않다손 쳐도, 최소한, 가다가 무작정 이곳에 들르고 싶을 만큼 그녀에 대한 사랑이 계속 그를 사로잡고 있지는 않을 것이다.

느릅나무 길 끝에서 그는 멈추었다. 이제는 돌아봐도 되겠지. 모녀가 집으로 들어갔을 테니, 자신이 소유한 어느 땅보다도 비할 데 없이 소중한 영지의 모습을 가슴속에 새기며 마지막으로 천천히 음미하고 싶었다. 돌아보니 모녀는 여전히 그 자리에 서 있었다. 거리는 훨씬 멀어졌어도 이쪽을 바라보는 모습을 똑똑히 알아볼 수 있었다. 필리시티의 빨간 털장갑이 유난히 눈에 띄었다.

그가 바라보자 드루 부인이 다시 손을 흔들었다.

「그래, 네이, 널 실망시키고 싶지는 않지만 오늘은 아무 데도 갈 수가 없구나.」

그는 말을 돌려 왔던 길을 다시 밟아가기 시작했다. 마음 같아서는 으랏, 으랏 기합을 넣으며 달려가고 싶었지만, 돌아가야 하는 타당한 이유를 찾을 시간을 벌기 위해 천천히 네이를 몰았다. 고맙게도, 느릅나무 길을 가면서 한 가지 묘안이 떠올랐다. 원은 록

세나와 필리시티 앞에서 고삐를 당겨 말을 세웠다. 흥분을 감추기
가 너무나 어려웠다.
「드루 부인, 난 정말 겁쟁이인가 봅니다.」
말에서 내리며 그가 입을 열었다.
「크리스마스 때 친척들과 부대낄 생각을 하니 도무지 걸음을 뗄
수가 없지 뭡니까. 그래서 부인에게 제안을 하나 하겠소. 아, 뭐,
겁먹지는 말아요! 모어랜드를 새 단장하는 일을 총괄해주었으면
하는데, 어떻겠소? 좀 낡기는 했지만 훌륭한 집이니까 손을 보면
훨씬 나아질 겁니다.」
나처럼 말이죠. 제발 부탁이오, 록세나.

9

「엄마, 윈 아저씨는 진짜 고집이 센 분 같아요」

록세나는, 몇 년 동안 방치해둔 탓에 너덜너덜 다 해진 벽지를 떼어내면서 딸아이를 쳐다보았다. 헬렌의 지저분한 얼굴을 보며 웃음을 터뜨리던 그녀는 손가락 끝으로 딸의 코를 문질러 검댕을 더 보탰다.

「맞아, 정말 못 말리는 분이지!」

눈을 반짝이며 그녀는 딸아이에게 더 바짝 다가섰다.

「어쩌면 정신이 이상해진 건지도 몰라. 사람들이 그분을 요양원으로 데리고 가버리면 우린 영영 거실을 못 가지게 될지도 모르니까 말 잘 듣자꾸나.」

「누가 미쳤다구요, 부인?」

윈이 현관에서 부츠의 흙을 떨어내면서 물었다. 그는 코트를 벗어 계단 난간 기둥에 걸쳐두고서 색 바랜 셔츠와 누덕누덕 기운

바지 차림으로 들어왔다.

「오셨어요」

인사와 동시에 벽지를 홱 벗겨내자 하얀 눈처럼 쏟아지는 회벽가루에 헬렌이 캑캑거렸다.

「오, 헬렌, 얼른 거기서 비켜 서! 윈 경, 아직 저택 작업에 들어가기 전인데 벌써 이러시지 않아도 돼요. 여기 일은 저희끼리 할 수 있는걸요 뭘.」

「무슨 말씀을. 당연히 도와야지.」

윈이 헬렌의 머리에서 회벽가루를 털어주며 대꾸했다.

「옛날 라틴어 계약서에 그렇게 적혀 있는 것 같았소」

그는 록세나를 바라보며 빙그레 웃음을 지었다.

「또 그 계약서 얘기군요.」

「사실이니까. 그리고 난 무슨 일을 하다가 그만두는 걸 아주 싫어하는데다가 이런 일을 즐기는 편이라오. 이번 주까지 이 집 도배를 마치면 모어랜드에 신경을 쓸 수 있을 겁니다. 그때는 우중충한 저 집이 아름답게 변신할 때까지 당신을 무자비하게 부려먹을 작정이오.」

웃으면서 그는 록세나의 손이 닿지 않는 천장 쪽의 벽지를 뜯어냈다.

「일단 손을 대시면 날마다 밤늦게까지 회벽가루를 뒤집어써야 할걸요.」

「무시무시한 협박을 하시는군.」

록세나는 시선을 돌려 다른 벽면을 쳐다보았다.

「저택 수리는 거실과 서재부터 하는 게 좋겠어요. 그래야 크리스마스 시즌을 즐기실 수 있을 테니까요. 적어도 그때까지는 되겠죠.」

「크리스마스라 해도 파티 따위는 없을 거요.」

그는 창문 아래 굽도리 널을 들어올려 헐렁해진 창유리를 떼어
내면서 말했다.

「내가 사교계로부터 추방당했다는 말은 들었을 거요.」

「네, 들었어요.」

록세나는 조심스럽게 대답했다.

「전혀 그럴 필요가 없었는데도 이혼을 커다란 스캔들로 만든 죄
로 파렴치한이 되어버린 거요. 갖은 죄악을 다 저지른 마누라지만
그래도 신사적으로 대했어야 한다는 거지. 그런데 난 그렇지 못했
던 거고.」

이건 내가 들을 이야기가 아니야. 계속 벽지를 떼어내며 록세나
는 생각했다. 왜 내 앞에서 이런 말을 한담. 그녀는 당혹스러워서
얼굴이 붉게 달아오르는 것을 느꼈다.

「이런, 내가 부인을 당혹스럽게 하는가 보군요. 신사가 되려면
아직도 멀었나 보오.」

그는 록세나의 표정을 살피며 나직하게 말하고 나서 벽 쪽으로
몸을 돌려 다른 부분의 굽도리 판자를 떼어내기 시작했다.

록세나는 힘도 들이지 않고 수월하게 일을 해나가는 그의 모습
을 잠시 경탄의 눈길로 지켜보았다. 임종 무렵의 앤서니는 숟가락
을 들 힘조차 없었는데⋯⋯. 윈 경, 이렇게 하루종일 일을 하면
밤에는 꿈도 꾸지 않고 편히 주무실 수 있을 거예요. 저도 그렇거
든요.

윈의 말소리가 그녀를 상념에서 깨어나게 했다.

「말이 없는 걸 보니 내 말에 동의하나 보군요.」

「어머, 아니에요! 그런 생각은 해본 적 없어요.」

놀라고 당혹스러워진 바람에, 록세나의 입에서는 발아래 마룻장
이 삐걱거리는 소리가 묻혀버릴 정도로 큰 소리가 튀어나왔다.

윈은 일을 멈추고 머리를 설레설레 흔들면서 벽에 기대었다.

「지금 난 내 불미스러운 과거를 낱낱이 털어놓고 있는데 당신은 전혀 관심이 없군! 정말 실망이오!」

「윈 경!」

「왜요! 아니면, 이미 나에 대해 어떤 편견을 가지고 있어서 그러는 거요?」

이번에는 조금 누그러진 목소리로 그가 물었다.

그 물음을 진지하게 생각해보면서 록세나는 그를 쳐다봤다.

「저, 그래요, 그런 것 같아요.」

그를 쳐다보는 채로 록세나는 말을 멈추었고, 윈의 눈길은 영원히 그녀의 얼굴에서 떠나지 않을 것만 같았다.

「전 윈 경을 무척 자상하신 분이라고 생각하고 있어요.」

무엇 때문에 늘 그렇게 영주의 후한 관심과 배려를 받고 있다는 기분이 드는 걸까, 의아해하면서 그녀는 결론을 내렸다.

「당신은 아내가 놀아난 상대들과 그에 얽힌 얘기를 의원들 앞에서 낱낱이 밝히는 날 못 봤으니 그럴 테지. 그때 날 보고 자상하다는 사람은 아무도 없었소.」

「그 때문에 상처를 받으셨군요, 그렇죠?」

록세나는 애잔한 빛이 어리는 그의 녹색 눈동자를 가만히 들여다보다가 덜컥 앞으로 몇 발짝 나갔다.

「전 간통은 어떤 경우에도 용서받을 수 없다고 생각해요. 제가 구식이라서 그런지는 모르겠지만……..」

「전적으로 동감이오. 난 결혼서약은 지켜져야 하는 것으로 믿었소. 믿었던 내 아내는 그걸 깨뜨리고 말았지만.」

「참 보기 드문 귀족이시네요.」

생각도 해보기 전에 불쑥 튀어나와 버린 록세나의 말이 윈을 껄껄 웃게 만들었다.

「나 같은 사람들이 속한 계급에 대해 잘 아나 보군요! 그래요,

대체적으로 잘 봤소, 드루 부인.」

원은 굽도리 판자의 나머지를 떼어내다가 문득 당황하며 얼른 덧붙여 말했다.

「하지만, 날 자상한 사람이라고 한 건 잘못 본 거요.」

빨간색과 파란색 털장갑, 조랑말과 석탄, 그리고 양고기를 떠올리면서 록세나는 살며시 미소를 지었다.

「그럼, 그 문제에 대해서는 윈 경은 윈 경대로, 또 전 저 나름대로 생각하기로 하죠.」

그러고 나서 두 사람은 묵묵히 일을 해나갔다. 윈은 힘을 쓰느라고 숨을 헉헉대고 있었다. 벽지 벗기는 일을 다 마치자 록세나는 잠시 멈추어, 굽도리 판자를 떼어낼 때 상의 아래서 꿈틀대는 근육의 움직임에 감탄하면서 그를 지켜보고 있었다. 저런 일을 하는 앤서니의 모습은 상상도 해볼 수 없었는데……. 목사관에 온 첫 해, 남편이 그녀를 안고 이층 침실로 올라가 오후 나절을 함께 장난치며 보내곤 하던 때의 기억이 선명했다. 교구민들이 알면 소문이 파다했을 일이었지. 록세나는 죄진 사람처럼 뜨끔한 마음으로 후작을 바라보며 후, 한숨을 내쉬었다.

한숨소리가 그의 귀에는 들리지 말았으면 좋을 것을, 당혹스럽게도 윈이 몸을 돌려 그녀를 물끄러미 쳐다보았다.

「그렇게 수줍은 여학생처럼 한숨이나 쉬면서 게으름피울 시간 있으면 여기 와서 이것 좀 도와요.」

록세나는 재빨리 다가가서 그가 가리키는 쪽을 잡았다.

「내가 지레로 들어올릴 테니 그걸 당겨요. 벽이 무너질까 하는 걱정은 말고.」

록세나는 이를 악물고 시키는 대로 했다. 삐걱거리는 소리가 나더니, 그가 한번 더 지레에 힘을 주자 굽도리 판자가 뽑히면서 그녀의 손에 그 무게가 실려왔다.

쿵 하는 소리와 함께 록세나는 엉덩방아를 찧었고, 먼지와 회벽 가루가 소용돌이치며 일어났다.
「괜찮소? 어디 다친 데는 없어요?」
윈이 그녀의 옆에 꿇어앉으며 물었다.
「체면만 좀 다쳤죠.」
록세나는 그 자리에 주저앉은 채, 질린 표정으로 주위를 둘러보았다.
「오, 이런. 정말 이 일이 금요일까지 끝날 거라고 생각하세요?」
「그러지 말라는 법이 없잖소. 내 경험으로는…….」
바지에 손을 닦던 그의 시선이 문득 현관으로 향했다.
「내가 잘못 본 거요, 아니면 정말 저 문간에 깨끗한 아이가 있는 거요?」
그러자 필리시티가 깔깔거리며 웃어댔다.
「매기 아줌마가 이 방에는 들어가지 말래요.」
「그래, 잘했다.」
「리시, 심부름 하나 해줄래?」
윈이 바닥에 양반다리를 하고 앉으며 물었다.
「저기 내 코트 옆에 있는 벽지 좀 건네주거라.」
「그냥 이리 던지려무나, 헬렌.」
록세나가 말했다.
윈이 날아오는 벽지를 잡아서 두 사람 사이에 펼쳤다.
「어떻소?」
록세나는 벽지에 손이 닿지 않게 주의하면서 앞으로 몸을 기울였다. 연푸른 색의, 봄 분위기가 물씬 풍기는 우아한 꽃무늬 벽지였는데 무척 고급스러워 보였다.
「정말 곱네요.」
「잘됐군! 나도 그렇게 생각했는데.」

「저택 거실에 쓰시려구요? 선택을 정말 잘 하셨어요.」

「아니, 당신 집을 위해 산 거요. 오늘 아침 일찍 달링턴에 갔었는데 이게 도매상 진열대에서 내 눈길을 확 잡아당기더군.」

「티비에게 아무 말씀 못 들으셨어요?」

그녀의 목소리에는 실망과 안타까움이 섞여 있었다.

「무슨 말?」

「지난번에 모어랜드를 수리할 때 쓰고 남은 벽지를 여기에 쓰자고 했어요. 이건 너무 비싸요.」

「하지만 난 이게 맘에 드는데. 당신과 꼬마아가씨들에게 잘 어울리겠다 싶어서 사온 거란 말이오. 그러니까 날 말릴 생각은 하지 말아요. 난 그런 거 질색이니까.」

「맞아요, 엄마. 윈 아저씨는 그런 거 싫어해요.」

헬렌이 식당으로 통하는 문에서 나오면서 맞장구를 쳤다.

「윈 경!」

「아직도 할말이 남았소?」

그는 벽지를 도로 말아 필리시티에게 다시 던져주었다.

「이 벽지에 잘 어울리는 카펫도 그때 함께 사버렸기 때문에 어쩔 수가 없소. 이걸 바르게 해주는 수 밖에.」

충동적으로 록세나는 그의 팔을 붙잡았다.

「이러면서도 자상하지 않다고 하실 건가요?」

목소리를 낮추며 그녀가 물었다.

윈은 일어나 손을 내밀어 그녀를 일으키며 대꾸했다.

「친절이란 덕목은 나하고는 상관이 없소, 드루 부인. 그건 그저 편의를 위한 것일 뿐. 그나저나 그 카펫이 내가 주문해둔 소파와 의자들하고 잘 어울릴까 모르겠소.」

「리시, 그 벽지 이리 다오. 그걸로 이분 머리를 때려주게!」

엄마의 말에 필리시티는 깔깔 웃으며 손뼉을 쳐댔다.

「구경해도 돼요, 엄마?」

재미있어 하는 필리시티와는 달리, 헬렌은 놀란 듯 눈을 동그랗게 뜨고 쳐다봤다.

「엄마, 그분은 후작님이세요!」

「악당이야! 이번에도 또 라틴어 계약서 운운하실 건가요?」

윈은 대답 대신 록세나의 머리카락을 헝클어뜨려 회벽가루를 털어주었다. 그녀가 재치기를 하는 사이 윈은 입구로 걸어가서 코트를 입었다.

「겁이 나서 더 이상은 못 하겠소이다, 록시 드루 부인. 아이들이랑 함께 벽을 말끔히 벗겨놓으면 내가 오후에 칠장이를 보내겠소. 잘 있어요. 사소한 걸로 너무 흥분하지 마시고.」

말을 마친 윈은 두루마리 벽지를 총대처럼 어깨에 들쳐 메고 현관을 나가서, 앞마당의 진흙 구덩이를 훌쩍 뛰어넘었다. 헬렌이 가는 그의 모습을 지켜보다가 문을 닫았다.

「엄마, 윈 아저씨는 엄말 좋아해요. 엄마도 아저씨 좋아해요?」

헬렌이 살짝 묻자 록세나는 계단에 앉아 아이들을 향해 팔을 벌렸다.

「물론 좋아하지.」

자신의 옷에서 풀풀 날리는 회벽가루 때문에 재채기를 해대는 아이들을 극구 끌어안으며 그녀는 또 말했다.

「돌로 만든 사람이 아닌 다음에야 어떻게 그분을 좋아하지 않을 수가 있겠니?」

필리시티는 머리를 끄덕이며 엄마의 무릎에 머리를 기댔다.

「엄마, 아빠도 좋아하실까요?」

아이의 물음에 록세나는 까닭 없이 눈물이 왈칵 솟았다.

「좋아하시고 말고.」

그렇게 대답을 해주고 나서 록세나는 필리시티와 헬렌에게 차례로 입을 맞추었다.

딸들을 품에 안은 채, 그녀는 마음속으로 두 남자를 비교하고 대비시켜 보았다. 외면적으로 두 사람은 완전히 달랐다. 앤서니는 키가 크고 마른 반면 윈은 그보다 조금 작지만 요크셔 농부처럼 몸이 다부졌다.

록세나는 앤서니의 금발과 큰딸을 바라보던 그의 그윽한 눈길을 생각나게 하는 헬렌의 머리에 뺨을 가져다대었다. 더할 나위 없이 완벽한 남편이었던 사람. 함께 산 시간이 너무 짧았다는 사실이 슬프기 그지없었다.

자상하다는 점은 두 남자의 공통점이었다. 살아 있을 때는 미처 깨닫지 못했지만 이제 돌이켜 보니, 죽은 남편은 목사였기 때문에 그의 자상한 성품을 사람들은 당연한 것으로 생각했다. 하지만 윈 경의 자상함은 뜻밖이었다. 록세나는 헬렌의 보드라운 머리를 쓰다듬으며 생각에 잠겼다. 난 왜 그분의 자상함을 특별하다고 생각하는 걸까? 그리고 도대체 그분은 왜 우릴 특별하게 대하는 걸까?

잠시 눈을 감았다가 떠보니, 필리시티가 그녀를 말똥말똥 쳐다보고 있었다.

「엄마, 슬퍼요?」

근심 어린 목소리로 묻는 아이를 록세나는 가만히 끌어안았다.

「글쎄, 엄마가 왜 이러는지 엄마도 잘 모르겠어. 그런데 슬픈 것 같지는 않구나.」

벽을 닦아내는 작업을 서둘러 마치고 나자 칠장이들이 도착했다. 이층으로 올라간 매기는 책을 펼쳐놓은 채 꾸벅꾸벅 졸고, 록세나와 아이들은 연신 재채기를 해대면서 부엌으로 물러났다.

「왜 집안 단장을 할 때마다 온 집안이 수선스럽고 어지러워지는지 모르겠어요.」

일꾼들에게 지시를 내리려는 티비에게 록세나가 물었다.

「내 아내도 늘 그게 의문이랍니다.」

티비는 주머니에서 꼬깃꼬깃 접힌 쪽지를 꺼냈다.

「윈 경께서 전하시랍니다. 안 된다는 대답은 접수하지 않으시겠다던데요.」

록세나는 헬렌의 기대에 찬 눈길을 의식하며 쪽지를 폈다.

'오늘 밤 모어랜드에서 저녁식사를 함께 해야 할 것 같소'

아이들이 좋아라 손뼉을 치는 사이 록세나는 한숨을 쉬며 티비를 바라보았다.

「우리가 그분께 여러모로 폐를 끼치는군요.」

그녀는 다시 쪽지로 눈을 돌려 크게 읽어 내려갔다.

'설마 당신과 아이들이 회반죽 스튜나 회반죽 프리카세(닭이나 송아지 고기를 잘게 썰어 삶아 소스를 친 요리), 회반죽 크림소스를 좋아할 것 같지는 않은데, 오늘밤 그 집 메뉴는 그런 것들뿐일 테니 건너와서 식사해요. 리시를 위한 계피 빵도 준비해두겠소'

「엄마, 윈 아저씨 때문에 우리 버릇없는 아이들 되겠어요.」

엄마 손에 들린 쪽지를 읽으면서 짐짓 엄숙한 척하던 헬렌은 동생을 보며 빙그레 웃는 바람에 결국 속마음을 들키고 말았다.

「사실은 너무 좋아요!」

록세나가 티비를 보며 고개를 절레절레 흔들자, 그는 어깨를 으쓱해 보였다.

「10파운드에 대한 멋진 보상이라고 생각하세요, 드루 부인!」

만찬을 위해, 윈은 평소보다 더 신경을 써서 옷을 골랐다. 치커링에 연락해서 옷을 몇 벌 더 마련해야겠다고 생각하면서 조끼를 몇 번이나 바꿔 입었고, 머리를 빗으면서 마을에 이발사가 있는지 알아봐야겠다는 생각도 했다. 그래봤자 뭐 그리 달라질 게 있을까마는. 신시아는 그가 아무리 우아하게 차려입어도 늘 밭에서 일하다 금방 뛰어온 농부처럼 촌스럽다고 불평을 하곤 했었다.

「그럴 만도 하군.」

거울에 비친 모습을 바라보며 그는 혼자 중얼거렸다. 그렇더라도 지금은 멋지고 세련되게 보이고 싶은 마음이 간절했다.

「하지만 난 부자잖아. 이 세상에 있는 것 중에 원하는 건 뭐든지 가질 수가 있다구. ……록시만 빼고.」

그는 턱을 치켜들고 넥타이를 맸다.

「그러니까, 플레처, 넌 비참할 정도로 가난한 놈이야.」

그는 록세나에 대한 감정을 최대한 배제하여, 자신이 보아온 여자들 중에 두말할 나위 없이 가장 아름답다고 생각되는 신시아와 그녀를 비교해보았다.

그해 사교 시즌에 에드윈 단리 경의 둘째딸인 신시아 단리를 쫓아다니는 구혼자는 수도 없이 많았고 자신도 그 가운데 한 명이었다. 당당하고 우아한 몸매, 귀족적인 머리 모양에서부터 입술선이 첫눈에 반할 만큼 매력적이었다. 어떤 시인은 순백색의 대리석으로 조각한 듯한 그녀의 코에 열광하여 시를 지어 바쳤고, 급기야 파란색 바탕에 하얀 색으로 그린 그녀의 초상화가 런던 시내에 나돌기도 했다. 문득 '조각'이라는 말이 딱 맞다는 생각이 들었다. 신시아, 당신은 바위를 끌로 정교하게 파내어서 만들어진 여자야. 내가 운이 좋았지. 전쟁이 터져서 당신을 떠나야 했던 게 얼마나 천만다행인지 몰라. 부디 마스터슨 경의 앞날에 행운이 있기를.

그는 침대에 걸터앉아 벌써 천 번도 넘게 되풀이해온 생각을 또 해봤다. 만일 전쟁터에 나가지 않고 신시아를 위해 모든 시간을 바칠 수 있었더라면 과연 상황이 달라졌을까. 결론은 언제나 똑같이 그래도 달라질 것은 아무것도 없다는 것이었다.

「신시아 당신은 분쟁을 일으키기 위해 태어난 사람이니까.」

그는 중얼거리며 조끼를 또 갈아입었다.

하지만 록세나는 그보다 더 큰, 그녀만의 아름다움을 간직하고 있지. 거울 앞에서 조끼 단추를 채우고 재킷을 걸치며 그는 또 생각했다. 록세나는 자신의 건강은 염두에 두지 않는 탓인지, 신시아보다 더 말라 보였다. 신시아의 날씬한 몸매는 멋을 위한 영양 조절의 결과였다. 식초와 삶은 감자. 윈 자신은 쳐다만 봐도 입맛이 싹 가실 음식이었다. 반면, 록시 드루는 과로와 수면부족, 걱정과 근심, 그리고 사랑에 굶주리며 살았기 때문에 마를 수 밖에 없었다.

하지만, 오, 그 눈은……. 하루종일 쳐다보고 있어도 조금도 질리지 않을 것 같은 그 커다랗고 동그란 눈은 어린아이처럼 맑고 천진했으며, 그 위로는 환상적이다 할만큼 우아한 눈썹이 높게 포물선을 그리고 있었다. 거실 작업을 할 때도, 저도 모르게 그 눈을 오래 바라보고 있노라면 그녀는 무슨 일이냐고 묻는 듯한 눈길을 보내곤 했다. 도회지의 살롱에 어울리는 창백함이 아닌 시골 특유의 건강한 장밋빛을 띠는 살결과 고운 이마, 아이처럼 동그란 갈색 눈동자는 그녀를 품에 안은 채 그대로 함께 자연 속으로 녹아들고 싶은 마음이 들게 했다.

「정신 차리시게, 윈.」

그는 다시 한 번 거울을 들여다보며 자신에게 말했다. 문득, 거울 앞에서 신시아가 즐겨 취하던 포즈가 떠오르자 와락 역겨움이 솟구쳐 올랐다.

「그래도 최소한 그녀는 날 자상하다고 여기잖아.」

중얼거리면서 그는 문을 닫고 계단을 내려갔다. 하웰 부인이 계피 빵 챙기는 걸 잊지 말아야 할 텐데, 하는 생각을 하면서 홀에 다다랐더니 현관문 쪽에서 희미한 노크소리가 들려왔다.

이어, 저편에서 사람의 말소리가 들려왔다.

「저예요, 필리시티. 우리 너무 추워요!」

　문을 여니 헬렌과 록세나가 필리시티를 보며 웃고 있었다. 윈은 ‘영국 최고의 미녀 세 분이 저의 집을 찾아주셨군요. 참으로 영광입니다’ 라고 너스레를 떨며 허리를 잔뜩 굽혀 인사하고 그들을 맞아들였다. 그리고 그는 록세나의 매혹적인 눈을 들여다보았다. 신시아라면 그런 찬사에 선웃음을 치며 좋아하는 티를 냈겠지만, 록시는 차분하게 고맙다는 인사를 건네며 그저 웃을 뿐이었다.

　저녁식사는 너무나 만족스러웠고, 의자에 등을 기대고 앉아 마치 가장이나 된 듯한 기분으로 록세나와 그 딸들을 둘러보는 기분은 그에게 뭐라 말할 수 없는 기쁨을 안겨주었다. 록세나는 가릴 것 없이 모든 음식을 맛나게 먹었고, 식사를 마친 후 한 쪽 손으로 배를 문지르는 그녀의 모습을 보는 것 또한 즐거움이었다.

　「하웰 부인은 정말 솜씨가 좋으세요.」

　드디어 먼저 입을 연 그녀가 필리시티의 뺨에 묻은 계피 시럽을 닦아주고는 헬렌을 향해 고개를 끄덕여 보였다.

　엄마를 한번 쳐다보고 나서 헬렌이 자리에서 일어나더니 윈의 자리 옆에 와서 섰다.

　「엄마가 저보고 아저씨를 위해서 피아노를 한 곡 연주해보라는데요.」

　「아하, 저녁도 먹고 했으니 여흥을 즐겨보자는 거구나?」

　「꼭 그런 건 아니구요. 제가 피아노를 치는 동안에 엄마는 아저씨 머리카락을 깎아드릴 거래요.」

　가위와 빗이 든 가방을 손에 들고 있는 드루 부인을 보니 웃음이 나왔다.

　「정말이군.」

　록세나는 일어서서 필리시티의 손을 잡았다.

　「물론이죠. 전 농담은 하지 않는답니다. 전 내일부터 다시 벽지와 싸워야 할 텐데 윈 경은 이발을 하셔야 할 것 같아서요.」

그는 고분고분하게 필리시티에게 이끌려 홀을 가로질러 갔다. 헬렌은 마치 중요한 연주회에 나가는 아이처럼 허리를 꼿꼿이 펴고 입은 꽉 다문 채 그의 옆에서 따라 걸었다. 하웰 부인에게 수건 한 장을 청한 후에, 록시 드루도 그들 속에 끼여들었다.

윈이 의자 높이를 조절하는 동안 헬렌은 피아노 옆에 서 있었다. 그러고는 시험삼아 화음을 몇 번 쳐보다가 엄마를 향해 미소를 지어 보였다.

「엄마, 발이 페달에 닿으니까 소리가 참 고와요!」

「오, 정말 그렇구나, 헬렌.」

록세나는 이번에는 윈을 바라보며 명령하듯 말했다.

「그럼, 이제 코트를 벗으세요, 윈 경.」

그는 속으로 대답했다. 당신이 시키는 거라면 뭔들 못 하겠소.

록세나가 의자를 빼내어 그를 자리에 앉히는 사이 헬렌은 '엘리제를 위하여'를 치기 시작했고 필리시티는 소파에 발목을 겹치고 앉아서 무릎에 양손을 가지런히 포갰다. 윈은 필리시티의 그런 모습을 지켜보고 있다가 고개를 들어 등뒤에 서 있는 록세나를 올려다보았다.

「우리 내기하지 않겠소?」

그가 목소리를 낮추어 살그머니 묻자 록세나가 깔깔 웃었다.

「쟨 저렇게 얌전떨면서 30초를 절대 못 넘길걸요」

윈은 지루한 듯 한숨을 푹푹 내쉬다가 소파에 퍼덕퍼덕 등을 쳐대며 천장의 물결 무늬를 쳐다보고 있는 필리시티의 모습이 귀엽고 재미있었다.

「예절이 하루아침에 몸에 배는 것은 아니랍니다, 윈 경.」

록세나가 익숙한 손놀림으로 그의 목도리와 단추를 풀어주면서 말했다.

「제 생각에는 리시가 오늘 갑자기 그런 아이로 변신할 리는 없을 것 같은데, 그렇게 생각하지 않으세요?」

아아! 그의 목에 수건을 두르는 록세나의 따뜻한 손가락이 살갗을 스치자 그는 속으로 탄성을 질렀다. 이대로 죽어도 여한이 없을 것만 같다. 라벤더 향기 속에서 '엘리제를 위하여'를 들으며…….

록세나는 이발을 마치자 윈의 앞으로 와서 진지한 표정으로 머리 모양을 살펴보았다. 그는 무조건 좋다고, 멋지다고 외치고 싶었다. 그녀는 뒤로 가서 조금 더 마무리 손질을 하며 말했다.

「제가 해드릴 수 있는 일이라고는 이것밖에 없네요.」

목에서 수건을 걷어내는 그녀에게서 따뜻한 입김이 느껴졌다. 헬렌이 '비발디'인가 싶은 곡을 치기 시작하자 그는 눈을 감고 세상 만물을 찬미했다. 가만히 그를 지켜보고 있던 필리시티의 눈이 스르르 감기고 있었다.

「그 계피 빵 때문에 사상자가 생긴 모양이오.」

그가 속삭여 말했다.

「아무래도 제가 그 두 번째 사상자가 될 것 같은데요. 너무 많이 먹었거든요. 매기가 자꾸만 저보고 너무 말랐다지 뭐예요.」

결혼 경력이 있는 윈은 그 말에 맞장구를 쳤다가는 무사하지 못하리라는 것을 잘 알고 있는 터라, 그녀의 체취와 그녀의 가슴이 두어 번 자신의 머리를 스칠 때의 감촉을 음미하며 잠자코 있었다. 그녀는 머리를 자르면서 헬렌의 연주에 맞춰 콧노래를 부르고 있었다. 그 손길이 믿을 수 없을 만큼 감미로워, 윈은 비참한 죄인에게도 때때로 놀랄 만한 은혜를 베풀어주시는 히느님께 눈을 감고 감사를 드렸다.

이발을 마친 록세나는 잠깐 동안 그의 어깨 위에 손을 얹고 있었다. 그녀가 손을 거두고 벽난로 위에 걸려 있는 거울 앞으로 걸어가자 윈은 울어버릴 지경이었다.

「이리 와서 보시고 어떤지 말씀해주세요.」

그는 시키는 대로 거울 앞에 가서 그녀의 옆에 섰다. 그리고 마음속으로 말했다. 당신에게 키스하고 싶어…….

「으음, 좋은데. 내 이발사보다 솜씨가 더 나은 것 같소.」

그가 뒷목을 손으로 쓸어내리면서 말했다.

록세나는 거울 속의 그를 향해 환한 웃음을 지어 보였다.

「윈 경을 위해서 뭔가를 해드릴 수 있어 너무 기쁘네요.」

당신에게 바라는 건 너무 많아. 하나하나 말할 때마다 주먹으로 한 대씩 얻어맞을 것들이긴 하지만. 차마 그걸 말할 수는 없어서, 그는 얼른 록시를 마음에서 지워내고 소파 위에서 곤히 잠들어 있는 필리시티에게 눈을 돌렸다. 헬렌은 비발디의 마지막 부분을 연주하고 있었다.

「이번에는 '바흐'를 칠까요?」

록세나가 고개를 젓자 그는 낙담한 나머지 울고 싶어졌다.

「안 돼, 헬렌. 이제 가야지.」

「정말 멋진 피아노예요.」

아이는 아쉬운 듯 피아노를 쓰다듬었다.

「그래? 그럼 치고 싶을 때는 언제든지 와서 치려무나.」

그러고 나서 윈은 록세나를 향해 손을 내밀었다.

「바흐를 치고 있거라, 헬렌. 드루 부인, 이층을 어떻게 단장할 건지 좀 생각해둔 게 있는데, 올라가서 둘러보고 옵시다.」

사실, 이층을 어떤 식으로 꾸미고 싶다는 생각은 한번도 해본 적이 없었다. 어쨌든 이 방, 저 방 천천히 거닐다보면 그녀가 가버린 후에도 라벤더 향이 남아서 감돌게 되겠지. 그는 고개를 들어 천장에 발라진 회반죽의 소용돌이 무늬에 눈길을 주었다.

「이 아래층을 어떻게 손보면 좋을지도 좀 생각해보고 말이오.」

「좋아요.」

록세나는 잠깐 주저하다가 그의 팔을 잡았다.

「저희 집 거실에 바를 것과 같은 벽지를 여기에도 가져다가 썼으면 좋겠어요. 느낌이 잘 어울리거든요. 금방 갔다올게, 헬렌.」

이층 방을 둘러보면서 그는 색상과 가구들에 대해 장광설을 늘어놓았는데, 설명이 생각보다 고상하게 들렸는지 록세나는 고개를 끄덕이며 사뭇 진지하게 경청하는 듯했다.

그녀는 마지막 침실의 창가에 서서 입을 열었다.

「정말 좋은 의견이에요. 모어랜드는 아침에 그 멋을 한껏 뽐내면서 깨어나는 정말 고풍스럽고 멋진 시골 저택이죠. 제가 있는 힘을 다해서 이 저택의 본래 모습을 되찾게 하고 싶어요.」

한 달이고 두 달이고 당신을 내 옆에 있게 해준다면 뭐든지, 뭐든지 해도 좋소, 록시. 하지만 다음 순간 그녀의 입에서 흘러나온 말이 찬물을 끼얹었다.

그녀는 낡은 능직천의 커튼을 만지작거리며 말했다.

「금방 끝낼 수 있을 것 같은데요. 현대적 감각의 벽지와 색으로 벽을 환하게 꾸미고 커튼도 모두 레이스나 모슬린으로 바꿀 생각이에요.」

그녀는 탄력 없는 침대에 앉아보고 나서 그에 대한 의견도 덧붙였다.

「이 매트리스에 대해서도 재고해보셔야겠는데요. 제가 달링턴에 예쁜 이불보를 파는 도매점을 알고 있어요.」

침대 위에 앉아 있는 그녀를 보고 있자니, 방 안이 서늘한데도 윈의 등에서는 식은땀이 주르르 흘러내렸다.

그는 활화산처럼 타오르는 마음을 숨기면서 침착하게 말했다.

「당신의 안목에 고개가 절로 수그러들겠소.」

록세나가 웃으며 침대에서 내려오자 비로소 그는 마음이 진정되는 것을 느꼈다.

「그 정도는 누구나 다 해요! 한동안은 집안이 엉망진창이 될 테니까 밤중에 뭐에 걸려 넘어지지 않도록 조심해서 다니셔야 할 거예요.」

윈은 그녀의 팔을 다시 잡아끌며 테이블 위에 놓아둔 램프를 들어올렸다.

「이불보와 커튼을 바꾸는 김에 가구도 좀 신식으로 바꿔야 할 것 같은데.」

「참, 그렇죠.」

그러고 나서 두 사람은 문을 닫고 방을 나갔다.

「전에 한번 아이들을 저주한다는 말씀을 하셨던가요? 전 개인적으로 아이가 없는 집은 진정한 가정이 아니라고 생각하지만, 어쨌든 최선을 다해서 이곳 모어랜드를 가정답게 꾸며볼게요. 그럼, 저는 이만 가보겠습니다, 윈 경.」

아래층으로 돌아와 보니 필리시티는 아직 소파에서 자고 있고 헬렌은 악보를 챙기고 있었다.

「악보는 그냥 두고 가려무나, 헬렌.

윈이 아이에게 코트를 입혀주면서 말했다.

「네이와 네 조랑말에게 운동이 필요하다고 엄마에게 말씀드려서 허락을 받으면 내일 말을 타러 가자꾸나. 그리고 돌아오면 피아노 연습을 하고.」

헬렌은 눈을 반짝이면서 엄마를 쳐다봤다.

「엄마, 허락해주세요! 제발요!」

「그래, 엄마 생각에도 그게 좋을 것 같구나. 큰아버지 댁에서…….」

록세나는 잠시 입을 다물고 가만히 있다가 말을 맺었다.

「거기서 연습하던 모차르트도 마저 쳐볼 수 있을 테니까.」

「필요하면 내가 연습을 거들어줄 수도 있소.」

윈의 제안에 록세나는 짐짓 놀란 듯 눈을 동그랗게 떠 보였다.

「어머, '자상'도 하셔라!」

그녀의 가벼운 농담에 윈이 빙그레 웃음을 지으면서 필리시티를 안아 올렸다.

「나야 뭐, 자상함을 빼면 남는 게 없지.」

밤이라서 표정이 확연하게 드러나지 않으니 다행이었다. 대체 어떻게 하면 당신과 결혼하고 싶은 내 마음을 전할 수 있을까. 그러다가 거절이라도 당하면? 생각만 해도 고통스러웠다.

마음의 동요가 얼굴에 비쳤는지, 록세나가 걱정스러운 듯 그의 팔을 잡으며 물었다.

「윈 경, 괜찮으세요? 혹시 전쟁 때 팔에 부상을 입은 거 아니에요? 제가 필리시티를 깨울게요. 안아주실 것까지는 없어요.」

「아, 아니오! 괜찮아요. 아무래도 아까 굽도리 판자를 들어올리면서 너무 힘을 썼나 보오. 앞장서라, 헬렌.」

밖에는 또 눈이 내리고 있었다. 록세나는 무겁게 먹구름이 드리워진 밤하늘을 올려다보았다.

「아침에는 눈이 쌓여 있을 것 같은데요. 올 겨울은 유난히 눈이 많이 내리려나 봐요.」

「노스 라이딩에는 겨울이 빨리 찾아오잖소」

윈은 그들의 대화가 고작 날씨나 이불보 수준을 벗어나지 못하는 것이 내심 못마땅했다.

「11월인걸요. 그렇게 빠른 것도 아니죠.」

윈은 헬렌과 필리시티가 함께 쓰는 이층 침실로 필리시티를 안고 올라가서, 록세나가 능숙한 손길로 아이의 신발과 양말, 겉옷을 벗기고 담요를 덮어주는 모습을 지켜보며 서 있었다. 드루 부인은 헬렌에게 키스를 해주고 나서 그와 함께 방을 나왔다.

「가끔씩 아이들 방 문간에 서서 그런 생각을 해요. 난 참 운이 좋구나 하는…….」

　「운이 좋아요? 어떤 사람들은 당신을 박복하다고 하던데.」

　말을 해놓고 보니 자신이 듣기에도 너무 노골적이다 싶었지만, 사실이 그랬다. 뭔가 그녀를 감동시킬 만한 말을 하고 싶은데 정작 입밖에 나오는 말은 바짝 신경을 긴장시키는 것들이었다.

　「운이 좋은 거예요. 딸들이 있으니까요.」

　나직한 목소리로 단호하게 되풀이하는 그녀의 말은 윈을 겸허해지게 했다. 그 무엇도 이런 기분을 느끼게 한 적이 없었다. 난 법으로도 다스릴 수 없을 만큼 땅이 많고, 나라를 살 수 있을 만큼 돈도 많아. 그런데, 12월 이후부터는 몇 푼 안 되는 연금마저도 제대로 받을 수 있을지 막막한 록시는 자신을 운이 좋은 사람이라 하고, 난 그렇지 못하다니.

　록세나의 머리가 그의 어깨를 살짝 스치고 지나갔다. 키스를 할 수 있는 절호의 기회였지만 차마 용기가 나지 않았다. 의례적인 밤 인사 몇 마디만 남긴 채 그는 다시 밖으로 나와 그 집을 한번 올려다보았다. 걸음을 재촉하는 그의 머리 위로 쉴 새 없이 눈꽃이 떨어지고 있었다. 내일 아침에는 아마벨에게 편지를 써서 올해 크리스마스는 윈필드에서 보낼 생각이 없다고 전해야겠다. 에스링햄 사람들은 지옥에나 가라지. 하루나 이틀쯤은 클레어리스 누나네 집에 가서 지내도 상관없지만, 그건 좀더 생각해볼 문제다.

　고맙게도, 이층 홀에는 아직도 라벤더 향이 은은하게 감돌고 있었다. 그는 늦게까지 잠을 이룰 수가 없었다.

10

　윈이 예상했던 대로, 거실 단장은 금요일 오후에 마무리가 되었다. 록세나는 너무나 기쁜 나머지 양말만 신은 채 카펫 위를 춤추듯이 왔다갔다하다가 소파에 털썩 주저앉기를 반복했다. 단 한번 기분이 가라앉았던 순간은 가구를 내려놓을 때였다. 소파와 의자와 테이블, 아담한 방에 서로 잘 어우러지게 배치된 그 모든 것에 윈이 얼마나 많은 돈을 쏟아 부었을지 록세나도 충분히 짐작할 수 있었다. 아마 매기가 '왕의 몸값'이라고 했던 것과 맞먹는 액수가 나갔으리라. 그녀와 앤서니가 도매상에 들렀을 때 감탄하며 부러워만 했던, 아무리 가지고 싶어도 절대 선택할 수가 없었던 그런 것들이었다.

　「아무래도 그분이 무슨 일을 꾀하고 계신 것 같은데요.」

　벽난로 앞의 안락의자에 웅크리고 앉아 있던 매기가 불쑥 말을 꺼냈다.

「윈 경이 말이에요? 오, 매기, 말도 안 돼요!」

록세나가 쿠션들을 제자리에 맞춰 놓으면서 대꾸했다.

「나도 그분이 너무 많은 돈을 쓰시는 게 아닌가 싶어 좀 찜찜하긴 하지만, 매기, 그분은 그만한 돈을 가지고 있잖아요. 게다가 일단 한번 하겠다고 결정하면 누구도 말릴 수가 없구요. 헬렌한테 물어보면 윈 경과 말싸움하는 건 시간낭비라고 할걸요. 게다가 사실, 이건 그분 집이잖아요.」

「맞는 말이긴 한데요, 록세나, 그래도 조심하세요.」

주의를 주고 나서 매기는 의자에 편하게 몸을 묻고는 잠시 후, 코를 골기 시작했다.

록세나는 소파 위에 앉아 무릎을 끌어안고 창 밖을 응시했다. 벽지와 같은 계열의 푸른색 레이스 커튼이 하늘거리고 있었다. 매기, 내가 두려운 사람이 있다면 그건 바로 시숙이에요. 이곳으로 이사온 후 한번도 나타난 적은 없지만 결코 포기할 사람이 아니라는 것을 록세나는 잘 알고 있었다.

열 여덟에 앤서니와 결혼한 이래 8년 동안 위트콤을 알고 지내온 록세나는 노스 라이딩에서 살아온 그의 이력을 조사해본 적은 없지만, 토지 한 필지가 되었건 말 한 필이 되었건 한번 마음먹은 것은 손에 넣고야 마는 위인이라는 것을 잘 알고 있었다. 앤서니는 형의 그런 끈질긴 성격에 고개를 내저으면서도, 그 감정이 부러움이나 동경은 아닌지 자신도 종잡을 수가 없다고 솔직히 고백했었다.

모어랜드에서 지내는 이상 안전할 거라고 다시 한 번 마음을 다지던 록세나는 문득 한기가 느껴져서 자리에서 일어나 벽난로에 석탄을 더 집어넣었다. 자신의 몸을 껴안고 창가에 그대로 서서 밖을 바라보니, 아찔할 만큼 푸른 하늘이 순백의 대지와 대비를 이루고 있는 요크셔의 겨울 풍경이 올해도 어김없이 마음을 감동시켰다. 어린 시절 그녀가 나고 자란 켄트는 이곳보다 기후가 포근한 곳이었다. 노스 라이딩의 12월은 나무들이 꽁꽁 얼어붙고, 개울들이 침묵하고, 언덕배기가 온통 눈에 뒤덮여 그녀를 압도시켰다. 천지만물이 겨울잠에 들어간 듯 보였다. 심지어 필리시티마저도 행동이 굼떠지고, 오후에 낮잠을 재울 때도 그리 떼를 쓰지 않았다.

날씨가 추워지면서 앤서니 생각이 부쩍 늘었다. 한밤중에 잠이 깨면, 무덤 속은 얼마나 추울까, 무덤 위에 눈이 많이 쌓이지는 않았을까 걱정이 되어 안절부절못하며 잠을 이룰 수가 없었다. 무덤 위에 쌓인 눈의 두께만큼 남편이 더 멀어지는 것 같은 생각이 들기도 했다. 어제는 그의 생일이 1월 16일인지, 2월 16일인지 생각이 나질 않아 울음을 터뜨리고 말았다. 앞으로 또 뭐가 차츰차츰 잊혀져갈까? 창가에 서서 그녀는 하염없는 상념에 젖어들었다.

집안 단장이 끝났는데도 더 할 일이 없는지 자꾸만 이 방 저 방 둘러보는 것을 그만두고, 매기처럼 가만히 한 자리에 앉아 편안히 마음을 쉴 수 있으면 좋으련만.

록세나는 자신이 무엇을 원하는지, 무엇 때문에 이렇게 자꾸만 서성이게 되는 것인지 알고 있었지만 그런 문제를 두고 허심탄회하게 이야기를 나눌 만한 상대가 없었다. 매기는 결혼을 해본 적이 없고, 하웰 부인, 글쎄, 하웰 부인에게 그런 얘기를 하면 아마 멀뚱멀뚱 쳐다보기만 할 터였다. 정숙한 부인이라면 입 밖에 낼 이야기가 못 되니까 말이다. 그리고 처음으로 그녀는, 앤서니가 살아 있었을 때 그의 육체에 관심을 조금 덜 가지고 정신적 사랑에만 만족했더라면 어땠을까 하는 생각도 들었다. 그랬다면 지금처럼 날카로움 아픔을 느끼지는 않았을 것 아냐. 새삼 자신이 미워졌다.

「아, 성가셔!」

무의식적으로 나온 소리에 매기가 잠이 깨어 주위를 둘러보자 록세나는 얼른 자신의 입을 막았다.

「미안해요, 매기.」

매기가 지켜보고 있었지만 록세나는 여전히 안절부절못하며 창 앞을 서성거렸다. 마치 자신이 쳇바퀴를 돌고 있는 다람쥐처럼 느껴졌다.

마침내 그녀가 발을 멈추고 현관에 걸어둔 코트를 집어들었다.

「매기, 산책 좀 하고 올게요. 리시는 내 방에서 낮잠을 자고 있고, 헬렌은 자기 방에서 책을 읽고 있을 거예요.」

매기가 입을 열기 전에 록세나는 얼른 집을 뛰쳐나왔다.

코트를 어깨에 휘둘러 걸치고 상쾌한 겨울 공기를 깊이 들이마셨다. 사방이 고즈넉했다. 집 옆으로 흐르던 시내는 꽁꽁 얼어 아무 소리를 내지 않았고, 새들도 따뜻한 곳을 찾아 머나먼 남쪽으로 날아가고 없었다. 들리는 것이라고는 발 아래에서 저벅저벅 밟히는 얼음 부서지는 소리뿐이었다.

원이 부득부득 우긴 탓인지, 저택으로 이어지는 오솔길은 눈이 말끔하게 치워져 있었다. 추위가 폐를 파고들고 뺨이 얼얼했지만 그 길을 따라 걷다보니 기분이 한결 좋아졌다. 걷는 데는 선수가 다 됐지. 문득 그런 생각이 들어 키득키득 웃음이 나왔다. 앤서니가 주는 위안의 부재가 날 노스 라이딩의 언덕배기들을 하릴없이 마냥 돌아다니게 했으니 이러다가 세상에서 가장 튼튼한 여자가 되겠군. 아마 늙어 죽을 때가 되어도 심장은 파닥파닥 살아서 숨을 쉴 거야.

오솔길의 끄트머리에 다다를 때까지도 록세나의 얼굴에서는 미소가 사라지지 않고 있었다. 차츰 마음이 맑아지자 초라하긴 해도 어쨌든 그럭저럭 즐겁게 보낼 수 있을 크리스마스에 생각이 미쳤다. 남편의 옛 교구민 가운데 한 사람일 듯싶은 누군가가 익명으로 5파운드를 보내준 덕분에 칠면조 구이를 비롯해서 몇 가지 크리스마스 요리를 준비하고, 아이들에게 작은 것이나마 선물을 사줄 수 있을 것이다. 하웰 부인이나 티비와 원에게도 뭔가를 좀 해주고 싶은데 그럴 여유는 없을 성싶었다. 하긴 모든 것을 가지고 있는 남자에게 해줄 수 있는 게 뭐가 있을까마는.

「걷기 대회에 나갈 준비라도 하는 거요?」

깜짝 놀라 올려다보니, 네이를 타고 앉아 있는 원의 눈이 그녀를 바라보고 있었다.

「소리도 없이 다가오시면 어떡해요.」

원이 말고삐를 잡아당기자 록세나는 걸음을 멈추었다

「경애하는 드루 부인, 나는 '마술 피리'의 일절을 휘파람으로 부르며 오고 있었단 말입니다! 그러니 결코 몰래 다가온 건 아니지. 대체 무슨 생각을 그렇게 골똘히 하고 있었소?」

「상관하실 일이 아니잖아요!」

쌀쌀맞게 대꾸하고 나니 이내 후회가 되었다.

「사실은……, 없는 게 없는 원 경께 크리스마스 선물로 무얼 드리면 좋을지 생각 중이었어요.」

희한하게도, 원이 오히려 얼굴을 붉히자 록세나는 소리내어 웃고 말았다.

「음, 지금 원 경 모습을 보니 무슨 선물이 됐든 비합법적이고 부도덕하겠다는 생각이 드는군요. 하긴, 가난한 목사의 미망인이 드리는 거라고 해봐야 그리 만족스럽지는 않겠지만요.」

그 말에 원이 웃기는 했지만, 록세나의 귀에는 왠지 애처롭게만 들렸다.

「아무래도 당신한테는 악당 근성이 도사리고 있는 모양이오. 차라리 필리시티를 이해하는 편이 쉬울 것 같군.」

「아니에요! 악당은 원 경이죠.」

록세나는 윈의 말과 나란히 서서 걸음을 옮겼다.

묵묵히 길을 걷던 윈이 오솔길이 끄트머리에 다다랐을 무렵 코트 주머니에 손을 넣더니 종이 한 장을 꺼냈다.

「이것 좀 봐줘요」

록세나는 그가 건네준 메모를 꼼꼼하게 들여다봤다.

「아주 잘하셨어요. 이만하면 벽지와 페인트는 충분히 주문하신 거네요. 오늘 아침에 티비가 와서 회칠하는 사람을 다시 부르기로 했다던데요. 월요일 아침에 저택 거실 천장부터 일을 시작하기로 약속했어요」

「그럼, 일이 끝날 때까지 당신 집 거실 신세를 좀 져야 되겠는데, 나 때문에 당신이 좀 귀찮아지겠군.」

그는 메모지를 주머니에 도로 집어넣었다.

「오늘 오후에 저희 집에 차 마시러 오세요. 윈 경이 장담하신 대로 집 단장이 완전히 끝났거든요. 그리고 헬렌과 함께 오늘 아침에 생강 과자도 만들었어요」

「차와 생강 과자?」

윈이 장난치듯 물었다.

「참 신기하지 않소? 2년 전에 나는 강아지들을 잡아먹고 - 리시한테는 말하지 말아요 - 피레네 산맥 어딘가에 있는 연못물을 길어 먹었는데 말이오.」

오솔길을 따라 천천히 걷는 동안 록세나는 아무 말도 하지 않았다. 윈 경, 당신은 참 다른 삶을 살았군요…….

저택 앞의 커브 길에 가까워지자 그녀가 마침내 입을 열었다.

「수년간 삶을 박탈당했으니까 이제부터라도 친구들과 자주 어울리세요. 아님 친척들하고라도 말이에요 마침 크리스마스도 다가오고 있으니 좋은 기회잖아요」

윈은 말에서 내려, 주인을 기다리고 있었을 마부에게 고삐를 넘겨주었다.

「친한 친구들은 모두 유럽에서 전사했고, 누나들과는 만나기만 하면 다툰다오. 아, 내 말을 너무 마음에 담아두지는 말아요.」

「담아두지 않아요.」

하지만 그녀의 눈에는 눈물이 차 오르고 있었다.

윈이 장갑을 벗고 뺨을 어루만지면서 귀 가까이 입술을 대고 속삭이자 록세나는 그만 숨이 멎는 것 같았다.

「나 때문에 울지는 말아요. 그럴 필요가 없는 인간이니까 말이오. 난 모든 걸 가졌단 말입니다, 기억하죠? 부인 입으로 직접 그렇게 말했잖소.」

록세나는 계면쩍어 하며 눈물을 닦아냈다.

「제가 쓸데없는 말씀을 드렸나 봐요, 그렇죠?」

「내 잘못이오.」

그의 목소리가 갑자기 굳어졌다.

「내가 괜한 말을 해서 당신 마음을 심란하게 했소. 내가 원래 이렇게 바보 같은 짓을 잘하는 인간이라오.」

그는 모자를 벗고 록세나에게 고개를 숙여 작별인사를 건넸다.

「오늘 오후에 차는 같이 못할 것 같군요. 다음에 합시다.」

그러고 나서 몸을 돌려 뒤도 돌아보지 않고 저택 안으로 총총히 사라져가는 그를 록세나는 답답한 마음으로 지켜보다가 집으로 발걸음을 돌렸다.

아무래도 내가 하지 말아야 할 말을 해버렸나 봐. 크리스마스를 앞둔 몇 주 동안 록세나는 마음속으로 수도 없이 그 말을 되뇌었다. 대체 그게 뭘까? 저택 단장에 몰두하면서도 그 물음이 뇌리에서 떠나지를 않았다. 그녀는 벽과 창틀, 문의 칠을 벗겨내고, 가구를 옮기고, 벽지를 떼어냈고, 일이 진척됨에 따라 회칠하는 법까지 배우게 되었다. 매일 일을 마칠 때쯤이면 기분 좋을 만큼 노곤해

져서, 조용히 저녁을 먹고 얼른 잠자리에 들었으면 하는 생각이
간절했다.

윈은 저택 거실이 엉망이 되어 있는 동안 그녀의 집을 자주 찾
아왔다. 와서 차를 마시고, 헬렌과 카드놀이를 하고, 필리시티에게
책을 읽어주기도 하고, 때로는 현 내각에 대한 매기 왓슨의 비판
에 귀를 기울여주기도 했다. 말은 별로 하지 않았지만, 록세나는
그의 내면에 감추어진 슬픔을 느낄 수 있을 것 같았다. 하지만 다
른 사람은 아무도 그걸 알아채지 못하는 눈치였기 때문에, 혹시
혼자서만 그의 기분이 저조한 것처럼 괜한 상상을 하고 있는 게
아닐까 하는 의문이 들기도 했다.

어쩌면 내 마음이 우울하니까 다른 사람들을 봐도 그런 생각이
드는 걸지 몰라. 어느 날 오후, 창틀의 칠을 벗겨내다가 허리를 펴
면서 그런 생각이 들었다. 벽에 등을 기대고 서면서 그녀는 또 생
각했다. 크리스마스가 다가오는데 왜 나는 점점 우울해지는 걸까.
문득 앤서니의 장례식 직후에 마셜이 했던 말이 생각났다.

'록세나, 명절과 생일날이 아마 제일 견디기 힘들 거요.'

마셜이라는 인간 자체는 끔찍하지만 록세나도 그 말에는 동의하
지 않을 수가 없었다.

앤서니가 없는 크리스마스는 크리스마스도 아니야. 애써 자신을
위로하면서 그녀는 다시 일에 관심을 돌렸다. 앤서니가 살아 있을
때는 거실을 온통 초록색으로 장식하고 꽃다발을 만들어 걸어놓곤
했는데 올해는 꼼짝도 하기 싫었다. 이제 슬슬 크리스마스 요리
준비를 해야 되지 않겠느냐고 매기가 물어왔을 때도 그저 건성으
로 대꾸했을 뿐이었다.

아이들을 생각해서라도 기운을 내야지. 그날 밤, 일을 마치고 모
어랜드를 나오면서 록세나는 결심했다. 문득 오빠들이 그리웠다.
이렇게 처량하게 살고 있는 줄 모를 테니 얼마나 다행한 일인가.

「내일은 생강 빵을 만들어야지.」

애써 큰 소리를 내어봤지만, 올해는 크리스마스 장식용으로 쓸 겨우살이 나무도 마련할 수 없다는 사실에 생각이 미치자 또 다시 허탈한 기분이 들었다. 작년에 앤서니의 침상 머리를 장식했던 작은 트리 생각이 간절해졌다.

「오, 하느님! 견딜 수가 없어요.」

록세나는 울부짖으며 눈 속에 멈춰 섰다.

발이 얼얼해질 때까지 가만히 서 있다가 다시 집을 향해 걷기 시작했다. 바보 같은 푸념을 한 것 같아 부끄러웠다. 그래도 아직 난 가진 게 많잖아. 없는 것에 집착해야 할 이유가 뭐란 말인가.

헬렌이 문간에 엄마를 마중 나와, 윈 경이 거실에 와 있는데 저녁을 함께 하고 싶어한다는 말을 전했다. 록세나는 한숨이 나왔다. 왜 하필 지금이란 말인가. 곧바로 침실로 올라가서 작은 공처럼 몸을 웅크린 채 잠이나 잤으면 좋겠는데.

「한숨소리를 들어보니, 그냥 모어랜드에서 양고기나 먹을걸 내가 잘못 찾아왔나 보군요.」

윈이 거실 입구에 서서 말했다. 아직 승마복 차림으로 편안하게 벽에 몸을 기대고 있었다. 록세나는 자신의 얼굴이 그리 밝지 않다는 것을 알기 때문에 그를 쳐다보고 싶지가 않았다. 하지만 예의상 그럴 수는 없기에 명랑하게 인사를 건넸다. 윈은 자세를 바로 하더니, 함께 말을 타다 왔는지 역시 승마복 차림인 헬렌을 보고 말했다.

「헬렌, 리시를 데리고 부엌에 가서 매기 아줌마를 도와드리려무나. 자, 어서, 군인처럼 씩씩하게 전진!」

아이들이 사라지자 윈은 록세나에게 가까이 다가와 그녀의 팔을 잡았다. 다행히도, 그는 아무 말도 하지 않고 그저 잡은 팔을 조금씩 흔들 뿐이었다. 왠지 마음이 편안해진 록세나는 어깨를 당당하게 펴고 거실로 들어가서 불이 활활 타오르고 있는 벽난로 앞에 앉았다.

「모어랜드의 일이 벅차면 일꾼을 더 고용하겠소.」

윈이 맞은편 안락의자에 앉으며 말하자 록세나는 시선을 비낀 채 고개를 저었다.

「모어랜드 때문에 그러는 건 아니에요. 아시잖아요. 전 빨리 1월 이 되어서 크리스마스가 지나갔으면 좋겠어요.」

「우울한 일이야 크리스마스가 아니더라도 언제든지 생기는 법이 죠.」

윈이 그녀 쪽으로 발판용 의자를 밀어주자 록세나는 그의 발 옆 에 나란히 자기 발을 올렸다.

「알아요. 어떤 일이든지 그냥 받아들이고 너무 앞서 걱정하지 않았으면 좋겠어요.」

그녀는 불꽃을 바라보며 가만히 미소를 지었다.

「죽음 때문에 내 삶이 패배 당하는 건 싫거든요.」

「브라보, 록시 드루. 나도 그런 마음으로 하루하루를 견디고 있 다오.」

록세나는 놀라며 그를 쳐다보았다.

「하지만 저는 생각하기를, 윈 경께서…….」

「내가 그녀를 사랑하지 않았을 거라고 생각한 거요? 아니, 사랑 했소. 신시아와 나도 결국은 전쟁의 희생자들이라는 생각에 슬퍼 했던 것도 사실이고 말이오. 전쟁이 아니었다면 그런 추잡한 일이 생기지는 않았을 것 아닌가 했었지만, 곰곰 생각을 해보니 어차피 벌어졌을 일이라는 결론이 나오더군. 그래서 그녀에 대한 사랑을 거두어버렸소.」

록세나는 저도 모르게 그의 소매를 잡았다가, 자신의 충동적인 행동에 당혹스러워하며 얼른 뒤로 물러났다.

「죄송합니다. 견디기…… 힘드셨겠네요.」

순간, 걷잡을 수 없이 눈물이 흘러나오자 록세나는 의자에 몸을 묻은 채 계속해서 흐느껴 울었다. 다행히, 윈은 아무 말도 하지 않고 그녀를 울게 놔두었다. 그가 거실을 나가고 잠시 후, 식당에서 아이들에게 먼저 저녁을 먹으라고 이르는 그의 말소리가 들려왔다. 록세나는 눈물을 닦고 코를 풀고 나서 편안한 자세로 의자에 기대어 앉았다. 스르르 눈이 감기더니 잠이 몰려왔다.

잠에서 깨어나니 사방이 조용하고 벽난로 불은 사그라지고 있었다. 놀라서 주위를 둘러보던 그녀의 눈에 맞은편 의자에 여태 앉아 있는 윈의 모습이 들어왔다.

그녀는 깜짝 놀라며 몸을 바로 했다.

「어머나, 지금 몇 시죠?」

「자정쯤 됐소. 아이들은 매기와 내가 재웠고. 리시가 날 보고 엄마도 침대로 데리고 가서 이불을 덮어줘야 한다고 고집을 부려대는 통에 애 좀 먹었죠.」

록시는 빙그레 웃음을 지었다.

「리시가 철이 들었나 보네요. 저녁식사 때만이라도 깨우지 그러셨어요.」

「왜요? 당신에겐 잠이 필요했잖소.」

「하긴, 좀 그랬죠. 그나저나 먹을 게 좀 남았을까요?」

「당신을 위해서 내가 샌드위치를 하나 만들었소. 찾아보니 맥주도 한 병 있던데, 체면에 해가 되지 않는다면 한 잔 하시는 게 어떻겠소?」

그가 부엌으로 가서 샌드위치와 진갈색의 병을 하나 들고 오자 록세나는 웃음을 터뜨렸다.

「잔이 있어야겠소?」

「물론이죠! 그래도 법도는 갖추어야 하잖아요.」

　그녀가 졸라대듯 말하자 윈은 허리 뒤에 감췄던 잔을 꺼내어 내밀었다.
　샌드위치 맛이 제법 괜찮았다.
「이상하게도 전, 다른 사람이 만들어준 샌드위치가 항상 더 맛이 좋아요.」
「당신도 말린 소똥 불에 구운 말고기 꼬치구이를 먹어봤어야 하는데. 양념도 치지 않은 채 말이오.」
　록세나가 또 웃음을 터뜨리자 윈도 남은 맥주를 병째로 들이키며 따라 웃었다.
「여러 방면에 재주가 많으시네요.」
「내가 좀 그런 편이지.」
　윈은 부츠를 신은 발을 다시 발판에 올려놓으며 장난스레 맞장구를 쳤다. 그러고 나서 화제를 돌렸다.
「크리스마스는 클레어리스 누나 집에 가서 지내기로 결정했소. 여기서는 그리 멀지 않은데 아마벨 누나와는 아주 멀찍하게 떨어져 있거든. 얼마 전에 아마벨에게서 온 편지에는 내가 저승으로 사라져버렸으면 좋겠다고 써 있지 뭐요.」
「그분들은 윈 경의 누님이에요! 누님께 에스링햄 부부와 그 댁 따님을 만나고 싶지 않은 이유를 상세하고 정중하게 써 보내셨겠죠?」
　록세나는 기쁜 내색을 하지 않으려고 애를 쓰며 조용히 말했다.
「물론이지! 날 의심하는 거요?」
　윈이 짐짓 심각한 투로 대답했다.
「레티스 누나의 아들에게 돌아갈 상속권을 확실히 하기 위해서 에스링햄의 딸을 거절하는 건 아니라고 썼을 뿐인데, 왜 그게 누나의 기분을 상하게 했는지 이해가 되지 않는단 말이오.」
　록세나는, 확 달아오르는 자신의 볼을 거실 안의 어둠침침한 조명이 가려줘서 다행이라고 생각하며 눈을 굴렸다.
「윈 경! 누님들께 당신은 골칫거리인가 보군요!」
「아니, 그걸 여태 몰랐소?」
윈은 그녀의 말에 유쾌하게 응수했다.
록세나는 샌드위치를 다 먹고 접시를 바닥에 내려놓으면서 질문
을 던졌다.
「다시 사랑을 찾아서 결혼을 하면 되잖아요.」
윈은 대답을 하는 데 한참 시간이 걸렸다.
「글쎄, 결혼은 불가능할 것 같은데.」
그 말을 끝으로 윈은 슬그머니 자리에서 일어났다. 그러고는 머
리를 숙여 록세나의 손등에 입을 맞췄다.
「이제 그만 자요. 헬렌에게는 이틀 후에 함께 말을 타자고 전해
주고. 난 크리스마스 전날 클레어리스 누나네 집으로 떠나오.」
록세나는 현관까지 그를 따라나갔다.
「안녕히 다녀오세요. 안 계신 동안 모어랜드는 저희가 잘 관리
하고 있을게요.」
윈은 코트를 반쯤 입다 만 채로 문간에 멈춰 섰다.
「아, 참, 아이들 선물은 내 마음대로 골랐소.」
록세나가 뭐라고 하기도 전에 윈이 그녀의 입에 손가락을 갖다
댔다.
「헬렌한테 줄 건 말채찍을 샀고, 리시를 위해서는 예쁜 머리핀
몇 개를 골랐소. 이만하면 기발하지 않소?」
「글쎄요…….」
「글쎄요는 무슨 글쎄요입니까. 당신은 그저 ‘감사합니다, 윈 경.
그러지 않으셔도 되는데’ 라고 말하면 되지.」
그는 몸을 뒤틀면서 코트를 몸에 마저 걸쳤다.
「감사합니다. 윈 경, 그러지 않으셔도 되는데.」

　록세나가 그대로 따라 말하자 원은 그녀에게 윙크를 하고 나서 문을 닫았다.
　록세나는 머리를 절레절레 흔들며 이층으로 올라갔다.

　그후 이틀 동안 록세나가 원을 본 것은 잠깐뿐이었고, 아까는 티비와 변호사를 동반하고 레틀링 벡으로 떠나는 모습이 창문 너머로 보였다. 그들은 분명 그녀가 페인트를 다 벗겨낼 때쯤 돌아올 것이고, 그때까지 록세나는 차일피일 미뤄두었던 크리스마스 쿠키 굽는 일에 전념하다 보면 그에 대한 생각에서 어느 정도 벗어날 수 있을 터였다.
　어느 정도는 그 생각이 맞아떨어졌다. 그러나 다음날 아침, 현관 앞에서 커다란 거위를 발견한 순간 잘 참아온 마음이 와르르 무너지고 말았다. 리시는 손질이 잘되어 묶여 있는 거위를 보더니 눈을 동그랗게 뜨고 하늘을 올려다봤다. 록세나는 딴 곳을 보면서 웃음을 참다가 간신히 입을 떼었다.
　「엄마 생각에는 아무래도 원 경께서 보내주신 선물 같은데.」
　리시가 머리를 끄덕였다.
　「하늘에서 떨어진 게 아니구요?」
　「그럴 리가 없지! 자, 안으로 들여가자.」
　'하늘에서 떨어진' 리시의 거위는 매기가 있는 부엌을 지나, 좀 전에 그녀가 구워놓은 상하기 쉬운 음식들을 보관해둔 서늘한 베란다로 운반되었다.
　「오늘은 너희들이 좋아하는 쿠키를 구울 거야.」
　록세나가 포리지 접시 너머로 말했다.
　헬렌이 식사를 하다 말고 고개를 들었는데, 뭔가 괴로워하는 눈빛이었다.
　「아빠도 좋아하는 거잖아요? 제발요, 엄마, 아빠를 잊지 말아주세요.」

록세나가 당혹스러워 어쩔 줄을 몰라하는 사이 헬렌이 울음을
터뜨렸다.

헬렌은 의자를 뒤로 빼고 일어나 식당을 뛰쳐나갔다. 록세나는
입술을 꽉 깨물며 남은 음식을 필리시티의 그릇에 덜어준 다음 헬
렌을 좇아 이층으로 올라갔다. 방문이 닫혀 있어서, 그녀는 조용히
노크를 하고 들어갔다.

헬렌은 황량한 겨울 풍경이 들여다 보이는 창문을 마주하여 모
로 누워 있었다. 옆에 가서 앉은 록세나는 울고 있는 아이위 등을
어루만져주었다.

「난 내가 크리스마스를 좋아하는 줄 알았는데…….」

헬렌은 엄마가 건네주는 손수건으로 코를 풀고 나서 말을 이어
나갔다.

「올해는 왜 이렇게 힘이 들죠?」

「그건 말이야, 헬렌, 우리가 그 자리에 머물러서 아빠를 그리워
하고 싶으면서도 동시에 계속 앞으로 나가고 싶기도 하니까 힘이
드는 게 아닐까?」

헬렌은 붉게 충혈이 된 눈으로 엄마를 쳐다보다가 그 무릎에 머
리를 기대며 물었다.

「그럼 내년에는 조금 견디기 쉬워져요?」

「글쎄, 그건 내년이 되어 봐야 알겠구나, 아가.」

록세나는 솔직하게 대답했다.

「우린 영원히 아빠를 잊지 못하겠지만, 우리의 감정이 변하고
성숙해질 거라고 엄마는 생각한단다.」

헬렌은 말이 없었다. 록세나는, 전에 없이 춥고 어두울 것만 같
은 1월을 예견하며 조용히 헬렌을 끌어안았다.

「헬렌, 우리, 아빠가 좋아하시던 아몬드 쿠키를 만들자꾸나. 그

리고 매년 하던 대로 호랑가시나무 가지랑 이파리들을 모아서 거실을 장식하는 거야. 작은 음악회는 열지 못하겠지만 말이야.」

헬렌은 다시 코를 풀고 희미한 웃음을 지었다.

「난 쿠키만 있어도 좋아요. 그리고 성경에 나오는 크리스마스 이브 이야기도 읽는 거죠?」

록세나는 비로소 헬렌다운 모습을 보게 된 것 같아 딸을 보며 미소를 지었다.

「그럼. 빼먹으면 절대 안 될 일이지. 자, 얼른 세수하고 내려가서 일을 시작하자.」

록세나는 아이의 등을 가볍게 두드렸다.

「오늘 오후에는 원 경과 말을 타기로 약속하지 않았니?」

헬렌이 고개를 끄덕였다.

「파이브 펜스는 운동을 해야 해요.」

「파이브 펜스? 벌써 조랑말 이름을 지었니?」

「원 아저씨가 지어주셨어요.」

헬렌이 수건에 얼굴을 묻은 채 대답했다.

「내 조랑말이 파이브 펜스만큼이나 소중하다면서요. 그분도 엄마처럼 이름을 잘 지어요.」

그날 오전은 쿠키를 굽느라고 정신없이 지나갔다. 오후에 원이 헬렌을 데리러 현관문을 들어섰을 때는 고소하고 향기로운 냄새가 온 집안에 가득 차 있었다. 현관에 한 발 내딛는 순간 그 냄새를 깊이 들이마시다가 문지방에 걸려 비틀거리는 원의 모습을 보고 필리시티는 손뼉을 치며 웃어댔다. 함께 웃는 헬렌의 모습에 록세나는 비로소 마음을 놓을 수 있었다.

원이 헬렌의 어깨를 붙잡으며 말했다.

「헬렌, 이 냄새를 맡으니 슬슬 배가 고파지는구나. 몇 개 먹고 가야 말을 탈 기운이 생기겠는데.」

그러자 아이들이 앞다투어 부엌으로 뛰어 들어갔고, 윈은 흐뭇한 웃음을 지으며 그 모습을 바라보았다.

「당신과 돌아가신 부군께서는 참 착한 아이들을 두신 것 같소.」

「그렇게 말씀해주시니 감사합니다. 오늘 저녁은 저희 집에서 드시는 게 어떻겠어요? 하웰 부인도 달링턴에 가고 없던데.」

윈이 바로 고개를 끄덕여 응낙하는 사이, 아이들이 다시 돌아왔다. 그는 헬렌이 내미는 과자를 허리를 숙여 한 주먹 쥐었다.

「고맙구나, 애들아. 말들도 풀을 두둑하니 잘 먹었는데, ·어떠니 헬렌, 오늘 한번 달려볼까?」

그들은 저녁상이 준비되었을 때쯤 돌아왔다. 록세나가 감자 수프를 나누자 윈이 식전기도를 했다. 말없이 한 그릇을 비운 그는 더 달라고 그릇을 내밀었다.

「헬렌이 그러는데, 거실을 장식할 이파리들을 많이 구해야 한다면서요?」

다시 수저를 들며 그가 물었다.

「위트콤 영지로 가는 길목에 그런 나무들이 아주 많소. 내일 아침에 가서 호랑가시나무나 다른 상록수의 이파리들을 마음껏 따가지고 옵시다.」

록세나는 놀란 얼굴로 그를 쳐다보았다.

「내일 아침에 누님 댁으로 떠난다고 하지 않으셨나요?」

「그랬었지.」

그는 빵 조각을 수프에 찌으면서 우물쭈물 얼버무렸다.

「일찍 출발하는 것보다는 상록수가 더 중요한 문제라는 생각이 들어서 말이오. 두어 시간 지나서 불시에 나타나면 누님도 더 반가워할지 모르고.」

록세나는 미심쩍은 투로 그의 말에 대꾸했다.

「잘됐군요. 괜히 저희가 성가시게 해드리는 건 아닌지 모르겠네요. 이런 건 라틴어 계약서에도 나와 있지 않던데.」

「오호, 그걸 벌써 읽어보신 줄은 몰랐습니다.」

윈은 그녀의 말을 부드럽게 받아넘기고 나서 다시 수프를 먹기 시작했다.

「아무래도 저희 때문에 일정에 차질이 생기신 것 같아요.」

윈이 아이들에게 잘 자라는 인사를 하고 아래층으로 내려오자 록세나가 다시 한 번 그 얘기를 꺼냈다.

「절대 그렇지 않소.」

윈이 극구 고집을 부리며 록세나의 팔을 살짝 잡고 거실 쪽으로 이끌었다.

「헬렌한테는 시간이 좀 필요한 것 같던데.」

록세나는 창가로 가서 어둠 속을 응시했다.

「안 그래도 오늘 아침에는 모두들 아빠를 잊는 것 같다면서 무척 슬퍼했어요.」

「나한테도 그런 말을 하더군.」

「날이 갈수록 신세를 지는 일이 많아지는군요.」

록세나는 머뭇거리면서 덧붙였다.

「그래도 내일은 정말 이파리를 모으러가야 할 것 같아요.」

「아주 좋아요. 내 말에 이의를 달지 않지 않고 수락해주니 얼마나 기쁜지 모르겠소.」

그는 록세나에게 윙크를 하고는 코트를 입고 나갔다.

윈이 레틀링 벡에서 갑자기 서류에 서명을 해야 할 일이 생기는 바람에, 모두들 오후가 되어서야 떠날 수 있었다. 그가 돌아오자 모두들 마차 안에 올라타서 매기와 작별인사를 나누었다. 매기는 현관에 서서 손을 흔들며, 날씨가 추우니 이러저러해야 한다고 장황한 설교를 늘어놓고 있었다. 그 말을 다 기억할 사람은 하나도 없었지만.

　너무 추워서 모두들 말이 안 나올 정도였다.

　위트콤 영지로 이어지는 소로에서 윈이 고삐를 당겨 마차를 세우며 입을 열었다.

　「당신이 이 말을 몰고 천천히 오솔길을 따라 갔다가 돌아오면 그동안 내가 아이들을 데리고 얼른 이파리들을 따오겠소. 자, 가자, 필리시티.」

　윈이 오슬오슬 떨고 있는 필리시티를 팔로 감싸안고서 헬렌이 따라올 수 있도록 눈길을 헤치며 숲 속으로 들어가는 사이, 추위에 발을 동동 구르며 마차 안에 남아 있던 록세나는 세 사람이 무사히 돌아올 수 있기를 간절히 기도했다. 가지 말았으면 좋겠어요, 윈 경. 날씨가 이렇게 추우니 걱정이 돼요. 그러다가 금세 그녀는 바보 같은 생각 말자고 자신을 꾸짖었다. 록시, 저이는 굶주린 부하들을 이끌고 걸어서 피레네 산맥을 넘은 사람이야. 이까짓 게 무슨 문제가 되겠어.

　록세나가 마차를 몰고 두 차례를 왔다갔다하고 있는 동안 윈과 아이들이 마대자루 가득 푸른 잎사귀를 담아서 돌아왔다. 헬렌이 마대를 안고 뒷자리에 오르고, 록세나는 리시를 안고 앞자리에 올랐다. 따뜻하게 품에 안아주자 금세 잠이 들어버린 리시를 들여다보고 있던 그녀는 윈의 시선을 의식하자 그에게 감사의 미소를 건넸다.

　「나는 바로 출발해서 위스너에서 하룻밤을 보내게 될 것 같소. 글레어리스 누니 집에는 내일 오후에나 도착하게 되겠고.」

　윈이 록세나에게 시선을 붙박은 채 말했다.

　이분이 왜 나에게 이런 말을 하는 걸까? 그의 팔꿈치를 쳐서 마차가 방향을 잃고 있다는 것을 일러주면서 록세나는 생각했다. 나는 미인도 아닌데. 생각보다 훨씬 외로운 사람인가 보구나. 그녀는,

그의 누나가 크리스마스 선물로 그의 마음을 끌어당길 만한 여자를 소개시켜줄 수 있기를 바라면서 가만히 정면을 응시했다.

「누구 찾아올 사람이 있었소?」

록세나의 집이 가까워지자 윈이 물었다.

앞마당 나무에 담요를 쓴 채 초라하게 묶여 있는 말을 바라보면서 록세나는 고개를 저었다.

「아뇨, 크리스마스 이브에 찾아올 사람이 누가 있겠어요. 얘들아, 어서 들어가서 누가 왔는지 보자꾸나.」

「말이 왠지 낯이 익은데…….」

윈은 그렇게 말하면서 록세나와 필리시티를 내려주고, 뒷자리의 헬렌에게서 마대자루를 받아 내린 후에 손을 잡아주었다.

「자루는 내가 집까지 들어다주마.」

「고약하세요! 크리스마스 이브에 과부가 사는 집에 찾아온 사람이 누구인가 보고 싶어서 그러시는 거 아니에요?」

록세나의 농담에 윈은 유쾌하게 대꾸했다.

「그렇게 말하면 섭섭한데.」

아이들은 매기를 부르며 집으로 뛰어들어가더니 꽃다발을 만들게 노끈과 가위를 찾아달라고 부산을 떨었다. 록세나는 외투를 흔들어 눈을 털고 천천히 아이들 뒤를 따라 거실로 들어갔다.

록세나는 소파에 앉아 있는 남자가 누군지 알 수 없었는데, 남자는 그녀가 들어서는 것을 보자 자리에서 벌떡 일어나더니 뒤따라 들어온 윈을 보고는 깜짝 놀라는 표정을 지었다.

「윈 경! 제가 듣기에는…… 크리스마스를 보내러 떠나셨다는 것 같던데요.」

남자가 주머니에서 밀랍으로 봉인한 서류를 꺼내어 내려놓았다.

록세나는 윈의 얼굴이 일그러지는 것을 이상하게 여기면서 두 남자를 번갈아 쳐다보고 있었다.

한참이 지나서야 윈이 입을 열었다.

「아니, 가지 않았소. 내가 꼭 떠나야 하는 이유라도 있소?」

잔뜩 경계하는 말투가 이상하다 생각하고 있는데, 그가 록세나에게로 고개를 돌렸다.

「드루 부인, 이분께서 남의 집을 방문했을 때의 예절을 통 모르는 것 같으니까 제가 대신 소개를 하겠습니다. 이분은 이 지역의 행정관이신 레지 카우언즈 씨라고 합니다. 카우언즈 씨, 누구에게 볼일이 있는 겁니까? 납니까, 드루 부인입니까?」

좀더 친절하게 대해도 되련만…… . 록세나는 미간을 찡그리며 후작을 쳐다보다가 카우언즈에게 다가가 악수를 청했다. 그런데 이게 웬일인가. 당혹스럽게도, 행정관은 록세나가 내민 손 위에 서류만 내려놓고는 현관문으로 성큼성큼 가버리는 것이었다.

「이건 내 생각이 아닙니다.」

카우언즈가 집을 나서면서 어깨너머로 외쳤다.

윈은, 손바닥에 놓인 서류를 황당한 표정으로 내려다보고 있는 록세나의 옆으로 다가와서 그녀의 어깨를 끌어안았다.

「뭔지는 모르겠지만 어쨌든 앉아서 뜯어봅시다.」

「말도 안 돼요!」

봉인을 뜯어 안에 든 종이를 펼쳐들고 몇 줄 읽어 내려가던 록세나가 소리를 질렀다. 윈이 미처 붙잡기도 전에 그녀는 쓰러지듯 주저앉더니 마치 서류에 불이라도 붙은 듯 땅에 떨어뜨리고는 두 손에 얼굴을 묻어버렸다.

윈은 얼른 서류를 집어들고 읽어보더니 그 역시 낯빛이 하얗게 질리고 말았다.

「맙소사.」

그는 서류의 첫 장을 다시 훑어보면서 나직하게 말했다.

「이건 양육권박탈 영장 아니오.」

소파에 털썩 주저앉아 손가락으로 차근차근 짚어가며 서류를 읽
어 내려가던 그는 순간 숨이 턱 막히는 것을 느끼며, 말문을 잃어
버린 록세나를 바라봤다.
「위트콤 경이 사흘 내로 아이들을 데려가겠답니다!」

11

  한순간 귀가 멍멍해지면서 바로 코앞에서 말하는 윈의 말소리조차 록세나는 알아들을 수가 없었다. 한참 후에야 그녀는 자신이 소파 위에 앉아 있고, 누군가 - 윈 경임이 틀림없는 - 자신의 손을 무릎 위에 모아주고 있다는 것을 깨달았다.

  거기 그렇게 앉아 있는데 저편에서 다급한 남자의 목소리가 들려왔다.

「부엌에서 아이들하고 꽃다발을 만들고 있어줘요. 절대로 여길 나가게 하면 안 되오! 그리고, 매기, 브랜디 좀 있소?」

  시아가 명료해지자, 록세나는 잔을 내밀고 있는 윈이 보였다. 잔을 잡고 싶은데 아득히 멀리 있는 것만 같고 손은 가눌 수 없을 정도로 심하게 떨려왔다. 결국 윈이 그녀의 어깨를 붙들고서 입술에 잔을 대고 조금씩 부어주었다.

  브랜디가 효력을 발휘했는지 그녀가 간신히 입을 열었다.

「방금…… 뭐라고 하셨죠?」

윈은 그녀의 어깨를 잡은 손에 힘을 주며 차분하게 말했다.

「마음을 단단히 먹어야 하오, 록시. 아이들이 들으면 충격이 클
테니 절대 알리지 말고.」

록세나는 떨지 않으려고 이를 꽉 물며 고개를 끄덕였다. 지금은
왜 록시라는 이름을 함부로 부르냐고 따질 계제가 아니었다. 지금
은 어떻게 불려도 상관없었다. 마셜 드루가 아이들을 빼앗아가려
하잖은가. 그녀는 눈을 감고 윈에게 몸을 기댔다.

신경이 극도로 날카로워진 록세나는 바스락거리는 종이 소리에
도 깜짝깜짝 놀랐다. 윈은 자신의 무릎에 서류를 펼쳤다.

「비열한 놈.」

벌써 몇 번이나 그 말을 되풀이하고 있는 윈의 목소리는 나직했
지만 적의에 차 있었다.

「말해줘요.」

벽난로에 석탄을 조금 더 집어넣었으면 좋겠다는 생각을 하면서
록세나가 말했다. 몸이 꽁꽁 얼어 마비된 것만 같았다. 어떻게 이
럴 수가 있는 걸까. 불은 기세 좋게 활활 타고 있는데.

윈은 머리를 흔들며 시계를 들여다보았다.

「지금은 시간이 없소. 록시, 아이들이 눈치를 채면 안 되니까 이
방을 상록수로 장식하고 화환 의식도 반드시 치러야 해요. 그러고
나서 만찬을 갖는 거요. 크리스마스 이브에는 그 다음에 보통 무
엇을 했소? 록시? 이봐요, 록시, 어서 말해봐요.」

「무엇인가를 읽었어요.」

록세나 자신의 귀에도 맥없이 들리는 목소리였다.

「뭘 읽었는지는 생각나지 않아요. 그냥 뭔가를 읽었어요.」

「성경?」

윈이 부드러운 투로 넌지시 물었다.

「성서요? 오, 맞아요, 성경책이었어요. 누가복음 어디였는데. 어느 부분이었는지는 기억나지 않아요. 누가복음을 읽으려구요? 왜요?」

록세나는 윈을 빤히 쳐다봤다. 그는 록세나의 목에 가만히 손을 대고는 그녀를 가볍게 흔들다가, 마치 귀가 먼 사람에게 얘기하듯 천천히, 그리고 또박또박 말했다.

「록시, 당신 시숙이 아주 더러운 패를 꺼내 들었어요. 한판 붙어보겠소?」

내가 과연 그럴 수 있을까? 자문을 해보던 록세나는 문득, 어릴 적에 그녀가 나쁜 패를 내던지고 도망가면 끝까지 쫓아와서 놀리며 괴롭히곤 하던 오빠들이 떠올랐다.

「물론이에요. 붙어볼 거예요.」

기계처럼 대답하면서 록세나는 자신의 목에 얹혀 있는 그의 손을 잡았다.

「해보겠어요.」

잠시 그렇게 앉아 있으려니 차츰 따뜻한 기운이 돌아오기 시작했다. 록세나는 윈의 온정에 고마움을 느끼며 한숨을 내쉬다가 그에게로 더 가까이 다가갔다.

벽난로 위에 걸린 시계의 똑딱거리는 소리와 함께 부엌에서 깔깔거리며 웃고 떠드는 아이들 소리가 들려왔다. 절대 저 아이들을 놓칠 수는 없어. 정신을 바짝 차려야 해. 록세나가 몸을 곧추세우며 바로 앉자 그녀를 잡았던 손에서 힘을 풀었다.

「우린 누가복음에 나온 성탄절 이야기를 읽어요. 양말도 걸어놓고……, 그러고 나면 아이들은 잠을 자러 가고.」

울컥하는 마음을 참아내며 록세나가 침착하게 말했다.

「잘됐군. 그럼 아이들을 재우고 나서 우린 모어랜드로 갑시다. 가서 이 문제를 현실적으로 따져보고, 우리가 어떻게 하면 좋을지 대책을 강구해보는 거요.」

'당신이 어떻게 하면 좋을지'가 아니라 '우리가 어떻게 하면 좋을지'였다. 윈의 입에서 나온 그 말 한마디가 록세나에게는 말할 수 없이 큰 위안으로 다가왔다. 그녀는 고개를 돌려 그의 눈을 들여다보았다.

「절 혼자 내버려두지 않아서 고마워요.」

「어떻게 감히 그런 생각을 할 수가 있겠소.」

윈은 일어서서 그녀를 일으켜 세웠다. 다리가 말을 잘 듣지 않아 록세나가 비틀거리자 윈은 그녀가 혼자 설 수 있을 때까지 붙잡아주었다.

「엄마?」

헬렌이었다.

「엄마, 괜찮아요?」

아이가 빨간 리본을 내밀면서 근심스럽게 물었다.

죽을 것만 같구나. 그렇게 속말을 하면서 록세나는 애써 어깨를 펴고 아이를 향해 웃음을 지어 보였다.

「그럼 괜찮구 말구. 밖에 나갔다 와서 조금 추웠나 봐. 리본 만들어줘?」

헬렌이 고개를 끄덕였다. 그때 리시가 제 키 만한 화환을 질질 끌며 방으로 들어왔다. 매기가 황급히 윈에게로 달려오자 록세나는 소파의 귀퉁이로 자리를 옮겨 앉았다. 매기의 눈길에는 뭔가 의문이 담겨 있었고, 윈과 몇 마디를 속삭이며 주고받더니 헉 숨을 삼키며 창 쪽으로 얼굴을 돌려버리는 것이었다.

매기가 소리 죽여 흐느끼기 시작하자 록세나가 얼른 자리에서 일어나며 아이들을 불러모았다.

「자, 얘들아, 부엌으로 가자꾸나. 식탁에 앉아서 엄마가 리본 만드는 걸 가르쳐줄게.」

아이들은 놀란 얼굴로 매기를 쳐다보다가 엄마를 따라 부엌으로 갔다. 아이들이 지켜보고 있기 때문에, 록세나는 애써 떨리는 손을 가누며 리본을 만들어나갔다. 세 번이나 시도한 끝에야 헬렌의 마음에 드는 모양이 나왔다. 헬렌은 엄마가 가르쳐준 대로 바늘에 실을 꿰어 조심스럽게 땀을 떠가며 리본을 화환에 달았다.

「잘했구나! 윈 경께 이 화환을 벽난로 위에 달아달라고 하면 되겠다. 문에도 만들어서 달아야 할 텐데, 이파리 좀 남았니? 있으면 이리 가져오려무나, 엄마가 만들어줄게.」

참 신기하게도, 호랑가시나무의 이파리가 따끔따끔 손가락을 찔러도 록세나는 아픈 줄을 몰랐다. 내가 만드는 게 아니라 마치 다른 사람이 만드는 걸 그냥 옆에서 구경하는 것 같아……

「엄마, 정말 예뻐요.」

작업을 하는 내내 엄마의 무릎에 달라붙어 있던 리시가 완성된 화환을 보고 탄성을 질렀다.

록세나는 허리를 굽혀 필리시티의 머리에 입을 맞추며 아이의 체취를 깊이 들이마셨다. 조그만 곱슬머리에 자신의 머리를 기대고 아이가 없는 인생을 상상해보았다.

「아니야, 있을 수 없는 일이야.」

록세나는 단호하게 말하면서 자신을 빼 닮은 갈색 눈동자를 들여다보았다.

「엄마, 예쁘잖아요!」

필리시티가 따지듯이 말했다.

「그럼! 예쁘고 말고. 엄마가 잠시…… 딴 생각을 했나 보다. 얼른 현관문에 갖다 걸자.」

록세나가 다시 거실로 갔을 때는, 매기가 완전히 마음을 가누고서 윈을 도와 커다란 화환을 벽난로 위에 배치하고 있었다. 록세나는 호랑가시나무 화환을 노커 위에 달았다. 아름답다는 생각이

들었다. 선명한 초록색과 빨간색이 하얀 바탕 위에서 너무나 멋드러지게 대비를 이루었다. 주말에 시숙이 아이들을 데리러 와서 이 문을 두드릴 일에 대해서는 생각하지 않으리라…….

원과 아이들이 캐럴을 부르면서 호랑가시나무와 상록수 이파리로 거실을 장식하는 동안 록세나와 매기는 입을 굳게 다물고 침묵 속에서 저녁상을 준비했다. 딱 한번, 매기가 양파를 계속 붙들어 썰고 또 썰고 하다가 얼굴을 들었다.

「참 괜찮은 양반이네요.」

그것이 매기가 건넨 단 한마디였고, 록세나는 동의의 뜻으로 고개만 끄덕였다.

음식을 입에 넣으면 구역질이 나올 것만 같아 록세나는 그저 접시에 놓인 음식을 포크로 깨작이며 바쁘게 손을 놀리는 체만 했다. 먹을 때면 여념을 두지 않는 리시는 아무런 눈치를 못 채고 부지런히 수저를 놀렸는데, 헬렌은 미간을 찡그리며 엄마를 쳐다봤다.

「엄마, 엄마도 좀 먹어요. 프라카세 안 좋아해요?」

아이의 물음에 록세나는 배를 톡톡 두드려 보였다.

「엄만 물에 소다를 타서 마셔야 할 것 같구나. 아무래도 아침에 쿠키를 너무 많이 먹었나 봐.」

헬렌은 정말로 그런가 보다 생각을 했는지 엄마의 말에 고개를 끄덕이고는 식사를 계속했다.

「요리 실력이 대단하군요. 이렇게 먹다가는 다리에 살이 쪄서 테이블 아래 꽉 끼겠는데요.」

그렇게 한마디 거드는 원에게 록세나는 미소를 지었다.

「저에게 떠넘기려고 하지 마세요. 그건 다 리시가 원 경 댁에 가면 자꾸 달라고 조르는 그 계피 빵 때문이니까요.」

우린 지금 누가 들어도 아무 일 없는 듯 지극히 정상적인 대화를 나누고 있는 거야. 그런 생각을 하면서 록세나는 시계를 힐끗 처다보았다. 두어 시간만 그럭저럭 보내면 아이들을 재워도 될 것 같다.

저녁식사를 마친 후, 매기는 설거지를 하러 부엌으로 들어갔고 윈은 필리시티를 무릎에 앉히고서 성경책을 집어들었다.

「누가복음 2장이에요.」

윈은 순수한 즐거움이 깃들인 얼굴로 록세나를 올려다봤다.

「나도 안다니까요, 드루 부인! 날 이단자라고만 생각하려고 들지는 말아요.」

그러고 나서 윈은 성경책을 뒤적였다.

「아하. 여기 있군. '이때에 로마 황제 아우구스투스가 영을 내려 만인에게 세(稅)를 과하라 하였으니…….'」

헬렌에게 팔을 두른 채, 록세나는 향유처럼 온몸으로 퍼져 나가는 장엄한 성경 말씀에 귀를 기울이며 소파에 몸을 기대고서 눈을 감았다. 이제는 자신의 귀에도 익숙해진, 요크셔 사투리와 교양 있는 말씨가 묘하게 어우러진 윈의 목소리를 들으면서 록세나는 애써 예수의 탄생을 묵상하려고 해보았다. 그러나 자꾸만 앤서니와 함께 했던 여덟 번의 크리스마스가 떠올랐다. 록세나는 그 기억들을 켜켜이 접어 마음 깊은 곳에 밀어넣었다. 내년에는 이보다 견디기가 쉬워질 거야. 아니, 그래야만 해.

「부츠를 벗어보세요. 그럼 한쪽 양말만 가져갈게요.」

록세나가 벽난로 위에 크리스마스 양말을 걸고 있는 사이, 윈의 양말이 없다며 울상을 짓던 헬렌이 그에게 졸라댔다.

「오 이런, 어떡하지, 양쪽 다 별로 가져가고 싶지 않을 텐데. 한쪽은 발가락에, 그리고 또 한쪽은 뒤꿈치에 구멍이 났거든.」

헬렌의 눈이 동그랗게 커졌다.

「후작님이 무슨 구멍난 양말을 신어요!」

말도 안 된다는 듯 아이가 소리를 지르자 윈은 껄껄 웃었다.

「그건 상관이 없지! 내가 스페인에 있을 때를 너도 봤어야 하는데. 거기서는 엉덩이에 구멍난 바지도 입었어. 내일 아침에는 멀쩡한 놈으로 신고 오마.」

고개를 숙여 보니, 필리시티는 그의 무릎에서 얕은 잠이 들어 있었다.

「자, 성경을 받아요. 리시를 이층에 눕혀야겠소.」

록세나도 헬렌과 함께 그를 따라 올라갔다. 마루가 차가워서 헬렌의 기도는 짧게 끝났고, 잠옷을 갈아 입히고 나이트 캡을 씌우는 동안에도 필리시티는 깨지 않았다. 윈은 가만히 아이를 내려다보았다.

「만일 이 녀석이 필리시티가 아니었다면 '잠자는 숲 속의 공주'라고 불렀을 거야.」

나직하게 속삭이는 말에 헬렌이 깔깔 웃으며 이불 밑으로 들어가서 그에게 손을 내밀었다.

「안녕히 주무세요, 윈 아저씨 크리스마스, 즐겁게 보내시기를 바랄게요.」

록세나의 눈길을 피하려고 윈은 경련이 일어나는 얼굴을 얼른 돌려버렸다. 눈물이 볼을 타고 흘러내리기 시작했다. 록세나가 그의 어깨를 가만히 어루만지다가 헬렌의 침대 가장자리에 앉자 그는 방을 나왔다.

록세나가 힘들게 입을 열어 말했다.

「그래, 즐겁게 보내시겠지. 아마 명절을 지내기가 외로우셔서 그러실 거야.」

「우리가 있잖아요.」

헬렌은 리시를 깨우지 않으려고 낮은 목소리로 힘주어 말했다.

고작 10파운드에 우리가 너무 많은 짐을 지워드리고 있는 거야. 록세나는 그런 생각이 들었다.

「내일 아침에 눈뜨면, 리시가 말한 '하늘에서 내려온 거위' 요리 냄새를 맡을 수 있을 거야.」

헬렌에게 잘 자라고 입을 맞추고 한번 안아준 뒤에 그녀는 조용히 문을 닫고 아래층으로 내려갔다. 벌써 내려와서 코트를 걸친 윈은 눈이 붉게 충혈 된 채 손에 서류를 들고 있었다.

「얼른 코트를 입어요, 록시. 모어랜드로 갑시다. 가면 당신은 마음놓고 울 수 있고, 나도 뭐든 집어던지기라도 할 수 있을 테니.」

록세나는 고개를 끄덕였고, 그가 외투를 입혀줄 때도 그대로 가만히 있었다.

「곧 돌아올게요, 매기. 어떻게든 좀 자도록 해봐요.」

「그럴 수가 없을 것 같네요, 드루 부인.」

매기가 대답했다.

윈은 그녀의 손을 잡고 서둘러 눈발을 헤쳐가며 저택으로 향했다. 가는 내내 그의 얼굴이 무섭게 일그러져 있었다. 록세나가 보조를 맞추려고 뛰다시피 걷고 있다는 것을 깬다고서야 그는 보폭을 좁혔다.

「미안하오.」

저택으로 가는 동안 그가 유일하게 한 말이었다.

저택 안은 어둡고 추웠다. 윈은 록세나를 서재로 데리고 들어가서 등을 켠 후, 벽난로에 석탄을 부어넣고 불을 붙였다.

석탄에 불이 붙는 것을 바라보며 그가 입을 열었다.

「마부를 깨우러 마구간에를 다녀와야겠소. 가서 티비를 불러오라고 하려면.」

「티비요?」

「음. 아무래도 이 상황에서 냉정하게 머리를 굴려줄 사람은 티비밖에 없을 것 같소. 갔다 오리다.」

록세나는 불 가까이 의자를 당겨 앉아 윈이 책상에 던져두고 간

서류를 집었다. 영어 단어 속에 섞여 있다가 불쑥불쑥 도깨비처럼 튀어나오는 라틴어 문구가 신경에 거슬렸다. 록세나는 진저리를 치며 서류를 내려놓았다.

윈이 돌아왔을 때쯤에는 벽난로에 불이 활활 타오르고 있었고, 록세나는 그날 들어 처음으로 자신의 손에서 온기를 느꼈다. 그가 의자에 털썩 주저앉아 그녀의 얼굴 앞에 서류를 흔들었다.

「읽어봤소?」

록세나는 고개를 저었다.

「내 손으로는 차마 만지지 못하겠어요」

「그 심정 이해하오, 록시. 위트콤이 요크의 주지사에게서 양육권 박탈 집행영장을 받아냈소」

「요크요? 그곳에서 왜요? 거긴 아주 멀잖아요!」

「맞아요. 그런데 그런 영장은 요크에서만 받을 수 있소」

무릎과 무릎이 맞닿도록 의자를 바짝 끌어당기며 그가 말했다.

「그럼 우린 내일 일찍 출발해야겠군요」

록세나는 그의 얼굴에 시선을 고정한 채 말했다.

「소송을 제기하려면 법원에 접수를 해야 하는데, 지금은 개정 중인 법원이 없소」

갑자기 그가 벌떡 일어나더니 책상을 쾅 내리쳤다.

「빌어먹을 자식! 최소한 1월 6일 전에는 민사법원도, 순회재판도, 심지어는 대법관청도 개정 중인 곳이 없어. 사계(四季) 법원이 열리려면 앞으로 3주는 더 기다려야 하잖아! 록시, 이게 다 그놈이 계산에 놓고 한 짓이오!」

록세나는 의자에 축 늘어지고 말았다.

「오, 세상에……. 그래도 최소한 치안판사에게 탄원해볼 수는 있지 않을까요?」

그러자 윈이 그녀의 어깨를 움켜잡고는 분노로 눈빛을 이글거리며 물었다.

「이 지역 치안판사가 누군 줄 아오?」

그러자 록세나가 흐느껴 울기 시작했다.

「위트콤! 그런데…… 어떻게 이럴 수가 있죠? 그 사람이 무슨 자격으로 내 아이들을 데려간다는 거예요, 네?」

윈이 그녀를 확 끌어당겨 품에 안자 록세나는 그만 목놓아 울고 말았다.

「문서상으로는, 당신이 어머니로서의 자격이 없다는 거요. 물이 새고 마루도 없는, 곧 무너질 것만 같은 집으로 아이들을 데리고 이사를 한 건 부당한 일이고, 따라서 영국에 있는 유일한 친척인 자기가 당신 대신 아이들을 돌볼 의무가 있다는 거지.」

「하지만 지금은 얼마나 근사한 집인데요! 어떻게 그 사람이 그런 말을 할 수가 있어요?」

「자, 내가 읽을 테니까 들어봐요. '그 집은, 벽지가 다 벗겨지고, 지붕은 일부가 떨어져 나갔으며, 거실 마루바닥은 통째로 뜯겨나가 그야말로 최악의 상태임. 골조도 아이들이 살기에는 온전치가 못하고 매우 위험함. 이런 정황으로 보아 앤서니 드루의 미망인 록세나 드루는 제정신이 아닌 것이 분명해 보이므로, 본인이 그 자녀들을 맡아 키울 것을 요망하는 바임.'」

「그 사람이 어떻게 이럴 수가…….」

윈은 다시 의자에 주저앉았다.

「안 그러면 요크의 주지사가 어떻게 이런 걸 알았겠소? 게다가, 주지사가 사람들 사이에 신사로 정평이 나 있는 위트콤 경의 증언을 의심할 까닭이 없지.」

마치 독약을 토해내듯 뱉어내는 그의 말을 록세나는 차마 받아들일 수가 없었다.

「그럼, 저에겐 법적 대응수단이 전혀 없는 셈인가요, 그래요?」

「전혀. 최소한 내가 알기로는 아무것도 없소, 록시.」

「금요일이 되면 아이들을 그 사람에게 넘겨줘야겠군요.」

낮게 가라앉은 목소리로 록세나는 말을 계속했다.

「결국은 나도 그 사람 손에 넘어가는 거겠죠. 내가 결코 아이들만 보내지 않을 걸 그 사람은 아니까요. 망가질 내 앞날이 빤히 보이는 데도 이렇게 속수무책이라니.」

두 사람은 말없이 불꽃만 바라보았다. 잠시 후, 윈이 석탄을 좀 더 집어넣고 나서 난로의 철사망에 발을 걸치고는 록세나의 손을 잡았다.

「1월 중순경에 법원이 개정하면 탄원서를 제출할 수 있소」

「너무 늦어요. 그 사람, 말도 못 하게 무지막지한 사람이에요. 그때까지 버틸 재간이 없을 거예요. 벌써부터 무섭고 막막해요. 우정말 아무것도 할 수 없는 건가요? 오, 하느님, 제발 무슨 방법이 있다고 말씀 좀 해주세요!」

록세나는 얼굴을 가리고 흐느꼈다.

「아이들을 데리고 도망칠 수도 있겠지만, 왠지 그가 길목마다 감시를 두고 있을 것만 같소.」

윈이 그녀에게 손수건을 건네며 말했다.

「그러고도 남을 사람이죠. 게다가 잡히기라도 하는 날엔 제정신이 아닌 엄마라고 꼬투리를 잡히게 되는 셈이잖아요. 그렇게 되면 법원이 개정했을 때 탄원서를 낸다고 해도 법원에서는 아이를 키울 자격이 없는 엄마라는 판결을 내릴 거구요. 전 도망갈 수 없어요」

「맞아요, 도망가서는 안 되오. 위트콤의 차분한 증언에 대해 분개하며 미친 듯이 울부짖는 여인의 말을 의심 없이 받아들일 사람은 아무도 없겠지. 세상 사람들은 죽은 동생의 불쌍한 유가족을 제대로 보살피고 싶어하는 그자의 마음에 감동할 거고, 당신은 그

의 선량한 뜻을 거역한 채 다 무너진 집으로 들어간 비이성적인
여자로 낙인찍힐 테니까 말이오.」

한숨을 내쉬며 그가 말을 이었다.

「설상가상으로, 그 집은 악명이 높은 이혼남의 소유라는 거요.
치사한 자식, 꼬챙이에 꿰어서 크리스마스 칠면조 대신 구워버려
야 할 인간이야.」

「오, 그런 말은 하지 말아요!」

록세나가 울부짖었다.

「이렇게 화가 치밀지 않는다면 그자의 영리함에 탄복할 지경이
오.」

윈은 그 말을 하고 일어나, 바깥에서 나는 소리에 귀를 기울였
다.

「티비가 오는가 보군. 록시, 등잔을 들고 부엌에 가봐요. 테이블
위에 럼주 병이 있을 테니까, 잔 몇 개 챙기고 해서 가져오겠소」

록세나가 돌아왔을 때, 윈은 책상 모서리에 걸터앉아 티비에게
자초지종을 설명하고 있었다. 록세나는 조용히 잔 세 개에 럼주를
채웠다. 티비가 건성으로 잔을 들고 서류를 꼼꼼히 읽어 내려가다
가 마침내 얼굴을 들었다.

「그 양반이 어떻게 해서 이리 소상하게 보고할 수 있었는지 알
것 같네요.」

티비가 럼주를 더 따라달라는 뜻으로 잔을 내밀며 말했다.

「말해보게.」

「그 집을 세주지 말라면서 그 양반이 변호사를 대동하고 찾아왔
다던 제 얘기를 기억하십니까, 드루 부인?」

록세나가 고개를 끄덕였다.

「아저씨가 그 사람 말에 굴복할까 봐 얼마나 겁이 났었는데
요.」

「그날 그 양반들이 기분이 확 상한 채로 돌아간 뒤에 일꾼 하나 가 절 찾아와서 말하기를, 웬 신사양반 둘이 그 집에 들어가 이 방 저 방 살펴보고 있다더군요. 한 사람은 부지런히 메모까지 하 면서요.」

「그래서 그렇게 많은 걸 알고 있던 거로군. 티비, 무슨 좋은 생 각 없나? 우린 영 신통한 수가 떠오르지 않아서 말일세.」

관리인은 고개를 절레절레 흔들었다.

「변호사를 만나보셔야 할 것 같습니다, 나리.」

윈은 쓴웃음을 지었다.

「변호사는 크리스마스를 보내러 어제 에든버러로 떠났네. 마을 에 남아 있는 변호사는 위트콤에게 고용된 사람이고.」

그는 힘없이 자리에서 일어나 창가로 가서 뒷짐을 지고 바깥을 내다보았다.

「이렇게 영악한 놈한테 걸려들다니 정말 어이가 없군!」

「맞아요. 그리고 행정관이라는 사람은 오늘 당신이 떠날 거라는 것까지 알고 있었잖아요.」

록세나는 창가로 가서 그의 팔에 잠시 이마를 기대었다.

「헬렌이 상록수를 따다가 크리스마스 화환을 만들겠다고 한 게 얼마나 고마운지 모르겠어요. 나 혼자였다면 이 일을 감당하지 못 했을 거예요.」

「난 내 존재가 사태 해결에 아무런 도움이 되지 않는 것만 같 소, 록시.」

록세나의 어깨에 팔을 두르며 그는 솔직하게 말했다.

두 사람이 창가에 서서 눈 내리는 밤하늘을 바라보는 사이 별안 간 티비가 혼자 키득거리기 시작했다. 처음에는 목에 뭐가 걸린 사람처럼 숨죽여 웃더니 급기야는 윈과 록세나가 입을 쩍 벌린 채 돌아볼 정도로 큰 소리로 웃어젖히는 것이었다. 그들의 시선이 느꺼지자 티비는 록세나가 놔둔 손수건을 집어 눈가를 닦아냈다.

「자네 정신 나갔나?」

윈이 날카롭게 쏘아붙였다.

티비는 록세나와 윈을 번갈아 쳐다보다가 고개를 끄덕였다.

「이럴 땐 그게 처방이지. 그래, 그게 제일이라니까.」

혼잣말처럼 그가 중얼거렸다.

「뭐가 말이에요? 제발요, 티비, 답답해서 미치겠어요!」

티비는 양손으로 책상을 짚고 눈을 반짝이며 두 사람을 올려다 보았다.

「아주 간단합니다. 나리, 드루 부인과 혼인하시면 모두 해결되는 겁니다! 그렇게 되면 위트콤이 감히 누굴 건드릴 수 있겠습니까. 부인을요, 아니면 그 어린 따님들을요? 어림도 없는 일입지요.」

「티비, 그건 말도 안 되요!」

「안 되다니요. 왜요, 부인?」

그는 정말 궁금하다는 듯 물었다.

「그냥 그건 말이 안 되요.」

그녀는 동의를 구하는 듯 윈을 바라보았다.

「틀림없이 윈 경께서도 그렇게 생각하실 거예요. 티비, 터무니없는 말을 했으니 사과하셔야 할 거예요.」

당혹스럽게도, 후작은 누구도 읽을 수 없는 표정으로 고개를 끄덕이고 있었다.

「설마하니 심각하게 받아들이시는 건 아니겠죠?」

「그러면 안 되는 이유라두 있소?」

마침내 윈이 입을 열었다.

「티비, 당신은 위트콤이란 놈을 엿먹일 수 있는 기가 막힌 방법을 생각해낸 듯하군.」

「거기 나란히 서 계시는 모습을 보고 있자니 퍼뜩 그런 생각이

들지 뭡니까.」

티비는 록세나에게 눈을 돌렸다.

「드루 부인, 우리 주인님 정말 좋으신 분입니다.」

「좀 늙고 찌들긴 했지만.」

윈의 말이었다. 그의 눈은 이제 무언가 빛을 발하고 있었다.

「그래도 지금으로써는 내가 당신의 난국을 타개할 수 있는 유일한 해결책이 될 수 있을 것 같소.」

록세나는 의자에 주저앉았다.

「그런 과감한 방법을 썼다가는 분명히 후회하시게 될 거예요. 정말 정신나간 생각이라니까요!」

「그렇게 정신나간 생각은 아니오.」

후작이 책상 모서리에 걸터앉으며 반론을 펴나갔다.

「당신과 아이들이 나에게 오면 법에 따라서 위트콤은 아무 짓도 할 수가 없소. 문제가 풀리게 된다, 그 말이지.」

「그렇긴 하지만…….」

「그리고 당신이 나와 결혼하면, 레티스와 아마벨, 클레어리스까지도 내 앞가림 따위에 대해서는 영영 간섭할 수 없게 되는 거요.」

솟구치는 열정을 숨길 수가 없어서, 윈은 들뜬 어조로 말을 계속했다.

「나는 이 재앙이 축복이라고 생각하오.」

그는 손을 뻗어 티비의 손을 잡았다.

「티비, 당신은 천재야! 내가 이번 일을 뭘로 보상할 수 있겠나!」

티비는 록세나를 향해 살짝 미소를 건넸다.

「나리, 이제는 두 분이서 그 문제에 대해서 자세한 말씀을 나눠 보셔야지요. 전 이만 가봐야겠습니다. 마구간에 손을 봐야 할 일이 좀 있었는데 깜박 잊었지 뭡니까.」

「무슨 일인데요?」

록세나가 날카롭게 물었다. 모든 게 너무 빨리 진행되고 있었다. 결론을 향해 치닫는 두 남자의 성급함은 그녀가 제어할 수 있는 범위를 초월하고 있었다. 어디 가서 차분히 생각을 해보고 싶었다.

「손볼 일이 뭐였는지는 마구간에 가봐야 생각이 날 것 같네요.」

관리인은 윈에게 목례를 하고서 재빠르게 나가버렸다.

윈은 그가 나간 뒤 문을 닫고 뒷짐을 진 채, 록세나 쪽으로는 눈길도 돌리지 않고서 창가로 어슬렁어슬렁 걸어갔다. 시간이 한참 흐르고 나서야 그는 조심스럽게 입을 열었다.

「지금 무척 난처해하고 있다는 건 알고 있소.」

「진퇴양난이군요.」

그녀는 힘없이 말했다.

또다시 긴 침묵이 흘렀다. 마침내 그가 돌아서서 록세나를 바라보았다. 차마 시선을 들지 못하는 그녀의 옆에 윈이 무릎을 꿇고 앉더니 그녀의 턱을 잡아 위로 들어올렸다.

「결혼합시다, 록시. 그래요, 좋소. 순전히 편의상의 결혼이라는 점은 처음부터 분명히 해두리다.」

「이건 원 굉장히 불공평한 일이에요.」

간신히 말을 할 수 있게 되자 록세나는 그를 만류했다.

「오, 록시, 절대 그렇지 않소. 공정하다구. 결혼의 과오를 다시 범하고 싶은 생각은 없소. 아이들에 대해 내가 어떻게 생각하는지는 당신도 이미 잘 알고 있을 거요. 내가 죽으면 모어랜드를 당신에게 물려줄 거고, 생시에는 생활비를 책임질 생각이오. 일년에 두세 번 와서 잘 있는지 살펴보기만 할 거고. 그러니 내 존재로 인해 곤란을 당하는 일은 없을 거요. 누나들이야 미친 듯이 날뛰겠지만, 뭐라고 한들 무슨 상관이겠소」

록세나는 손만 내려다보면서 말없이 앉아 있었다.

「그리고 록시, 한 일년 있다가 당신 마음에 드는 상대가 생기면 그때는 깨끗하게 혼인무효 신청을 할 수도 있소」

「사람이 어쩜 그렇게 냉정할 수가 있어요!」

록세나는 자신을 제어할 수가 없어 소리를 지르고 말았다.

「플레처, 난 당신한테 그런 짓은 할 수가 없어요」

「하하, 나한테도 성(姓) 말고 이름이 있다는 걸 인정해주는 셈이로군. 그래요, 당신 말이 옳소. 그건 냉정한 거지. 하지만 우린 지금 당신 딸들과 당신의 명예를 지키려고 애쓰는 중이라는 걸 잊지 말아요.」

반박의 여지없이 논리정연한 말이라 록세나는 고개를 끄덕였다.

「그렇지만……」

「나에게 조금이라도 호감이 있소, 록시?」

그가 느닷없는 물음을 던졌다.

「그거야, 물론이죠! 어떻게 당신 같은 분을 좋아하지 않을 수가 있겠어요?」

윈은 유쾌하게 눈을 반짝이며 대답했다.

「신시아에게 물어보면 그 이유를 좌르르 꿰어줄 거요. 록시, 이게 당신과 내 문제를 동시에 해결해줄 거요. 나와 결혼합시다.」

록세나는 그의 눈동자를 응시하며 생각했다. 상복을 입은 지 일년도 채 지나지 않았는데. 결혼을 발표하면 온 마을이 떠들썩해지겠지. 앤서니의 친척들은 날 사람 취급도 않을 테고. 어둡기만 하던 그녀의 입술 주위에 슬며시 미소가 떠올랐다. 애들은 좋아라 할 테고, 우리 식구 모두 안전하게 살 수 있을 거야. 다시 그녀의 얼굴에서 미소가 걷혔다. 그래, 나한테 선택의 여지란 없어. 일말의 여지도 없는 거야. 하느님을 의지하면서 이 패를 잡아야 해.

「결혼…… 하겠어요.」

그의 눈빛이 너무나 환해지자 록세나는 놀란 눈으로 그를 쳐다보았다. 그녀의 표정을 살피며 침착함을 되찾은 윈은 다시 자리에 앉아 의자에 등을 기댔다.

「잘 생각했소, 록시. 3주나 걸려서 결혼 예고(교회에서 식을 올리기 전에 연속 세 번 일요일에 예고하여 이의의 유무를 묻는 절차)를 할 시간적 여유가 없으니 특별결혼 허가를 받아야 될 것 같소.」

갑자기 그가 벌떡 의자를 쓰러뜨리며 일어나더니 탁자를 탕 소리가 나게 내리쳤다.

「이런, 빌어먹을!」

그가 버럭 소리를 지르자 록세나도 놀라 일어섰다. 비통함에 일그러진 눈빛으로 그는 록세나의 팔을 붙들었다.

「미안하오, 록시. 난 특별결혼 허가를 받을 수 없는 몸이라는 걸 까맣게 잊고 있었소. 재혼을 하려면 대법관청이 발부하는 허가서와 캔터베리 대주교의 승인을 받아야 해요.」

윈은 다시 창가로 가서 어둠을 응시했고 록세나는 마음이 무너져내렸다. 이제는 눈물도 다 말라버리고 없었다. 이 서툴렀던 계획조차도 허사가 되고 마는구나. 정녕 위트콤의 정부가 될 수 밖에 없는 운명이란 말인가. 하느님, 제발 도와주세요.

록세나는 방 안을 서성이는 윈을 멍하니 바라보고 있었다. 그는 잉글랜드와 스코틀랜드가 그려진 지도 앞에서 발을 멈추고 자세히 들여다보더니 어깨의 힘을 빼면서 주머니에서 손도 뺐다. 록세나가 가만히 지켜보니, 그가 등불을 들고는 지도 앞으로 더 가까이 다가갔다.

「록시, 그 염병할 허가를 얻을 수 있는 다른 방법을 찾았소.」

그의 목소리에서 승리의 기쁨이 역력히 배어 나왔다.

「어떻게요?」

조심스레 희망을 가지고 록세나는 물었다.

「여기에서 스코틀랜드 국경까지는 110킬로미터쯤 되오.」

그의 목소리에 다시 열정이 살아나고 있었다.

「그건 저도 알아요! 지금 지리 공부를 할 필요는 없잖아요. 그게 우리 문제와 무슨…….」

록세나는 말을 멈추고 벌떡 일어나 재빨리 지도 앞으로 갔다.

「잠깐만요. 그러니까…….」

윈은 스코틀랜드로 가는 길을 짚어가며 고개를 끄덕였다.

「우편마차를 잡아타면 26일까지는 그레트나 그린에 도착할 수 있을 거요. 아, 이제 결혼 준비를 해야겠군.」

록세나는 눈을 깜박이며 벽에 몸을 기댔다. 심장이 튀어나올 듯이 가슴이 방망이질 치고 있었다.

「합법적인 건가요?」

「거의 그렇다고 볼 수 있지. 다만 조금…… 뭐랄까, '본데없는'이라는 말이 떠오르긴 하지만 말이오.」

극악무도한 일을 저지르는 게 아닌가 싶어 록세나는 입이 다물려버렸다. 사람들이 어떻게 생각할까. 자문을 해보다가 이내 그녀는 머리를 흔들었다. 그게 무슨 대수인가. 아무리 수치스러운 결혼을 하게 되더라도 우선 아이들을 구해야 했다.

그녀는 입을 열고 천천히 말을 했다.

「그렇게 할게요. 어쩔 수 없잖아요.」

「그래요, 어쩔 수가 없소.」

진실로 애처로운 연민을 담아서 하는 말이었다. 그가 다시 한번 손을 내밀자 록세나도 천천히 손을 뻗었다. 윈은 그녀의 손을 잡고 흔들더니 좀처럼 놓지 않았다.

「됐소, 록시. 이제 티비를 찾아봅시다.」

12

그날 밤은 잠을 이룰 수가 없었다. 매기와 함께 울고 또 서로 부둥켜안으면서 긴 얘기를 나눈 후에, 록세나는 아이들의 양말을 채워주고 나서 벽난로의 불꽃이 사그라질 때까지 거실에 우두커니 앉아 있었다. 내가 무슨 짓을 하려는 거지? 몇 번이고 자문을 거듭했다. 정말 다른 방법은 없을까? 대답은 한결같았다. 어차피 원의 자비에 운명을 맡기지 않는다면 위트콤의 손아귀에 들어갈 수밖에 없는 처지가 아닌가.

플레처 랜드는 시숙보다도 더 모르는 사람인데 지금 그와 인생에 있어 가장 깊은 연을 맺으려 한다는 사실이 록세나를 괴롭히고 있었다. 아무리 그를 신뢰한다지만 꼭 죄받을 짓을 하는 것만 같아. 하지만 이게 내 아이들을 살릴 유일한 길이니, 잘 모르는 사람이지만 그를 믿고 나와 딸아이들의 앞날을 맡겨보는 수밖에 없어……

내일 먼길을 떠나려면 조금이라도 눈을 붙여야 할 것 같아서, 록세나는 그쯤에서 생각을 접고 침실로 올라갔다. 고된 여정이 될 것 같아……. 그녀는 옷을 벗고 머리를 빗은 다음 이불 속으로 들어갔다.

방 안이 어슴푸레 밝아오기 시작할 때까지도 그녀는 잠을 이루지 못한 채, 앤서니와의 결혼식 전날 밤을 생각하고 있었다. 그때도 밤을 꼬박 새웠지만 지금과는 달랐다. 목사였던 그를 못 견디게 사랑해서, 원하는 마음이 너무나 간절해서, 결혼식을 치를 때까지 마음을 진정시킬 수가 없었던 것이다.

하지만 이번엔 달랐다. 친구들과 남편의 교구민들은 이혼한 남자와 도망치듯 국경을 넘어가 결혼한 그녀에게 분개할지도 모른다. 평생 사리에 어긋나는 말이나 부정한 일을 해본 적이 없는 정숙한 여인 록세나 드루가 그들의 사랑과 존망을 받던 목사 앤서니의 무덤이 채 마르기도 전에 스코틀랜드로 야반도주를 하려는 것이었다. 사람들은 내가 윈 경의 재산을 보고 결혼했을 거라고 생각할까? 록세나는 천장에 대고 물었다. 날 보고 미쳤다고 할까? 아니면 약삭빠른 여자라고?

물론 마셜 드루의 수치스러운 제안을 발설할 수도 있겠지만, 그건 윈 경과의 결혼과는 비교도 안 될 추문거리였다. 만일 리시와 헬렌이 백부에 대한 소문을 듣게 된다면? 록세나는 일어나 앉아 이불을 끌어당겨 몸을 감쌌다. 위트콤이 얼마나 가증스러운 인간인지 아이들이 알게 해서는 안 될 일이다. 아빠에 대한 기억과 드루 가문의 이름을 그런 식으로 더럽힐 수는 없다, 절대로. 차라리 자신이 사람들의 의심을 받고 말지언정, 드루 가문에 대한 그들의 신뢰와 노스 라이딩에서 드루 가문이 차지하고 있는 입지와 의미를 잃게 만들 수는 없다.

록시, 넌 지금 너 자신에게 공정치 못해. 안전을 얻긴 하겠지만,

대신 너는 따뜻한 침대에서 자상한 남자의 품에 안기고 싶다는 바람을 버려야 하는 거야. 윈 경은 턱없이 네 몸을 바라지 않는다는 것을 명백하게 보여줬잖아. 앞으로 남은 인생을 살면서 긴 산책을 할 날이 참 많겠구나. 일단 결혼서약을 하게 되면 자신은 다른 사람에게 눈 돌리는 일이 절대 없을 것임을 그녀는 알고 있었다. 다른 남편감을 찾아 주위를 둘러보거나 혼인무효선언을 받아내어 윈경에게서 달아날 생각을 해서는 안 될 일이다. 일단 자신이 약정을 한 이상, 그건 지켜야 한다.

방 안이 점점 환하게 밝아왔다. 밖에서는 바람소리도 들리지 않고 눈발도 그친 모양이었다. 안심이 되었다. 최소한 페나인 산맥의 무시무시한 눈보라 속에 갇혀 얼어죽는 일은 없을 테니까. 록세나는 다시 누워 재잘거리는 아이들의 목소리를 들었다. 내가 지금 저희들을 위해 희생하고 있다는 걸 아이들은 절대 알면 안 돼. 앤서니, 난 이 길이 당신이 인도하는 길임을 믿어요. 달리 생각할 방도가 없고, 하느님이 지켜보시는 가운데 밤새도록 생각한 거예요.

피곤에 지쳐 눈이 감겼다. 설핏 잠이 드는가 했더니, 곧 문 열리는 소리에 이어 헬렌과 리시가 뛰어들어왔다.

「해피 크리스마스, 엄마!」

필리시티는 자신이 왔다는 걸 확실하게 가르쳐주려는 듯 엄마의 눈을 비집어 열면서 소리쳤다.

「필리시티, 좀 점잖게 굴어야지.」

헬렌이 동생을 꾸짖고 나서 엄마 옆으로 기어 들어와 누웠다.

록세니는 큰딸을 껴안으며 다른 한 팔로는 리시를 옆으로 끌어당겼다.

「너희들도 해피 크리스마스, 내 딸들.」

「얼른 내려가요, 엄마.」

리시가 졸랐다.

록세나는 심호흡을 하면서 두 딸을 양쪽에 꼭 품었다.

「우선 엄마가 너희들에게 꼭 해야 할 말이 있단다. 너희들이 이해할지 모르겠지만 알아야 해.」

록세나는 잠시 멈추었다가 용기를 내어 입을 열었다.

「엄마는 오늘 오후에 스코틀랜드에 가서 윈 경과 결혼한단다.」

「와, 엄마, 너무 좋아요!」

리시가 손뼉을 치며 환호성을 질렀다.

「우리도 가요?」

「미안한데, 리시야, 날씨도 춥고 빨리 가야 해.」

록세나는 헬렌을 돌아보았다. 큰딸아이는 좀전에 엄마가 그랬듯, 천장만 뚫어지게 쳐다보면서 가만히 누워 있었다.

「헬렌?」

엄마가 부르는 소리에도 헬렌은 한참동안이나 꼼짝 않고 있다가 마침내 입을 열었다.

「엄마, 왜 그렇게 빨리 아빠를 잊고 싶어해요?」

록세나는 저릿한 아픔을 느끼면서 헬렌을 더 꼭 끌어안았다.

「오, 그런 게 아니란다, 헬렌! 엄마가 어떻게 아빠를 잊을 수가 있겠니?」

「그럼 왜 그렇게 서두르는데요?」

왜냐구? 너희들을 보호하기 위해서란다, 헬렌. 하지만 너희들에게 차마 그 말은 해줄 수가 없단다.

「그건 말이지, 우리 식구를 위해서라고 해두자꾸나.」

리시는 일어나 앉아 언니와 엄마를 번갈아 쳐다보았다.

「언니, 언니도 윈 아저씨 좋아하잖아!」

「그래, 물론 좋아해. 그렇지만 이해하지 못 하겠어.」

록시가 할 수 있는 일은 그저 딸을 끌어안고 머리에 입을 맞춰주는 것뿐이었다.

「엄마를 믿어줄래, 헬렌. 엄만 지금 우리 모두에게 최선이라고 생각되는 일을 하고 있는 거야. 제발 엄마를 믿어주려무나.」

헬렌이 그제야 고개를 끄덕였다.

「믿어요, 엄마.」

겨우 입을 연 아이의 목소리는 왠지 애잔함이 묻어나고 있었다.

「하지만 엄마, 엄만 정말 모든 게 달라지길 원하는 거예요? 인생은 왜 이렇게 이상해요?」

록시는 딸을 꼭 껴안을 뿐 아무 말도 해줄 수가 없었다. 내 마음을 열어서 네게 보여줄 수만 있다면 얼마나 좋겠니. 우린 지금 과거에 머물러 있든지, 새로운 길을 열어 나가든지 선택을 해야 하는 갈림길에 와 있단다. 그녀는 헬렌의 몸을 조금 떼고서 눈을 들여다보았다.

「우린 앞으로 나가는 거야, 헬렌.」

그녀는 단호히 말했다.

「뒤는 돌아보지 않을수록 좋아.」

배신자가 된 것만 같고, 타래송곳이 나선형을 그리며 가슴을 뚫고 들어가는 것만 같아…… 비명을 지르고 머리칼을 쥐어뜯으면서 방 안을 길길이 날뛰고 싶은 심정이었지만, 록세나는 헬렌의 눈동자에 어려 있는 상처를 조용히 내려다보았다.

「아빠를 잊어요?」

헬렌이 속삭여 묻는 말에 록세나는 송곳이 한번 더 가슴을 찌르는 것을 느꼈다.

그녀는 격렬하게 머리를 저었다.

「절대 그런 게 아니야! 우린 그저 마음속 깊이 아빠를 모셔두고 인생의 새로운 길을 걸어가야 하는 거야.」

헬렌은 한숨을 쉬며 엄마의 가슴에 얼굴을 묻었다.

「무슨 뜻인지 이해할 수 있었으면 좋겠어요.」

사실은 나도 그렇단다. 그녀는 억지로 미소를 지으며 작은딸 쪽으로 눈을 돌렸다. 넌 아직 어려서 이런 걸 모르니 얼마나 다행이니, 리시.

「그분을 아빠라고 부르지 않아도 되죠?」

헬렌이 물었다.

「그래. 그냥 아저씨라고 불러드리면 좋아하시겠지.」

필리시티가 엄마의 잠옷자락을 당기더니 무릎을 베고 누웠다.

「엄마는 어떻게 부를 건데요?」

록시는 리시의 머리카락을 쓰다듬었다.

「글쎄, 잘 모르겠구나. 이제까지는 '윈 경'이라고 불렀는데.」

「아저씨 이름은 플레처예요.」

리시가 제안했다.

「이름이 좀 이상하잖니.」

그러자 리시가 눈을 반짝이며 일어나 앉았다.

「그럼 네이 이름을 지어줬을 때처럼 엄마가 아저씨 이름도 지어주면 되잖아요!」

록시는 웃음을 터뜨렸다.

「그건 그분이 좋아하시지 않을걸!」

그러고 나서 록시는 아이들에게 키스를 해주었다.

「자, 얘들아, 우리가 이 집으로 이사온 걸 산타할아버지가 알아내셨는지 어디 한번 내려가서 볼까.」

집안에 거위 굽는 냄새가 기분 좋게 퍼질 때쯤 윈이 현관문을 두드렸다. 문을 열어주러 달려가는 필리시티의 머리에는 양말 속에서 나온 머리핀 네 개가 전부 꽂혀 있었다. 그가 들어오자 리시는 제자리에서 한바퀴 돌면서 엄마가 만들어준 드레스를 자랑했다. 윈은 빙그레 웃으면서 손으로 눈을 가렸다.

「너무 아름다워서 눈이 다 부시구나, 필리시티.」

아이에게 다른 선물상자 하나를 건네면서 그가 말했다.

「지금 열어봐라. 단, 혼자 먹으면 못 써.」

노크소리가 들렸을 때 당연히 마중 나가야 한다는 걸 알면서도 록세나는 갑자기 수줍은 생각이 들었다. 정말 얼간이 같다, 록세나. 속으로 그렇게 중얼거리면서, 록세나는 거실에 그대로 서서 리시와 후작을 지켜보았다. 그는 평소보다 세련된 차림이었다. 반짝반짝 윤이 나게 닦인 부츠에 넥타이도 정성 들여 고른 것 같았다. 그녀는 딸아이들 옆에 무릎을 꿇고 앉아 도란도란 이야기를 나누고 있는 그의 모습을 바라보며 생각했다. 윈 경, 당신이 아이들에 대해 어떤 생각을 가지고 있든, 분명 당신은 아이들의 눈높이에 맞춰 이야기를 나누는 재간이 뛰어난 사람이에요.

그때, 리시가 거실로 뛰어들어오더니 개봉된 선물 상자를 엄마에게 내밀었다.

「엄마, 초콜릿이에요! 하나만 먹어도 돼요?」

「그럼, 물론이지. 그런데 윈 경께 감사하단 인사는 드렸니?」

리시는 입으로 손을 가져가려다가 멈칫하더니 돌아서서 무릎을 굽히며 얌전하게 절을 해 보였다.

「감사합니다, 아저씨.」

아이는 입 안에 초콜릿 하나를 집어넣으며 기어 들어가는 소리로 인사를 하고는 언니를 부르며 부엌으로 달려갔다.

「초콜릿의 위력이 저렇게 클 줄이야.」

윈은 뛰어가는 아이를 흐뭇하게 지켜보다가 우아하게 몸을 일으켰다.

「혹시 리시가 좋아하지 않는 것도 있소?」

그의 목소리가 밝았기 때문에 록세나는 억지로라도 기분을 맞춰 줘야 한다는 생각이 들었다.

「가지는 어떻게 요리를 해놔도 먹으려 들질 않아요.」

「나하고 똑같군.」

윈이 소파에 앉아 있는 그녀의 옆에 나란히 앉으며 말했다.

「결국 가지 요리는 만들 필요가 없는 셈이로군. 굶어죽을 지경
이 아니라면 말이오.」

그는 주머니에 손을 넣어 가느다란 선물 상자를 꺼냈다.

「크리스마스 축하하오, 록세나.」

록세나는 잠시 머뭇거리다가 선물을 받아들었다.

「전 아무것도 준비한 게 없는데요.」

「머지않아 내년 크리스마스가 돌아올 거요.」

그는 수수께끼 같은 말로 대꾸했다.

「지금 날 윈이라고 불러주면 그것으로 족히 행복한 크리스마스
선물이 될 것 같은데.」

「좋아요, 윈.」

록세나는 혹시 너무 값나가는 것이면 어쩌나 걱정되어 숨을 죽
이고 상자를 열었다. 가만히 그 안을 들여다보다가 꺼내든 것은
가죽끈에 매달린 주석 메달이었다.

「이게 뭐죠, 영주…… 윈?」

그는 씩 웃으면서 그것을 받아들었다.

「이건 행운을 가져다주는 부적인데, 포르투갈의 어느 어부한테
받은 거요. 까보 산 비쎈떼 근처에서 우리 배가 침몰했을 때 바다
에 빠진 날 건져준 사람이었소. 이제 당신 거요.」

윈이 목에 메달을 걸어주는 동안 록세나는 그대로 가만히 있었
다. 바짝 붙어 서 있어서 어색한 기분이 들기는 했지만, 그가 쪽
소리가 나도록 이마에 키스를 하자 록세나는 소리내어 웃고 말았
다.

「난 당신이 아무것도 받지 않으려 들 줄 알았소 그리고 이 메

달은 8년간의 적막했던 세월을 큰 부상당하지 않고 지나올 수 있게 날 지켜준 물건이라오.」

록세나는 메달을 어루만지다가 그를 쳐다봤다.

「고마워요.」

짧게 감사의 인사를 건네고서 그녀는 드레스 속으로 메달을 집어넣었다.

「지금 같은 때에, 작은 행운을 가져다주는 부적 이상으로 저에게 필요한 게 뭐가 있겠어요.」

「내가 생각한 게 바로 그거라오.」

윈은 자리에서 일어나 그녀에게 손을 내밀었다.

「자, 어서 가서 거위 요리를 먹읍시다. 서둘러야 하오, 우편마차를 타야 하니까.」

윈이 거위를 베어 나누고 있을 때, 티비와 그의 아내인 엠마가 도착했다. 록세나는 오붓하게 보내야 할 크리스마스날 불시에 불러들여 미안하다고 사과를 건네며 그들에게 자리를 마련해주었다.

「마음 쓰실 것 없습니다, 드루 부인.」

티비가 턱 밑에 냅킨을 두르면서 말했다.

「떠나 계신 동안 엠마와 제가 이것저것 돌봐드릴 수 있게 돼서 기쁘기만 한걸요.」

그는 매기 왓슨 쪽으로 머리를 기울이며 덧붙였다.

「우리 세 사람을 믿고서 마음 푹 놓고 다녀오십시오.」

록세나는 심각하게 고개를 끄덕이다가 접시로 시선을 떨구었다. 이건 모두 꿈이야. 깨어나면 애서니가 저기 앉아서 칠면조를 자르고 있을 거야. 잠시 상념에 빠져 있던 그녀는 목에 걸린 가죽끈을 만지작거리며 한숨을 내쉬었다.

「흰 살로 하겠소 아니면 붉은 살로 하겠소, 록세나?」

윈이 묻고 있었다. 그는 긴장된 상태로 침을 삼키며 록세나를 쳐다봤고, 록세나는 그도 자신처럼 고삐를 잡아당겨 감정을 억누르고 있다는 것을 깨달았다. 그런 생각은 그 어떤 것으로도 얻을 수 없는 위안을 가져다주었다.

「흰 살로 주세요.」

그녀는 접시를 내밀며 침착하게 말했다.

티비가 헬렌과 리시를 돌아보며 입을 열었다.

「애들아, 부엌에 가면 윈즐로 부인이 가져온 푸딩이 있을 텐데, 가서 가져오지 않으련? 큰 그릇에 옮겨 담고 작은 접시도 몇 개 같이 가져오너라.」

아이들이 재빠르게 일어나서 자리를 뜨자 윈을 바라보는 그의 표정이 심각해졌다.

「우편마차가 서는 길목마다 위트콤이 자기 사람들을 배치해놓았어요.」

「빌어먹을! 그럼 리치몬드에서 마차를 잡아타야겠군.」

「북쪽으로 가는 길이 뚫려 있는지 걱정입니다. 듣자니 제설작업이 진행되고 있다던데요.」

「어느 쪽이든 길을 찾아서 나가야 돼.」

윈의 표정이 어두워졌다.

「염병할 인간 같으니. 감시를 세워두고 있으니, 페나인 산맥 맞은편에 있는 펜리스에 이를 때까지는 북으로든 남으로든 큰길을 이용할 수 없다는 말이잖아.」

아이들이 푸딩을 들고 들어오자 윈은 리시보다 푸딩이 더 크다는 농담을 건네며 웃음을 지어 보였다. 금세 얼굴이 변하다니, 당신 정말 냉정한 사람이군요. 그런 생각을 하면서 록세나도 애써 웃음을 지었다. 아군들이 전부 당신 같았다면, 나폴레옹을 위해 싸운 술트와 네이가 스페인에서 패배한 것도 무리가 아니죠.

식사를 마치자 윈과 티비는 저택으로 가서 이마를 맞대고 궁리에 궁리를 거듭했다. 코앞으로 다가온 여행 생각에 안정을 찾기가 힘든 와중에도 록세나는 필리시티에게 책을 읽어주고 나서 침대로 데리고 가 낮잠을 재웠다. 헬렌과 윈즐로 부인은 부엌에서 설거지를 하느라 분주했다. 1시를 알리는 시계 종소리가 울리자 록세나는 집이라는 편안함을 느끼게 해주는 그 소리에 가만히 귀를 기울였다.

여행을 위한 채비를 갖추려고 그녀는 모직 내의로 갈아입고 가진 옷 중에 가장 따뜻한 옷을 찾아 입은 다음 긴 양말을 여러 겹 껴 신었다. 그리고 헬렌을 낳은 이래 신어본 적이 없는 승마 부츠도 꺼내 신었다. 오래된 부츠와 새로 내 것이 된 메달. 부츠를 내려다보고 메달을 만지작거리면서 그런 상념이 들었다. 마지막으로 드레스 룸에서 앤서니의 낡은 울 머플러를 찾아내어 목에 둘둘 감았다.

잠든 필리시티의 얼굴을 다시 한 번 들여다보았다. 아이의 머리핀이 난롯불에 반사되어 반짝반짝 되빛나고 있었다. 너를 위해서라면 엄마는 목숨이라도 버릴 수 있단다. 엄만 지금 널 구하려고 가는 거야.

윈은 말을 타고 밖에서 기다리고 있었다. 두툼한 군용 코트로 몸을 감싸고, 광택 없이 여기저기 긁힌 자국 투성이인 부츠 차림이었다. 록세나가 현관문을 열자 그가 말에서 내렸다.

「둘이 함께 네이를 타고 가야 될 것 같은데 괜찮겠소? 헬렌이 그러는데, 당신은 그다지 말을 잘 타지 못한다고 해서 말이오.」

「맞아요. 그런데 네이가 두 사람을 견뎌낼 수 있을까요?」

록세나가 장갑을 끼며 물었다.

「당신은 그다지 무게가 나가지 않을 테고 이 녀석은 심장이 튼튼하니까 괜찮을 거요. 그리고 무엇보다, 둘이 함께 타고 가야 따뜻하게 체온이라도 나눌 것 아니오, 준비됐소?」

아뇨, 전 준비가 안 됐어요. 록세나는 문 앞에서 머뭇거렸고, 자신이 느끼고 있는 기분을 윈도 눈치챌 것임을 알았다.

「준비가 되었건 안 되었건, 록시, 이제 당신에게는 선택의 여지가 없소.」

그의 어조는 단호하다 못해 조금은 매정하게 들리기까지 했다.

록세나는 심호흡을 하고 문을 닫았다.

「준비됐어요.」

먼저 말에 오른 윈이 그녀의 손을 잡아 올려 앞에 앉혔다.

「꽉 끼는군.」

록세나의 허리에 팔을 두르고 고삐를 단단히 쥐어 잡으면서 윈이 그녀의 귀에 나직하게 속삭였다.

「계피 빵을 너무 많이 먹은 거 아니오, 록시?」

그의 농담에 록세나는 나직하게 소리내어 웃었다. 그러다가 문득 앞을 보니 놀랍게도 티비가 이륜마차를 타고 이쪽으로 오고 있었다. 게다가 그는 윈의 두꺼운 코트를 입고 실크 모자를 쓰고 있었다. 그는 두 사람을 향해 장갑 낀 손을 한번 흔들어 보이더니 요크 평원이 내려다 보이는 소로를 향해 마차를 돌렸다.

「티비 부부가 모어랜드로 오는데 미행을 당했었소.」

남쪽으로 천천히 멀어져 가는 마차를 지켜보며 윈이 말했다.

「여기서 잠시 지켜봅시다.」

그는 네이를 돌려 세워, 관목 울타리에 몸을 숨길 수 있는 과수원 안으로 들어갔다.

「티비의 짐작 대로군. 당신 시숙이 헛다리를 짚고 있는 거요.」

티비의 마차를 멀찌감치에서 쫓아가고 있는 말을 탄 두 사내를 지켜보면서 그가 속삭여 말했다.

「그 작자는 당신이나 내가 요크의 행정관을 찾아가고 있다고 생각해서, 우리가 우편마차를 탈 수 없게 막으려는 거요.」

「그런데 티비는 왜 저러고 있죠?」

「따돌리기 작전이지. 저자들이 티비를 뒤쫓는 사이 우린 다른 길을 찾아서 가면 되는 거요.」

그는 근처의 낮은 산 쪽으로 방향을 선회했다.

「동쪽으로 몇 킬로미터쯤 가다가, 미행이 있을 경우를 대비해서 서북향으로 돌립시다.」

그는 뺨과 뺨이 맞닿도록 록세나를 바짝 끌어당겼다.

「록시, 당신은 이곳의 샛길을 좀 알고 있지 않소.」

그녀가 머리를 끄덕였다.

「대로를 피해 리치몬드까지 가는 길을 잘 알아요.」

「좋았어! 스페인에 당신 같은 사람이 있었으면 기가 막힌 정보원이 되어주었을 텐데.」

리치몬드에 들어서자 그곳에 있는 교회의 시계탑이 두 번 종소리를 울렸다. 티비의 예상대로 도로는 막혀 있었다. 윈은 도로에서 제설작업을 하는 사람들의 경고를 무시한 채 페나인 산맥을 향해 곧장 나아갔다. 잉글랜드의 등뼈라고 일컫는 페나인 산맥은 여름에는 울울창창한 숲이 장관을 이루지만, 겨울인 지금은 온통 눈으로 뒤덮여 아무것도 보이지 않았다. 어깨 높이만큼 쌓인 눈 사이로 간신히 나 있는 산길은 꽁꽁 얼어가는 진흙으로 진창을 이루고 있어서 네이가 몇 번이나 미끄러지기도 했지만, 고삐를 단단히 잡은 윈의 손길이 능란하게 말을 이끌며 길을 잡아나갔다. 록세나는 하얀 눈에 반사되는 빛에 눈을 깜박이면서도 그의 말을 다루는 솜씨에 감탄했다.

윈과 같은 말 등에 앉아 서로의 체온을 나누고 있다고는 해도 이런 추위는 록세나에게 생전 처음이었다. 코 안이 쑤시듯이 아파 입으로 숨을 쉬었더니 그게 이제는 폐에 통증을 불러일으키고 말았다. 여러 번 숨을 헐떡이는 것을 보고 윈은 그녀의 머플러를 코

위로 끌어올려 주었다.

「숨은 코로 쉬어야 하오.」

윈의 목소리도 그 자신의 머플러에 묻혀 희미하게 들렸다.

「머리는 계속 아래로 향해 있는 게 좋소. 그리고 손가락이나 발가락에 감각이 없어지면 나에게 말해요.」

그들은 한번도 뒤돌아보지 않고, 한겨울 눈보라에 갇혀 동면하고 있는 마을들을 지나 구불구불 이어진 눈앞의 길을 따라 부지런히 나아갔다. 스코틀랜드를 향해 가면서 록세나는, 크리스마스 트리가 장식되어 있는 집안에서 따뜻하게 장작불을 피워놓고 사랑하는 사람들과 모여 축배를 드는 모습을 상상했다. 저 멀리로, 비록 들판은 텅 비어 있었지만, 쓸쓸한 소작농의 오두막과 하늘을 배경으로 힘차게 피어오르는 굴뚝 연기가 보였다.

해는 저물어가고 아직도 정상에는 이르지 못하고 있었다. 갑자기 후작이 말에서 내려 걸어가게 하자 록세나는 당황했다. 윈은 네이를 옆으로 이끌어 나란히 걸으면서 록세나의 어깨에 팔을 단단히 감았다.

「발가락이 마비되어 가고 있소. 머리는 들지 말아요, 록시.」

너무 추워서 고개만 끄덕이고 가만히 있었더니 그가 록세나의 어깨를 쿡 찔렀다. 목소리를 듣고 싶어한다는 것을 안 그녀는 그제야 또박또박 응수해주었다.

정상에 다다랐을 때는 사방이 암흑이었다. 얼어붙은 요크의 하늘에서 바람이 제 세상을 만난 듯 기승을 부리며 휘몰아치자 록세나는 머리가 지끈거리기 시작했다. 과연 계속 갈 수 있을까? 내심 걱정이 되었는데, 문득 보니 보름달이 떠오르고 있었다.

「이걸 모스크바에서의 퇴각이라고 생각해봐요.」

초저녁 어스름 속을 애써 헤쳐나가면서 윈이 말했다.

「뭐라고 말 좀 해봐요, 록세나.」

「그때 당신은 거기 계시지도 않았잖아요.」

「이런, 무슨 말씀! 모스크바 전투는 나폴레옹 일생 최대의 실수였소. 그곳 추위는 피레네 산맥과는 비교도 안 되거든.」

윈은 냉소적인 억지웃음을 지어 보였다.

「그리고 난 그때 ‘이건 우리가 이긴 전쟁이다’, 그렇게 생각을 했었지.」

그는 잠시 자신의 뺨을 록세나의 뺨에 가까이 댔다.

「당신한테서는 그때 내 부하들한테서 났던 냄새보다 훨씬 좋은 냄새가 나오.」

더디게 전진하는 밤길에 매서운 바람이 두 사람에게 휘몰아쳤다. 윈이 록세나를 툭 치더니 북쪽의 빛을 가리켰다. 록세나는 그 빛들이 발산하는 녹색의 광휘를 응시했지만 심신이 너무 지쳐 있는 탓인지 눈앞의 아름다움을 제대로 감상할 수가 없었다. 지금쯤 곤하게 자고 있을 헬렌과 필리시티를 생각하며 그녀는 스르르 눈을 감았다.

윈은 잠이 들지 않도록 계속 그녀의 몸을 쿡쿡 찌르면서 정신을 차리게 했다.

「눈을 떠요, 록시. 안 그러면 다시 내려서 걷게 할 거요.」

엄하게 다그치는 그의 목소리에도 피곤이 짙게 배어 있었다.

달이 기울기 시작할 때쯤 되어서야 록세나는 비로소 자신들이 내리막길을 가고 있다는 사실을 깨달았다. 내리막길이다 생각하니 다시 기운이 난 그녀는 윈이 나누어주고 있는 작은 온기에 새삼 고마워하며 허리를 꼿꼿하게 펴고 앉았다. 몇 분 아니 몇 시간쯤 지났을까, 록세나는 어디쯤 왔는지 분간을 못 하고 있는데 윈이 말채찍을 들어 앞을 가리키며 승리감에 들뜬 음성으로 소리쳤다.

「펜리스야. 오, 록시, 드디어 해냈소.」

동트기 직전의 펜리스는 언덕 위에 잠자고 있는 소작인들의 오두막들처럼 고요했다. 원은 적막한 거리를 지나 '왕과 왕자'라는 간판이 붙어 있는 주막 앞에 말을 세웠다. 한참이나 문을 두들겨 댄 후에야, 이층 창문에서 주막 주인이 머리를 내밀었다.

「해뜨면 와요. 지금은 방이 없다구.」

「크리스마스라 그런 거요? 어쨌든 문을 좀 열어주시오. 리치몬드에서부터 밤새 달려왔단 말이오.」

탁, 소리를 내며 이층 창문이 닫히자 록세나는 가슴이 무너지는 것만 같았다. 그런데 다행히, 잠시 후에 출입문이 열렸다.

「리치몬드라고 했소? 미쳤구먼. 통행이 차단되었을 텐데.」

주막 주인이 잠옷을 바지에 쑤셔넣으며 말했다.

「정말 미치는 줄 알았소. 부탁이니, 불이나 좀 쬡시다.」

잠시 후 두 사람은 손에 맥주를 들고서, 활활 타오르는 난롯불 앞에 섰다. 주인이 벽 앞에 놓인 긴 의자를 가리키며 말했다.

「방이 없으니 일단 저기서라도 쉬시구료. 말은 내가 마구간에 매놓을 테니.」

「하루만 신세집시다.」

그는 둔한 동작으로 코트 주머니에 손을 넣어 동전을 한 움큼 꺼냈다.

「이런, 손이 말을 안 듣는군. 그나저나, 스코틀랜드로 가는 우편 마차는 언제 이곳을 지나오?」

「두 시간 후. 그때까지 여기서 쉬고 계시면 될 게요.」

록세나가 맥주를 마저 마실 때까지 기다린 후에 윈은 그녀를 의자로 이끌었다. 자리에 앉아 눕히려 하자 처음에는 극구 만류하던 록세나도 어느새 그의 무릎을 베고 누워 눈을 감았다.

「좀 자요, 록시.」

잠이 들기 전 그녀가 마지막으로 들은 말이었다.

우편마차는 늦게야 왔고, 록세나는 자신이 어떻게 그 위로 올라탔는지도 제대로 기억할 수 없었다. 서로 기대어 잠이 든 사이 마차는 국경을 넘었다. 잠에서 깨어 보니 윈은 아직 곤히 자고 있고, 하얀 눈밭 위에 햇빛이 눈부시게 부서지고 있었다. 그레트나 그린에 당도한 것이었다. 드디어 왔구나. 이제 이 낯선 남자의 손을 잡고 대장장이 앞에서 혼인서약을 하게 된다. 록세나는 그에게 받은 메달을 꺼내어 햇빛에 비춰보았다. 전쟁통에서 그를 지켜준 부적의 힘이 아직 이 메달에 남아 있기를…….

「아직까지는 행운이 우리를 지켜주고 있군.」

어느새 윈이 잠에서 깨어 그녀를 지켜보고 있었다.

「주무시는 줄 알았어요.」

록세나는 왠지 쑥스러운 생각이 들어 메달을 옷 안으로 밀어넣었다. 서늘한 금속의 감촉이 앞가슴에 닿았다.

「어디 잠이 오기나 하겠소. 새신랑이 된다는 생각에 가슴이 이렇게 떨리는데.」

그는 웃으면서 록세나의 어깨를 꼭 안아주었다.

「자, 얼른 내려서 대장장이를 찾아봅시다.」

느지막이 일어나 아침을 먹으며 빈둥거리고 있던 마을 대장장이가 냅킨을 목에 매단 채 두꺼운 햄 조각을 손에 들고 문을 열었다. 록세나는 햄을 보자 입 안에 침이 고이면서, 어제 아침에 먹은 거위 요리가 생각났다. 일년은 더 지난 일처럼 아득하게만 느껴졌다.

「내일 오시오.」

대장장이가 투덜대며 문을 닫으려 했다.

윈은 재빨리 문틈에 발을 끼워넣고 어깨로 문을 밀며 안으로 들어갔다. 그러고는 식탁으로 성큼성큼 걸어가서 금화 한 움큼을 꺼내 소리나게 내려놓았다.

「당장!」

윈이 병사들을 호령하던 목소리로 다그치며 대장장이를 노려봤다. 유럽 전역을 돌며 전쟁을 치르는 동안 수많은 병사들을 겁에 질리게 했을 바로 그 눈빛이었다.

대장장이는 재빨리 햄을 입 안에 집어넣고 식탁으로 다가가 주섬주섬 금화를 그러모았다.

「모드! 손님이 오셨는데 뭐하고 있어!」

소리쳐 안주인을 부른 후 그는 윈과 록세나를 훑어보았다.

「오늘 중으로 혼례를 치르고 싶으신 게로군.」

그는 계속 햄을 씹어대면서 록세나에게 윙크를 했다.

「하긴, 겨울에 치르는 혼례만큼 근사한 게 없지요, 귀염둥이 아가씨. 식이 끝나면 꼭 붙어서 자기도 하고, 얼마나 좋아요 그래.」

록세나가 얼굴을 붉히자 대장장이는 입 안에 음식을 가득 문 채 큰 소리로 웃어댔다.

「어이구, 모드, 당신도 이리 와서 좀 봐! 이렇게 수줍어하는 신부를 마지막으로 본 게 언제였지?」

「그만 좀 해두시게.」

윈이 날카롭게 쏘아대자 대장장이는 그제야 표정을 바로 고치며 입 안에 든 것을 꿀꺽 삼켰다.

「모드, 서둘러!」

대장장이의 아내가 밀가루로 범벅이 된 손을 앞치마에 닦으며 부엌에서 나왔다. 그녀는 록세나에게 인사를 건넨 뒤 식탁 위에 놓인 금화더미를 넋이 나간 듯 쳐다봤다.

「세상에, 이만한 액수면 얼마든지 성대한 혼례식을 치를 수 있을 텐데.」

윈이 입을 꽉 다물고 노려보자, 대장장이의 아내는 움찔하며 입을 다물고는 얼른 남편 옆에 가서 섰다.

「그냥 해본 소립지요.」

거만하게 고개를 쳐든 채, 그녀는 종이 한 장을 꺼내어 벽난로 옆에 있는 책상 앞에 털썩 앉았다. 그러고는 깃털 펜에 잉크를 묻힌 다음 거만하게 고개를 쳐든 채 록세나를 쳐다보았다.

「이름과 나이를 말해봐요.」

「록세나 마리아 에스티즈 드루, 스물 일곱.」

록시는 속삭이듯 대답하고는, 떨리는 손으로 윈의 손을 찾아 잡았다. 펜촉이 종이 위에서 글자를 휘갈겼다.

「신랑은?」

윈이 아플 만큼 손을 꽉 움켜쥐자 록세나는 놀라 그를 쳐다봤다. 나만큼 긴장이 되나 보구나…….

「플레처 윌리엄 조지 윈프리 랜드, 윈 후작, 서른 여덟.」

대장장이의 아내가 놀라서 쳐다보자 그는 반복해서 읊어주었다.

「귀족 신분으로 이곳을 찾는 분들은 흔치 않은데…….」

잠깐 말끝을 흐리던 대장장이가 두 손을 마주 비비며 록세나를 보고 물었다.

「처녀요, 과부요?」

「과부예요.」

「나리께서는? 미혼이십니까, 아니면 상처를……?」

「그게 문제가 되오?」

사포처럼 까칠까칠한 어조였다.

「서류에 필요해서요.」

「이혼했소.」

그는 관청에서 발급 받은 듯한 서류 한 장을 호주머니에서 꺼내어 탁자 위에 탁 내려놓았다.

대장장이가 서류를 유심히 훑어보는 동안 그는 록세나의 손가락을 꽉 쥐고 있었다. 아파하는 듯한 그녀의 표정을 보고서야 그는 손에서 힘을 풀며 미안하다는 한마디를 건넸다.

대장장이가 서류를 되돌려주면서 말했다.

「그래서 이 스코틀랜드까지 오신 게로군요.」

윈은 애써 짜증을 억누르며 대꾸했다.

「그럼 다른 이유라도 있을 줄 알았소? 어서 식이나 치릅시다.」

대장장이는 아내가 가져다준 양복저고리를 걸쳐 입고 얼룩을 대충 문질러 털어낸 후, 탁자 위에 놓인 손때 묻은 성경을 집어들었다. 그러더니 짜증스러운 눈길로 아내를 쳐다보았다.

「모드, 그 앞치마 좀 벗지 못하겠어! 후작님 앞에서 그게 무슨 모양샌가!」

그 말에 윈이 고개를 약간 틀었고, 록세나는 그의 어깨가 들썩이는 것을 느꼈다.

「제가 찬송가 한 소절을 불러드릴게요.」

모드의 제안에 윈은 더 이상 참지 못하고 웃음을 터뜨리고야 말았다.

「오, 록시, 이보다 묘한 결혼식을 혹시 본 적 있소?」

록세나는 고개를 저으며 그의 손을 꽉 쥐었다.

「저희들은 지금 결혼식을 부탁드리고 있는 거예요. 찬송가는 불러주시지 않아도 괜찮습니다.」

그녀가 대장장이를 향해 말했다.

혼인식은 벽난로 앞에 서서 영국 국교회의 의식에 따라 진행되었고, 대장장이는 스코틀랜드 저지의 폐쇄음이 섞인 억양으로 주례문을 읊어 내려갔다. 눈꺼풀을 내려앉게 하는 극심한 피로감이 밀려드는 와중에도 록세나는 비처럼 쏟아지는 신의 장엄한 말씀들이 새록새록 감동으로 다가왔다. 딱 한 번, 용기를 내어 윈을 흘끗 쳐다봤는데 당혹스럽게도 그는 다정함을 넘어서 아주 가까운 사이끼리 주고받는 표정으로 그녀를 응시하고 있었다.

이제 안전하다는 생각을 하면서 록세나는 낮은 목소리로 서약에 동의했고, 후작은 좀더 확신에 찬 목소리로 우렁차게 대답했다. 두

사람이 부부가 되었음을 선언하고 나서 대장장이는 반지가 준비되
었는지를 물었다.

「이걸로 괜찮겠소?」

윈이 조끼주머니에서 반지를 꺼내 록세나의 손가락에 끼워주면
서 물었다. 넓적하고 아무것도 새겨져 있지 않은 평범한 금반지가
난로 불빛을 받아 은은하게 빛났다.

「크기는 나중에 줄입시다.」

미안한 듯 말하면서 록세나의 손가락에 반지를 끼웠더니 반지가
미끄러져 나올 것처럼 제 맘대로 움직였다. 윈은 반지를 도로 빼
어 엄지손가락에 다시 끼워주었다.

「우선은 임시로 여기 끼워둡시다.」

대장장이는 결혼을 승인하는 표시로 고개를 끄덕이며 후작의 팔
을 가볍게 두드렸다.

「이제 이 숙녀분은 온전히 후작님의 여인이 되셨으니 아끼면서
사셔야 합니다.」

「그럴 거요.」

대답을 하는 윈의 얼굴에는 희미한 미소가 번지고 있었다.

「키스하셔도 되는데.」

모드가 앞치마를 다시 두르며 넌지시 말했다.

윈이 그녀의 어깨를 끌어안자 록세나는 가만히 서 있었다. 그리
고 그가 입술을 가져다대자 눈을 감고 지그시 얼굴을 들어올렸다.
너무나 짧아 아쉬움이 남는 입맞춤이었다.

「자, 신랑, 이제 다 됐습니다.」

대장장이는 후다닥 양복저고리를 벗어버리고는 아침상이 차려진
식탁을 애가 타는 듯한 눈길로 쳐다보았다.

「제가 늘 해주는 작은 충고가 하나 있는데, 나리께서 괜찮다고
하시면…….」

「말해보시오.」

윈이 록세나의 허리를 꼭 안은 채 유쾌하게 말했다.

대장장이는 우선 목청부터 가다듬었다.

「좋은 충고가 될 겁니다, 나리. 특히나 예전에 흔들 목마를 타보신 적이 있으시다면.」

「그런 말은 해서 뭐 하려고.」

윈이 불평하는 소리로 중얼거렸다.

「그게 뭐냐 하면 말입니다.」

대장장이는 좀더 가까이 몸을 기울여 록세나에게 윙크를 하며 말을 이었다.

「언제나 그녀들이 원하는 대로 해주어라.」

후작은 그의 말에 빙그레 웃음을 지었다.

「좋은 말이오. 그런데 여관이 어디 있는지 가르쳐주면 더 좋을 것 같군. 우린 지금 둘 다 피곤해서 쓰러질 지경이라 말이오.」

「'보니 찰리'로 가보세요. 두 블록 내려가면 있는데, 시트를 잘 갈아준다고 하더군요.」

록세나가 얼굴을 붉히자 대장장이는 그녀에게 또 윙크를 해 보였다.

두 사람이 문을 닫고 나가기도 전에 대장장이는 식사를 하려고 자리에 앉아 있었다. 록세나가 결혼증서를 윈에게 건넸다.

「여기 있어요, 윈 경.」

「그게 아니지. 다시 한 번 말해봐요, 록시.」

그가 서류를 조끼주머니에 밀어넣으며 말했다.

「오, 알았어요, 알았다구요! 플레치.」

록세나는 정면을 똑바로 쳐다보면서 입매를 단호하게 했다.

「앞으로는 그렇게 부르겠어요.」

'보니 찰리'의 주인은, 크리스마스를 맞아 처가의 친척들이 찾아

온 바람에 방이 없다고 사과를 하며 그들을 처마 근처의 방으로
안내했다.

「전망은 그다지 좋지 않습니다만, 방은 깨끗합죠. 저의 집을 찾
는 손님들이 전망 따위에 눈을 돌리면서 시간을 허비할 이유가 뭐
있겠습니까.」

좁은 계단을 올라가며 내뱉는 주인의 입담에 록세나는 당혹스러
워하며 고개를 돌려버렸고 윈은 그에게 팁을 주었다.

「칼라일로 가는 다음 마차는 언제 이곳을 지나오?」

「세 시에 지납니다.」

「그럼 두 시 반에 깨워주시오. 먹을 것도 좀 준비해주고.」

문이 닫히자 윈이 돌아섰다.

「눕지 않으면 난 당장 쓰러져버릴 것만 같소.」

그는 코트와 조끼를 벗은 다음 넥타이를 느슨하게 풀었다.

「부츠를 벗게 좀 당겨주겠소?」

록세나는 꿇어앉아 그의 부츠를 잡아당긴 다음 그가 자신의 부
츠를 벗겨줄 수 있게 앉았다. 윈은 이불을 걷어 젖히고 바지 단추
를 푼 다음 한숨과 함께 침대에 드러누웠다. 눈을 감기가 무섭게
스르르 잠이 몰려왔다.

록세나는 그의 옷을 의자 위에 대충 걸친 뒤 자신도 옷을 벗었
다. 윈의 옆에 눕자 그의 체온이 온몸에 퍼지면서 차츰 긴장이 풀
렸다. 엄지손가락에 끼워진 반지를 만지작거리며 그녀는 눈을 감
았다.

13

　록세나는 노크소리에 화들짝 놀라서 눈을 떴다. 저리 가. 노크소
리를 듣고 처음에는 그런 생각이 들다가 곧 머리를 조금 들어올려
문 밖에 있는 사람을 향해 고맙다는 말을 건넸다. 그러자 노크소
리가 멈췄다. 록세나는 다시 자리에 누워 윈의 품에 꼭 안겼다. 자
는 동안 그는 록세나를 가슴에 꼭 끌어안아 팔을 그녀의 몸에 두
르고 있었다.

　록세나는 인장(印章)이 새겨진 멋진 반지에 감탄하며 그의 손을
가만히 바라봤다. 몇 해 동안 이렇게 따뜻하고 마음 편한 적이 없
었던 것 같았다. 베개의 촉감마저도 너무 부드러워 다시 눈이 감
겨오는 것이 느껴졌다. 안 돼. 우편마차를 잡아타야 하는데…….
그런 생각을 하면서 그녀는 다시 잠이 들어버렸다.

　록세나는 후작의 팔을 풀어내고 옷을 빼려고 잡아당겼다. 그가
잠시 몸을 뒤척여 바로 눕더니 계속 잠을 잤다. 록세나는 그를 물

끄러미 내려다봤다. 왜 남자들은 잠을 잘 때 마냥 어린아이처럼
보이는 걸까.

　상념에 빠져 있는 사이 그의 눈이 열리더니 빙그레 미소를 지어
보였다.

「일어날 시간이에요」

「빌어먹을.」

　그는 한숨을 쉬며 도로 눈을 감았다.

「하루종일 떨다가 이제 겨우 몸 좀 녹이나 했더니. 그래도 당신
은 리시처럼 등을 콕콕 찔러대지 않아서 고맙소」

「어떻게 제가…….」

　말을 하려던 록세나는 순간 웃음을 터뜨렸다.

「이런, 지금 절 놀리고 있군요」

「아, 눈치가 참 빠르시군, 랜드 부인.」

　랜드 부인. 순간 록세나는 재빨리 침대에서 나와 부츠를 찾았다.
어서 익숙해져야 해, 록시. 적어도 레이디 윈이라는 호칭처럼 끔찍
하진 않잖아.

「어떡하면 좋아!」

　록세나의 입에서 순간적으로 큰 소리가 튀어나왔다.

「거 참 목청 한번 좋소, 록시.」

　윈이 짧은 턱수염을 매만지며 부드럽게 말했다.

「방금 당신이 무슨 상상을 했는지 내가 알아맞혀 볼까?」

　록세나가 부츠에 발을 밀어넣으며 얼굴을 붉혔다.

「문득 제가 후작부인이 된다는 생각이 들었어요, 영주…… 플레
치.」

　그녀는 일어나서 창 밖을 내다보았다.

「도무지 실감이 나지 않아요」

　윈이 그 말에 웃음을 터뜨렸다.

「재미있군. 신시아는 처음부터 너무 자연스럽던데. 끔찍할 정도로 말이오. 록시라는 이름이 싫증이 나면 말해요. 랜드 부인이라고 불러줄 테니.」

록세나는 돌아서서 그를 바라봤다.

「그런 문제가 아니에요.」

「알고 있소, 그러니까 아무 염려 말아요. 그 염병할 당신 시숙과의 문제가 해결되는 대로 난 윈필드에 한번 다녀올 작정이오. 나한테 무척 화가 났을 텐데도, 아마벨이 책상 위에 나한테 온 편지가 산더미처럼 쌓였다고 알려왔더군. 변호사가 날마다 찾아와서 알려주고 가는 것들에 대해서도 함께.」

그는 록세나에게 윙크를 해 보인 후 덧붙여 말했다.

「혹시 모어랜드에 '레이디 윈' 앞으로 편지가 도착한대도 반송하지 말아요, 알겠소? 내가 보낸 것일 테니까 말이오.」

숙소에서 서둘러 점심을 먹고 커피를 마시는데, 덤프리즈에서 온 마차가 경적을 울리며 도착했다. 마차가 만석이라서 윈이 록세나의 허리를 꽉 껴안은 채 비집고 앉아야 했다. 당신과 얘기를 나누고 싶은데…… 록세나가 그런 생각을 하는 사이 마차가 미끄러져 나가기 시작했다. 그녀는 마차 안의 승객들을 못마땅한 눈길로 쳐다보면서 모두들 다른 곳으로 자리를 비켜줬으면 하고 바랐지만 사라지는 사람은 없었다.

부지런히 남쪽으로 길을 가는 동안, 맑았던 아침 하늘에 걸린 구름들이 점점 아래로 처져갔다. 윈의 관심은 온통 날씨에 집중되어 있었지만 록세나는 애써 그것을 외면하면서 그의 품을 파고들었다. 눈이 좀 온들 어떠랴. 그러면서 록세나는 걱정을 접어버렸다. 날씨 걱정은 나중에 해도 충분해. 갑자기 웃음이 터져 나왔다.

갑작스런 웃음소리에 어안이 벙벙해진 후작이 그녀에게 얼굴을 기울였다.

「무슨 일이오?」

「창 밖을 보고 있지 않았다면 놀랄 일도 없을 거라는 생각이 들어서요. 헬렌은 내가 나쁜 일에 대한 걱정은 나중으로 미루려고만 든다고 꾸짖곤 하지만요.」

「당신이 정말 그렇단 말이오?」

「그런 것 같아요, 플레치. 나쁜 일은 늘 떠나지 않고 남아 있는 법이니까 그것에 맞설 힘이 생길 때까지 두었다가 그때 가서 생각을 해도 충분하다는 걸 지난 몇 년을 지내면서 깨달았거든요.」

「록시, 나한테 더 좋은 생각이 있는데. 걱정은 나한테 다 떠넘겨 버리는 거요. 어떻소, 괜찮을 것 같지 않소?」

가까이 다가와 있는 그의 뺨에 록세나는 자기도 모르게 입을 맞추었다.

「고마워요, 윈 경. 오랫동안 그렇게 근사한 말은 들어본 적이 없어요.」

이번에는 후작의 얼굴이 붉어졌다. 그는 록세나의 어깨를 꼭 안고 다시 창 밖으로 시선을 던졌다.

「록시, 당신은 참 재미있는 사람이야.」

펜리스에 도착했을 무렵에는 눈이 내리고 있었다. 윈이 내민 손을 잡고 마차에서 내리면서 록세나는 걱정스러운 눈길로 하늘을 올려다봤다. 그 모습을 보고 윈이 그녀의 뺨을 가볍게 매만지며 중얼거렸다.

「걱정은 나한테 맡기라고 했을 텐데.」

「어떻게 엄벙덤벙 그럴 수가 있겠어요.」

「난 이보다 더 험한 일도 많이 겪었소. 당신도 그건 마찬가지 아니오, 랜드 부인. 그런데 이까짓 눈 조금 내린다고 더럭 겁을 먹는 건가?」

이까짓 눈이야, 이게? 네 시간 후 다리가 푹푹 빠지는 눈길을 버둥거려 나가면서 록세나는 속으로 중얼거렸다. 이를 악물고 앞으로 나가고는 있었지만 오르면 오를수록 정상은 점점 더 멀어지는 것만 같았다. 록세나는, 아직도 펜리스가 보이는지 뒤돌아보고 싶은 마음을 간신히 참고 있었다. 펜리스가 보이면 앞으로 나갈 용기마저 사라져버릴 것만 같았다.

윈은 네이를 앞장세워 눈길을 헤쳐나가게 했다.

「당신, 그거 아오?」

숨을 헉헉대며 앞으로 나가면서 그가 물었다.

「뭘요?」

앞서 가던 그가 손을 내밀자 록세나가 그 손을 잡았다.

「그동안 죽 당신의 좋은 모습들을 많이 지켜봤는데 불평 따위도 잘 하지 않는 사람이라는 생각이 들었소」

「칭찬을 제법 그럴 듯하게 하시는걸요.」

즐거워하며 대답을 하는데 그녀의 발이 눈 위에 주룩 미끄러져 내렸고, 그 순간 윈이 그녀를 잡아 세웠다.

「글쎄, 다른 사람들에겐 이런 말을 잘 하지 않소 아, 록시! 정상에 다 왔군. 잠시 쉬면서 상황을 한번 살펴봅시다.」

정상에서 둘러보니 사방이 하얀 눈 천지였다. 하늘은 다시 파래졌고 바람이 한두 번씩 나른한 숨을 내뿜었다. 록세나는 그 하얀 광휘에 부신 눈을 가리려고 손을 들어올렸다.

「너무 아름다워요. 꼭 이 세상에 우리 두 사람만 존재하는 기분이 들지 않나요?」

윈은 록세나의 어깨에 팔을 둘렀다.

「음, 정말 멋지군. 춥고, 발 아프고, 배에서는 꼬르륵 소리가 나고, 하얀 빛 때문에 눈이 따끔거린다는 것만 빼면 말이지. 난 당신하고는 달라서 불평도 할 줄 안다오.」

록세나는 그에게 몸을 기댔다.

「편의상 한 결혼인데 이렇게 신선한 기분을 느껴도 되는 건지 모르겠어요.」

잠시 그녀는 윈의 키득대는 웃음소리를 들은 듯했다.

「일이 좋은 쪽으로 잘 풀려갈 거요, 록시.」

그는 몸을 펴고 휘파람소리를 내어 네이를 불렀다.

「어디 이 녀석이 우리를 좀 태워줄 수 있을지 볼까.」

제설작업이 이루어진 구역까지는 조금 빨리 갈 수 있었지만, 치워낸 눈 더미가 좁은 길을 막아서고 있어서 그때부터는 다시 진행 속도가 더뎌질 수 밖에 없었다. 록세나는 그 경황 중에도 윈의 품에 기대어 졸고 있는 자신이 우습게 느껴졌다. 두 사람을 태운 말이 조금씩 앞으로 나가는 동안 윈은 그녀의 정수리에 턱을 올려놓고 있었다.

시간은 어느덧 해거름이었다.

「당신에게 말해둘 게 있는데, 출발하기 전에 내가 클레어리스 누나에게 편지를 띄워서 우리 결혼을 알렸소. 누나의 성격으로 봐서 지금쯤 다른 누이들에게도 소식이 전해졌을 거요. 나도 이제야 좀 속 편히 살 수 있을 것 같군. 남들이 손가락질하는 이혼남은 면했으니 에스링햄 따위의 시시한 속물 집안 사람들이 얼씬거릴 일도 없을 테고 말이오.」

록세나가 살짝 몸을 펴자 윈은 그녀의 가슴 앞으로 팔을 둘러 부드럽게 껴안았다.

「혹시 누님들께……」

어떤 말로 물어봐야 할지 몰라 록세나는 말을 멈추었다.

그러자 윈이 대신 말을 맺어주었다.

「정략결혼이라고 했느냐고? 아니, 그러지 않았소. 그건 누나들이 상관할 바가 아니니까, 안 그러오? 우리가 한 일은 우리 두 사람의 일이잖소, 록시. 이 일로 우리 가족들한테 부끄러운 생각을 가질 필요는 없어요」

「당신에게 너무 많은 빚을 지는 것 같아요. 갚을 길이 있다면 내가 어떻게 해야 되는지 말해주세요.」

원이 잠잠히 있자 록세나는 그가 혹시 못 들은 게 아닌가 싶어졌다.

「오, 록시.」

마침내 그가 입을 열었지만, 그 한마디 말고는 더 이상 아무 말이 없었다.

창문으로 불빛이 흘러나오는 어느 소작농의 오두막을 지나고, 저 멀리서 농부 두 사람이 소를 몰고 돌아가는 한가로운 모습도 보였지만 발걸음을 멈출 수는 없었다.

「손이 꽁꽁 얼었군.」

후작이 마침내 입을 열었다. 한 시간의 침묵이 지난 후였다.

「록시, 잠시만 대신 고삐를 잡아줄 수 있겠소?」

「그럼요.」

록세나는 그에게서 고삐를 넘겨받았다.

「그 가죽 장갑 대신, 당신한테도 리시 것 같은 털장갑을 짜드려야겠어요.」

「거 좋지. 하지만 갈색으로 짜줬으면 좋겠군. 그 요염한 빨간색은 말고.」

원은 이로 장갑을 벗겨낸 후 록세나의 코트 자락을 들추어 스웨터 안으로 손을 넣었다. 그러고는 그녀의 가슴을 팔로 두르면서 손을 겨드랑이 아래로 집어넣었다.

「아, 이제 좀 낫군.」

조금 지난 후 그가 한시름 놓은 목소리로 말했다.

「고삐는 내가 잡고 있을 테니까 푹 쉬세요.」

원의 손이 차츰 따뜻해가자 록세나 역시 그 손의 온기를 느끼며 내심 즐거워하고 있었다.

「언젠가 눈보라 속에서 말 한 마리를 죽인 다음 내장을 꺼내서 시린 손에 둘둘 감았던 기억이 나는군. 걱정하진 말아요, 당신한테는 그러지 않을 거니까.」

그는 스스럼이 없는 어투로 말했다.

「고마워요, 플레치.」

록세나의 체온으로 손이 점점 따뜻해가자 윈은 점점 더 입담이 살아났다.

「록시, 전쟁터에서는 말이오, 얼어죽을 것 같은데 땔감을 구하지 못하면 프랑스 놈들의 무덤에서 시체를 파내서 땔감으로 쓰곤 했소」

록세나는 깜짝 놀라 몸서리를 쳤다.

「그런 시절은 다 지났어요」

「그러기를 바라는 마음이오. 그런데 네이를 계속 달리게 하면 이 녀석도 못 견디고 뻗어버릴 텐데.」

「그럼…….」

「물론 그래도 계속 가야지. 오늘 아침에 당신 시숙을 만나서 해결해야 할 일이 있으니까. 설마 하니 말에 대한 애정 때문에 내가 그걸 잊을 것 같소?」

아니, 그런 일은 없을 거예요. 당신은 심지가 굳은 사람이니까요, 윈 경. 그런 당신이 내 편이라는 게 얼마나 고마운지 몰라요.

해가 막 떠오르기 시작할 때쯤 그들은 걸어서 리치몬드를 지나갔다. 눈길을 헤쳐가느라 비틀거리는 록세나를 윈이 꽉 움켜잡아 부축하면서 걸음을 옮기고 있었다. 한번은 그가 록세나를 등에 들쳐업고 한 걸음씩 한 걸음씩 끈질기게 앞으로 나가는데 급기야 록세나가 울부짖으면서 그의 등을 쾅쾅 쳐대는 바람에 할 수 없이 다시 내려주어야 했다.

리치몬드를 통과하고 나서는 길이 깨끗했기 때문에 다시 네이의 등에 올라탔다. 시장에 내다 팔 물건을 나르고 있던 농부들이 말을 타고 천천히 지나가는 그들에게 자꾸만 이상한 눈길을 보내기도 했다.

「지금 우리 꼴이 말이 아니겠군.」

윈이 턱을 매만지며 말했다.

「왜 나까지 끌어들이고 그래요.」

말을 하는데 이상하게도 록세나는 입이 잘 움직여지지 않았다. 몸이 꽁꽁 얼어붙는 것이 느껴져, 마치 롯의 아내(소돔에서 빠져나오다가 뒤돌아보는 바람에 소금 기둥이 된 여인)가 한겨울에 얼음 기둥으로 변한 게 아닌가 싶을 지경이었다.

중천에 떠오른 태양이 요크의 대평원에 골고루 빛을 뿌려줄 때쯤 그들은 모어랜드 초입의 가로수 길에 이르렀다. 윈이 고삐를 잡아당겨 말을 세웠다.

「지금 이 느릅나무들처럼 반가운 게 세상에 또 있을까.」

그는 잠시 그렇게 서서 나무를 바라보다가 온 힘을 모아 네이의 옆구리에 다시 박차를 가했다.

「자, 가자, 늙은 챔피언. 록시 랜드가 안장 위에서 쓰러져버리기 전에 어서 그녀의 집으로 모셔다드리자꾸나.」

윈이 고삐를 홱 잡아당겨 네이를 멈춰 세웠고, 그렇게 해서 여행이 끝났다. 록세나의 가족이 살고 있는 그 집이 너무나 반가워 보였다. 윈은 고삐를 손에서 놓더니 말에서 내릴 생각은 하지 않고 그대로 앉아만 있었다.

「꼼짝도 할 수 없소, 록시.」

한참이 지나서가 그가 겨우 입을 열었다.

「혼자서 내려갈 수 있겠소?」

록세나는 고개를 저었다. 말할 힘도, 울 기운도 없었다. 딱한 형상으로 그렇게 앉아 이러다가 내 집 문 앞에서 얼어죽을 수도 있겠구나 하는 생각을 하고 있는데, 문득 창문에 헬렌의 얼굴이 보이더니 바로 문이 열리고 잠옷을 입은 아이가 맨발로 뛰쳐나왔다. 리시가 바로 뒤를 따라 나왔다.

헬렌이 큰 소리로 티비를 부르자, 잠시 후에 나온 그는 입을 쩍 벌린 채 두 사람을 바라보았다.

「스코틀랜드에서부터 칼라일까지 모든 길이 봉쇄되었다고 들었는데. 해내신 거예요?」

대답 대신, 윈은 록세나의 왼손에서 털장갑을 빼더니 엄지손가락에 단단히 끼워진 반지를 관리인이 볼 수 있도록 의기양양하게 손을 치켜들었다.

「아주 대단한 결혼식이었다네, 티비. 더 이상 묻지 말 것!」

티비는 껄껄 웃으며 록세나에게 다가갔다.

「움직여지지가 않나 보군요, 드루…… 아니지, 이제 레이디 윈이겠군요, 안 그렇습니까?」

그러자 윈이 대답했다.

「그렇다네. 그런데 위트콤에게서는 아직 어떤 조짐도 보이지 않던가?」

「아직은 없습니다. 능글맞게 웃으며 차나 한 잔 마실 시간을 좀 주지요, 뭐. 염병할 놈 같으니라고.」

「티비, 그만해요.」

록세나는 중얼거리면서 의미심장하게 딸들을 바라봤다. 티비가 안장에서 끌어내리자 그녀는 아파서 숨이 막힐 지경이었다. 눈 위에 풀썩 쓰러지자 헬렌이 엄마를 껴안았고 리시는 옆에 꿇어앉아 엄마의 얼굴을 매만졌다.

「엄마! 날씨가 조금 더 따뜻해질 때까지 기다렸다가 가면 안 되는 거였어요?」

아이의 눈에는 근심이 가득했다.

「리시, 엄마 몸이 아주 차가워, 너도 만져봐.」

록세나는 고개를 저으며 가까스로 손을 들어 헬렌의 얼굴을 어루만졌다.

「엄만 지금 최고로 기분이 좋단다, 헬렌.」

발끝에서부터 올라오는 듯한 신음소리와 함께 윈은 말에서 내려 네이에게 몸을 기댔다. 그러고는 발치의 눈 위에 누워 있는 록시를 응시했다.

「랜드 부인, 정말 당신처럼 애먹이는 임차인은 처음 보는 것 같소.」

록세나에게 향하는 그의 눈길에는 미소가 가득했다.

「조금 후면 그 임차인하고는 임차 계약을 끝낼 테지만.」

윈은 그녀의 허리에 팔을 두르고 헬렌과 리시가 양옆에서 부축하는 가운데 절룩거리며 집으로 들어갔다. 그리고 들어가자마자 소파에 그대로 쓰러져버렸다. 록세나는 벽난로 위에 걸린 화환을 물끄러미 바라보며 어느새 또 상념에 잠겼다. 저것을 만들어 달았던 게 불과 사흘 전이란 말인가. 몇 해가 지난 것만 같은데……. 매기가 꿇어앉아 부츠를 벗기는데도 그녀는 만류할 힘이 나지 않아 가만히 있었다. 매기는 그녀의 발을 보고 말을 잊은 채 고개만 절레절레 흔들었다.

윈이 다가와 그녀의 치마를 내려 무릎을 덮어주었다.

「매기, 걱정 말아요. 고약은 아직 붙이지 말고. 부엌 화덕에 물통을 올려놓고 목욕물을 좀 끓이는 게 좋겠소. 그럼 랜드 부인의 언 몸이 풀릴 거요.」

그의 몸이 자기도 모르게 부르르 떨렸다.

「나는 모어랜드에 가서 뭐가 좀 있는지 찾아보겠소.」

「좀 기다리셔야 합니다.」

모두의 시선이 창가에 서 있는 티비에게로 향했다. 윈은 어디서 힘이 솟았는지 벌떡 일어나 그의 옆으로 다가갔다.

「조금도 기다려주질 않는군.」

윈이 코트를 벗으면서 말했다. 말을 잘 듣지 않는 몸을 움직이려니 뻐근한 아픔이 느껴져 절로 얼굴이 찡그려졌다. 그는 주머니에서 혼인증명서를 꺼낸 다음 록세나를 향해 손을 내밀었다.

「일어나요, 록시. 위엄을 잃지 않도록 합시다. 그리고 헬렌, 너는 리시를 데리고 이층에 올라가서 매기하고 윈즐로 부인하고 함께 있어라. 백부께서 돌아가실 때까지 내려오면 안 된다. 자, 어서 말 들어야지.」

지친 목소리에 묻어 나오는 무언가 거역할 수 없는 단호함을 아이들도 느꼈는지, 헬렌과 리시는 아무런 투정도 부리지 않았다. 윈은 록세나의 코트와 스웨터를 벗겨준 후 머플러까지 풀어주고 나서 그녀와 이마를 마주 댔다. 그러는 사이, 위트콤의 마차가 그녀의 집 앞에 당도했다. 거칠게 문고리를 잡아 흔드는 소리가 들리자 윈은 록세나에게서 몸을 떼고 자세를 바로 했다.

「열어주게, 티비.」

마치 군인이 명령을 내리듯 엄격한 어조였다.

행정관을 대동하고 들어온 위트콤은 문에서 걸음을 멈추어 서서 윈과 록세나를 번갈아 쳐다봤다.

「보세요, 제가 여기 있을 거라고 그랬잖습니까.」

행정관이 위트콤에게 중얼거렸다.

마셜 드루는 성큼성큼 안으로 들어와 코트를 벗고 주위를 둘러보았다. 아무도 코트를 받아들려 하지 않자, 그는 어깨를 한번 으쓱해 보이더니 의자 위에 옷을 걸쳤다. 그러고 나서 방 안으로 조금 더 들어와 윈을 그냥 지나친 채 록세나의 앞에 와서 섰다. 록세나는 절대로 뒤로 물러나지 않으리라 마음을 굳히면서 발로 카펫을 파고들었다.

「아이들은 어디 있소? 조카딸들을 데려가려고 왔소, 록세나.」

그는 손등을 입에 대고 고상하게 헛기침을 한 번 한 후 덧붙여 말했다.

「물론 당신이 따라와도 좋소. 뭐, 알아서 할 일이겠지만. 어쨌든 아이들은 법적인 승인에 따라 이제부터 내 아이들이 되었소.」

그러자 윈이 나섰다.

「아니, 그 아이들은 당신 아이들이 아니오. 그리고 얼른 여기서 나가주셨으면 좋겠소.」

위트콤은 고갯짓으로 행정관을 가까이 불렀다.

「물론 이 집은 윈 경의 소유지만 이 문제에 대해서는 이래라저래라 말씀하실 권리가 없습니다. 이건 어디까지나 드루 부인과 나 사이의 문제니까요.」

창가에 서 있던 윈은 다리를 절면서 록세나의 곁으로 다가갔다. 그리고 그녀의 허리에 팔을 둘렀다.

「아니, 난 어떤 말도 할 수 있는 권리가 있소.」

그는 미소를 지으며 록세나에게 혼인증서를 건네주었다.

「당신이 보여주는 게 좋겠군.」

「그러죠.」

록세나의 목소리는 그간의 피곤과 근심, 고통이 녹아들어 크게 나오지는 않았지만 온몸의 힘이 실린 당당함이 느껴졌다. 그녀는 시숙이 내민 손에 서류를 찰싹 내려놓았다.

「마셜, 나도 당신한테 보여줄 서류가 있어요.」

짧은 서류를 읽어 내려가는 동안 위트콤의 눈이 점점 커졌다.

「이건 있을 수가 없는 일이야.」

그는 서류를 바닥에 내팽개쳤다.

「당신 모가지를 분지르기 전에 어서 그 서류 집어드시지요.」

윈이 명령했다.

위트콤은 서류를 발로 걷어차서 옆으로 밀어버렸다.

「이건 가짜야.」

그가 벌겋게 달아오르는 얼굴로 언성을 높였다.

「아무 사법기관에라도 가서 물어보시오. 아니면 그 서류를 의회로 들고 가서 알아보시던가.」

윈은 한 단어, 한 단어 또박또박 끊어서 대꾸를 해나갔다.

「적어도 우린 크리스마스 전날 협박하는 영장을 보내서 답변도 할 수 없게 만드는 그런 기만은 저지르지 않아! 위트콤 경, 어떻게 그런 식으로 이 여자를 겁줄 수가 있단 말이오.」

일순, 방 안에는 무시무시한 분위기가 감돌았다. 록세나는 자신의 옆에 서 있는 지친 남자에게서 뿜어져 나오는 맹렬한 기운에 전율을 느꼈다. 당신이 날 위해 왜 이렇게 싸워주는지 이유는 잘 모르겠지만……, 그를 향했던 눈길을 위트콤 쪽으로 돌리면서 록세나는 생각했다. ……고마워요. 천 년을 살면 당신한테 진 이 은혜를 다 갚을 수 있을까요.

「정말 결혼했단 말이오?」

위트콤이 아직 자기 발치에 그대로 떨어져 있는 서류를 믿을 수 없다는 듯 물었다.

그러자 윈이 버럭 소리를 내질렀다.

「당신 때문에 당신 제수한테는 그 길 말고는 다른 도리가 없었던 것 아니오! 이제 록세나와 그 딸들은 내 보호를 받게 되었으니까, 당장 이 집에서 나가지 않으면 치안판사를 불러 당신을 체포하게 하겠어!」

윈은 앞으로 나오더니 위트콤의 멱살을 와락 그러잡고는 발치로 그를 밀쳐버렸다.

「이제 이들은 내 집 식구라고! 당신 때문에 무지하게 화가 났으니 다시는 내 앞에 얼씬거리지 않길 바라겠소.」

위트콤은 아무 대답 없이 혼인증서를 집어들더니, 고개를 절레절레 흔들면서 다시 한 번 그것을 훑어 내려갔다.

「이 따위 어리석은 짓을 했으니 반드시 후회할 날이 찾아올 거요, 록세나.」

「난 후회 따위는 하지 않아요, 마셜. 이제 그만 가주세요.」

록세나는 자신의 목소리가 윈처럼 단호하게 들리기를 바라면서 대꾸했다. 그러고는 몸을 곧추 세우고 위트콤의 경멸 어린 시선을 똑바로 되쏘아 보았다. 당신이 눈을 깜빡이기 전에는 절대 시선을 피하지 않을 거야, 절대로.

마침내 시선을 거둔 위트콤이 마치 앞이 보이지 않는 사람처럼 더듬어 코트를 집어들었다. 그가 코트를 입고 문 쪽으로 걸어가자 록세나는 천천히 안도의 한숨을 쉬었다. 그러던 찰나, 갑자기 그가 휙 돌아서는 바람에 다시 숨을 멈춰야 했다.

「이 남자를 제대로 알고 이러는 거요? 내가 몇 가지 일러줄 수도 있는데.」

그의 물음에, 록세나는 윈의 손을 잡아 꼭 움켜쥐었다.

「이분은 날 멸시하거나, 겁을 주거나, 협박하지도 않을 거고, 내 것을 가져가거나 마음에 상처를 주지도 않을 거예요. 당신하고는 달리 말이에요. 난 그걸 알아요.」

감정이 격해진 탓에 그녀의 목소리가 갈라졌다.

「가세요, 마셜. 우린 더 이상 할 말이 없어요.」

아무 말 없이 성큼성큼 걸어나간 위트콤은 문도 닫지 않은 채 그대로 마차에 올랐다. 그러고 나서 바로 마차바퀴 굴러가는 소리가 들려왔다. 티비가 조용히 현관문을 닫으며 중얼거렸다.

「가끔 예의를 도통 모르는 사람이 있기 마련이죠.」

윈은 록세나의 손에 입을 맞춘 다음, 그녀가 웃으며 손을 빼내려고 하자 이틀이나 면도를 하지 않은 턱에 그 손을 가져가 마구 비벼댔다.

「내가 꼭 사기꾼 같지 않소?」

그는 살며시 록세나의 손을 놓아주었다.

록세나는 안도감을 느끼면서, 혼인증서를 꼭 움켜쥐고 소파에 주저앉았다. 윈에게 뭐라고 말하고 싶었지만 자꾸만 눈꺼풀이 내려앉았다. 조금만 있다가 눈을 떠야지, 생각하면서 그녀는 소파에 앉은 채로 잠이 들어버렸다.

록세나는 어렴풋이 부엌 벽난로 앞에서 따뜻한 물에 목욕했던 일이 기억났다. 매기가 등을 밀어주면서 정말 무모한 짓을 했다고 야단을 치다가 '우리 아이들'이 무사하게 되었다고 울먹였지. 라벤더 향의 비누 냄새와, 깨끗한 수건이 피부에 닿을 때의 그 산뜻했던 느낌, 그리고 포근한 침대 속으로 몸을 밀어 넣을 때의 아늑했던 기분도 아련하게 떠올랐다.

그날 종일토록 죽은 듯이 자던 록세나는, 다음날 아침 윈이 보낸 닥터 클라이드가 와서야 눈을 떴다. 의사는 세심하게 진찰을 한 후에 맥박을 짚어보고 손가락과 발가락을 검사했다.

「괜찮습니다. 드루 부인, 아니 레이디 윈. 아무 이상이 없으니 푹 쉬시고 하웰 부인이 해주는 맛있는 음식을 충분히 드시면 기운이 회복될 겁니다. 참, 하웰 부인 동생도 부엌일을 도와주러 와 있더군요.」

의사는 다시 담요를 끌어당겨 록세나의 턱까지 덮어주었다.

「제가 레이디 윈은 들일을 하는 농부들보다도 더 건강하신 분이라고 말씀을 드렸는데도, 윈 경께서는 철저히 진찰을 해봐야 한다고 극구 고집을 부리시지 뭡니까.」

의사의 말에 록세나는 팔꿈치를 짚고 일어나 앉았다.

「윈 경께서는 괜찮은가요?」

「그게 그만, 발가락 하나를 잃게 되었습니다, 부인. 부인께는 알리지 말라고 하셨는데…….」

「안 돼요!」

파도처럼 밀려드는 거센 죄책감을 견딜 수가 없어 록세나는 소리치고 말았다.

「다른 데는요?」

「다 괜찮습니다. 두 분 모두 무척 운이 좋은 편이지요. 윈 경께는 감히 여쭤보지 못했습니다만, 왜 그렇게 서두르셨습니까?」

의사가 청지기를 챙겨 진료 가방에 도로 넣으며 묻자 록세나는 잠잠히 속으로만 대답했다. 그건 절대 말할 수가 없어요. 위트콤을 악당으로 만들어버리면 속이야 후련하겠지만, 드루라는 이름이 아직 나에겐 소중한 의미를 가지고 있으니까요.

「그분, 정말 괜찮으세요?」

「벌써 일어나셔서 지팡이를 짚고 다니시는 걸요. 하루나 이틀쯤 후에는 윈필드로 출발하신다지 뭡니까.」

후작의 무모함을 이해할 수가 없다는 듯 의사는 머리를 절레절레 흔들었다.

「이만 쉬세요, 부인. 아직 외출은 삼가셔야 합니다.」

록세나가 다시 자리에 눕자 머리맡에 서 있던 매기가 베개를 만져 부풀려주었다.

「아이들은 어디 있어요?」

집안이 너무 조용한 것 같아서 록세나가 물었다.

「헬렌은 티비와 말을 타고 나갔고, 리시는 지금 문밖에서 발을 동동 구르고 있어요. 제가 들어와도 좋다고 할 때까지는 들어오면 안 된다고 했거든요.」

록세나는 아이를 부르면서 팔을 활짝 벌렸다.

「리시, 얼른 들어오너라. 한번 안아보자꾸나.」

리시를 껴안으며 보니 손가락에 반지가 없었다. 순간 록세나는 화들짝 놀라며 물었다.

「매기, 내 반지 못 봤어요? 집에 도착했을 때까지만 해도 분명히 엄지손가락에 끼고 있었던 것 같은데.」

「아아, 그거요. 티비가 윈 경을 저택으로 모셔가기 전에 윈 경께서 빼셨어요. 좀 줄여야 된다면서 말이에요.」

그날 오후 록세나 옆에서 낮잠을 자는 리시를 방으로 데려가 재우려고 온 매기가 윈 경이 계단을 올라오고 있다고 속삭여 알려주었다.

맙소사. 지금 모양새가 말이 아닐 텐데. 록세나는 서둘러 브러시를 찾았다. 그렇게 불편한 다리로 계단을 올라오다니. 헝클어진 머리를 빗으면서, 그녀는 천천히 계단을 올라오는 발소리에 귀를 기울였다. 잠시 후, 그가 지팡이로 문을 톡톡 두드렸다.

「들어오세요.」

후줄근한 잠옷 말고 좀더 예쁜 옷을 입고 있었으면 좋았을걸, 하는 생각을 하면서 록세나는 브러시를 내려놓았다. 바보처럼 굴지 마라, 록시. 네가 뭘 입든지 그는 관심도 없을 거라구.

지팡이에 의지해서 미간을 찡그리며 문지방을 건넌 윈이 그녀를 보며 감탄했다.

「랜드 부인, 새 동전처럼 훤해 보이는데요. 비결이 뭐랍니까?」

「어쨌든 전 사지가 멀쩡하잖아요. 앉으세요, 플레치.」

윈은 그녀가 가리키는 의자는 본 척도 하지 않고 침대에 털썩 올라앉았다.

「의사가 다녀갔을 텐데.」

「네, 다녀갔어요. 당신 정말 괜찮으세요?」

「물론이지! 고작 발가락 하난데 뭘. 제발 그렇게 눈 크게 뜨고 처다보지 말아요. 아니, 사실은 그렇게 처다봐도 괜찮아요. 난 당신이 짓는 얼굴 표정들이 좋거든. 록시, 난 말이오 워털루의 포화 속에서 그 긴긴 날들을 보내면서도 창자 하나 다치지 않고 살아났어. 그러니 이까짓 발가락 하나쯤 없어도 잘 견뎌낼 수 있을 거요. 뭐, 양말이 좀 헐거워져서 이상하긴 하겠지만.」

록세나는 가만히 그의 팔을 어루만졌다.

「당신은 정말 강인한 사람이에요, 윈.」

「당신도 마찬가지야, 록시. 세상에 어떤 여자가 그런 일들을 겪고 나서도 여기 이렇게 건강한 얼굴로 앉아 있을 수 있겠소?」

윈은 껄껄 웃으며 덧붙였다.

「아까 아래층에서 의사를 만났는데 당신보고 아주 튼튼하다더군. 아 참, 아이를 아주 잘 낳겠다는 말을 하면서 내 행복을 빌어주기까지 했소.」

록세나는 담요를 쥐고 얼굴이 다 가려지도록 그 안으로 스르르 미끄러져 들어갔다. 그러더니 부끄러운 것도 잊은 채 웃음을 터뜨리고 말았다. 잠시 후, 그녀는 얼굴을 붉히며 다시 일어나 앉았다.

「클라이드 선생님께서 아무것도 모르고 하신 말씀이니까 용서해 주세요. 이제 며칠 후면 떠나실 테니까, 그 일을 생각하면서 기쁜 마음으로 너그럽게 참으세요.」

「하하, 알겠소. 그러리다.」

「발이 많이 아파요?」

「그런 것 같군.」

대답을 하면서도 사실 그는 발가락보다는 다른 데에 생각이 팔려 있었다. 잠시 후 그가 주머니에 손을 넣어 반지 하나를 꺼냈다.

「이거 한번 껴봐요.」

록세나는 그에게서 반지를 받아들고, 처음 그것을 꼈던 손가락에 밀어넣었다.

「딱 맞네요.」

록세나는 반지 낀 손을 들어올려 빛에 비추어 보기도 하고 얌전히 무릎 위에 놓아보기도 했다.

「어떻게 하면 당신한테 받은 걸 다 갚을 수 있을지 정말 알았으면 좋겠어요.」

록세나는 반지 낀 손을 그의 얼굴 앞에서 흔들어 보였다.

「설마 이것도 계약에 포함된 거란 말씀은 안 하시겠죠?」

그때 문득 윈이 눈을 반짝이며 그녀를 바라보았다. 그를 잠시 우울하게 했던 일은 이제 머릿속에서 지워져버렸다.

「그러고 보니 당신이 나한테 은혜를 갚을 수 있는 길이 딱 하나 있소, 레이디 윈.」

그는 호주머니에서 편지 하나를 꺼내 담요 위에 내려놓았다.

「읽어봐요.」

록세나는 미심쩍은 눈길로 편지를 바라봤다.

「설마 위트콤에게서 온 건 아니겠죠?」

「무슨 그런! 그럴 리가 있겠소 어제는 당신 친척에게 시달렸으니 내일은 내 차례요. 읽어봐요, 록시.」

편지를 집어들고 연거푸 두 번 읽어 내려가면서 록세나의 눈동자가 점점 커다랗게 떠졌다.

「이건…….」

윈이 고개를 끄덕이며 웃음을 지었다.

「그래요, 누나들의 식구 전원이 내일 여기로 온다는 거요.」

「세상에, 말도 안 돼요.」

「밀이 안 되긴! 당신은 페나인 산맥도 넘었는데 뭘.」

록세나는 숨을 들이키면서 손가락의 반지를 빙빙 돌려댔다.

「새해 복 많이 받아요, 록시. 당신은 이제 진짜 심사를 눈앞에 두고 있는 거요.」

$$14$$

원은 아픈 쪽 발을 치켜들고 록시의 옆으로 자리를 옮겼다. 그녀의 옆에 누워 라벤더 향기 속에서 마음껏 입을 맞추며 잃었던 오감을 되찾고 싶었다. 앉아서 뚫어지게 편지를 쳐다보고 있는 그녀의 모습에 감탄하는 사이, 록세나의 마음은 갈피를 잡지 못한 채 분주하게 움직이고 있었다.

「이런 일은 진작 말씀해주셨어야죠.」

원은 껄껄 소리내어 웃고 싶었다. 지금 당신의 그 말투가 정말 부부 사이처럼 들린다는 걸 알고 있소? 그는 고개를 절레거리면서 속으로 중얼거리다가 심각한 표정을 지어 보였다.

「급작스럽게 이런 일이 생길 줄은 나도 미처 몰랐소.」

이전의 결혼생활에 비추어보아 사과를 받아내는 데 있어서는 뉘우침이 최고라는 생각에, 원은 그렇게 대답했다. 아, 그러고 보니 신시아에게는 그 방법이 오래 먹혀들지는 않았던 것 같다. 하지만 이미 말이 입 밖으로 튀어나간 후였다.

「제가 지금 당신을 비난하는 거라는 생각은 제발 하지 말아주세요. 어쩌겠어요, 어차피 벌어진 일인 걸.」

오, 이럴 수가. 나무라지도 않고, 게다가 내가 마음 상해할까봐 염려까지 해주다니. 태연한 눈길로 그러나 동시에 감탄하며 그녀를 바라보는 사이, 윈은 록세나 랜드 같이 특별한 여자는 처음이라는 생각에 새삼 다시 마음이 뭉클해졌다. 담요 위로 불룩하게 선을 그리고 있는 저 다리에 손을 얹어봐도 될까? 잠시 생각을 해봤지만 아직은 그럴 단계가 아니라는 결론이 내려졌다. 대신 다른 시도를 해보기로 했다.

「록시, 여기 좀 기대도 되겠소?」

그는 실감나게 얼굴까지 찌푸려 보였다.

록세나가 그를 눕히고 라벤더 향기가 풍기는 베개 하나를 꺼내어 머리를 받쳐주자 윈은 무한한 행복감에 빠져들었다. 베개의 자리를 잡아주면서 그녀의 손가락이 필요 이상으로 오래 자신의 목언저리를 맴돈 것은 단지 그의 상상이었을까. 윈의 긴 다리가 침대를 벗어나서 대롱거렸기 때문에 록세나는 의자를 가까이 끌어와 아픈 쪽 다리를 받쳐주었다. 지금 그녀가 입고 있는 것 만큼 매혹적인 플란넬 잠옷을 윈은 본 적이 없었다. 너무 세탁을 많이 한 탓인지 엉덩이 선이 그대로 드러날 정도로 천이 얇아진 상태였지만, 그 또한 그의 눈길을 끌어당겼다.

「기분이 훨씬 나아지는 것 같군.」

록세나는 짐짓 엄한 표정을 지어보려고 했지만 얼굴 선이 워낙에 엄격함과는 거리가 먼 탓에 잘 먹혀들지 않았다. 윈이 의아한 눈길로 바라보는 동안, 록세나는 서랍장을 뒤져 종이와 연필을 꺼내더니 침대 위에 책상다리를 하고 앉았다.

「좋아요. 이번 기습공격에 대비해서 내가 뭘 어떻게 하면 되는 건지 말해보세요.」

  록시, 당신은 정말 근사한 여자야. 그는 숨을 혹 들이마시면서
머리 뒤로 손을 받쳤다.

「누님들은 우릴 그저 행복에 겨운 신혼부부로만 생각할 테니,
정략결혼이다 생각하지 말고 그냥 자연스럽게 행동해요.」

  입을 동그랗게 오므리며 쳐다보는 록세나를 끌어안고 싶은 충동
이 일었지만, 그는 아픈 발 때문에 마음대로 움직일 수가 없었다.

「제대로 하려면 내가 당장 아이들을 데리고 저택으로 들어가야
겠어요.」

  록세나는 종이에 하나씩 적어나가기 시작했다.

「침실이 여섯 개 있지만 하나는 수리하느라고 엉망이 되어 있으
니 쓸 수 없고…….」

  그녀는 얼굴을 붉히면서 윈을 쳐다보았다.

「아이들은 방 하나를 함께 쓰게 하면 되요. 그리고…… 이번 일
을 원만하게 치르려면 내가 당신과 한 방을 써야 할 것 같군요.」

  좋아요, 좋아, 점점 잘하고 있소. 록시, 당신은 정말 똑똑한 여자
라니까.

  윈은 짐짓 무신경한 듯한 목소리로 대꾸를 해나갔다.

「내 생각에는 말이오, 누나들이 와 있는 동안 내가 드레스 룸에
간이침대를…….」

「그럴 수는 없어요!」

  록세나는 성을 내며 그의 말을 잘랐다.

「제가 그 침대를 쓸 거예요. 당신은 그대로 주무시면 돼요.」

「그럼 안 된다니까, 록시. 내가 그 침대를 쓸 거요.」

  윈은, 록세나가 자기와 한 방을 쓰는 것에 대해 여전히 동의의
뜻을 비치고 있다는 사실이 마냥 고마웠다.

「제가 쓸 거예요. 어쨌든 제 발가락은 모두 온전하잖아요.」

「아하, 록시, 겨우 발가락 하나요. 아홉 개는 고스란히 남아 있고 손가락은 열 개 모두 온전하단 말이오.」

록세나는 다시 연필을 들며 종이로 시선을 돌렸다.

「이 문제는 내일 밤에 다시 한 번 따져보기로 하죠.」

오, 록시, 좋다마다.

「그럽시다.」

「저희에게 빌려주신 집은 당분간 비어 있게 될 텐데, 누굴 제일 멀리 하고 싶으세요?」

그녀가 얼굴을 들고 웃자 윈의 맥박이 빨라지기 시작했다.

「그야 물론, 아마벨이지. 클레어리스와 프레드릭은 아이들을 데리고 올 테니까 방을 두 개는 더 써야겠지. 그럼 하나가 남는데…….」

「그 방은 레티스 누님에게 드리면 돼요. 그 누님은 미망인라고 하시지 않았던가요?」

「맞소. 에드윈이라는 외아들이 있는데, 지금은 내 상속자로 되어 있지. 결국에는 그렇게 되지 않을 것 같지만.」

「이것 좀 보실래요?」

록세나가 종이를 보여주며 그의 옆에 엎드려 누웠다.

「그렇게 하면 침실은 다 차게 돼요. 데려온 하인들은 아래층으로 보내면 되구요. 아마벨과 그분의 하인들은 우리 집을 쓰면 될 테고 전 당신 드레스 룸에서 잘 거예요.」

「록시!」

윈이 옆으로 돌아누워 그녀와 얼굴을 마주하고 소리쳤다. 그러나 록세나의 선한 표정을 보는 순간 굴복할 수 밖에 없었다.

「좋소. 마음대로 해요.」

기쁘게도, 록세나가 잠시 그의 팔에 머리를 기대었다.

「고마워요, 플레치. 대장장이가 충고해줬던 말 기억 안 나요? 언제나 여자가 원하는 대로 해줘야 한다고 그랬잖아요.」

그 말에 윈이 신음소리를 내며 그녀의 머리를 헝클었다.

「앞으로는 귀가 따갑도록 그 말을 듣게 생겼군.」

갑자기 록세나가 잠잠해지자 윈은 초조해졌다. 록세나는 다시 그녀의 베개가 있는 자리로 돌아갔다.

「그런 일이 자주 있지는 않을 거예요. 의사선생님 말씀으로는 이삼 일 후면 당신이 떠난다던데요?」

윈은 마지못한 듯 동의했다.

「그래요. 윈필드의 내 책상 위에 편지가 산더미처럼 쌓여 있다는데, 아마 대부분은 토지와 관련된 성가신 문제들일 거요. 이럴 땐 부자라는 게 저주스러울 지경이라오.」

록세나가 익숙지 않은 낯선 눈길로 그를 응시했다.

「보고 싶을 거예요.」

그녀의 솔직한 말 한마디에 윈은 팔꿈치로 짚고 몸을 일으켰다. 대답도 못한 채 이런 기회를 놓칠 수는 없 일 아닌가. 수천 수만 가지의 넉살 좋은 말들이 머릿속에 떠올랐지만, 사랑하는 이 여인 앞에서 꺼내놓을 만한 것은 하나도 없었다.

「고맙소.」

아, 내가 내 발등을 찍는구나, 자신을 한탄하며 윈은 그렇게 짧은 대답을 하고 말았다.

「날 그리워하는 사람은 아마 당신이 처음일 거요.」

순간, 놀랍게도 록세나의 눈에 눈물이 차오르기 시작했다.

「이제 가셔야죠.」

너무나 단호하게 말하자 윈은 가슴이 털컥 내려앉았다.

「누님들이 오시기 전에 준비해야 할 일도 많고, 옷도 갈아입어야겠어요.」

「참, 그렇군.」

영영 쫓겨나는 게 아니라는 사실에 비로소 그는 마음이 놓였다.

「날 좀 일으켜줘야겠소」

사실은 혼자서도 충분히 일어날 수 있었다. 부사코 전투에서 의사의 손이 미처 돌아오지 않자 팔에 입은 부상을 제 손으로 직접 꿰맨 전력도 있는 그였다. 하지만 록시, 당신은 그 사실을 알 리가 없지. 부축을 받아 겨우 일어나는 척하면서 그는 생각했다. 그녀에게 몸을 기대면서 가슴 가까이 얼굴을 가져가자 손바닥에 땀이 배어 나왔다. 그리고 그녀의 가슴에 머리를 기대자, 더 이상 참을 수 없어 이마에도 땀이 송골송골 맺히기 시작했다.

「세상에, 얼마나 아프면…….」

록세나의 목소리가 괴로움으로 떨려 나왔다.

「계단을 올라오시지 말았어야 했어요」

부끄러워해야 마땅하건만, 양심의 가책을 느끼기에는 지금 이 순간이 그에게는 너무나 달콤했다.

「괜찮아질 거요」

짐짓 씩씩한 척하면서 그는 겨우 말을 꺼냈다. 옛날의 전우들이 이 상황을 보고 있지 않은 게 얼마나 다행인지. 만일 그들이 옆에 있었더라면 연기를 하고 있는 그에게 야유를 퍼부으며 놀려댔을 텐데 말이다.

「난 괜찮소」

쿡쿡 쑤시는 일말의 가책을 느끼며 그는 록세나를 안심시켰다.

「짐들을 챙겨서 문 옆에 내놓으면 티비가 일꾼들을 데리고 와서 옮겨갈 거요」

「고마워요. 여기 일은 매기에게 부탁하고 전 지금 건너가봐야겠어요」

그리고 나서 록세나는 그에게 빨리 나가달라고 눈짓을 했다.

「하웰 부인이 와 있을까요? 식단이랑 이부자리 준비 같은 것에 대해서 이모저모 상의를 해봐야 할 텐데. 얼른 가세요, 플레치. 전 곧 뒤따라갈 테니까.」

조심스레 계단을 밟아 내려가는 동안 원의 얼굴에서는 웃음이 가실 줄을 몰랐다. 반쯤 내려가다가 멈추어 그녀의 방문을 뒤돌아보기도 했다. 이렇게 근사한 여주인을 아내로 맞다니 꿈이 아니고 무엇이랴. 위트콤이 그렇게 사악한 짓을 꾸미지 않았더라면 가능하지도 않았을 일 아닌가. 천번만번을 감사해도 모자랄 지경이었다. 오호, 인생은 참으로 오묘한 것.

약속대로, 록시는 곧장 모어랜드에 나타났다. 들어서자마자 부엌으로 들어가더니 하웰 부인과 그 자매인 해밀턴 부인과 함께 머리를 맞대고 의논을 시작했다. 부엌을 기웃거리던 원은 세 여자한테 한꺼번에 타박을 들으며 쫓겨나야 했다. 간절히 바라는 마음 때문인지는 모르지만, 왠지 록시가 자신에게 윙크를 보낸 것 같다는 생각이 들기도 했다. 절름거리며 거실의 피아노 앞으로 가서 앉은 그는 어지러운 마음을 진정시키는데 특효인 하이든의 피아노 소나타 2번을 쳐 내려갔다. 바람처럼 잔잔하게, 플레처. 보표를 따라가면서 그는 자신에게 중얼거렸다. 스페인은 하루아침에 함락되는 게 아냐. 아마 록시도 다르지 않을 거야.

「천천히 치세요, 플레치.」

문간에서 들려오는 소리에 깜짝 놀란 그는 연주를 멈추고 돌아봤다. 혹시 록시가 내 마음을 읽은 건 아닐까. 오, 제발, 그러면 안 되는데. 다음 순간, 록세나가 그의 옆으로 와서 섰다.

피아노 의자에 나란히 앉아 있는 사랑하는 여인의 존재를 의식하니 숨이 막힐 듯했지만 원은 꾹 참으며 피아노를 계속 쳤다.

「메트로놈이 하나 있어야 되겠군요. 누가 잡으러 와요, 왜 그렇게 조급하게 치세요?」

원을 흘낏 쳐다보는 그녀의 갈색 눈동자는 명랑하게 웃고 있었다.

난 서른 여덟이고 사랑에 깊이 빠져 있다오. 그래서 조급하지, 내 사랑.

「하이든을 칠 때는 늘 이렇게 급해지는 것 같소.」

어물쩍 변명을 하면서 악보를 넘기는 그의 모습에 록세나는 웃으며 말했다.

「잠깐만요! 제가 넘겨드릴까요?」

록세나가 하웰 부인과 함께 부지런히 침대 정리를 하고 있을 때 티비와 매기가 그녀의 집에서 짐을 챙겨들고 왔다. 헬렌과 리시도 각각의 물건을 잔뜩 껴안고 뒤따라 들어왔다.

「이제 너희들은 여기서 살게 되는 거야. 어때, 마음에 드니?」

윈이 자신의 침실 옆에 있는 방문을 열어 보이면서 아이들에게 말했다.

헬렌은 방을 둘러보는 동안 줄곧 벌어진 입을 다물지 못했다.

「진짜 크다! 와, 엄마, 엄마가 고른 벽지가 참 맘에 들어요」

록시는 벌써 아이들의 옷을 서랍장에 정리하고 있었다.

「사실은 윈 경이 달링턴에서 사온 것 같은데. 리시, 침대가 무척 푹신하단다. 마음에 꼭 들 거야.」

리시는 이미 창가로 달려가서 저 아래로 펼쳐진 요크 평원에 땅거미가 깔리는 광경을 내다보고 있었다.

「이게 세상의 전부예요?」

리시가 경이감에 찬 목소리로 물어오자 위우 절룩거리며 아이의 옆에 가서 앉았다. 아이는 그를 올려다보면서 대답을 조르는 듯 그의 팔을 톡톡 두드렸다.

「그래, 그럴 것 같구나.」

티없이 맑은 갈색 눈동자를 들여다보는 순간, 그는 왈칵 울음이 치밀어 오르려는 엉뚱한 충동과 싸워야 했다.

「다 같이 여기에 살게 돼서 정말 기뻐요.」

다행히 그가 눈물을 보여 체면을 잃기 전에 리시가 폴짝 침대 위로 올라가 앉았다. 윈은 어느 정도 감정을 가라앉히려고 애쓰면서 잠시 그 자리에 앉아 있었다.

하지만 록시가 얼굴을 찡그리며 그를 지켜보고 있었다. 그녀는 아이들에게 드레스 룸으로 상자를 나르라고 시킨 후에 창가로 와서 그의 옆에 앉았다.

「당신 얼굴을 보니, 아무래도 벌써부터 우리 식구가 당신한테 부담을 주고 있는 것 같군요.」

그녀의 목소리에 근심이 역력하게 담겨 있었다.

「죄송해요. 원래 리시가 가끔씩 제멋대로 굴곤 하거든요. 제가 아이들한테 얌전히 지내라고 단단히 타일러둘게요.」

「아니, 그런 게 아니오.」

그녀에게 모든 걸 쏟아낼 수 있으면 좋으련만…….

록세나가 그의 이마를 어루만졌다.

「어머, 발이 아파서 그러시나 보군요. 저녁식사 때까지 조용히 누워 계시는 게 어때요?」

「그러는 게 좋겠소.」

그가 일어서자 록세나가 허리에 팔을 둘러 부축해주었다. 수백 번도 더 해본 익숙한 솜씨였다.

「편안하게 기대세요. 제가 방에 모셔다드릴게요.」

록세나의 유연함에 내심 감탄하면서 그는 그녀에게 기댔다. 앤서니에게도 당신은 늘 이렇게 해주었겠군. 자신을 침대에 눕히고 신발을 벗겨주는 록세나를 지켜보면서 그는 생각했다. 랜드 부인, 난 멀쩡하오. 다만 마음이 그 어느 때보다도 뻥 뚫린 것만 같으니 이 일을 어찌하면 좋을지 모르겠어.

잠깐이지만 자신이 잠이 들었다는 사실이 윈은 놀라웠다. 기쁜 것은, 록시와 아이들이 저녁을 이층으로 들고 와서 그와 함께 먹었다는 것이었다. 식사가 끝나자 리시는 그의 옆구리를 파고들면서, 내일 올 그의 조카들에 대해 얘기해달라고 졸라댔다. 조카들에게 좀더 관심을 기울였으면 좋았을걸, 하는 후회를 하면서 그는 조카들의 이름을 최대한 떠올려보려고 애를 썼지만 결국은 록시가 나서서 구해줘야만 했다.

「리시, 아저씨는 나폴레옹과 싸우느라고 8년 동안이나 스페인에 가 계셨어. 그래서 이제부터 다시 친척들과 친해져야 하신단다.」

리시는 곰곰이 생각을 해보는 듯하다가 고개를 끄덕였다.

「아저씨 친척들이 우릴 좋아할까요?」

「나만 널 좋아하면 됐지 그 사람들이 어떻게 생각하든 무슨 상관이니?」

「상관 있어요, 플레치.」

록시가 단호하게 말했다.

「그리고 당신한테도 상관이 있다고 생각해요. 자, 이리 와라, 얘들아. 우리 집에 가서 마지막 밤을 보내자꾸나.」

엄마 손에 이끌려 나가면서 리시가 그에게 키스를 날려보냈다. 헬렌은 뒤에 남아 그의 침대 옆 의자에 조용히 앉아 있었다. 그러다가 일어나서 접시를 모아놓고는 다시 그에게 가까이 다가갔다. 차분하고 품위 있는 아이의 행동거지에 그는 다시 한 번 탄복했고, 침묵을 깨뜨리기조차 겁이 났다. 적당한 순간을 포착해서 그는 헬렌에게 손을 내밀었다.

헬렌이 손을 잡자 그의 얼굴에 미소가 떠올랐다. 그때까지도 아이는 말이 없었다.

마침내 그가 먼저 입을 열었다.

「힘들지, 헬렌? 하지만 내가 너희 아빠 자리를 차지하려 한다는 생각은 하지 말아주었으면 좋겠구나. 절대로 그런 마음은 먹지 않을 테니까 말이야.」

　여전히 말이 없던 헬렌은 윈이 숨을 죽이고 있는 사이 침대 가장자리에 앉아, 정말 아주 잠깐, 그의 손에 뺨을 비볐다. 절대로 일어날 것 같지 않았던 일이라, 꿈인가 싶을 정도였다. 하지만 헬렌의 속눈썹이 그의 손등을 스치던 그 느낌은 영원히 잊혀지지 않을 터였다. 다음 순간, 헬렌은 쏜살같이 문으로 달려가 버렸다. 그런데 그 앞에서 멈춰 서더니 그에게 우정의 손짓을 보여주며 나직하게 인사를 건넸다.

　「안녕히 주무세요, 아저씨. 내일은 덜 아프셨으면 좋겠어요.」

　윈은 평생동안 그날 밤 같은 단잠을 자본 적이 없었다.

　다음날 오후, 랜드 가의 딸들이 하나둘씩 들이닥쳤다. 리시가 통통거리며 뛰어들어오더니 마차가 줄지어 오고 있다는 소식을 알렸다.

　「엄마, 사람들이 정말정말 많이 오고 있어요!」

　리시는 쪼르르 달려가서 창가에 매달렸다. 윈은 소파에 앉아서 양말을 깁고 있는 록세나를 안경 너머로 힐끗 쳐다봤다.

　「난 모르겠으니 당신이 알아서 해요.」

　그는 끙 신음소리를 내며 다시 책에 얼굴을 박고 말았다.

　록세나가 웃으며 그에게 양말을 던졌다.

　「사람은 친척을 사랑할 줄 알아야 해요. 위트콤만 빼고…….」

　「글쎄, 그 사람은 당신을 사랑하는데, 록시.」

　농담 삼아 툭 한마디를 내뱉고 나서 그는 바구니 채 날아온 양말 뭉치들을 피해 머리를 홱 숙였다.

　헬렌이 놀란 눈으로 엄마를 쳐다보았다.

　「엄마! 전에는 그런 적이 한번도 없었잖아요.」

록세나가 잠시 멈칫하며 놀랐다.

「그래, 이런 적이 없었던 것 같구나. 그런데, 해보니까 재미있는 것 같다, 헬렌.」

그녀는 마지막 남은 양말을 그에게 집어던졌다.

「그리고 말야, 아저씨는 단단히 혼이 나야 한단다. 아, 그건 반칙이에요.」

윈이 양말을 집어들어 되던지기 시작하자 록세나가 크게 비명을 질러댔다.

모두 바닥에 쭈그리고 앉아서 양말을 줍고 있는데 하웰 부인이 문을 열었다. 아마벨과 레티스, 그리고 클레어리스의 가족들이 도착했다는 소식이었다.

「오, 맙소사.」

록세나가 당황하여 어쩔 줄을 몰라하는 사이, 독특하게 생긴 눈에 안경을 걸친 레티스가 나타났다.

윈은 누이들을 보고 웃으며 아마벨을 향해 양말을 하나 집어던졌다. 그러더니 카펫 위에서 어슬렁어슬렁 뒤로 물러나 머리 위로 록세나를 향해 또 다른 양말 하나를 집어던지며 외쳤다.

「해피 크리스마스!」

쳐다보고 있던 클레어리스가 쿡쿡 웃었다.

「윈, 너 참 이상해졌구나.」

그녀는 윈의 앞을 지나치고 록세나의 앞에 멈춰 서서 손을 내밀었다.

「록세나 맞죠. 아내가 아니라면 누가 이 정신나간 남자와 한 방에 있겠어요. 나는 클레어리스고 여기는 내 남편 프레드릭이에요. 프레드, 당신 처남 좀 부축해줘요. 발을 다쳤나 봐요.」

록시는 마치 늘 그래온 양 자연스럽게, 한 쪽 무릎을 꿇고 절을 한 다음 클레어리스와 악수를 나누었다.

「이렇게 만나 뵙게 되어 정말 반갑습니다.」

삐친 머리카락을 레이스 캡 안으로 밀어넣으면서 록세나가 인사를 건넸다.

「양말을 좀 꿰매고 있었는데, 원이 난리를 피워댔답니다.」

「누가 먼저 공격했는지 묻고 싶군.」

원이 매형과 악수하려고 손을 내밀면서 말했다. 그러자 록세나가 지지 않고 대꾸했다.

「제가 괜히 그랬겠어요?」

원은 매형인 맨워링 경의 부축을 받아 소파에서 일어났다.

맨워링 경은 그의 귀에 대고 속삭여 물었다.

「원, 어디서 저렇게 매력적인 여자를 얻었나 그래?」

「내막은 절대 밝힐 수 없지만 어떤 뻔뻔스런 녀석이 가져다준 행운이죠.」

원도 속삭여 대답하고는 이번에는 큰 소리로 말했다.

「어쨌든 고맙습니다, 매형. 내 아내, 록세나를 소개할게요. 이 아이들은 록세나의 딸, 헬렌과 리시이고.」

맨워링 경은 고개를 숙여 인사하고 록세나의 뺨에 키스했다.

「저희 가족이 되신 것을 환영합니다. 참 용감하십니다.」

아마벨은 아직도 복도에 장승처럼 서 있었다. 원은 그녀에게 씩 웃어 보였다. 이렇게 명랑한 내 모습을 본 적이 없어, 안 그러우? 그는 누나에게 들어오라고 손을 흔들었다.

「누님, 고양이가 혀라도 물어갔수? 들어와요, 내 아내 록시를 소개할게. 록시, 이 분은 아마벨 누님이고, 이쪽은 레티스 누님. 누님들, 아무쪼록 우리 부부를 축복해주기 바랍니다.」

「누님들이 우릴 어떻게 생각하겠어요?」

그날 밤 원의 방 화장대 앞에 앉아서 빗질을 하며 록세나가 말했다.

윈은 침대에서 몸을 일으켰다. 그의 머리 뒤에는 록세나가 부풀려준 베개가 받혀져 있고, 손에는 그녀가 갖다준 책과 안경이 들려 있었다.

「매형이 뭐라고 했는지 아오? 어디서 당신 같은 아름다운 아내를 찾아낼 수 있었는지 궁금해하더군.」

록세나는 손뼉을 치며 어린아이처럼 기뻐했다.

「정말이에요? 정말로 그분이 절 아름답다고 생각하세요? 이렇게 신이 날 수가.」

「록시, 난 가끔 당신 머릿속은 솜으로 채워져 있는 게 아닌가 싶은 생각이 들 때가 있소.」

그가 책을 내려놓으며 말했다.

「거울 앞에 있어 본 적이 없소? 왜 그렇게 오래 거기 앉아 있는 거요. 내 손에 양말이 있었으면 획 집어던졌을 텐데.」

「아까 일은 두 번 다시 생각나게 하지 말아요! 아무래도 아마벨 누님은 그다지 좋아하는 기색이 아니었단 말이에요.」

「아마벨은 원래 다른 사람 기분 들쑤셔놓는 데 선수요.」

툭 내뱉으면서 다시 책으로 관심을 돌린 그는, 록세나가 그의 침대 옆에 놓인 의자에 와서 앉자 곧 기쁨의 한숨을 내쉬었다.

「당신, 저녁 식탁에서 왜 그렇게 터무니없는 행동을 하셨는지 어디 한번 얘기해보세요. 도저히 좋게 봐줄 수가 없었어요.」

록세나의 꾸지람에, 윈은 읽고 있던 페이지를 마지막으로 한 번 더 쳐다보고는 책장을 덮었다. 사실은 내가 뭘 읽고 있었는지 나도 모르는걸, 뭐. 아내의 생기 넘치는 얼굴을 바라보면서 그가 생각했다. 작년 곡물거래소 장부였던가, 아니면 곡물 선적 청구서였던가. 록시, 내 눈엔 오직 당신밖에 보이지를 않아. 머릿속이 솜으로 채워져 있는 사람은 당신이 아니라 나인 모양이오.

「말씀 좀 해보세요.」

록세나가 다그치자 그는 얼굴을 찡그리며 다리를 당겨 앉았다.

「도대체 왜 우리가 아이 낳는 일에 그렇게들 관심이 많은지 모르겠단 말이야, 안 그렇소? 레티스 누나의 아들이 내 상속자로 되어 있으니 그거면 된 거잖아. 당신도 그 문제에 대해 내가 어떻게 생각하는지 알고 있을 테고.」

원이 짐작한 대로 록세나의 뺨이 장밋빛으로 물들었다.

「그래도 꼭 그렇게 노골적으로 말을 하셔야 해요? 심지어 헬렌까지도 무슨 말이냐고 물어보잖아요. 제발요, 플레치. 그 애는 이제 겨우 여섯 살이라구요.」

원은 그녀의 손을 잡고 결혼반지를 만지작거렸다.

「죄송해요. 제가 무례하게 굴었죠.」

내 무릎에 당신을 끌어다가 앉힐 용기가 있었으면 얼마나 좋을까. 원은 그런 생각을 하며 몸을 바로 폈다.

록세나가 한숨을 쉬면서 일어섰다.

「플레치, 그분들은 이곳에 하루 더 계실 거예요. 당신도 그렇구요. 즐겁게 지내려고 노력을 해봐요.」

록세나는 다시 화장대로 돌아가서 나이트 캡을 쓰고 끈을 여몄다. 원의 가슴이 철렁 내려앉았다. 이제 곧 다른 방으로 가버리겠구나. 그는 얼른 록세나를 붙잡으며 물었다.

「내가 내일 모범적으로 굴면 당신은 나에게 뭘 해줄 거요?」

「당신 발 밑에 쓰러져서 기절하겠죠. 잘 자요, 플레치. 푹 주무시길 바랄게요.」

당신이 내 침대에서 같이 잠을 자주면 한결 푹 잘 수 있을 것 같은데. 하지만 그 생각은 말이 되어 나오질 않고, 고작 록세나를 향해 미소를 짓는 데 그쳤다. 록세나는 드레스 룸으로 들어가서 문을 닫았다. 귀를 기울여 들어보니 자물쇠를 돌리지 않는 듯했다.

적어도 나를 믿기는 하는구나.

그는 안경을 벗고 불을 껐다. 모레 이곳을 떠나면 난 과연 얼마나 오래 견딜 수 있을까. 언제쯤이면 그녀는 나를 정략결혼의 상대자가 아닌 진짜 남편으로 인정해줄까. 앤서니, 당신은 정말 대단한 사람이었던 것 같소.

아무리 마음을 안정시키려고 애를 써봐도 그의 머릿속을 맴도는 것은 옆방에 있는 록세나 드루 생각뿐이었다. 건넌방의 클레어리스와 프레드, 그리고 레티스, 지금쯤 자기네한테만 이상한 방을 내주었다고 구시렁대고 있을 아마벨. 그들을 모두 쫓아내고 남아 있는 시간 동안 록시와 즐거운 시간을 가질 수 있다면 얼마나 좋을까. 하긴, 나처럼 연애기술이 모자란 남자도 없을 테지. 어둠 속에서 천장을 바라보며 그는 상념에 잠겼다. 어려서부터 늘 다투는 것만 봐왔고, 조금 자라니까 곧장 전쟁터로 나갔고, 그리고 울화통 터지는 이혼. 그는 스페인의 격언을 떠올리며 슬며시 미소를 지었다. '도박판에서는 인내하는 자가 마지막에 이기는 법.'

다음날은 전날보다 분위기가 한층 밝았다. 하웰 부인이 정성껏 마련한 계피 빵과 햄 요리는 까다로운 아마벨의 입맛도 만족시킬 만큼 맛이 일품이었다. 식사가 끝난 후, 윈이 프레드릭과 대화를 즐기는 동안 록시는 앞마당 잔디밭에서 눈싸움을 주도하고 있었다. 구경을 하려고 슬그머니 창가로 다가간 윈은 소리 나지 않게 창문을 열고 창턱에 쌓인 눈을 뭉쳐 아내가 안 보는 틈을 타서 그녀를 향해 던졌다. 재빨리 창문을 닫았지만 간발의 차이로 당하고 말았다. 록세나가 던진 눈뭉치가 그의 머리에 정면으로 날아와 통쾌하게 부서진 것이었다.

맨워링 경이 식탁에 앉아 그 광경을 바라보고 있었다.

「정말 탐스럽군. 그렇게 생각하지 않나, 윈?」

클레어리스가 조용히 미소만 짓고 있다가 차를 다 마신 후에 입을 열었다.

「보기만 해도 즐거워지는 여자인 것 같구나, 윈. 그런데, 왠지 이렇게 눈에 보이는 것 외에 뭔가 다른 게 더 있다는 생각이 자꾸만 든다.」

역시 누나는 속일 수가 없나 보군. 윈은 그녀의 옆으로 자리를 옮겨 앉았다.

「그게 왜 그러냐 하면…….」

「그래, 말해봐, 윈. 아무에게도 말하지 않을 테니까.」

윈은 의자에 기대어 앉아 누이 내외를 번갈아 쳐다보다가, 그동안 일어난 일을 하나도 빠짐없이 소상히 설명했다. 클레어리스는 현명했기 때문에 그가 말하는 중간에 끼여들거나 재촉하지 않았다. 얘기가 끝나갈 때쯤, 눈싸움하던 사람들이 먹을 것을 찾아 안으로 몰려 들어왔다.

「일이 그렇게 된 거야. 지금 록시는 드레스 룸에서 따로 자고 있지만, 다른 사람들 앞에서는 그런 내색을 전혀 안 하는 것뿐이지. 사실은, 누님들이 오지 않았으면 했어.」

프레드는 껄껄 웃었고 클레어리스는 그의 손을 잡았다.

「너, 록세나를 사랑하는구나?」

클레어리스가 누이다운 다정함이 넘쳐흐르는 목소리로 물었다.

「말로 표현할 수 없을 만큼. 그녀는 아직 이 결혼을 상황에 떠밀려 어쩔 수 없이 한 것으로만 생각하고 있다는 게 비극이지. 하지만 엄연히 록시는 내 아내이고, 난 이루 말할 수 없이 그녀를 사랑하고 있어.」

그는 고개를 저으며 덧붙였다.

「하지만 난 내 감정을 억제해야만 하고, 그녀를 둔 채 윈필드로 떠나야 할 처지잖아. 마음이 너무 괴로워.」

순간, 쾅 하고 현관문 닫히는 소리에 이어 홀이 왁자지껄해졌다.

「이제 다 알았을 테니까, 부디 일이 잘되기만을 빌어줘, 클레어
리스 누나. 난 내년 봄에나 여기 다시…….」.

클레어리스가 의자 뒤로 와서 다정하게 포옹을 하는 바람에 놀
란 그는 말꼬리를 흐렸다.

「정말 잘되기를 빌어줄게.」

그때 문이 열리고 조카들이 손에 눈뭉치를 든 채 뛰어 들어와
방 안에서 눈싸움을 벌였다.

그날 종일토록 윈은 내일이면 떠나야 한다는 사실 때문에 우울
했다. 저택 앞으로 이륜마차가 굴러와 그의 상속자이자 레티스의
아들인 에드윈 챈들러가 내릴 때까지도 그의 기분은 나아지지 않
고 있었다. 설상가상으로, 그 마차에서는 에드윈의 케임브리지 친
구 두 명이 함께 내렸다. 모두들 회중시계에 문장이 새겨진 반지
를 착용하고 몸에 꼭 끼는 바지차림들이었다.

「삼촌! 반가워요!」

저 아이가 왜 저렇게 즐거운 걸까. 윈은 힘차게 손을 흔드는 조
카를 보며 생각했다. 에드윈은 친구들을 소개하더니 - 윈은 들은
자리에서 이름을 다 잊어버렸지만 - 마치 벌써 자신이 지주라도
된 양 이곳저곳 둘러보면서 뚜벅뚜벅 걸어가 마실 것을 찾아들었
다. 저 아이가 과연 날 따라 영지 곳곳을 돌아다니면서 장부 맞추
는 일을 해낼 수 있을까. 그 생각을 하자 문득 불쾌한 기분이 들
었다. 왜 진작에 그런 점을 생각해보지 못했을까.

록시는 여주인의 역할을 완벽하게 해냈다. 새로 도착한 손님들
을 반갑게 웃으며 맞아들인 그녀는 무미건조하기 짝이 없는 에드
윈의 대학생활 이야기며, 조금도 새로울 것이 없는 소식들을 열심
히 경청해주었다. 조카의 입에서 나오는 이야기들은 윈을 머리부
터 발끝까지 부르르 떨게 만드는 것이었다.

록시는 하웰 부인에게 아직 수리가 끝나지 않은 방을 청소하고,

어디서든 침대를 더 구해와서 침실 준비를 하도록 작은 소리로 일렀다. 하웰 부인은 지시 받은 일을 수행하기 위해 서둘러 나갔다.

윈은 저녁식사 전에 가까스로 록시를 붙들어 잠시 둘만의 시간을 가질 수 있었다. 그녀는 부랴부랴 두통 약을 찾아들고, '아이들 때문에' 머리가 지끈거린다고 불평을 해대는 아마벨에게 가는 중이었다.

「이건 내가 생각했던 평화스런 휴일하고는 너무 거리가 멀군.」

부엌 쪽을 쳐다보는 록시의 어깨에 팔을 두르며 그가 말했다.

「잠시 여유를 갖자고, 록시.」

명령을 내리듯 그가 말했지만 록세나의 부산스러운 움직임은 멈추지 않았다. 다만 조금 동작을 늦추어 의아스럽다는 눈빛으로 그의 얼굴을 쳐다볼 뿐이었다.

「왜 당신이 이렇게 미친 듯이 뛰어다녀야 하는 거지?」

윈의 말투에는 조금 못마땅한 기색이 묻어 있었다. 끔찍한 친척들 앞에서도 계속 쾌활한 모습을 보이는 록세나를 이해할 수가 없는 것이었다.

「그건 간단해요, 플레치.」

록세나는 윈이 자신의 허리에 팔을 둘러 걸음을 막아도 만류하지 않았다.

「저는 클레어리스 고모가 참 좋아요. 고모부도 마찬가지구요. 레티스 고모는 수다스럽기는 해도 나쁜 뜻으로 하는 말은 없는 분이에요. 간혹 아마벨 고모가 저승사자처럼 굴어서 그렇지.」

윈은 록세나의 말에 한바탕 웃음을 터뜨리며 그녀의 이마에 쪽 소리가 나게 입을 맞추었다.

「당신은 정말 알 수가 없는 사람이라니까!」

「아니에요, 안 그래요. 이런 분들 열 명을 위트콤 같은 사람 하나하고 바꾸자고 하면 전 당장이라도 그렇게 할 거예요. 아니 열이 뭐예요, 스무 명, 서른 명까지라도 바꿀 수 있죠.」

록세나는 부드럽게 그의 팔을 풀었다. 부엌으로 종종걸음치는 그녀의 뒷모습을 바라보며 윈은 그녀의 엉덩이를 만지고 싶은 유혹을 꾹 억눌렀다.

저녁식사 후, 윈은 에드윈이 늘어놓는 시시한 얘기들을 참고 들어야만 했다. 남자들은 브랜디와 시가에 취해 시간가는 줄 모르고 있었지만, 그는 어서 가서 록세나의 눈을 보고 싶어 견딜 수가 없었다. 록세나의 존재는 못마땅한 친척들을 참아낼 수 있는 힘이 되어주고 있었다. 내가 지금 이 작은 여인에게 의지하고 있단 말인가, 나폴레옹의 군대와 싸우며 유럽의 절반을 누비고 다닌 내가?

하지만 여자들과 합류하려고 다 함께 거실로 나가 보니, 아마벨이 또 야단이었다. 소파에 비스듬히 누워서, 헬렌이 윈에게 배운 피아노 곡을 조용히 연주하고 있는데 잔뜩 못마땅한 표정으로 듣고 있었다.

윈이 들어서자 아마벨이 느릿느릿 몸을 일으켰다.

「애, 런던 집을 그렇게 마음대로 팔아버려도 되는 거니?」

「됐어, 그만해, 누나. 런던에는 더 이상 볼일이 없어서 그랬어.」

「우리 생각도 좀 해줘야지.」

머리칼을 움켜쥐며 악을 쓰는 아내의 옆에서 아마벨의 남편은 하얗게 질린 채 앉아 있었다.

「이것도 다 네가 얼마나 이기적인 인간인지를 보여주는 증거야! 네가 사교계에서 추방되었다고 해서 왜 죄 없는 우리까지 그래야 하냔 말이야! 아버지를 일찍 돌아가시게 한 것으로는 성에 차지 않는? 신시아가 그럴 만도 했지.」

「그만해, 아마벨.」

「내가 왜? 잘못한 게 누군데.」

두 사람의 격한 말싸움을 지켜보다 못한 레티스가 숨을 헐떡이

면서 진정제로 쓰는 소금을 찾았다. 방 안에는 팽팽한 긴장이 감
돌고 윈은 화가 솟구치는 것을 느끼고 있었다. 곁눈질로 힐끔 보
니 클레어리스도 아마벨에게 못마땅한 시선을 던지고 있었다. 그
때, 차분하고 나직한 목소리 하나가 중재에 나섰다.

「여기서는 이러시면 안 되요, 고모님.」

록세나였다. 그녀는 피아노 의자에서 일어나 남편의 곁에 섰다.

「제 남편에게 그런 식으로 말씀하시는 건 용납할 수가 없네요.
거처로 돌아가시던가, 아니면 입을 다물어주세요. 여긴 저희 집이
에요, 고모 댁이 아니라. 저희 집에서는 말을 할 때 그런 식으로
하지 않는답니다.」

나직한 소리로 말하고 있었지만 그녀의 말은 거실 구석구석까지
퍼져나갔다. 오, 록시. 윈은 가만히 그녀의 어깨에 손을 얹었다. 그
녀는 떨고 있었지만 아마벨을 향한 시선은 거두지 않았다.

헬렌이 좀전에 중단한 부분에서부터 다시 곡을 치기 시작하자
곧 다른 친척들도 서로 대화를 열어나갔다. 아마벨은 더 이상 입
을 열지 않았다. 록세나는 다시 피아노 옆에 앉아 헬렌의 악보를
넘겨주고, 에드윈은 윈에게 워털루 전쟁 이야기를 들려달라고 재
촉했다. 잠시 후, 윈이 주위를 둘러보니 록세나는 이미 아이들과
함께 조용히 사라지고 없었다. 클레어리스는 뭔지 모를 도타운 사
랑을 느끼면서 그런 동생을 바라보다가 입을 열었다.

「이제 자러가야겠구나, 윈. 잘 자거라.」

15

윈이 그의 침실 옆방 문을 조용히 두드리자 리시의 대답이 들렸다. 문을 열어 보니, 록시가 양팔에 딸들을 안은 채 침대에 누워 있었다. 리시가 얼른 일어나서 가까이 오라며 그에게 손짓을 했다.

「엄마가 아주아주 재미있는 이야기를 들려주고 있어요. 아저씨도 여기 와서 누워요.」

윈이 침대 발치에 앉아서 리시의 발가락을 꼭 쥐자 아이가 악비명을 질러댔다. 헬렌도 깔깔거리며 웃음을 터뜨렸다. 이야기를 끝내자 록세나는 딸들에게 키스를 해준 다음 침대 가장자리에 앉아 취침기도를 올렸다.

「잘 자거라, 얘들아.」

그녀는 촛불을 끄고 방을 나와 조용히 문을 닫았다.

윈은 눈 한번 맞추지 않는 록세나 때문에 속이 타는 것을 느끼며 뒤따라 나왔다. 내 식구들에게 정이 떨어졌겠지. 그 사람들 때문에 당신에게 부끄러워. 나 자신 때문에도 그렇고.

「록시, 나는…….」

돌아서서 그를 마주한 록세나의 눈에 눈물이 맺혀 있었다.

「화를 내셔도 달게 받겠어요. 하지만 고모가 당신에게 그렇게 심하게 구는 건 정말 참을 수가 없었어요. 내가 그렇게 나설 주제가 아니란 걸 알면서도…….」

순간 윈은 그녀를 와락 끌어당겼다.

「아니, 정말 고마웠소.」

「화나신 거 아니었어요?」

「하늘에 맹세코. 세상의 어떤 남편이 아내에게 그렇게 헌신적인 보호를 받을 수 있겠소. 도리어 내가 몸둘 바를 모르겠는데. 뭐든지 말만 해요, 내 재산의 반이라도 기꺼이 내주고 싶으니까.」

록세나는 비로소 편안한 마음으로 웃음을 지었다.

「그냥 분수대로 살아야죠. 앞으로 아마벨 고모와는 사이좋게 지낼 수 없을 것 같지만 내 앞에서 당신을 괴롭히는 일은 없을 거예요. 신발을 벗겨드릴게요. 저녁 식탁에서부터 이를 악물고 참고 있는 것 같던데.」

「발가락이 아파서가 아니라 그 사람들 때문이요.」

록세나가 양말을 벗겨 보니 붕대에 피가 흠뻑 배어 있었다.

「거기 앉아계세요.」

명령하는 투로 말하고 나서 록세나는 세면대로 가서 물 한 대야와 헝겊을 들고 왔다.

「록시, 내가 할 수 있소.」

「어련하시겠어요. 오랫동안 모든 걸 혼자 해오셨을 텐데. 당신 식구들한테 예의 없이 굴었던 것에 대한 참회를 받아주는 거라 생각하고 제 도움을 받으세요.」

극구 만류하는 것을 뿌리치고 록세나는 꿇어앉아 조심스럽게 붕대를 풀었다. 메스꺼움이 스멀거렸지만, 그녀는 표정 하나 변하지 않고 응고된 핏덩어리를 닦아냈다.

「전쟁통에서는 내장이 밖으로 튀어나오고 코는 살이 벗겨져 나간데다가 등뼈가 부러져서 튀어나온 채로 유럽대륙을 누비고 다녔다고 허풍을 치고 싶으시겠지만 지금은 잠자코 제 도움을 받으시는 게 좋을 거예요.」

능숙한 손길로 상처를 매만지며 중얼거리는 록세나의 말에 윈은 웃음을 터뜨렸다.

「난 그렇게 허풍 치는 게 즐거운데, 당신은 그게 참을 수 없이 비위가 거슬리나 보군.」

록세나는 잠시 손을 멈추고 그를 쳐다봤다.

「남에게 도움을 받는 건 부끄러워할 일이 아니에요. 가만, 움직이지 마세요.」

윈은 흐뭇한 마음으로 그녀를 내려다봤다.

「상처가 썩 보기 좋지는 않군.」

「이건 아무것도 아니에요. 앤서니가 죽기 전에 욕창이 어땠는지를 보셨어야 해요. 살이 썩어 들어가는 데도 해줄 수 있는 게 아무것도 없더라구요. 그 사람 몰래 울기도 많이 울었죠.」

담담하게 털어놓는 록세나의 솔직한 이야기에 마음이 뭉클해졌지만 윈은 대꾸할 말을 찾지 못했다. 그저 붕대가 들어 있는 서랍을 가르쳐주고, 새로 붕대를 감아주면서 두 사람은 말없이 앉아 있었다.

「내일 아침까지 그냥 계시면 돼요.」

일어선 록세나가 피 묻은 붕대를 모으면서 말했다.

「떠나시기 전에 한 번 더 봐드릴게요.」

「알았습니다, 의사 선생님.」

그녀는 빙그레 미소를 지어 보였다.

「제 솜씨도 쓸 만하지 않나요?」

「쓸 만하다 뿐이겠소, 아주 훌륭했는걸. 그런데 오늘밤은 너무 피곤해서 상처 걱정은 나지도 않을 것 같소」

몇 년 늙어버린 기분도 들고…… 록세나가 코트를 벗겨서 의자에 가지런히 걸쳐주는 사이 그는 속으로 중얼거렸다. 씁쓸하기도 하고, 나 자신이 역겹고, 벌써부터 당신이 그리워.

「그럼, 이만 주무세요, 플레치.」

등불을 들고 드레스 룸으로 사라진 록세나는 잠시 후, 놀란 눈으로 얼굴이 상기된 채 다시 나타났다.

「하웰 부인이 에드윈의 친구보고 쓰라며 구해온 그 간이침대, 저쪽 방에 있던 건가 봐요.」

하느님이 정말 살아 계시는구나. 윈은 주체할 수 없이 기뻤다. 이 기회를 잘 활용해야 해, 플레치.

「당신 침대라구?」

록세나가 고개를 끄덕였다.

「시트 보관실에서 담요를 몇 장 꺼내다가 대충 바닥에 자리를 깔고 자면 될 거예요.」

윈은 목도리를 풀면서 짐짓 태연한 척 머리를 흔들었다.

「에드윈과 그 애 친구들 침대를 만드느라고 하웰 부인이 남은 시트도 모조리 가져다가 썼을 텐데.」

잘해야 해, 윈. 허리춤에서 셔츠자락을 꺼내며 그는 생각했다.

「나를 믿소, 록시?」

「그럼요, 하지만…….」

「그럼 됐군. 내 침대를 같이 씁시다. 발을 건드리지 않겠다는 약조만 해줘요. 건드렸다가는 내 입에서 비명이 터져 나오고 누나들이 죄다 달려올 테니.」

그는 대수롭지 않은 일을 말하는 것처럼 짐짓 어깨를 으쓱해 보였고, 록세나는 그가 쳐다보는 가운데 드레스 룸 앞에 서서 한참을 망설이다가 입을 열었다.

「이번에도 선택의 여지가 없군요. 도대체 이게 무슨 일이람.」

록세나는 드레스 룸으로 돌아갔고 그 사이 윈은, 제발 손 떨림이 멈추기를 바라면서 서둘러 잠옷으로 갈아입었다. 윈, 다 늙어서 사춘기 애들처럼 웬 수줍음이냐. 가운으로 갈아입은 후, 그는 책을 들고 침대에 들어가 누웠다.

잠시 후, 록시가 앤서니의 헐렁한 가운을 걸치고 나왔다. 두 달 전 한밤중에 그녀를 처음 보았을 때 입고 있던 그 가운이었다. 그녀는 테이블로 가서 머리핀을 빼 놓고 한숨을 쉬며 머리를 흔들어 늘어뜨렸다. 사각사각 머리 빗는 소리가 상쾌하게 들렸다. 윈은 책을 내려놓고, 머리를 빗으며 콧노래를 흥얼거리고 있는 록세나의 모습을 바라봤다.

그는 용기를 짜내어 책을 덮고 록세나의 등뒤에 가서 섰다.

「그 빗 이리 줘봐요.」

록세나는 거울 속의 그를 경계심이 어린 눈초리로 바라봤다. 빗을 넘겨받은 윈은 허리께까지 풍성하게 늘어진 갈색 머리카락을 모근부터 힘차게 빗어 내려갔다.

「어머, 훨씬 낫네요. 헬렌이 빗겨줄 때도 있는데 힘이 별로 없으니까 이렇게 시원하질 않거든요.」

록세나는 상쾌한 기분을 느끼면서 눈을 감았다.

「머리카락을 잘라낼까 하는 생각도 했었어요.」

「절대로 그러지 말아요.」

윈은 온몸이 불타는 듯 달아오르고 있었다. 두근거리는 심장소리를 들킬까봐 겁이 날 지경이었다.

「자, 다 됐소.」

록세나는 머리타래를 어깨 위에 찰랑대며 드리웠다.

「멋진데요. 좋아요, 오늘 저녁 당신 실수는 용서해드릴게요.」

윈이 유쾌하게 웃으며 그녀의 옆자리에 앉았다.

「당신을 기쁘게 만드는 일은 너무 쉬워.」

록세나는 나이트 캡을 여미고 침대로 갔지만 선뜻 들어가지 못하고 머뭇거리면서 미심쩍은 듯 중얼거렸다.

「이건 별로 좋은 생각이 아닌데.」

윈은 심호흡을 한 다음 가운을 벗고 침대로 들어갔다.

「차가운 바닥에 서서 뭘 그렇게 생각하는 거요. 그러다가는 발가락에 동상이라도 걸리면 어쩌려구요.」

록세나가 가만히 서 있는 동안 윈은 숨도 제대로 쉬지 못한 채 바짝 긴장하고 있었다.

「에이, 모르겠다.」

마침내 앤서니의 가운을 벗고 그의 옆으로 미끄러져 들어온 록세나는 리시처럼 베개를 꼭 껴안았다.

윈이 그녀 쪽으로 돌아누웠다. 깜빡 잊고 내리지 않은 커튼 사이로 달빛이 흘러 들어와 록세나의 모습을 고스란히 비춰주었다. 갑자기 그녀가 쿡쿡 소리내며 웃었다.

「오늘 아침에 눈싸움할 때요, 리시가 던진 눈이 레티스 고모에게 정통으로 맞았지 뭐예요. 그때 저, 웃음 참느라고 혼났어요.」

두 사람은 함께 웃음을 터뜨렸다. 그러고 나서 윈이 가만히 그녀의 손을 잡았다.

「잘 자요, 록시. 날 구해주러 와서 정말 고맙소.」

「당신 자신으로부터 당신을 구해줄 사람이 필요하죠.」

록세나는 그의 손에 잡혀 있는 손을 빼면서 졸린 목소리로 대꾸했다. 윈은, 어떻게 장난을 쳐야 록세나가 좋아할지 혹은 면박을 당할지를 생각해보면서 잠시 그대로 누워 있었다.

「잘 자요, 록시.」

원은 그녀의 뺨에 살짝 입을 맞추려고 팔꿈치로 몸을 지탱하여 그녀의 얼굴 위로 고개를 숙였다. 그러던 찰나, 돌아누우려고 몸을 뒤척이던 록세나와 머리를 부딪히고 말았다.

나중에 생각을 해보니, 그 사건은 콰트라 브라를 치고 워털루의 승리를 가져온 웰링턴 장군의 결정처럼 중요한 획을 긋는 순간이었다. 일단 시작되면 피할 수 없는 운명이라 믿고 싸워야 하는 그런 것. 마주보며 허허 웃고, 잘 자라는 인사를 한 다음에 다시 돌아누우면 그만이겠지만 두 사람은 그럴 수가 없었다. 간절히 바라던 것이었지만 전혀 뜻하지 않게 그런 기회를 만났는데 쉽게 잠이 오겠는가.

누가 먼저 시작을 했는지는 나중에 가서도 알 수가 없었다. 그녀가 먼저 그의 목을 감싸안은 걸까? 아니면 그가 그녀의 입술에 먼저 키스를 하고, 그녀의 팔이 자신에게 감겨오자 다시 한 번 입술을 가져간 것일까? 록세나의 입술은 상상했던 것처럼 감미롭고 부드러웠으며, 동시에 열정이 담겨 있었다. 록세나는 한숨을 쉬며 그에게로 더 가까이 몸을 밀착시켰다. 그녀의 손은 이제 그의 머리칼을 파고들었고, 몸은 그의 몸 아래로 미끄러져 들어가고 있었다. 마치 그곳이 자신이 속한 곳인 양.

록세나의 가운에 달린 단추를 풀어주고 그녀에게 옷 벗을 시간을 주고 난 후, 원은 사랑에 사로잡혔고 사랑이 그를 집어 삼켜버렸다. 자신의 뛰어난 기억력에 비추어보면 이렇게 당혹스러울 정도로 강렬한 순간은 처음이었다. 분명 록세나는 굶주려 있었고, 그렇기 때문에 서로가 녹초가 될 때까지 연거푸 그녀에게 쾌감을 안겨주면서 원은 더할 수 없이 절묘한 기쁨을 느낄 수 있었다. 그렇게 지치도록 사랑을 나눈 후에도 원이 그녀를 놓아주자 록세나는 내심 안타까워하는 눈치였다.

원은 문득 살갗에 와 닿는 선뜩한 밤공기가 느껴지자 일어나서 담요를 찾았다. 록세나는 가만히 누워서 담요를 덮어주는 그를 바라보았다. 그는 미소를 지어 보이며, 낡은 인형처럼 맥이 풀려버린 그녀의 손을 침대 위에 가지런히 내려놓았다.

아무 말도 하지 말자. 록세나의 옆에 몸을 눕히며 그는 생각했다. 여기 누워서 라벤더 향기와 록세나의 향기에 취하면 그걸로 충분해. 이 순간 이전의 나의 인생은 아무 의미가 없다. 나는 이제 사랑의 세례를 받아 새로 태어난 거야.

록세나가 한숨을 쉬자, 그는 한쪽 팔꿈치에 머리를 괴고서 그녀에게 고개를 돌렸다.

「정말 부끄러워요. 당신이 날 어떻게 생각할지…….」

그녀의 눈물이 또르르 뺨을 타고 베갯잇으로 굴러 내렸다.

신중해야 해, 플레처. 단 한번이라도 제대로 된 말을 해봐. 네가 제안해서 이루어진 이 엉뚱한 정략결혼을 완전히 깨뜨리고, 이 세상에 존재하는 줄 미처 몰랐던 강렬한 여인의 사랑을 보게 해준 것을 자책하고 있는 이 여자를 비웃으면 안 된다.

「말해봐요, 록시, 솔직하게. 앤서니와 마지막으로 사랑을 나눈 때가 언제였소?」

윈이 그녀의 얼굴을 어루만지며 묻자, 록세나는 눈을 감았다.

「세상을 뜬 지 이제 9개월이 됐어요. 눈을 감기 이태 전부터 그럴 힘을 잃었으니, 거의 3년이 다 되었죠.」

「건강하고 젊은 여성에게는 너무 긴 시간이오, 록시. 말해봐요, 부끄러워하지 말고.」

「전 사랑을 나누는 걸 굉장히 즐거운 일이라고 생각해요.」

나직하게 속삭이며 그녀는 두 손으로 얼굴을 가렸다.

「앤서니의 몸을 만지고 건강한 사람으로 돌려놓고 싶은 생각이 밤마다 간절했어요. 그럴 때마다 내 몸의 진을 다 빼버리려고 동네 언덕을 얼마나 숱하게 걸어다녔는지 이루 말할 수 없어요.」

그 말에 윈은 껄껄 웃었다.

「그러고 보니, 군인처럼 씩씩하게 걷는 당신 모습에 놀랐던 기억이 날 것도 같군.」

록세나가 나직하게 소리내어 웃자 그의 마음이 놓였다.

「제가 지금 정숙한 여자라면 하지 말아야 할 얘기를 한 게 아닌가 싶어요.」

「나에게는 말해도 괜찮소. 난 말이오…… 아, 어떻게 말을 해야 하나…… 당신이 원하는 것을 줄 수 있어서 너무나 흐뭇하오. 그러니 록시, 좀전에 내가 당신에게 준 그런 것을 원한다고 해서 부끄러움을 가질 필요는 없소.」

록세나는 몸을 떨다가 일어나 나이트가운을 찾아들고, 천천히 단추를 채우면서 달빛에 빛나는 그의 얼굴을 바라보았다.

「고마워요. 그런데 결혼계약이 엉망이 된 것 같아 유감이에요.」

「유감이라니, 록시. 당신이나 나나 무슨 힘으로 이런 상황을 억제하겠소.」

「알아요, 하지만…….」

록세나는 다시 자리에 누웠다. 포옹을 하려고 윈이 팔을 내밀었지만, 그녀는 베개를 껴안으며 고개를 저었다.

「마음이 아주 편해요.」

잠시 지나고 나서 록세나는 그 말을 하고 눈을 감았다.

마음 가득 차 오르는 애정을 느끼면서 윈은 그녀를 가만히 바라보았다. 그리고 소리 없이 맹세했다. 때가 되면, 록시, 날 진정한 남편으로 생각하게 될 거라고 믿소. 그때까지 참고 기다리리다.

「록시, 아직 안 자는 거요?」

그가 속삭여 물었다.

「으음…….」

「날이 밝기 전에 또 말동무가 필요하면 날 깨워요. 난 잠귀가 밝으니까.」

「부하가 옆구리를 쿡쿡 쑤셔대야 겨우 일어난다고 한 사람이 누구였더라.」

「그 친구는 록시 드루가 아니었으니까 그렇지. 잘 자요, 록시.」

록세나는 동이 트기도 전에 그를 흔들어 깨웠고 훨씬 완벽한 사랑을 나누었다. 처음에는 저택에서 자고 있는 사람들의 귀를 의식하던 윈도 나중에는 아무려면 어떠랴 하는 마음으로 마음껏 그녀를 안았다.

날이 밝아 윈이 일어나서 옷을 입을 때까지도 록세나는 어린아이처럼 팔을 축 늘어뜨리고 머리카락은 얼굴에 드리운 채 자고 있었다. 윈은 그녀를 위해 난로에 불을 더 지폈다. 타닥타닥 석탄 타들어가는 소리에도 움찔하지 않고 곤히 자는 그녀의 모습을 윈은 흐뭇한 마음으로 지켜보았다. 록시, 사랑을 나누느라 많이 지쳤나 보군. 난 이제 천년만년이라도 살 수 있을 것 같은데. 그런 영원한 생명을 당신이 나에게 주었소, 내 사랑.

록세나는 모두가 아침 식탁에 모인 후에야 내려왔다. 윈이 자기 옆의 의자를 톡톡 두드리며 말했다.

「당신을 못 보고 떠나는 줄 알았소」

「오, 죄송해요」

커피를 따라주는 윈과 눈을 마주치지 않으려고 애를 썼지만, 그녀의 볼이 붉게 달아오르는 것은 숨길 수가 없었다.

「모두 함께 떠나세요?」

「록시도 윈필드에 함께 가는 게 좋을 것 같은데.」

클레어리스가 말했다.

오, 제발, 클레어리스 누나. 그녀에게는 시간이 필요해.

「누나, 좀 미묘한 문제가 있어서 그건 곤란해. 그리고 헬렌과 리시에게도 바뀐 환경에 적응할 수 있는 시간을 줘야지. 이삿짐도 아직 다 못 옮겼고.」

그러자 이번에는 아마벨이 록세나에게 새침한 눈길을 고정시킨 채 끼여들었다.

「너무 서두르는 것 아냐. 남편 묻은 지 얼마나 됐다고.」

순간, 찬물을 끼얹은 듯 좌중에 침묵이 감돌았다. 윈이 아내를 돌아보니, 그녀는 나이프와 포크를 손에 들고 태연히 식사를 계속하고 있었다. 뭐라고 대꾸를 좀 해봐, 록시.

「맞아요, 좀 서두르긴 했어요. 고모 말대로 남편 묻은 지 얼마 되지도 않았는데 말이죠. 좋으실 대로 생각하세요, 전 그다지 마음에 두지 않을 테니까.」

차를 마시려던 참에 그 말을 듣고 사레가 걸린 아마벨은 기침을 해대면서 식당을 나가버렸다.

에드윈이 낄낄대며 웃었다. 프레드는 아마벨의 뒷모습을 보면서 빙그레 웃음을 지었고, 레티스는 그를 노려봤다.

「록시는 참 머리도 좋아. 아마벨의 입을 막는 게 쉬운 일이 아닌데 말이야.」

클레어리스가 록세나에게 미소를 지으며 말했다.

「늘 그런 건 아니에요.」

록세나는 얼굴을 붉히며 냅킨으로 입술을 닦았다.

「저기, 제가 누구 짐 싸는 걸 도와드릴까요? 아무래도 아마벨 고모를 도와드리는 게 좋겠죠?」

아, 이제 난 어떻게 되는 거야, 윈이 의자를 빼주자 자리에서 일어나면서 록세나는 생각했다. 누구 코를 납작하게 만들어주려던 건 아닌데. 그녀는 남편을 흘긋 쳐다봤다. 그리고 난 누구 등을 할퀴는 데 소질이 있는 것도 아닌데. 누구 마음에 상처를 입히고 싶지는 않아, 정말. 이제 이 남자는 날 어떻게 생각할까? 사람들이 빨리 떠날수록 내 마음도 빨리 진정이 될 텐데.

「록시, 잠깐 서재로 갑시다. 의논해야 할 일이 좀 있소.」

록세나의 팔을 붙들고 그는 성큼성큼 홀로 걸어나갔다.

「걸음걸이가 좋아진 걸 보니 다리가 많이 나았나 봐요.」

「좋아졌지. 다리뿐만 아니라 다른 것들도 다.」

대답하는 그의 입가에 희미한 미소가 걸려 있었다.

록세나가 책상 앞에 그와 나란히 앉자, 윈은 유리 캐비닛 안의 원장들을 가리켰다.

「영지에 관련된 일은 모두 티비가 알아서 할 거요.」

그의 말을 들으면서 록세나는 어젯밤 일에 대한 생각에서 현실로 서서히 자신을 끌어냈다. 윈은 작은 공책 한 권을 내밀었다.

「당신에게 매년 5,000파운드를 지급할 테니까 여기다가 사용내역만 기록하면 되고.」

「5,000파운드라고요? 전 지금까지 죽 200파운드로 살아왔어요!」

「얼마 안 있으면 상복을 벗을 테니 새 옷도 좀 구입해야 하잖소.」

「그래요. 하지만 그냥 수수한 무명옷 같은 걸 생각하는 중이었지, 무슨 금으로 장식된 옷이나 모피 옷을 사 입을 게 아니란 말이에요!」

윈은 웃으면서 그녀의 손을 잡았다.

「영락없이 요크셔 남자의 아내로군, 록시! 속치마도 아껴서 여러 번 뒤집어 입을 사람이 틀림없어.」

「다들 그렇게 살지 않나요? 아무리 생각해도 그건 제가 쓰기에 너무 많은 액수예요.」

「그 돈은 영지의 수익에서 나오는 거요.」

때마침 아래층에서 맨워링 경이 부르는 소리가 들려와 록세나를 응시하던 윈의 눈길을 거두어갔다.

「당신 앞으로 지급되는 거니까 당신과 아이들을 위해 써요! 다른 말은 하지 말고. 매형이 빨리 떠나고 싶어 야단이오. 아마벨하고 길을 떠날 때는 배가 두둑할 때 출발하는 게 상책이란 걸 알고 있는 모양이야.」

원의 손에 이끌려 자리에서 일어난 록세나는 잠시 그를 가만히 붙잡고 있었다. 그가 고개를 저으며 부드럽게 말했다.

「어젯밤 일 때문에 사과를 할 생각이라면 난 듣지 않을 거요. 나한테는 의미 있고 행복한 밤이었소. 당신한테도 마찬가지일 테고. 그러니 지금은 그대로 마음속에 간직하도록 합시다.」

록세나가 한숨을 쉬었다.

「한숨을 쉬거나 자신을 괴롭히지 말아요. 가끔 나에게 편지를 써서, 여기 일이 어떻게 돌아가는지를 알려줬으면 하는 게 내 바람이오.」

그는 록세나의 팔을 자기 팔에 끼우고 홀로 나갔다.

「돈은 마을에 있는 내 변호사를 찾아가면 줄 거요. 그리고 그의 부인이 괜찮은 피아노 교사를 잘 알 테니 한번 물어봐요.」

「네.」

「나름대로는 이것저것 세심하게 살피려고 애를 쓰는 중이오. 우리 결혼증서와 내 이혼서류 사본, 그리고 동산(動産)에 대한 증명서도 변호사에게 모두 맡겨놓았으니까 혹시라도 위트콤이 무슨 꼬투리를 잡으려 들면 그 사람을 불러요.」

「그럴게요.」

록세나는 그와 보조를 맞추려고 걸음을 빨리 하면서 대답했다.

「아, 여기 당신을 보낼 이별군단이 왔군요. 잘 잤니, 애들아!」

원은 아직 졸린 눈을 비비고 있는 필리시티를 안아들고 홀을 계속 걸었다. 그의 눈길이 록세나에게서 헬렌에게로 옮겨갔다.

「헬렌, 승마연습은 계속 할 거지? 엄마가 타기에 좋은 작은 암

말도 한 마리 주문해두었다. 물론 안장도 함께.」

「그럴 필요는…….」

「록시, 당신 마음에 딱 드는 일을 하기가 왜 이렇게 힘이 들어야 하는 거요!」

항의하듯 말했지만, 즐거워하는 기색이 역력한 목소리였다.

「헬렌, 엄마에게 말 타는 법 좀 가르쳐드려라. 금방 익숙해지실 거야.」

「네, 그럴게요.」

헬렌은 자못 엄숙하게 다짐을 했다.

「그리고 스카를라티(1685-1757, 이탈리아의 작곡가 및 쳄발로 연주자. 근대 피아노 주법의 아버지로 알려져 있음)도 계속 연습할게요.」

「몇 밤 자고 올 거예요?」

리시가 두 손으로 그의 얼굴을 만지며 물었다.

윈은 걸음을 멈추고 아이의 눈을 들여다보았다.

「글쎄…….」

「언제냐니까요.」

윈은 고집 부리는 리시를 내려놓고 현관문을 열었다.

「나도 모른단다.」

록세나는 리시 옆에 꿇어앉아 아이를 끌어안았다. 갑작스럽게 눈물을 터뜨리는 아이와 함께 소리내어 울어버리고 싶은 엉뚱한 충동이 밀려들었다.

「윈 경은 해야 할 일이 아주 많으시단다. 지금까지…… 우리와 함께 있어주신 것만도 기쁘게 여겨야지.」

계속 울어대던 리시는 윈이 다시 안아들고 손수건을 꺼내어 코에 대주자 울음을 그쳤다. 그러다가 코를 풀고는 또 다시 그의 목에 팔을 감고 서럽게 울기 시작했다.

록세나는 현실로 닥친 이별의 아픔을 견딜 수가 없어 애써 그 광경을 외면했다. 참 많이 고마웠어요, 윈. 정신을 수습하고 간신히 미소를 지어 보이면서, 그녀는 짐 가방을 들고 서 있는 에드윈 일행에게 목례를 건넸다. 당신은 내 아이들을 구해줬고, 평생동안 먹고살기에 충분한 돈도 주셨어요. 이제 이렇게 아름다운 집에서 걱정거리도 없이 안심하고 살 수 있게 되었구요. 그런데 난 왜 이렇게 두려운 걸까요?

그것은 답을 알 수 없는 물음이었다. 윈의 표정도 편해 보이지는 않았다. 그는 자신의 목에 감긴 리시의 팔을 가만히 풀어내어 록세나에게 아이를 맡겼다. 리시가 그를 빤히 처다봤다.

「언제 돌아올 건지 알고 싶어요」

아이는 엄마처럼 한 단어씩 또박또박 발음했다.

그래요, 말해줘요, 언제인지. 록세나도 속으로 묻고 있었다.

「리시!」

그는 할 수 없이 성을 내며 록세나에게 눈을 돌렸다.

「그건 여러 가지 형편에 달려 있는 일이오. 당신은 이해하지 못할 일들이 아주 많단 말이오.」

「빨리 말해줘요.」

리시가 또 보채자, 이를 지켜보고 있던 클레어리스가 와서 동생의 옆구리를 슬쩍 찔렀다.

「윈, 너는 아이를 안 길러봐서 모르겠지만, 네 살 짜리 아이한테는 대답을 해줘야 해.」

록시는 클레어리스의 말에 동의한다는 듯 고개를 끄덕였다.

윈은 잠시 생각을 해보다가 목청을 가다듬고는 아이의 어깨에 손을 얹었다.

「알았다, 말하마, 필리시티 드루. 얼른 갔다가 3월이 되면 요크에 있는 변호사 아저씨랑 함께 돌아올 거야. 우린 노섬벌랜드에 가서 귀찮은 일을 해결해야 돼. 그때쯤이면 눈도 다 녹을 거야.」

그는 다시 리시의 옆에 꿇어앉았다.

「이제 됐지?」

리시는 눈물이 마르지 않은 채 잠시 잠자코 있다가 윈의 손수건으로 다시 한 번 코를 풀었다.

「엄마, 달력에 날짜를 표시해도 돼요?」

「그래, 그렇게 하려무나. 더 이상 윈 경을 성가시게 하지 말고.」

엄마의 말에 리시는 짐짓 점잖을 빼며 대답했다.

「성가시게 하는 거 아니에요, 엄마. 궁금하니까 물어보는 거지.」

아이의 말에 랜드 가 사람들은 일제히 웃음을 터뜨리며 마차에 올라탔다. 윈은 네이의 고삐를 매형의 마차 꽁무니에 매어두고 다시 현관 앞 계단으로 왔다. 마음에 내키지 않는 듯 천천히. 그러고는 헬렌의 두 손을 마주 잡았다.

「엄마를 잘 보살펴드려야 한다.」

그의 긴장된 목소리를 들으며 록세나는 마음속으로 속삭였다. 당신도 부디 몸조심하고 감기 걸리지 말아요. 험한 여행을 하고 제대로 쉬지도 못한 채 다시 먼길을 떠나는 당신이 걱정이에요.

「걱정마세요. 그리고 편지 쓸게요.」

「좋지!」

그는 헬렌의 이마에 키스를 한 후 다시 리시를 안고 일어섰다.

「넌 결코 성가신 아이가 아니란다, 리시. 가끔 이 아저씨가 생각나면 요크 평원을 바라보렴. 그 끝에 내가 가 있을 테니.」

리시는 고개를 끄덕이며 그의 얼굴을 다시 매만졌다.

「3월?」

「그래, 고작 석 달이야, 리시.」

이제 그녀의 차례였다. 무슨 말을 해야 하죠? 록세나는 그의 팔을 붙잡으며 생각했다. 난 당신을 무척 좋아해요. 내가 당신의 심지까지 모조리 태워 썼다는 걸 하느님은 아시겠죠. 그리고 어쩌면 당신은 앤서니보다도 나에 대해 더 많이 알고 있는 사람이기도 하답니다. 최악의 일을 겪을 때마다 당신이 옆에서 지켜주었잖아요.
「무슨 말을 해야 할지 모르겠어요.」
눈물이 고인 채 그녀는 솔직하게 고백했다. 그러자 윈이 그녀의 숨통을 조일 정도로 와락 끌어안았다가 놓아주었다.
「언젠가는 알게 될 거요, 록세나.」
「확신할 수 있으세요?」
록세나가 중얼거리는 듯 작은 소리로 물었다.
「아니, 확신은 못 하오. 여자에 관한 한 난 워낙 바보라서 말이오. 잘 있어요, 록시. 가끔 내 생각도 해주고.」
말을 마친 그는 록세나에게 키스를 하고 모자를 쓴 후에, 계단 앞에 옹기종기 붙어 서 있는 세 모녀를 마지막으로 한 번 더 오래도록 바라보았다. 그러고는 돌아서서 서둘러 계단을 내려갔다. 마차에 오른 후 그는 한번도 돌아보지 않았지만, 세 모녀는 마차가 작은 점이 되어 가로수 길 너머로 사라질 때까지 그 자리에 그대로 서 있었다.
「자, 애들아.」
마침내 록세나가 아이들을 둘러보며 입을 열었다. 리시는 맨발이었고 헬렌은 추워서 떨고 있었다.
「얼른 가서 계피 빵을 먹고 매기 아줌마를 찾아보자. 할 일이 많을 기야.」
홀은 텅 비어, 군대 풍의 민첩하고 단호한 발걸음소리도 이제는 들리지 않았다. 거실에는 조급하게 쳐 내려가는 하이든의 곡도 울리지 않았다. 계피 빵은 예전 그 맛이 아니었고, 리시마저도 빵을 다 먹지 않고 남겼다. 파이브 펜스를 훈련시켜야 하지 않느냐고 헬렌에게 말했지만 아이는 몸을 움츠리고 마냥 앉아만 있었다.

「우리 모두 우울한 것 같구나. 자, 애들아, 그래도 옷은 갈아입어야지.」

아이들을 다독거려 방으로 보낸 후에 록세나는 윈과 함께 쓰던 침실로 들어갔다. 시트와 이불이 엉망으로 구겨져 있었다. 아직 그의 체온과 체취가 남아 있기를 바라면서 그녀는 윈이 누웠던 자리에 잠시 앉아 있었다.

다 사라지고 없었다. 드레스 룸을 들여다봤지만 그의 옷가지는 하나도 남아 있지 않았다. 면도기도, 책도, 안경도 보이지 않았다. 이부자리를 정리하는데 문득 침대 아래 뭔가 하얀 것이 눈에 띄었다. 그의 잠옷이었다. 록세나는 그 옷을 집어들고 나직하게 웃었다. 이게 끝이란 말인가, 그런 생각을 하면서 그녀는 그의 잠옷을 가져다가 드레스 룸에 걸었다.

옷가지를 담아놓는 바구니 옆에 달력이 보였다. 그녀는 몽당연필을 찾아내어 12월 30일에 X 표시를 그었다.

「1월, 2월, 3월, 그리고 그 다음엔? 그 다음엔 뭐가 있을까, 록시?」

16

　노스 라이딩 사상 최고로 눈이 많이 내렸다고는 할 수 없어도 그에 버금가는 정도는 되는 겨울이었다. 록세나는 1월 31일에 그달의 마지막 X 표를 긋고 달력을 찢어 불 속에 던져넣었다. 2월도 참 길게 느껴지리라. 마치 한 달이 50일은 되는 것처럼 날이 더디게 가고 있었다. 그렇게 한 달을 더 보내고 나면 3월이고, 티비와 양치기들은 암양들이 나다니다가 얼음이 녹은 질척한 땅에 빠질까봐 신경들을 곤두세울 것이다. 그리고 바람이 살랑살랑 불어오면, 그녀와 리시는 땅거미가 내려앉는 요크 평원을 바라보며 하염없이 시간을 흘러보내게 되리라.

　헬렌은 원의 부재에 빠르게 적응해가는 듯했다. 마구간에 가서 파이브 펜스와 보내는 시간이 많아지고, 어떤 때는, 원이 록세나에게 이별의 선물로 준 조세핀 황후를 쓰다듬어주러 가자고 엄마를 조르곤 했다. 록세나는, 눈이 완전히 녹아서 그 예쁜 암말을 타고 나갈 수 있기를 내심 고대하고 있었다.

「엄마, 조세핀은 엄마를 좋아하나 봐요.」

「그래, 헬렌, 엄마도 조세핀이 참 마음에 드는구나.」

말의 콧등을 쓰다듬어주면서 록세나가 대답했다.

「조세핀의 모습을 그려서 윈 아저씨께 보내드릴까 봐요.」

헬렌이 록세나에게 말 모이 양동이를 건네며 말했다.

「그럼 좋아하실까요?」

「틀림없이 좋아하실 거야.」

「엄마도 편지 쓰실 거죠?」

「물론이지. 하지만 리시에게는 말하지 않는 게 좋겠다. 편지를 보낸다고 하면 윈 경이 여기 없다는 게 떠올라서 또 슬퍼할 테니까.」

헬렌은 파이브 펜스에게로 돌아서서 갈기를 빗어주기 시작했다.

「곧 아무렇지도 않을 거예요, 엄마.」

아이의 어조는 담담하다 못해 조금은 냉정하기까지 했다.

「난 이제 아무렇지도 않은걸요.」

「이런, 조금은 냉정하게 들리는구나, 헬렌.」

헬렌은 조랑말에 몸을 기대었다.

「엄마, 나는요, 곧 떠나버릴 사람은 좋아하고 싶지 않아요. 아빠처럼 말이에요. 그건 너무 힘들어요.」

록세나는 모이 양동이 위에 앉아서 헬렌을 무릎에 앉혔다.

「오, 헬렌, 그렇게 어른스럽게 말하지 마라.」

엄마에게 꼭 안긴 헬렌의 눈에는 슬픔이 가득했다.

「엄마, 나도 아저씨가 보고 싶어요. 왜죠, 엄마? 여기 얼마 계시지도 않았는데. 왜 보고 싶은 거죠?」

록세나는 다시 딸을 더 꼭 껴안았다.

「그건, 빈곳을 가득 채워가는 방법을 그분은 알고 계시기 때문이겠지, 안 그러니?」

「맞아요, 아저씨는 정말 그랬어요.」

헬렌은 엄마의 무릎에서 내려와 파이브 펜스에게로 갔다.

「전요 아빠에 대한 것들을 조금씩 잊어가고 있어요. 윈 아저씨에 대한 것들도 그렇게 잊게 될까요? 왜 그래야만 하는 거죠? 난 기억하려고 자꾸만, 자꾸만 애 쓰는데…….」

헬렌의 말꼬리는 그렇게 흐려갔다.

나도 모르겠구나, 헬렌. 그날 밤, 아이들이 잠들고 나서 한참 동안 록세나는 서재에 앉아 생각에 잠겼다. 그리고, 헬렌이 그려서, 잘 접어 후작 앞으로 주소를 써넣은 말 그림을 집어들었다. 그가 무척 멀리 떨어져 있는 듯한 기분이 들었다. 벌써 한 달이 넘었다. 둘이 함께 보낸 격정의 밤도 이제는 가물가물해져가고 있었다. 록세나는 책상에 엎드렸다. 눈이 그치면 다시 긴 산책을 시작해야겠어. 눈이 그치면…….

윈은 일 주일에 한번씩 답장을 보내왔다. 리시가 받는 것은 주로 그가 손수 그린 윈필드의 스케치들이었다. 어떤 스케치는 거미줄이 무성한 벽에서 무시무시한 왕방울 눈으로 아래를 노려보고 있는 얼굴들을 줄줄이 그린 것인데, 거기에는 메모가 덧붙여져 있었다. '네가 이곳에 있었으면 얼마나 좋을까' 도깨비라도 튀어나올 듯 무시무시한 그림의 맨 꼭대기에 휘갈겨 쓴 그 글에 모두들 한바탕 웃음을 터뜨렸다.

헬렌에게는 말에 대한 조언이나 악보를 보내왔다. 악보 가운데 하나는 모차르트의 것이었고 또 하나는 자신이 직접 작곡한 것인데, 헬렌은 싫증도 내지 않고 그 곡을 몇 번이나 되풀이해서 치곤 했다. 헬렌이 그 곡조를 콧노래로 흥얼거리거나 피아노로 치는 소리가 들려올 때면 록세나는 속으로 중얼거렸다. 이래도 우리에게 관심이 없다고?

록세나 앞으로 보내는 편지는 주일날 예배당에서 읽어도 될 만큼 경건한 것이었다. 최근에 벌어진 의회의 실수를 덤덤하게 적어 보내기도 했고, 보다 자주 언급하는 것은 그를 런던으로 이끌어 내어 몇 주 동안 그곳에 체류하게 만든 사업에 관한 소식이었다.

'있잖소, 사업에 손을 대보니 어느새 내가 아는 몇몇 고단수 잔소리꾼들 앞에서도 장사꾼 기질이 나온다오. 하지만 이제 사교계하고는 상종할 일이 거의 없으니 아무려면 어떻겠소. 내가 돈을 많이 벌면 우리집 잔소리꾼들은 자부심이 충천해서 좋고, 난 더욱 부자가 되어서 좋을 테니 그것으로 족하지 않을까.'

록세나는 투자한 사업이 운하건설이라니 재미있을 것 같다며 좀 더 자세한 설명을 써보내 달라고 답장을 했다. 그러자 윈은 즉시 지도까지 동봉해서 대강의 사업계획을 적어보냈다. 편지를 꼼꼼히 읽어 내려간 록세나는 자신이 여자라고 해서 그가 내용을 꾸미거나 지나치게 간략하게 쓰지 않았다는 사실에 흐뭇함을 느꼈다. 운하의 지도 가운데 하나에는 작은 배 한 척이 위트콤과 비슷하게 생긴 해적에게 기습당하는 광경이 그려져 있었는데 리시가 무척 좋아했다.

베개 밑에 숨겨놓고 그 내용을 줄줄 외게 될 지경까지 몇 번이고 꺼내 들여다볼 만큼 특별한 게 들어 있는 편지도 아니건만 록세나는 그 편지를 읽고 또 읽었다. 그러면서 자신을 꾸짖기도 했다. 도대체 뭘 기대하겠다는 거야, 록시. 하지만 편지 속에 절절하게 드러나고 있는 그의 됨됨이는 거부할 수가 없을 만큼 강하게 마음을 끌어당겼고, 편지 안에 그가 살아 있는 것처럼 느껴질수록 그의 부재에 따른 쓸쓸함도 더욱 커지는 것만 같았다.

「우리가 아저씨를 보고 싶어하는 것만큼 아저씨도 우리가 보고 싶을까요?」

어느 날, 밤 기도를 마치고 등불을 끄려는데 리시가 그녀를 빤히 쳐다보며 물어왔다.

　록세나는 침대에 걸터앉아, 그녀와 똑 닮은 리시의 눈을 가만히 응시했다.

「아저씨는 운하개발사업도 하고 영지 일들도 돌보시느라 눈코 뜰 새 없이 바쁘셔.」

「내가 보고 싶다고 하면 3월 달이 되기 전에 오실까요?」

　졸려서 눈이 감기기 시작하면서도 리시는 고집스럽게 물었다.

「왜 이렇게 궁금한 게 많아, 응!」

　딸에게는 대답을 회피했지만, 록세나의 마음 역시 아이와 다를 게 없었다. 상황에 떠밀려 급작스럽게 결혼식을 치르기 훨씬 이전부터, 아침에 눈을 뜨면 모어랜드 저택에서 수리 작업을 하다가 우연히 그를 만나는 상상을 하며 마음이 설레곤 했던 그녀였다. 그는 언제나 애깃거리를 가지고 있었고, 가만히 그를 관찰하고 있다 보면 즐거운 것도 많이 발견되었다. 사실, 괘씸할 때도 있었지만 얼굴 붉히면서 웃어넘기면 그만인 것들이었다.

　서서히 2월에서 3월로 넘어갈 무렵, 록세나는 그의 편지가 왜 그렇게 사무적이고 딱딱한지 알 것 같다는 생각이 들었다. 둘 사이의 관계를 발전시킬 만한 빌미를 내비치지 않으려고 표현을 자제하고 있는 것이 분명했다. 속절없이 무언가를 더 바라고 있는 자신을 책망하면서도 그런 생각에 마음이 괴로워지는 것은 어쩔 수가 없었다. 그와는 어디까지나 정략결혼을 한 사이일 뿐이다. 단 한번 실수한 것을 제외하면. 하지만 인간이라면 누구나 실수를 하는 법이잖아, 그렇게 생각을 하다가도 그녀는 혼자 얼굴을 붉혔다. 하지만 그건 한때의 일이고, 분명 윈에게는 그다지 대수로운 일도 아닐 터였다.

　그래, 그랬을 거야. 영원히 계속 내릴 것만 같았던 1817년의 하얀 눈이 이제는 제발 그치기를 바라는 마음으로, 하웰 부인과 함께 봄맞이 준비 대청소를 하느라고 부지런히 몸을 놀리면서 록세나는 그런 판단을 내렸다. 3월 5일은 앤서니가 세상을 떠난 지 일주기가 되는 날이었고, 그날 윈은 부르고뉴 산 돋을무늬 무명 한 필을 동봉한 편지를 보내왔다.

'사랑하는 록시, 이걸로 산책용 드레스를 만들면 어떻겠소? 런던에서 눈에 띄어 샀는데, 당신에게 잘 어울릴 것 같다는 생각이 들더군. 이후에 더 보내리다, 윈.'

이틀 후, 연자주색, 연회색, 파란색, 흰색 등 형형색색의 직물을 한아름 실은 짐마차가 도착했고, 녹색 천에 쪽지도 한 장 꽂혀 있었다. '이거면 당신과 아이들 옷을 만들기에 충분할까? 더 보내줄 수도 있소. 아마 더 보내게 될 거요. 당신, 나 알잖소. 윈.'

매기는 쪽지를 보고 웃음을 터뜨리더니, 리넨 보관실에 옮겨놓은 피륙더미를 가리키며 말했다.

「충분하냐니? 이거면 한 소대는 넉넉히 해 입힐 수 있겠구만. 옷 한 벌 짜는데 천이 몇 필씩이나 들지는 않는다고 일러드려야겠네. 록세나? 또 부질없는 공상을 하고 있나 보군요.」

'당신, 나 알잖소.' 록세나는 매기에게 주의를 기울이려고 애쓰면서 그 구절을 다시 한 번 들여다보았다. 아니, 난 당신을 몰라요, 윈. 그런데 당신을 끔찍하게 잘 알기도 하죠. 이런, 정말 횡설수설이군.

「뭐라고 했어요, 매기? 미안해요, 다시 말해줄래요?」

윈이 보낸 것들은 봄철 옷감이었지만 노스 라이딩에서는 아직도 봄이 꿈처럼 멀기만 했다. 어쨌든 록세나는 의상실에서 사람을 불러 그녀와 아이들의 옷에 대해 상의했는데, 그날도 여전히 눈발이 날리고 방풍이 잘된 모어랜드 저택의 유리창 너머로 바람이 휘몰아치고 있었다. 날씨가 풀리면 하루 날을 잡아서 달링턴에 들러 모자와 실크스타킹을 마련하리라고 그녀는 마음먹었다.

원의 침실 도배와 칠 작업을 끝으로 집수리는 일단락되었다. 사실, 이불보나 가구는 여전히 한 세기나 뒤떨어진 것이지만, 좀더 두었다가 리치몬드의 도매상에 들르는 날 신식유행에 맞는 것으로 바꾸기로 했다. 커튼도 그때 가서 새로 사들이면 될 터이다. 그런 문제들에 대해 록세나는 점점 흥미를 잃어가고 있었다. 집을 새롭게 단장하는 일이 대체 무슨 의미가 있을까? 그녀와 아이들의 방은 충분히 만족스럽고, 다른 방들은 늘 비어 있는데.

3월이 되자 리시가 의기양양하게 2월의 달력을 찢어냈다.

「엄마, 아저씨가 3월이 되면 온다고 했죠?」

아이의 입에서 수도 없이 그 질문이 되풀이되었다. 날이 밝아 록세나가 옷 단추를 채워주기가 무섭게 리시는 창가의 의자로 달려가서 앉았다.

「엄마, 아저씨가 오시면 이 창에서 제일 먼저 보이죠?」

「리시, 아저씨는 오지 않으실지도 몰라.」

헬렌이 끼여들어 말하자 리시는 단호하게 머리를 흔들었다.

「아냐, 오신다고 그랬어.」

오, 애들아……. 록세나는 창가에 앉아 있는 두 아이를 마냥 바라봤다. 감상에 젖어들면 안 돼. 하루종일 앉아서 무슨 특별한 일이 생기기만을 기다리고 있을 수는 없잖아. 제발, 주여, 어서 봄이 오게 해주세요. 그날 밤 록세나는 그렇게 기도했다.

침대에 누워 베개를 꼭 껴안은 채 오슬오슬 떨고 있는데 윙윙거리는 바람소리가 들려왔다. 어서 자. 록세나는 자신을 다그쳤다. 곧 눈이 내릴 것만 같아 두려워하고 있는데, 문득 뭔가 다른 소리가 들려오는 듯했다. 가만히 귀를 기울여보니, 창문 밖 고드름이 녹아 똑똑 떨어지는 소리가 남풍에 실려오고 있었다. 봄이 오는 소리였다.

이틀 사이 바람이 더 포근하게 불어오고, 점차 대지도 요크셔의 겨울잠에서 깨어나 기지개를 켜기 시작했다. 아직도 곳곳에 눈이 남아 있긴 했지만, 밖에 나가 산책도 하고 검은 흙을 다시 구경할 수 있게 되었다. 봄이 오면 맨 먼저 새순이 트는 크로커스가 여기저기에서 눈을 뚫고 나와 고개를 내밀고 있었다.

아침식사를 끝내고 록세나는 아이들을 불러모았다.

「자, 얘들아, 제일 낡은 신발을 신어라. 산책하러 가는 거야.」

좀 섣부른 결정이 아닌가 싶기도 했지만, 아이들은 좋아서 어쩔 줄을 몰라했다. 골짜기를 가르며 불어오는 바람에서도 겨울의 기세가 한풀 꺾인 것을 알 수 있었다. 리시는 보물단지처럼 아끼는 빨간 털장갑을 힘껏 당겨 끼고는 손을 번쩍 치켜들었다.

「엄마, 장갑이 작아졌어요.」

록세나가 웃으면서 리시의 장갑을 들여다봤다.

「올 겨울에는 새 장갑을 떠줘야겠구나. 헬렌, 네 것도 작아졌니?」

헬렌이 고개를 끄덕였다.

「그런 건 겨울이 오면 생각해요, 엄마. 엄마가 늘 그러는 것처럼 나중으로 미뤄버리는 거예요.」

오랜만에 맞는 바깥바람이 마냥 즐거운 세 식구는 다함께 웃음을 터뜨렸다. 산책길에 전에 빌려 살던 집을 지나게 되었는데, 널찍한 모어랜드 저택에 살다가 보니 마치 그 집이 인형의 집처럼 작아 보였다.

「헬렌, 매기 아줌마가 원한다면 이 집에 와서 살라고 말씀드릴까 하는데, 네 생각은 어떠니?」

「왜요, 엄마? 아줌마는 우리랑 함께 지내는 걸 좋아하잖아요.」

「여자는 누구나 자기만의 집을 갖고 싶은 법이야. 여기 오기 전에 매기 아줌마는 셋집에서 살았거든.」

양쪽으로 아이들의 손을 잡고, 그녀는 목장 쪽으로 향했다.

「윈 경의 생각은 어떤지 한번 물어봐야겠구나.」

오래 산책을 하기에는 너무 추운 날씨였지만 목장은 팔을 벌려 그들을 환영하는 듯했다. 멀리 양떼들이 보이자, 리시가 손을 흔들며 달려나갔다. 헬렌과 록세나가 지켜보는 동안, 리시는 멈춰 서서 양 한 마리를 내려다보다가 다시 엄마에게 달려왔다.

「엄마, 양이 자꾸 끙끙대요.」

아이는 양 소리를 흉내내며 말했다.

「어디가 아픈 게 아닐까? 어서 가보자.」

서둘러 가보니 새끼를 밴 암양이 심하게 진통을 하고 있었다. 록세나가 진흙 땅에 무릎을 꿇고 앉아 진흙이 엉겨붙은 털을 헤치고 양의 상태를 살펴보았다.

「헬렌, 가서 티비나 양치기를 찾아오너라.」

암양은 고통이 심한 듯 끙끙 신음소리를 내며 희미하게 숨을 몰아쉬고 있었다.

간 지 한참이 지나도록 헬렌은 감감무소식이고 바람은 점점 차가워지고 있었다. 엄마 옆에 쭈그려 앉은 리시는 코가 빨개졌고 바람에 세게 불 때마다 몸을 떨고 있었다.

결국 록세나가 외투를 벗고 소매를 걷어붙였다.

「할 수 없다……」

「엄마, 뭐 하는 거예요?」

암양의 몸 안으로 손을 집어넣는 록세나의 모습에 리시가 깜짝 놀라며 물었다.

록세나는 암양의 몸 안을 더듬어 얽힌 다리를 찾아냈다.

「어머나, 리시, 안에 새끼양이 적어도 두 마리는 있구나!」

리시가 바싹 다가와 고개를 내밀었다.

「엄마! 어떻게 하는 건지 알아요?」

「할 수 있을 것 같아.」

록세나는 이를 악물고 두 개의 다리를 끄집어낸 후에 다른 두 개의 다리를 끄집어내려고 다시 안으로 손을 밀어넣었다.

티비가 달려왔을 때는 갓 태어난 두 마리의 새끼양이 몸을 떨며 어미의 젖을 찾고 있었다.

「좋아요, 좋아, 잘하고 있어요, 랜드 부인.」

아직 나오지 않은 새끼양을 꺼내려고 록세나가 계속 애를 쓰고 있는 동안 티비가 옆에 와서 쪼그려 앉았다.

「계속 하세요. 마지막 놈은 굴 알맹이처럼 매끄럽게 빠져 나올 겁니다. 정말 잘하십니다, 랜드 부인! 이러다가 부인이 우리 양치기들을 죄다 몰아내겠어요!」

리시가 세 마리의 새끼양을 물끄러미 바라보는 사이, 록세나는 얼얼하게 저리는 손가락을 주무르며 몸을 일으켰다. 갸르릉거리며 어미의 젖을 빠는 새끼양들의 모습에 뭐라 말할 수 없는 뿌듯함이 느껴졌다.

「엄마, 엄마 정말 대단해요!」

헬렌이 양치기와 함께 달려오면서 외쳤다.

록세나는 양치기가 건네주는 수건을 받아들었다. 피와 진흙으로 범벅이 되었지만 그녀의 얼굴에는 흡족한 미소가 떠올라 있었다. 봄이 마침내 새 생명을 거느리고 이 거친 땅을 찾아온 것이다. 그 봄이 머지않아 윈도 다시 이곳으로 불러다주리라.

그날 밤, 헬렌은 윈 앞으로 보내는 편지에 목장에서 일어난 일을 소상하게 써 내려갔고, 옆에서는 리시가 세 마리 새끼양들의 그림을 그리고 있었다. 아이들의 항의에도 불구하고, 록세나는 어미양의 몸 속에 그녀의 팔을 디밀고 있는 모습을 그린 첫 번째 그림은 보내지 말자고 극구 반대를 했다.

「양이 어디에서 나오는지는 윈 경의 상상력만으로도 충분히 알 수 있을 거야.」

아이들을 설득하면서 그녀는 매기에게 집을 빌려주는 문제를 언급한 자신의 편지를 그림과 동봉했다.

다음날은 날씨가 훨씬 더 포근해져서, 낮잠을 자는 리시를 매기가 돌보는 동안 록세나와 헬렌은 말을 타고 마을로 편지를 부치러 나갔다. 조세핀이 얼마나 온순하고 점잖은지를 확인하게 된 록세나는 말을 고르는 윈의 뛰어난 안목에 새삼 감탄했다.

「엄마, 이보다 화창한 날 본 적 있어요?」

헬렌이 해바라기처럼 하늘을 향해 고개를 치켜들고 외쳤다.

「아니, 이런 날은 정말 처음이다, 헬렌.」

작년 이맘때 앤서니를 잃은 절망감으로 망연자실했던 기억이 아스라이 먼 과거의 일처럼 느껴졌다. 노스 라이딩에 찾아든 아름다운 봄의 풍광을 한껏 음미하며 말을 달리려니 작년에 흘린 숱한 눈물과 절망도 눈이 녹으면서 모두 함께 땅속으로 스며들어버린 것만 같았다.

모어랜드로 돌아오는 길에 위트콤 가의 묘지에도 들러보았다. 이미 오래 전에 눈이 녹은 앤서니의 무덤가에는 크로커스가 만발했다. 비석 앞에 하늘거리며 피어난 꽃들을 보면서 록세나는 울컥 목이 메어왔다.

「헬렌, 내일은 여기 와서 수선화를 좀 심자꾸나.」

「네, 좋아요, 엄마. 여름이 되면 다른 것도 심구요.」

록세나는 헬렌의 어깨에 팔을 두르고 묘지를 나섰다. 담쟁이덩굴도 심고, 조금 있다가 호랑가시나무도 심어야지. 때마침 날카롭게 불어온 바람에 꽃잎이 휘날리는 크로커스를 마지막으로 일별한 후 록세나는 발길을 돌렸다.

리시는 그 주 내내 우체부를 기다렸다. 역시나 윈은 실망시키지 않았다. 다른 사람들이 지켜보는 가운데 편지를 개봉하고 록세나를 그린 그림을 꺼내본 리시는 도무지 믿을 수가 없다는 듯 눈을 동그랗게 뜨며 침대에서 일어나 앉더니 담요를 꽉 움켜쥐었다. 록세나가 그림 하단에 쓰여 있는 짧은 글귀를 흘끗 보더니 웃음을 터뜨리며 읽어 내려갔다.

「'어린양이여, 누가 너를 끌어내었느냐? 누가 너를 끌어내었는지 너는 아느냐?' 좋은 시구를 이렇게 난도질해놓다니, 윈 경을 만나면 단단히 혼을 내야겠어!」

아이들이 그림을 붙일 적당한 장소를 찾는 동안, 록세나는 자신에게 온 편지를 읽어봤다. 매기에게 집을 빌려주는 문제에 대해 그는 흔쾌히 동의하고 있었다.

'매기가 당신과 아이들에게 얼마나 소중한 사람인가를 생각하면 그것으로도 부족한 것 같소. 그런 생각을 해내다니, 당신은 참 현명한 아내요.'

매기 왓슨의 급료로 연 300파운드를 책정했다는 소식에 록세나는 마음이 더욱 훈훈해졌다. 그의 편지는 계속 이어지고 있었다.

'그녀의 헌신은 의무의 수준을 뛰어넘는다고 해야겠지, 안 그렇소, 여보?'

여보……. 왠지 정겹게 들리는 어휘였다.

그러나 계속 읽어 내려가던 록세나의 이마가 찌푸려졌다. 맙소사, 헬렌이 옳았어.

'3월에 간다고 했던 약속을 지키지 못할 것 같아 걱정이오. 운하 사업에 투자할 사람을 구워삶아야 할 일이 생기는 바람에, 노섬벌랜드에 가는 길에 칼라일을 경유해야 할 것 같아서 말이오. 아이들에게 내가 무척 미안해한다고 꼭 좀 전해줘요. 사업이 순조롭게 진행되면 여름에는 찾아갈 수 있을 거요, 윈.'

여름이라니, 너무 막연했다. 하지만 록세나가 손을 쓸 수 있는 상황이 아니었다. 한 시간쯤 지나서 록세나는 아이들 방을 나왔다. 윈이 올 수 없다는 소식에 엉엉 울며 떼를 쓰던 리시는 눈물이 뺨에 말라붙은 채 잠이 들었다. 록세나는 조용히 자신의 침실로 가서 창가에 앉았다. 곰곰이 생각을 해보니 헬렌의 반응이 훨씬 더 심각했다는 생각이 들었다. 겁에 질린 듯 안색이 변하면서 어깨가 축 처지더니 염려하는 눈길로 엄마를 바라보며 나직하게 말했다. '엄마, 우리가 윈 아저씨를 마음 깊이 생각할 필요는 없잖아요?' 그러고는 난로 옆의 의자에 앉아 꼼짝도 하지 않았다.

어느 집안이건 현실적으로 사고하는 사람이 한 명씩은 필요한 법이야. 록세나는 천장을 응시하며 생각에 잠겼다. 리시와 내가 희망에 부풀어 꿈을 꾸고 있었다면 헬렌은 땅에 단단히 발을 붙이고 서 있는 거야. 그래, 윈을 비난할 이유는 없지. 바쁜 사람이 모어랜드에 왔다가 잠시 방황을 한 거고, 그러다가 다시 분주한 자신의 세계로 돌아간 것뿐이니까. 그렇게 생각을 하고 보니, 윈이 그녀의 식구들을 잊어버린다고 해도 놀랄 일은 아니었다.

늘 해오던 버릇처럼, 록세나는 창가로 가서 너른 평원을 내다보았다. 사실 그 사람이 너에게 더 이상 뭘 약속한 것도 아니었잖아, 록세나. 그리고 이미 베풀어준 것을 생각해보란 말이야, 얼마나 너그러운 사람이었는지. 그녀는 자신을 향해 미소를 지었다. 그거면 충분해. 물론 쓸쓸하긴 하지. 하지만 그거면 된 거야.

「나도 이제 책을 덮어야 할 것 같아. 언제 다시 열 수 있을지는 모르겠지만.」

다음날 아침, 록세나는 가족들의 섭섭한 마음을 적절한 말로 표현하며 편지를 써 내려갔다. 비난하는 어조를 담거나 아이들의 실망을 비추는 말은 쓰지 않았다. 편지를 봉한 후에 그녀는 서재를 나와 티비를 찾았다. 헬렌도 편지를 손에 들고 있었다.

「윈 경을 불편하게 할 말은 쓰지 않았겠지?」

헬렌은 고개를 끄덕였다.

「그런 건 생각하지도 않았어요. 파이브 펜스에 대한 것만 썼어요. 답장해주실 시간은 있을까요?」

록세나는 어깨를 으쓱하면서 티비에게 편지를 건네었다.

「글쎄다, 요새 무척 바쁜 모양이던데……. 부탁해요, 티비.」

3월의 마지막 주. 눈이 녹아 진창이 되었던 길이 웬만큼 마른 것 같아서, 록세나는 이불보와 커튼 감을 사려고 아이들과 함께 달링턴에 갔다. 의상실에 들러 옷도 찾아야 했고 모자가게에도 들러보고 싶었다. 리시는 상상 밖으로 그런 일들을 지루해했다. 여유 있게 가게를 둘러보면서 실크스타킹과 새 리본을 장만한 후에 점심을 먹으러 식당으로 들어갔다.

음식은 맛있었다. 리시는 시켜주는 대로 모조리 먹어치웠고, 헬렌마저도 자기 접시를 거의 비웠다. 디저트를 기다리는 동안 록세나는 아이들을 기쁘게 해주려고 숨겨둔 비장의 카드를 내밀었다.

「애들아, 올 여름에 한 달 정도 스카버로우에 가서 지내다 올까 하는데, 너희들 생각은 어떠니? 즐거울 것 같지?」

「엄마, 바닷가에 간다는 말씀이죠? 정말이에요?」

헬렌이 숨도 못 쉴 만큼 좋아했다.

「작년부터 약속했잖니. 리시, 넌 어떠니?」

리시는 머뭇머뭇 대답을 망설이고 있었다.

「바닷가에 가 있는 동안에 윈 아저씨가 찾아오면 어떡해요?」

록세나는 속으로 한숨을 내쉬었다. 오, 리시, 그만 잊어버리렴!

「음, 이러면 어떨까? 우리가 가 있는 동안에는 오시지 말라고 편지를 쓰는 거야.」

「그때밖에 올 수가 없다고 하면요?」

리시는 네 살 짜리 아이다운 고집으로 따지듯이 물었다.

그러자 헬렌이 끼여들어 단호하게 말했다.

「바보 같이 좀 굴지 마. 모래성을 쌓거나 조랑말을 타고 바닷가를 산책할 생각을 해보란 말이야. 산딸기 아이스크림도 사줄 거죠,

엄마?」

「물론이지.」

리시는 곰곰이 생각을 해보다가 고개를 끄덕였다.

「그럼 8월에는 모두 스카버로우에 가는 거야.」

디저트까지 먹고 나서 집으로 돌아가는 길에 그들은 큰 소리로 노래를 불러 마차꾼을 즐겁게 해주었다. 이른봄답지 않게 유난히 따뜻한 날씨였다. 내일부터 다시 매기와 공부를 시작해야 한다는 생각도 겨울을 물리친 아이들의 의기양양함을 꺾을 수는 없었다. 매기는 록세나의 식구들이 살던 그 작은 집의 이층에 아담한 공부 방을 꾸며놓고서 아이들을 맞을 준비를 하고 있었다. 록세나는 새로 맞춘 옷들을 매기에게 보여주고 나서 서둘러 모슬린 옷으로 갈아입었다. 사다리를 타고 일을 하는데 좋은 옷을 입을 필요는 없었다. 줄자를 목에 건 그녀는 사다리를 들고서 빈 침실로 들어갔다. 그러고는 사다리를 창문에 바짝 대고 올라갔다. 천은 이미 정해두었으니 창문의 크기만 정확하게 재면 될 터였다. 이 일을 너무 오래 미뤄두었다는 생각이 들었다. 왜 그랬을까?

「사다리를 타는 일은 하지 말았으면 좋겠는데.」

순간적으로 움찔한 록세나는 균형을 잡으면서 얼굴을 돌려 아래를 내려다봤다.

「윈 경!」

「당신에게는 플레치 아니었던가?」

후드가 달린 승마용 망토에 모자를 쓴 채 열린 문가에 서 있던 그는 록세나와 눈이 마주치지 모자를 벗어 침대에 휙 던졌다.

「록시, 얼른 내려와요. 조마조마해서 볼 수가 없소.」

록세나는 치맛자락을 모아 쥐고 천천히 사다리를 내려왔다. 중간쯤 내려오자 멈추어 그에게 미소를 지으며 조용히 말했다.

「마침내 오셨군요.」

미소를 지어 보이자 몸을 곧추세우며 그녀를 응시하는 후작의 반응을 록세나는 이해할 수가 없었다. 당신의 그 표정이 뭘 말하는 건지 모르겠네요. 사다리를 내려와 치마의 주름을 바로잡으면서 그녀는 생각했다. 내가 뭘 잘못하기라도 한 걸까?

윈은 모자에 이어 코트마저 벗어 침대에 던지고 그녀를 끌어안았다. 그제야 록세나는 그의 표정이 의미하는 바를 깨달았다. 안도감을 느끼는 찰나, 그가 그녀의 입술을 덮치더니 잠시 포옹을 풀고 그녀의 눈을 응시하다가 또 다시 입을 맞췄다. 다음 순간 갈망이 그녀의 온몸을 뜨겁게 적셨고, 그가 물러서서 문으로 가버리자 그 갈망은 더욱 커졌다.

허탈감을 느끼면서, 록세나는 단추를 끄르던 손을 멈췄다. 그러나 그가 문을 닫고 빗장을 채우자 안도하며 다시 단추를 풀기 시작했다. 입고 있는 옷이 거추장스럽게만 여겨졌다. 옷을 벗겨주는 그의 손이 떨리고 있었다.

마침내 그가 먼저 입을 열었다.

「록시, 이 옷, 값나가는 거요?」

「아뇨, 헌 옷이에요.」

「잘됐군.」

그는 앞섶을 움켜쥐더니 옷을 쭉 찢어버렸다. 와르르 쏟아진 단추가 마루바닥에 흩어졌다.

그가 부츠를 벗는 사이 록세나는 슈미즈와 페티코트를 벗어 내렸다. 그는 감탄을 담은 눈길로 록세나를 올려다보다가 겨우 입을 떼었다.

「그동안 먹는 게 많이 나아졌나 보군, 내 사랑. 오, 록시, 너무 놀라워서 눈이 튀어나올 지경이오!」

록세나는 웃으면서 그의 무릎에 걸터앉아 그의 셔츠를 벗겨내기 시작했다.

「당신이 한 말 중에 가장 낭만적이군요, 플레치.」

록세나는 그 말밖에 할 수가 없었다. 하고 싶은 말들이 머릿속에서 빙빙 맴돌기만 할 뿐 말이 되어 나오지를 않는 것이었다. 문이 잠겨 있다는 사실에 안심하면서, 그녀는 모자와 코트, 두루마리 벽지 따위를 옆으로 치웠다. 목에 걸쳐두었던 줄자도 풀어냈다. 그가 그녀를 침대에 눕히려 할 때 문득 침대에 시트가 깔려 있지 않다는 것이 떠올랐지만, 아무려면 어떠랴, 이내 그녀의 관심은 온통 그에게 집중되었다.

「쓸데없어.」

록세나의 입에서 무심코 그 말이 튀어나왔다.

「쓸데없다니! 내가 쓸데없다고?」

록세나는 그에게 몸을 기대어 흡족한 기분을 느끼면서 눈을 감았다.

「내 말은, 이 침대에는 시트가 없고, 당신 머리는 지금 두루마리 벽지를 베고 있다는 걸 말하는 거였어요.」

「그리고 당신 엉덩이에는 소름이 돋아 있고.」

그가 록세나의 등을 문지르며 덧붙였다.

「움직이지 않고 손만 뻗어서 내 코트를 집어 올릴 수 있겠소?」

록세나가 그렇게 하자, 그는 코트로 두 사람의 몸을 덮고는 주머니에 손을 찔러넣어 접힌 종이 한 장을 꺼냈다.

「사실, 난 오늘 여기 올 시간이 없었소.」

「나 좀 움직여야겠어요.」

「아니, 가만히 있어요! 이 편지만 보면 돼요.」

록세나는 그의 가슴 위에 편지를 펼쳤다.

「헬렌이 보냈군요.」

그녀는 그의 눈을 들여다보았다.

「읽어봐요. 내가 만사를 제치고 이곳에 온 이유가 뭔지 알게 될 거요, 록시 내 사랑.」

편지를 읽어본 후에 록세나는 그의 가슴에 머리를 기대어 나지막이 중얼거렸다.

「와줘서 정말 고마워요.」

윈이 편지를 집어들었다.

「내가 달려오지 않고 어떻게 배길 수가 있었겠소? '실망하는 데 익숙해졌어요' 라고 하는 구절이 뼈에 사무치는데.」

그는 다시 록세나에게 팔을 두르고 부드럽게 등을 어루만졌다.

「그리고 또 한 가지 중요한 건, 헬렌의 문체가 너무나 사무적이고 냉담하잖소. 이 편지에 연민이라고는 손톱만큼도 들어 있질 않아. 내가 바라는 건, 헬렌이 무슨 일을 겪었든지 아이다운 모습으로 지낼 수 있었으면 하는 거요. 너무 어른스러운 모습은 애처로워 보여. 그래서 난 이곳에 올 수 밖에 없었소」

「헬렌은 자기 연민 같은 건 전혀 모르는 아이예요.」

록시는 자기도 모르게 그의 가슴에 입을 맞췄다.

「내가 바라는 건…… 글쎄요, 난 내가 바라는 게 뭔지 모르겠어요. 어쨌든 헬렌이 당신을 보면 무척 기뻐할 거예요.」

윈은 한숨을 쉬며 부드럽게 그녀를 눕힌 후에, 일어나 앉아 시계를 찾았다.

「세상에, 이제 겨우 아침 9시 반이야, 록시. 난 아침을 먹고 나서 이렇게 일찍 이래본 적이 없는 것 같은데.」

그는 빙그레 웃으며 록세나에게 물었다.

「당신은?」

그녀도 따라 웃으며 슈미즈를 집어들었다.

「글쎄요, 목사들은 원래 스케줄이 일정치 않아서 말이에요.」

애매하게 변명하듯 말하면서 록세나는 얼굴을 붉혔다. 그러더니 깔깔 소리내어 웃었다.

「그 사람은 밥을 먹고 나서 바로 하면 소화가 잘된다고 우겨대곤 했죠.」

그들은 서둘러 옷을 입었다.

「이런, 거울이 하나도 없군.」

윈이 넥타이를 손에 든 채 투덜거렸다.

「제가 매드릴게요.」

록세나가 익숙한 손놀림으로 넥타이를 매다가 중간에 멈추었다.

「그런데 당신, 바쁘다고 하지 않았어요?」

「바쁜 거, 맞지.」

그는 셔츠를 바지 속에 밀어넣고 조끼를 찾아 두리번거렸다.

「헬렌의 편지를 받고 나서 내가 변호사한테 그랬지. 우편마차를 타고 밤새워 달리는 한이 있더라도 칼라일로 가는 경로를 바꾸자고. 그런데 그 사람은 불편한 걸 아주 싫어한다오, 록시.」

록세나는 손을 입에 가져가며 눈을 커다랗게 떴다.

「그럼, 그 가엾은 분은 지금 아래층 응접실에서 기다리고 있단 말이에요!」

「글쎄, 그럴 테지.」

록세나는 한바탕 웃음을 터뜨렸다.

「정말 못됐어요, 당신!」

윈이 손을 들어 방어자세를 취했다.

「이럴 계획은 없었다니까! 정말로! 사다리 위에서 묘한 눈길을 보낸 사람이 누군데.」

그는 록세나의 도움을 받아 코트를 입고 손가락으로 머리를 빗었다.

「빨리 헬렌과 리시에게 들러서 인사를 해야겠소.」

윈이 손을 잡자 록세나는 자신의 심장이 그의 가슴속에서 퍼덕대는 것처럼 느껴졌다.

「록시, 이제 우리 장래를 생각해야 할 때가 온 것 같소.」

록세나는 고개를 끄덕였다.

「진지하게 생각해볼게요.」

「편지를 써요. 주말까지 칼라일에 있다가 노섬벌랜드의 하이 포인트로 갈 거요. 당신 마음을 알고 싶소.」

「저도 잘 모르겠어요.」

그는 다시 한 번 록세나의 손을 움켜잡아 입을 맞추고 그녀를 가까이 끌어당겼다.

「록시, 당신은 내가 평범한 남편이 되어주기를 원하는지, 아니면 가끔씩 필요할 때만 편의상으로 그 자리에 서주기를 바라는지 결정해야 하오. 잘 있어요, 내 사랑.」

그는 문을 열고 다시 돌아보았다.

「빨리 당신 방에 가서 다른 옷으로 갈아입어요. 변호사가 날 찾으러 하웰 부인을 보낼지도 모르니까.」

록세나는 침실로 가서 서둘러 옷을 갈아입었다. 몇 분 후, 윈이 한 팔에 리시를 안고 다른 쪽 손으로 헬렌의 손을 붙잡고 나왔다. 두 아이에게 차례로 키스를 한 후, 그는 손을 흔들며 급히 우편마차에 올라탔다. 잠시 후, 마차는 페나인 산맥을 향해 북쪽으로 나아가면서 점차 시야에서 사라져갔다.

잠시나마 그가 옆에 있었다는 것을 록세나는 실감할 수가 없었다. 그는 바람처럼 왔다가 사라져버렸고, 숨막히는 충족감과 사방에 흩어진 단추들만이 현실로 남아 있었다. 꿈은 아니야. 록세나는 쓸쓸히 웃으며 일을 하던 침실로 돌아가 벽지를 챙기고 줄자를 찾아 두리번거렸다. 줄자를 찾아내자 침대에 앉아 멍하니 손을 내려다보았다. 좋은 질문이야, 록시. 네가 원하는 건 뭐지?

17

 록세나는 매시간마다 수도 없이 자신에게 되물었다. '네가 원하는 건 뭐야?' 침실에서 커튼 다는 일을 감독하면서도 그 물음이 머리에서 떠나지를 않았다. '네가 원하는 건 뭐야?' 스카를라티를 연습하는 헬렌의 옆에 앉아 틀린 부분을 지적하면서도 생각했다. '네가 원하는 건 뭐야?' 과수원에서 나무에 올라가는 리시를 조마조마한 마음으로 지켜보면서도 그 물음이 머릿속을 맴돌았다.

 앤서니를 떠나보낸 지 얼마 되지도 않았는데 다른 남자와 어떤 결정을 내린다는 것은 확실히 이성적인 행위가 아니었다. '진정으로 앤서니를 사랑했다면……' 하는 생각은 곧바로 죄책감으로 이어졌다. 진정으로 사랑했다면, 비록 상대가 지금의 남편이라 할지라도 벌써부터 딴 마음을 먹을 수는 없는 일이다.

「아, 정말 괴로워.」

 주일예배 도중 복음서를 읽다가 그녀는 불쑥 소리내어 말하고 말았다. 몇 사람이 고개를 돌려 쳐다보는 바람에 기도서를 들어 얼굴을 가려야 했다. 사랑은 우편마차처럼 시간표대로 찾아오는 게 아니야.

정말 이것이 사랑일까? 자동적으로 뒤따라오는 물음은 그것이었다. 록세나는 설교를 하는 목사를 쳐다보았다. 어떤 사람은 훨씬 더 답답하고 무거운 실존의 문제로 씨름을 하고 있는데, 저 목사는 왜 저렇게 속죄와 부활에 대해 무미건조한 설교를 끝없이 해대는 것일까. 의심의 여지없이, 록세나는 윈의 몸을 즐겁게 탐했었다. 전능하신 하느님께서 이 순간 제멋대로 날뛰고 있는 그녀의 생각을 감독하시느라 괴로움을 당하지 않기를 바라면서, 그녀는 기도서 뒤로 고개를 숙였다. 엉뚱하게도, 성찬을 받으려고 줄을 서 있는데 문득, 그동안 앤서니와 윈을 한번도 비교해본 적이 없다는 사실이 생각났다. 기본적인 것을 제외하면, 사랑을 나누는 데 있어 두 사람은 서로 방식이 달랐다. 앤서니는 여유로운 사람이었고, 그의 방식으로 사랑을 나누다보면 평온하게 휴식을 취하는 듯하면서도 완전한 만족을 느끼게 되었다. 반면, 플레치는 새로운 경험, 격정 그 자체였다. 오, 하느님……. 차례가 돌아오자 성찬을 위해 입을 벌리면서 그녀는 생각했다. ……이 제단 앞에서 저를 치소서, 이 불쌍한 인간을.

하지만 신은 록세나에게 죽음을 내리지는 않았다. 그녀는 당장 눈앞에 보이는 것들에만 정신을 쏟으려고 안간힘을 썼다. 리시는 왜 옆줄에 앉아 있는 여자를 자꾸 훔쳐보는 거지? 저기 창가에 앉아 있는 남자는 윈과 어깨가 비슷하게 벌어진 것 같지? 순간, 마치 손아래 윈의 등이 닿아 있는 듯한 느낌이 들었다.

「이런.」

그녀가 혹 숨을 몰아쉬며 중얼거리자 헬렌이 놀란 눈초리로 엄마를 바라보았다.

「엄마, 지금 예배 중이에요.」

헬렌이 목소리를 낮춰 주의를 주었다.

예배를 드릴 수가 없어. 너무 멀리 와버린 거야.

들판을 가로질러 모어랜드로 돌아오는 길에, 리시는 민들레 홀씨를 훅 불어 날리기도 하고 3월의 끝자락에 불어오는 미풍을 맞으며 빙글빙글 춤을 추기도 했다. 헬렌의 손을 잡고 걷는 록세나의 마음은 때로는 격정에 사로잡혔다가, 또 때로는 윈이 없다는 사실에 울적해지곤 했다. 그에게 말을 건넬 수도 없고, 토박이가 아닌 그녀로서는 아무리 흉내를 내려고 해도 통달할 수가 없는 그의 걸쭉한 요크셔 사투리를 들을 수도 없다. 거실에서 멋대로 빈둥거리던 모습, 소매를 걷어올리고 그 긴 다리로 박자를 쳐가면서 진지하고 열정적인 얼굴로 피아노를 치던 모습을 볼 수도 없다.

록세나는 들판 한복판에서 우뚝 걸음을 멈추었다. 헬렌이 빙그레 웃으며 엄마 손을 놓고는 새싹이 돋아나고 있는 풀밭에 풀썩 주저앉았고, 리시는 풀밭을 돌며 춤을 추었다. 난 정말 바보야. 헬렌의 옆에 털썩 주저앉으면서 록세나는 생각했다. 어떻게 윈을 정략결혼 상대로만 생각해온 걸까. 물론, 그는 훌륭한 정략결혼 상대지만, 그건 일부에 불과해. 부드러운 풀밭 위에 팔베개를 하고 누워 다시 생각을 해보았다. 필요에 의해 결혼한 건 사실이지만, 함께 얘기를 나누고, 산책을 하고, 장난을 치고, 서로 추켜 세워주고, 함께 웃고, 존경해주고, 서로 위해주면서 살고 싶은 사람이기도 해. 그렇구나, 나에게 다시 사랑이 찾아온 거야.

언제부터였지? 그에게 사랑을 느낀 게 언제부터였을까? 록세나는 왼손을 들어올리고 결혼반지를 바라보며 곰곰이 생각을 해보았다. 현관 앞 계단에서 너무나 풀이 죽어 있던 모습을 봤을 때였나? 아니면, 면도를 하고 있는 그의 가슴에 기대어 펑펑 울었을 때? 무슨 일이 있어도 스코틀랜드로 가야 한다면 단호하게 말했을 때?

「엄마, 내 말 들려요?」

리시가 옆에 앉아 엄마의 눈을 말똥말똥 쳐다보고 있었다. 록세나가 소리를 지르며 딸을 안고 뒹굴자, 리시는 비명을 지르며 달아나려고 했다. 헬렌이 깔깔 웃으며 한 움큼 뜯어낸 잔디를 엄마와 동생을 향해 흩날렸다.

조금 있다가 록시가 일어나 잔디를 털어내며 아이들을 불렀다.

「이리들 오렴. 배고프지, 리시? 빨리 가자꾸나. 엄만 가서 편지 쓸 게 있어.」

저녁식사 후, 록세나는 원에게 써놓은 편지를 칼라일로 보내야 할지 노섬벌랜드로 보내야 할지 망설였다. 너무 오래 답장을 미뤄왔으니까 지금쯤 칼라일을 출발해서 하이 포인트로 향했을 가능성이 클 거야. 겉봉에 풀칠을 하고 나서, 그녀는 빙그레 웃으며 편지를 내려다봤다. 이 우스운 그림들을 보면 아마 당장 답장을 보내오겠지?

편지는 다음날 아침 부쳐졌고, 록세나는 아직 마무리하지 못한 봄맞이 대청소를 하느라 분주하게 움직였다. 기껏해야 이삼 일정도 걸리겠지. 마지막 남은 침실의 커튼 작업을 마무리하면서 그녀는 생각했다. 아마 다시 나타날지도 몰라. 그래 주기만 한다면야 더할 나위 없이 좋은 일이지.

그 주 내내 답장이 오지 않자 록세나는 사업이 바쁜 탓이려니 했다. 두 번째 주가 끝나갈 무렵에는 애써 무심해지려고 했다. 셋째 주가 지날 무렵에는, 편지를 통해 사랑을 알렸는데도 그가 아무런 관심을 보이고 있지 않다는 사실보다 더 큰 문제가 생겼다.

그것을 처음으로 알게 된 건, 어느 날 아침 두통과 구역질 충동을 느끼면서 잠이 깨었을 때였다.

「주님, 너무하십니다.」

한탄을 하면서 일어나 앉아 멍하니 세면대를 바라봤다. 과연 저기로 갈 때까지 구역질을 참아낼 수 있을까. 간신히 그곳에 이른 록세나는 대야에 노란 액체가 고일 때까지 헛구역질을 계속했다. 그러고 나서 다시 기다시피 침대로 올라와서 머리까지 이불을 뒤집어썼다.

기분이 많이 나아졌다 싶을 때쯤, 리시가 달려 들어오더니 침대 위에서 폴짝거리기 시작했다. 침대가 요동을 하자 게워낼 게 아무것도 없는 속에서 또 메스꺼움이 치올라왔다.

「오, 리시, 지금은 하지 마!」

그녀가 신음하며 손으로 입을 막자, 리시가 놀라면서 동작을 멈추고 엄마의 가슴에 머리를 기댔다. 록세나는 가슴에서 느껴지는 통증에 움찔했다. 아무래도 무슨 병에 걸린 게 틀림없다고 생각하면서 록세나는 조심스럽게 아이를 껴안았다.

「엄마, 오늘 마차 태워주신다고 약속했잖아요. 기억나요? 티비 아저씨가 그러는데, 윗목장에 송아지들이 새로 태어났대요.」

아침식사를 마치고 헬렌이 말했다.

「그래? 그럼 가보자꾸나.」

록세나는 거의 손을 대지 않은 접시를 옆으로 밀어놓고 억지로 차를 삼켰다. 오늘은 뭘 하면서 윈의 무관심을 잊을까. 오후에는 낮잠이나 자야지. 왜 그런지 최근 들어서는 나른하고 졸릴 때가 잦았는데 낮잠을 자면 시간이 수월하게 흘러갔다.

윗목장에 가보니 마침 티비가 송아지들을 돌보고 있었다.

「윈 경에게서 좋은 소식이 올 땐 늘 기분이 좋다니까요」

「그러세요? 그럼 최근에 들은 소식이라도?」

록세나는 들뜬 관심을 내비치지 않으려고 짐짓 애를 썼다.

「바로 어제, 봄 파종에 관한 지시를 적어보내셨지요」

「그 편지를 부친 곳이 어디던가요?」

「글쎄요…… 윈필드가 아닐까 싶은데요, 부인. 칼라일을 떠나신 지가 벌써 2주일이 넘었으니까요.」

의아하게 쳐다보는 티비를 향해 록세나는 애써 미소를 지어 보였다.

「조만간 우리도 소식을 들을 수 있겠죠. 자, 얘들아, 너희들은 가서 공부해야지.」

집으로 가는 마차에서 아이들은 뒷자리에 앉아 양말과 신발을 벗고 대롱대롱 발을 내놓았다. 엄마의 우는 모습을 보거나 뭘 물어보지도 않을 테니 차라리 잘된 일이었다. 천천히 마차를 몰면서 록세나는, 윈이 결혼생활에 대한 회의적인 견해와 아이를 절대 낳지 않겠다는 뜻을 여러 번 비쳤던 일을 상기했다. 그는 단지 나를 좋아한다는 것뿐, 다른 관계는 원하지 않는 게 틀림없어. 그날 시트도 없는 침대에서 했던 말은 감정이 달아올라 충동적으로 튀어나왔던 것뿐이야. 그가 편지에 답장을 하지 않기로 작정했다면 록세나 역시 마음을 굳히고 살아야 했다. 이렇게 될 줄 알았어야 했는데. 좀더 현명했어야 했다고. 차 오르는 눈물을 소매로 닦아내며 그녀는 생각했다. 티비가 영지 일을 맡겨주면 그 일에 빠져서 정신없이 시간을 보낼 수 있을 거야. 헛간을 짓거나 길을 내는 일이 필요할지도 몰라. 하지만…… 평생 그런 일만 하면서 살아갈 수는 없을 텐데.

다음날 아침, 티비는 록세나에게 마을에 가서 사료를 주문하고 윈의 변호사에게 편지를 전하는 일을 부탁할 수 있어서 정말 다행이라고 생각했다. 티비의 부탁을 전해주려고 온 엠마 윈즐로는 남편이 감기에 걸려 누워 있다는 말도 덧붙였다.

「감기인가 봐요. 어제 집에 오더니 열이 나면서 춥다고 부들부들 떨지 뭐예요.」

「이를 어째요. 참, 감기에는 양파 수프가 잘 듣지 않나요?」

「맞아요, 마님. 한번 해 먹여봐야겠어요. 겨자도 좀 풀어서.」

록세나는 조세핀을 타고 마을에 가서 티비가 부탁한 일을 처리하고 집으로 돌아오다가 도중에 내려서 말을 끌고 갔다. 흔들리는 말 위에 앉아 있으려니 구역질이 치미는 것 같아서였다. 제발 전염병에 걸린 게 아니어야 할 텐데. 버티지 못하고 결국 나무 아래 주저앉아 고삐를 놓으며 그녀는 생각했다. 혹시 티비의 감기가 옮은 건 아닐까? 나무에 등을 기대고 앉아서, 록세나는 갓길에서 풀을 뜯고 있는 조세핀을 가만히 지켜봤다.

필리시티를 가졌을 때는 이렇게 심하지 않았는데. 다시 욕지기가 올라오려고 하자 록세나는 눈을 감고 심호흡을 하면서 허리를 바로 세웠다. 마지막 생리가 언제였지. 2월 말? 아니 3월 초였나? 최근 몇 년 동안은 생리주기를 기록해야 할 이유가 전혀 없었다. 3월 말경에 윈과 사랑을 나눈 것을 제외하면. 바보가 아닌 다음에야, 그렇게 정신없이 쾌락을 나눈 후에는 아이가 생길 수도 있다는 걸 당연히 염두에 두었어야 할 것 아닌가.

「운명의 장난치고는 이것도 너무 가혹해.」

록세나는 소리내어 탄식하며 무릎을 당겨 얼굴을 파묻었다. 오, 하느님, 언젠가는 이런 얄궂은 운명에 감사할 날이 올지도 모르겠지만 지금은 아닙니다. 내 사랑을 고백한 남자는 아이를 절대로 원하지 않는데다가 단지 친척들의 귀찮은 간섭을 피하기 위해 요크셔에 아내를 둔 것뿐인데 그런 저희에게 아기를 주시다니요.

다음 순간, 록세나는 문득 이 소식을 그에게 빨리 알려야겠다는 생각을 했다가 이내 다시 거두어버렸다. 사랑고백을 하고 나서 바로, 8개월 후면 아버지가 된다는 편지를 보내면 그가 무슨 생각을 하겠는가 말이다. 진한 쾌락 뒤에 따라오기 마련인 씁쓸한 후회를 누그러뜨리려고 서둘러 사랑을 고백했다고 생각할 것 아닌가. 정직하지 못한 여자로 볼 거다. 그럴 바엔 차라리 아무 말도 하지 않는 게 나아.

록세나는 참담한 마음으로 자신의 복부를 내려다보았다. 얼마나 속일 수 있겠어, 언젠가는 알게 될 텐데. 그러면 불 같이 화를 낼 거야…….

차라리 캐나다로 달아나버릴까? 기대어 앉았던 나무를 붙잡고 일어나 천천히 조세핀의 등에 올라타면서 록세나는 생각했다. 내륙 지방에 가서 양치기로 살아갈까? 이름을 바꾸고 인디언 부족에 들어가는 건 어떨까?

그녀는 부드럽게 배를 어루만졌다.

「오, 착하지, 가엾은 아가.」

조세핀이 그 소리에 귀를 쫑긋거리자 록세나의 얼굴에도 잠깐 미소가 어렸다.

「네 아빠가 무섭게 화를 낼 테지만, 네 잘못은 아니란다.」

네 아빠가 우리와 함께 살고 싶어하지 않더라도 마음속 깊은 곳에는 사랑을 간직하고 있을 거야. 아무것도 없는 것보다는 훨씬 낫지 않니.

불안한 마음에 잠을 못 이루고 밤을 새운 후에 록세나는 또 대야를 안고 한바탕 구역질을 해야 했다. 얼굴이 파리해지고 진땀이 배어 나왔다. 그때, 하웰 부인이 문을 두드렸다.

「레이디 윈, 아래층에 엠마 윈즐로가 와 있어요. 티비가 많이 아프다나 본데, 내려와보실 수 있겠어요?」

「네, 잠시만요.」

그녀는 숨을 헐떡이며 입가에 묻은 담즙을 닦아냈다.

석 달만 버티는 거야. 옷을 입으면서 록세나는 마음을 굳게 다졌다. 그때가 되면 무서운 괴물이 달려들어도 맞붙어 싸울 수 있을 거야. 그게 설령 윈이라고 해도 말이야. 어쨌든 지금은 10분쯤 있어야 유쾌한 안색을 되찾을 수 있을 텐데.

그녀는 불쾌감을 털어낸 후에, 엠마가 기다리고 있는 서재의 문을 열었다. 재빨리 자리에서 일어나는 엠마의 눈이 붉게 충혈 되어 있었다.

「레이디 원, 티비가 심하게 아파요 클라이드 선생님이 왕진을 오셔서 그러시는데, 리치몬드에 독감이 퍼졌다지 뭐예요!」

록세나는 엠마의 손을 잡아 자리에 앉혀놓고 조용히 셰리주를 따랐다.

「이런 계절에 독감이라니.」

독감이 퍼지는 계절이면 앤서니가 으레 장례식 설교를 준비하곤 했던 일이 떠올라 록세나는 또 가슴이 울컥했다.

엠마는 천천히 셰리주를 들이키고 나서 입을 열었다.

「티비는, 마님이 오늘 아침에 말을 타고 서쪽 목장에 다녀오실 수 있는지 여쭤보라고 했어요. 양들을 목욕시키는 날이라서 감독할 사람이 필요하거든요.」

「물론이죠. 걱정하지 말라고 전해주세요.」

엠마는 또 손수건을 꺼내들었다.

「티비가 그 일을 얼마나 염려하는지 몰라요. 마님께 큰 부담이 될 텐데.」

「나는 괜찮아요.」

록세나는 몸 속 어디에선가 알 수 없는 힘이 솟는 것을 느꼈다.

「작년에 티비가 쓴 목장일지를 읽어보면서, 아저씨가 다 나으실 때까지 내가 뭘 하면 될지 알아볼게요. 조금도 염려하지 말고 건강이나 챙기라고 하세요.」

엠마가 떠나고 나서 록세나는 원이 종종 사용하던 회전의자에 꼼짝 않고 앉아 있었다. 잠시 후, 그녀는 심호흡을 하고 목장일지를 꺼내왔다.

「모어랜드 밖으로 나가시면 안 됩니다. 가급적이면 방문객도 만나지 마시고요.」

그로부터 3주 후, 닥터 클라이드가 리치몬드로 돌아가는 길에 들러 말했다. 의사는 수면 부족으로 눈이 충혈 된데다가 옷을 입은 채 잠을 잔 흔적이 역력했다.

「이 말씀을 드리려고 들렀습니다. 정말 무서운 독감이에요. 여기는 다들 아무 이상 없습니까?」

「티비만 빼고 다 괜찮아요.」

의사가 찾아왔을 때 록세나는 하루종일 들판에서 일을 하다가 돌아와 마구간에서 힘겹게 말안장을 끌어내리고 있는 중이었다.

「정말 감사합니다, 선생님. 요새는 안장 내리는 일도 힘이 들 정도로 제가 좀 지친 것 같아요.」

의사는 그녀의 얼굴을 가만히 들여다보다가 손등으로 이마를 짚었다.

「열은 없는데. 다른 증상은 없습니까, 레이디 윈?」

있지 왜 없겠어요. 속으로만 생각할 뿐 록세나는 고개를 저었다.

「아니에요, 선생님. 그냥 좀 피곤할 뿐이에요. 티비가 다시 목장 일을 돌보게 되면 곧 나아질 거예요.」

의사가 조세핀의 안장을 내리고 굴레를 풀어준 다음 널찍한 칸막이 안으로 끌어다넣었다.

「윈 경에게 편지를 쓰셔서 관리인을 한 명 더 두자고 하세요. 안 그러면 이대로 병이 나고 만다니까요.」

「아니에요. 바쁜 사람에게 어떻게 이런저런 걸 다 알리겠어요. 그냥 우리끼리 어떻게든 해봐야죠.」

저녁을 들고 가라고 붙들었지만 의사는 극구 사양했다.

「빨리 리치몬드에 가봐야 해요. 급한 환자가 너무 많아서요.」

서둘러 말을 타려는 의사의 손을 잡고 록세나가 말했다.

「선생님, 부디 몸조심하세요.」

　졸음이 몰려와서 록세나는 저녁식사도 제대로 할 수 없을 지경이었다. 리시는 아침공부 시간에 그린 스케치에 관해 열심히 조잘거렸고 헬렌은 오후에 시냇가에 나물 뜯으러갔던 얘기를 자세하게 풀어놓았지만, 록세나는 건성으로 맞장구를 칠 수밖에 없었다. 드러내고 고맙다는 말을 한 적은 없지만 내심 매기 왓슨에게 많이 고마워하고 있었다. 매기가 늘 아이들과 즐겁게 놀아주고 보살펴준 덕분에 말을 타고 나가서 목장 일에 전념할 수 있었다. 모어랜드는 파종과 양털 깎기와 송아지를 받아내는 일 따위로 한창 바쁜 시기를 보내고 있었다.

　저녁식사 후, 헬렌이 리시를 데리고 피아노 이중주를 연습하러 거실로 나가자 하웰 부인이 다가와서 이야기를 꺼냈다.

「레이디 원, 바쁘신 줄은 알지만…… 제 동생 해밀턴을 기억하시는지요. 크리스마스 때 일을 도우러 왔었는데.」

　록세나는 이어질 말을 짐작하며 고개를 끄덕였다.

「병이 났단 말씀이죠?」

　록세나가 조용히 물었다.

　하녀의 눈에는 눈물이 그렁그렁했다.

「그럼 어서 가보셔야죠. 여기 일은 우리끼리 그럭저럭 해나갈 수 있을 거예요. 당분간 매기가 부엌일을 도와주면 되구요. 설거지하고 허드렛일 하는 하녀는 아직 있죠?」

「네, 마님. 샐리라고, 젊은데다가 요리도 잘 할 거예요.」

「잘됐네요! 그리고 헬렌도 집안일을 거들어줄 수 있을 것 같아요.」

　하웰 부인과 나란히 걸어가면서 록세나는 자신에게 말했다. 침착해, 침착해야 돼, 록시. 간소하게 먹고 청소는 좀 미뤄두면 돼.

「어서 가시는 게 좋을 것 같아요. 마구간지기가 내일 아침에 마차로 태워다줄 수 있을 거예요.」

이튿날 아침식사를 마친 후에 하웰 부인은 저택 앞 마차 길에
서서 손수건을 흔들고 눈물을 흘리며 마차에 올랐다. 록시는 그녀
를 태운 마차가 시야에서 사라진 후에도 한참이나 현관 앞 계단에
서 있었다. 저 울창한 숲의 멋진 자태를 감상하며 가로수 길을 산
책할 수 있는 여유가 있으면 좋으련만. 과수원의 사과나무에는 이
제 막 열매가 맺히기 시작했는데. 살며시 배를 만져보니 희미하게
태동이 느껴졌다. 제 아빠를 닮았다면 분명히 고집 센 아이가 될
거야. 날마다 말을 타고 일을 나가고, 심지어 말에서 한번 떨어진
적도 있는데 뱃속의 아기가 아무 이상 없이 잘 자라고 있다는 게
너무나 고마웠다.

그녀는 매기의 집으로 천천히 발길을 옮겼다. 임신한 사실을 알
려야 했고, 무엇보다도 위로를 받고 싶었다. 매기는 하느님이 아이
들과 나에게 내려주신 축복이야. 매기의 무릎에 얼굴을 묻고 잠시
라도 모든 걸 잊어야지.

현관문을 두드렸는데 아무 기척이 없어 그녀는 다시 한 번 더
크게 두드렸다. 그래도 대답이 없자, 뒤로 몇 걸음 물러나서 이층
의 열린 창문을 향해 손나발을 만들어 소리쳤다.

「매기?」

다음 순간, 록세나는 현관문을 세게 비틀어 열고 층계를 뛰어올
라갔다. 숨이 턱에 닿도록 뛰어서 매기의 침실로 들어간 그녀는
눈앞의 광경에 그만 얼어붙고 말았다.

매기 왓슨이 마루에 쓰러진 채 천장을 바라보고 있었다. 록세나
를 보자 그녀는 몸을 덜덜 떨며 말을 해보려고 입을 쫑긋거렸다.
록세나는 그녀의 옆에 털썩 주저앉아 이마를 짚어보다가 화들짝
놀라며 손을 떼었다. 몸이 불덩이처럼 뜨거웠다. 매기는 부들부들
떨면서 록세나를 바라보고만 있었다.

「세상에, 세상에, 이럴 수가⋯⋯.」

록세나는 끌다시피 해서 매기를 침대로 옮겨갔다.

「아무 말 말고 그냥 가만히 계세요. 내가…… 내가 어떻게든 해볼게요.」

매기는 헬렌의 병간호를 받으며 사흘을 앓다가 숨을 거두었다. 록시는 윗목장의 첫 건초수확을 감독해야 했기 때문에 매기의 병상을 지켜줄 수가 없었다. 예전에는 건초 밭에서 일꾼들이 흥겹게 건초 단을 쌓는 광경을 즐겁게 바라보곤 했지만, 이제는 일꾼이 많이 줄어든 상태라 록세나도 건초더미를 짐마차에 옮겨 싣는 일에 직접 팔을 걷어붙이고 나서야 했다. 저녁에 집으로 돌아올 때쯤이면 팔과 등이 불에 덴 듯 쓰리고 아렸다. 어느 날, 집으로 돌아오는데 매기의 집에서 나오는 클라이드와 마주쳤다.

「죄송합니다, 레이디 윈. 젊은 사람이건 늙은 사람이건 이번 독감은 당해내지를 못하네요.」

「오, 안 돼요!」

너무 지쳐서 조그만 몸놀림도 힘에 겨운 록세나는 힘없이 중얼거렸다.

「제발, 매기는 회복될 거라고 말씀해주세요.」

「레이디 윈, 제 말을 이해 못하셨습니까? 매기는 죽었어요. 헬렌이 말을 타고 달려와서 알려주더군요.」

아무런 생각도 할 수 없고 아무런 감각도 없었다. 터벅터벅 몸을 이끌고 매기의 집에 가보니 헬렌과 리시가 눈물범벅이 된 채 부둥켜안고 소파에 앉아 있었다. 록세나는 무너지듯 주저앉아 아이들을 끌어안았다. 리시는 아무 말도 하지 않고 그녀의 품을 파고들었다. 엄마마저 사라져버릴까 봐 두려운 것 같았다. 록세나는 리시를 꼭 끌어안으며 헬렌을 어루만졌다.

「애들아, 미안하구나, 너희끼리만 있게 해서…….」

나지막이 그녀는 중얼거렸다.

헬렌이 앤서니를 떠올리게 하는 깊은 눈망울로 엄마를 응시했다.

「엄마, 윈 아저씨께 편지를 쓰셔야 할 것 같아요. 우린 도움이 필요해요.」

록세나는 고개를 저었다.

「헬렌, 우린 그분에게 너무 많은 신세를 져왔어.」

「엄마, 이제 그분을 사랑하지 않으세요? 편지나 그림을 보내지 않은 지도 너무 오래 되었잖아요.」

아니, 아니란다. 왜 사랑하지 않겠니. 리시처럼 그의 무릎에 안겨 이 모든 걸 맡기고 기댈 수만 있다면 얼마나 좋겠니. 하지만 그럴 수는 없단다. 언제까지나 그를 성가시게 할 수는 없어. 그저 편의상 결혼을 했을 뿐이고 이미 세상 누구보다도 많은 것을 베풀어준 사람인데…….

「그분을 괴롭히지 말고 엄마 혼자 힘으로 해나가고 싶구나.」

왠지 서투르고 불충분하게 들렸지만, 록세나가 눈물을 보이지 않으려고 최대한으로 애를 쓰며 할 수 있는 말이었다.

장례식도 치를 수가 없었다. 전염병이 너무 급속도로 퍼져나가고 있기 때문에 사람이 많이 모이는 장례식은 하지 않는 게 좋겠다는 게 닥터 클라이드의 권고였다. 사람들은 언제 감염될지 몰라 다들 두려워하고 있었다. 애도해주는 사람도 없이, 매기의 초라한 관이 목장 달구지에 실려 묘지로 향하는 것을 보면서 록세나는 가슴이 찢어지는 듯했다. 아이들과 함께 현관 앞 계단에 서서 떠나는 마차를 바라보고 있으려니 생전에 베풀어준 매기의 헌신이 생생하게 떠올랐다. 이제 어떻게 해야 하나. 하웰 부인도 없고, 티비는 아직도 힘없이 처진 모습으로 병석에 누워 있는데.

그날 밤, 록세나는 너무 피곤해서 좀처럼 잠을 이룰 수가 없었다. 이런 날들이 영영 끝나지 않을 것만 같았다. 차라리 비라도 좀 내렸으면. 그럼 집을 나가지 않아도 되고, 조세핀의 등에서 또 떨어질 염려도 없었다. 하루종일 집안에서 안전하게 머무를 수 있다면 얼마나 좋을까. 게다가 지금은 말을 타지 말아야 할 때였다.

아직 네가 겉으로 드러나지 않아 다행이구나. 그녀는 배에 두 손을 얹으며 생각했다. 결국은 윈에게 편지를 써서 도움을 호소해야 할지도 몰라. 설령 그런다고 해도 그가 직접 와주리라는 확신은 없었다. 다른 목장에서 일하는 건강한 관리인을 보내주기는 하겠지만. 한숨이 나왔다. 노섬벌랜드로 보낸 편지에 답장도 하지 않는 남자가 설마 직접 오겠는가. 온다고 해도 임신한 것을 알아채지는 못할 거다. 남자들은 대개 그다지 예민하지 않으니까.

록세나, 너처럼 바보 같은 여자도 없을 거다. 아기를 언제까지 숨겨둘 수 있을 거라고 생각해?

그 생각이 하루종일 머리에서 떠나지 않았고 밤에 잠을 이루지도 못하게 했다. 그가 알면 화가 나서 이혼을 요구할지도 모르는데, 그렇게 되면 시숙의 사악한 자비에 몸을 맡겨야 하나?

생각이 거기까지 미치자, 록세나는 불안한 마음을 달랠 수가 없어서 이불을 걷어내고 창가로 갔다. 창을 열고 가슴 가득 신록의 향기를 들이마셨다. 어디선가 바람에 실려온 오렌지 향이 다소 신경을 진정시켜주었고, 보름달이 자비로운 얼굴로 환하게 비추고 있었다. 이렇게 고요한 밤에도 사람들은 독감으로 죽어가고 난 이렇게 절망하고 있다니. 곧 여름이 오겠지. 그때가 되면 독감도 자취를 감추고 윈에게 사실을 고백할 용기도 생길 거야. 그가 먼저 알아채거나 다른 사람의 입을 통해 알게 되기 전에……

그녀는 다시 침대로 돌아가서 초조함을 진정시키려고 애썼다. 겨우 눈이 감기려는 찰나, 문이 열렸다. 플레치, 당신이에요? 비몽사몽간에 그런 생각이 들었다. 조금 더 잘 알아볼 수 있었으면 좋겠는데…….

헬렌이 잔뜩 공포에 질린 눈으로 엄마의 침대 속으로 뛰어들어
왔다. 록세나는 일어나 앉아 아이의 손을 잡고 끌어안았다.

「헬렌, 무슨 일이니?」

「엄마! 리시 몸이 펄펄 끓어요! 막 기침도 하구요. 매기 아줌마
처럼요!」

헬렌이 울음을 터뜨렸고, 록세나는 그 속수무책인 소식 앞에 숨
이 멎어버리고 말았다.

「엄마, 어떡하면 좋아요!」

록세나는 견딜 수 없는 괴로움에 눈을 감아버렸다. 매기가 죽었
을 때 그 앞에 속수무책으로 서 있었을 헬렌의 모습이 마음속에
생생하게 그려지고 있었다. 흐느끼는 아이를 끌어안고 그녀는 침
대에서 나왔다.

「헬렌, 넌 네가 할 수 있는 걸 다 했단다. 누구라도 그 이상은
할 수가 없었을 거야. 자, 이제 리시에게로 가보자.」

록세나는 리시의 방으로 달려가고 싶은 마음을 애써 누르며, 헬
렌의 어깨에 팔을 두르고 침착하게 걸어갔다. 침대 위에 앉아, 떨
리는 손을 리시의 이마에 가져다댔다.

불덩이처럼 뜨거워, 록세나는 두려움에 부르르 떨었다. 피부도
이상하게 차고 끈적거렸다. 리시가 눈을 뜨고 그녀를 향해 손을
뻗으면서 힘없이 속삭였다.

「엄마, 낫게 해줘요.」

록세나는 두려움에 떨며 아이의 손을 꽉 움켜잡았다. 제발 나에
게 힘을 주세요…….

「엄마?」

헬렌이 공포에 찬 목소리로 물었다.

됐어, 이제 그만 힘을 내야 해, 록세나.

「걱정 마라, 헬렌. 리시는 꼭 일어날 거야. 그 물주전자랑 수건 좀 건네주련? 착하지, 내 딸.」

물에 적신 수건을 꼭 짜서 리시의 얼굴에 얹어주고 나서 록세나는 아이의 손을 잡고 손가락마다 입을 맞추었다.

「리시, 잠을 자야 해. 그리고 헬렌, 여긴 엄마가 있을 테니까 그만 가서 자렴. 잠을 자야 내일 리시를 간호해주지.」

록세나는 밤새도록 고열로 신음하는 리시를 끌어안고 나지막이 자장가를 불러주었다. 다음날 아침, 그녀는 하녀와 헬렌에게 리시를 맡겨두고, 닥터 클라이드를 부르러 마구간지기를 보내놓은 후에 말을 타고 목장으로 향했다.

록세나가 감독하는 일꾼들 중에도 이제야 막 독감에서 회복된 사람이 몇 있었지만, 그녀는 개의치 않았다. 다만, 어서 빨리 티비가 회복되어 목장에 다시 나올 수 있었으면 하는 바람뿐이었다. 만일 그리 되지 않으면 목장은 포기해야 했다. 농작물의 수확도, 가축도 그 소중함이 리시와는 견줄 수 없는 것이었다.

닥터 클라이드는 리시의 차도가 어떻게 될지 아무것도 예측할 수 없다면서, 열을 내리는 효과가 있을지 없을지 의문인 가루만 주고 갈 뿐이었다. 그는 이틀에 한번씩 들러, 의사들이 으레 그러하듯 환자를 들여다보면서 '흐흠'하는 소리를 내며 고개를 내젓다가 돌아가곤 했다. 록세나는 그의 방문을 초조하게 기다리다가도 막상 계단을 밟는 발자국소리가 나면 두려워졌다.

「간호를 아주 잘하고 계십니다, 부인.」

6월에서 7월로 넘어가는 어느 날 오후, 왕진을 온 의사가 록세나를 안심시키며 말했다. 리시의 병세에는 아무런 차도가 없었다. 의사는 힘이 하나도 없는 리시의 팔을 잡고 이마를 찌푸렸다.

「옛날의 리시는 어디로 가버린 거지?」

록세나에게보다는 자신에게 묻는 듯한 말투였다.

「이 빌어먹을 독감은 좀처럼 물러갈 생각을 안 하는군요.」

의사는 애써 미소를 지어보려고 했지만 잘되지 않았다.

「게다가 이 독감이 아이 어머니들까지 잡아먹어 버린다니까요 글쎄. 레이디 윈, 마지막으로 잠을 잔 게 언제였습니까?」

록세나는 멍하니 의사를 쳐다보며 머리를 흔들었다. 생각이 나지 않아요. 언제 끼니를 채웠는지도. 록세나는 마치 의사에게 상황을 바꿀 힘이라도 있는 듯 그의 얼굴을 뚫어지게 응시했다. 하지만 의사의 눈에 어린 절망을 본 순간 바로 시선을 돌려버려야 했다. 두려웠다.

「록세나, 누군가 도와줄 사람이 필요합니다. 병에 감염될 염려가 없는 건강한 사람이 와줬으면 좋겠는데요.」

「전 우리 아이한테서 어서 병이 물러나 주기를 기도하는 것 말고는 아무런 도움을 받을 데가 없어요.」

록세나는 다른 물수건을 꼭 짜서 리시의 몸을 닦았다. 자신이 마치 지금 손에 쥐고 있는 수건처럼 짓눌리고 탈진된 상태라는 느낌이 들었다.

「우리 리시가 이렇게 말라버렸어요, 선생님.」

닥터 클라이드는 고개를 끄덕이며 낮은 목소리로 물었다.

「말은 합니까?」

「가끔요. 의식을 잃을 때도 있어요.」

록세나는 곁눈질로 살짝 클라이드를 살펴보다가 그의 눈이 감기고 있다는 것을 알게 되었다. 가엾은 분. 날마다 신음하는 환자와 죽어가는 사람들을 봐야 하다니. 벌써 두 달이 훨씬 넘었는데. 록세나는 살그머니 그의 손을 잡았다가, 비몽사몽 상태에 있던 그가 놀라서 벌떡 일어나는 바람에 덩달아 놀라 화들짝 손을 뗐다.

「돌아가서 좀 쉬세요. 여긴 제가 어떻게 해볼게요.」

그녀는 부드럽게 말했다.

뭘 어떻게 해본다는 거야. 의사를 배웅하면서 록세나는 자신에게 물었다. 말 위에서 고개를 푹 숙이고 흔들거리며 가는 모습을 보니, 의사는 이미 잠이 든 모양이었다. 떠나는 그를 이층 창문에서 바라보던 록세나는 당장이라도 좇아 내려가 매달리고 싶은 심정이었다. 어떻게 하란 말인가. 아이는 죽어가는데 해줄 수 있는 거라곤 물수건으로 몸을 닦아주는 것뿐이니.

「원…….」

뒤에서 들려온 가냘픈 소리에 놀라 록세나는 침대로 돌아갔다. 리시의 눈은 아직 감겨 있었다.

「뭐라고?」

록세나가 아이에게 가까이 다가가면서 물었다.

갑자기 리시가 눈을 뜨더니 누굴 찾는 양 주위를 둘러보았다.

「원…….」

리시는 다시 한 번 그의 이름을 부르더니 눈을 감았다. 그리고 심하게 기침을 해대며 숨쉬기 곤란해하는 증상이 되풀이됐다. 조금이라도 숨을 쉬기 편하도록 록세나는 아이를 안아주었다.

한바탕 발작을 일으킨 후에 리시는 의식을 잃은 듯 잠이 들었다. 록세나는 발끝으로 살금살금 걸어서 방을 나왔다. 헬렌의 방을 살짝 들여다보니 잠을 자고 있었다. 아래층으로 내려온 그녀는 서재 앞에서 한참이나 머뭇거리다가 마침내 어깨를 펴고 안으로 들어갔다. 너무 오래 미뤄온 일이었다. 그녀는 종이 한 장과 잉크병을 찾았다. 리시가 그를 원해. 부디 이 소식이 그에게 큰 부담이 되지 않았으면 좋겠지만, 어쨌든 나 혼자서는 도무지 감당할 수가 없어.

18

「넌 38년 동안, 아니 조금 있으면 39년이지, 어떤 문제에 대해서 나한테 조언을 구하거나 한 적이 한번도 없었어. 이번에 그런 기회를 한번 맛보게 해주려무나.」

윈은 어머니가 즐겨 쓰던 은식기의 무늬를 가만히 들여다보다가 눈을 들어 클레어리스를 바라보았다.

「물론 내가 좀 그렇긴 했어, 누나. 그런데, 빌어먹을, 록세나는 왜 나한테 편지를 쓰지 않는 거냔 말이야.」

그는 접시에 놓인 계피 빵을 한쪽 떼어 못마땅한 눈길로 바라보다가 창 밖으로 던져버렸다.

「프랑스 요리사는 계피 빵에 '계'자도 모른다니까. 이걸 주면 리시도 코를 대고 킁킁 냄새를 맡아보려고 들 거야. 하여간에, 그 고집쟁이 여자는 왜 편지를 쓰지 않는 거냐고, 응?」

클레어리스는 냅킨으로 입을 닦고 그의 표정을 계속 살폈다.

「얘, 생각을 좀 해보렴. 록시는 남편을 잃은 지 얼마 되지도 않았는데 정신차릴 새도 없이 또 한 남자의 아내가 된 거야. 그것도 어쩔 수 없는 상황에서 말이야. 네 말처럼 시간이 좀더 필요해.」

윈은 의자에 몸을 파묻으며 성마르게 대꾸했다.

「알아, 그건 나도 잘 안다고. 하지만 지난 3월에 내가 거기 갔을 때는…….」

그는 말을 멈췄다. 그 얘기는 누이에게 말할 수 없는 것이었다. 초조해지자 그는 서둘러 말을 이어나갔다.

「그러니까, 그 여자는 나를 보고 무지하게 기뻐했어.」

그때의 기억을 떠올리려니 흐뭇한 미소가 떠올랐다.

「정말 정신없이 기뻐하더라고.」

「윈, 넌 그때 겨우 30분밖에 머물지 않았다고 했잖아!」

클레어리스가 분명하게 못 박는 투로 말했다.

「사실이야.」

실토를 하는 순간, 윈은 배꼽에서부터 머리끝까지 확 달아오르는 것을 느꼈다.

「그리고 그때 헬렌과 리시도 같이 있었을 테지?」

클레어리시는 끈질기게 물고 늘어졌다.

「윈! 너 정말!」

큰누이하고 같이 있으면 다 자란 남자가 마치 철부지 소년 같은 기분이 든다니까.

「그래, 그렇다구!」

괜히 누나에게 심술궂은 생각이 들었다. 왜 클레어리스를 윈필드로 초대해 가지고 이런 입싸움을 하는 건지, 원.

「우린 일분 일초도 낭비하지 않았다구. 비웃을 테면 비웃어봐.」

그러자 클레어리스는 소리내어 웃었고, 윈은 슬그머니 자신에게 짜증이 나 다시 어머니의 식기로 시선을 돌렸다.

「네가 그렇게 여자 유혹하는 데 도가 튼 줄은 미처 몰랐다.」

「아니야, 그게 아니라구. 오히려 정반대란 말이야. 누나, 난 록세나의 속을 몰라서 미칠 지경이라고. 제발 그만 좀 웃어.」

윈이 짜증을 내자 클레어리스는 황급히 얼굴에서 웃음기를 지우려 애썼지만 눈은 여전히 생글거리고 있었다.

「난 그저 작년 겨울에 네가 했던 말이 생각나서 그러는 것뿐이다, 얘. '두 번 다시는 결혼이라는 덫에 걸려들고 싶지 않아' 너 분명히 그렇게 말하지 않았니? 아니면 어디 얘기해봐.」

「누나, 그건 딴 얘기야.」

윈은 한숨을 쉬며 주위를 둘러보다가 보조 테이블에 놓인 베이컨을 보고 일어났다. 한 조각을 잘라 누이의 접시에 올려주며 그는 계속 말했다.

「난 단지 그녀에게 우리의 관계에 대해 어떻게 생각하는지를 알려달라고 했을 뿐이야. 그런데 지금까지 감감무소식이잖아.」

누나가 자신을 바보 같다고 여기지 말아줬으면 좋겠다는 생각을 하면서 윈은 베이컨을 씹었다.

뜻밖에도 클레어리스가 다가와 그의 뺨에 키스했다.

「윈, 너 정말 사랑에 빠졌구나.」

비참했지만 인정하지 않을 수 없는 말이었다.

윈은 갑자기 방이 너무 좁고 답답하게 느껴졌다. 문을 박차고 나가 하염없이 걸으며 자신을 되찾고 싶었다. 록시, 당신이 구해주러 오지 않으면 난 고독한 행군을 계속할 수 밖에 없어……

「넌 절대로 아이를 갖지 않겠다고 꽤 강경하게 말했던 것 같은데, 혹시 록세나에게도 그런 소리를 했니?」

윈은 잠시 생각을 해보다가 쓴웃음을 지었다.

「응, 자주 했던 것 같아. 아무래도 모어랜드로 가야겠어. 가서 록시 앞에 무릎을 꿇고, 내가 어리석었다고 말해야겠어.」

클레어리스는 고개를 끄덕였다.

「그래, 원. 그리고 너희들의 관계를 개선시키는 데 내가 할 수. 있는 일이 있으면 뭐든지 말해라. 힘닿는 데까지 도와줄 테니.」

좀전과는 달리 원은, 누이가 있다는 사실이 왠지 고맙게 느껴지기 시작했다.

「고마워.」

그는 다시 의자에 풀썩 주저앉았다.

「편지가 오던 말던 가을에는 모어랜드에 갈 거야.」

「왜? 더 기다려보지 않고.」

「왜냐고? 몰라서 물어? 밀고 당기는 게임을 하기엔 난 너무 나이가 많이 들었단 말이야, 누나. 단 한 가지 내가 바라는 건, 그녀도 나와 같은 감정을 가져줬으면 하는 거야.」

클레어리스가 대답을 하려고 입을 여는 순간 문이 열렸다.

「나리, 우편물을 가져왔습니다. 여기 둘까요, 아니면 서재로 가져갈까요?」

원이 집사를 향해 손을 내저었다.

「서재로 가져가게, 스퍼전. 아니, 잠깐만. 여기 놓고 가게.」

집사는 우편물을 탁자 위에 놓고 물러났다. 원은 그것을 쓱 훑어보고는 시선을 거두어버렸다.

「제기랄.」

「말투하고는.」

이번에는 클레어리스가 편지들을 꼼꼼히 분류해봤다. 조금 후에 그녀는 의기양양히 웃어 보이더니 편지 하나를 들어 동생의 얼굴 앞에서 흔들었다.

「원, 이 필적 어디서 본 것 같지 않아?」

원은 편지를 와락 움켜잡았다. 편지를 찢는 그의 마음은 지난 3월이래 느껴보지 못한 환희로 가득 찼다.

「록시가 편지를 썼어, 누나! 그녀가 편지를 썼다구!」

그는 환호성을 지르며 편지를 읽어 내려가기 시작했다.

편지를 읽는 동안 그의 가슴이 쿵쿵 뛰면서 서서히 두려움이 밀려들었다. 윈은 편지를 처음부터 다시 읽어보았다. 어딘가에 분명 '농담이에요'라는 말이 숨어 있을 것만 같았다. 이 끔찍한 악몽을 껄껄 웃으며 넘겨버릴 수 있는 구절이 나타나주어야 했다. 세 번을 꼼꼼히 읽고 나서야 그는 눈을 들어 클레어리스를 쳐다봤다. 그녀는 아우의 표정이 기쁨에서 공포로 바뀌는 것을 가만히 지켜보고 있었다.

「윈, 무슨 일이니?」

누이가 재우쳐 물었지만 윈은 아무 말도 할 수가 없었다.

그는 말없이 편지를 누이에게 내밀고 자리에서 벌떡 일어났다. 그러고는 문을 벌컥 열고 홀로 나가 소리를 질렀다.

「스퍼전! 어서 와보게.」

돌아보니, 클레어리스가 입을 벌리고 멍하니 서 있었다.

「누나, 이게 무슨 일인지 난…… 난 모르겠어.」

어느새 그의 뺨 위로 눈물이 흘러내리고 있었다.

「티비는 몇 달째 몸져누워 있고, 매기 왓슨은 죽었대. 그리고, 리시가…….」

「그렇게 심각한 상태는 아닌지도 몰라.」

클레어리스는 재빨리 테이블을 돌아가서 동생의 팔을 잡았다.

윈은 다시 편지를 넘겨받았다.

「록시는 절대 이런 일을 과장하지 않아. 그녀에게는 목숨 같은 아이들이라구. 빌어먹을, 스퍼전! 어디 있는 거야!」

위층 침실로 뛰어올라가서 승마용 바지와 낡은 군화 차림으로 내려오는 데는 채 몇 분도 걸리지 않았다.

「누나, 바로 따라와줄 수 있지? 여기 관리인을 불러서 거기 일을 맡아줄 사람을 좀 찾아봐 줘. 몇 달 정도면 될 거야. 누나는 하인을 데리고 오고. 참, 내 가방 어디 있지?」

소리라도 지르고 싶었지만, 그는 팔을 잡는 클레어리스의 머리에 얼굴을 묻은 채 흐느끼고 말았다. 록시의 얼굴이, 그리고 근심으로 지치고 정신이 혼미해진 상태에서 급히 휘갈겨 쓴 것임이 틀림없는 편지가 자꾸만 눈앞에 어른거렸다. 자신의 어리석음을 저주하며 울부짖었다. 록시가 그 곤경을 헤쳐나가며 나를 필요로 하고 있었는데, 난 윈필드에 앉아서 객쩍은 소리나 나불거리고 있었으니, 얼간이 같으니라구.

윈은 고삐를 쥐어 잡고 서둘러 안장 위에 올라앉아 클레어리스를 돌아보았다. 마구간까지 뛰어 따라온 누이가 살갑게 느껴졌다.

「아무 염려 말고 다녀와.」

출발하려는 기미를 알아채고서 조급하게 구는 네이를 보며 클레어리스가 윈에게 말했다.

「프레드에게 간단하게 편지를 써보내고 당분간 여기 일을 꾸려가마. 그리고 록시에게 필요함직한 게 뭔지도 생각해볼게.」

록시한테는 내가 필요해. 누이에게 키스를 하고 마구간 마당에서 울타리를 가볍게 뛰어넘으면서도 머릿속에는 그 생각뿐이었다. 나한테 오라고 했어.

그 말을 계속 되뇌면서 윈은 말을 재촉했다. 점심을 먹기 위해 선술집 앞에서 잠시 멈추었지만, 죽어가는 리시와 그 옆을 지키고 있을 록세나를 생각하니 느긋하게 앉아 있을 수가 없었다. 빵과 고기를 빼앗듯이 받고 돈을 던져준 다음 또 말에 올랐다.

화창한 여름날 오후 말을 달리는데, 록세나의 편지에서 읽은 글귀들이 자꾸 되풀이해서 떠올랐다. '시간을 내주실 수 있다면', '정말 당신을 성가시게 하고 싶지는 않지만' ……이런 구절이 떠오를 때면 정신없이 달리는 네이에게 더욱 박차를 가하지 않을 수가 없었다. 록세나, 내가 얼마나 당신과 아이들을 사랑하는지 상상도 못할 거야. 당신을 위해서라면 뭐든지 할 수 있어. 하느님, 제발 그녀의 딸을 땅에 묻어야 하는 일만은 생기지 않게 해주십시오.

노스 라이딩에 도착했을 때는 설핏 해가 기울고 있었다. 마음은 벌써 록세나에게로 가 있었지만, 그는 네이를 빨리 걷게 했다. 목장 일꾼들은 다 어디로 간 것일까. 보통 이 시간이면 그 길은 집으로 돌아가는 일꾼들로 붐벼야 했다. 그러나 보이는 것은 겨우 몇 명뿐이었다. 다 독감이 삼켜버린 모양이군. 그도 스페인에 있을 때 독감이 퍼져나가는 것을 겪어본 적이 있었다.

탈진한 병사들은 총을 조준할 힘도, 말에 올라탈 힘도 없이 늘어져 있었다. 의사의 도움으로 다행히 회복한 병사들마저도 충분히 쉬지 않으면 재발해서 끝내 목숨을 잃었다.

지친 그는 페나인 산맥 기슭을 천천히 올라갔다. 그리고 마침내 모어랜드에 도착했을 때는 무성하게 숲을 이룬 가로수 아래의 칠흑 같은 어둠이 그를 반겨주었다. 3월에 봤을 때는 가지들이 앙상했는데 지금은 그때와는 사뭇 달라 보여 훨씬 더 반가웠다. 그는 네이에게 마지막으로 박차를 가했다. 지난번에 와서 봤을 때 사람들이 다들 어디에 있었더라…….

네이가 마구간 마당에 들어가도 마구간지기는 나타나지 않았다. 빌어먹을. 그는 욕설을 내뱉으며 서둘러 내려 안장을 내렸다. 파이브 펜스와 록시에게 사주고 간 암말이 호기심 어린 눈초리로 그를 쳐다보았다. 말구유는 텅 비고 물통도 바싹 말라 있었다. 말 세 마리에게 사료와 물을 주면서 윈은 마구간지기를 나무랐다. 만나기만 하면 그 자리에서 당장 해고를 해버리고, 아예 이 지방에서 내쫓아버릴 테다.

막 집안으로 들어가려고 발걸음을 옮기는데 그제야 마구간지기가 들어왔다. 입에서 욕설이 튀어나오려는 순간, 그가 미끄러지듯 겨우 말에서 내리더니 말에게 기대어 간신히 몸을 가누고 있는 모습이 어둠 속에서도 눈에 들어왔다. 한참이나 그러고 있다가 윈이 먼저 목청 가다듬는 소리를 냈다.

마구간지기는 목이 아픈 듯 이리저리 움직이다가 윈을 보고 안도의 한숨을 내쉬었다.

「하느님, 감사합니다. 나리께서 와주셨군요」

그는 말을 하면서도 말갈기에서 손을 떼지 못했다.

윈은 마구간에서 나와 그의 몸을 자세히 들여다보았다. 창백한 얼굴이 땀으로 흠뻑 절어 있었다.

어느새 분노는 사라지고 윈이 그를 부축하고 물었다.

「어디 아픈가?」

몸을 떨며 고개를 끄덕이던 마구간지기는 윈이 이끄는 대로 사료 통으로 걸어가 주저앉았다.

「그래도 저희들은 그럭저럭 해나가고 있습니다. 티비는 아침나절에 간신히 몸을 일으켜 나오고, 저는 오후에 감독 일을 대신 해왔구요」

윈이 그의 말에서 손수 안장을 내리려 하자 마구간지기는 만류하려고 했지만 말이 입밖에 나오지 않았다.

「이렇게 된 지가 얼마나 됐나?」

윈이 말을 칸에 끌어넣으면서 물었다.

「그리 오래 되진 않았습죠. 두 주일쯤 됐나. 그전에는 레이디 윈께서 온종일 말을 타고 목장 일을 감독하셨습니다. 리시 아가씨가 병이 나신 후에도 말입니다. 잠이나 제대로 주무시는지 모르겠네요」

윈은 그를 숙소에 데려다주고 사람을 시켜 먹을 것을 가져다주겠다고 이른 후, 잠시 그대로 서서 고개를 저으며 눈을 감았다.

불안이 한층 더 깊어지자 그는 뛰어서 집으로 들어갔다. 마치 아무도 살지 않는 집처럼 어두웠다.

「록시?」

그는 떨리는 목소리로 소리쳤다.

대답이 없었다. 계단으로 내달렸다. 첫 번째 층계참으로부터 가
느다란 불빛이 흘러나오고 있었다. 그는 한번에 두 계단씩 뛰어올
라갔다. 자신을 기다리고 있는 것이 어떤 광경일지 두려웠다. 층계
맨 위의 벽에 달린 촛대의 양초 불빛이 커튼이 흔들릴 때마다 불
길해 보이는 그림자를 만들어내고 있었다. 윈은 계속 록시의 이름
을 부르며 홀을 걸어갔다.

유일하게 빛이 새어나오고 있는 방 앞에 헬렌이 서 있었다.

「헬렌.」

아이는 흐느끼면서, 팔을 벌리고 다가오는 윈에게 달려가서 안
겼다. 그는 무릎을 꿇고 앉아 헬렌을 꼭 끌어안으며, 아이가 건강
하다는 사실에 절절히 감사했다.

헬렌은 몸을 조금 떼더니, 윈이 실제로 이곳에 존재한다는 것이
믿어지지 않는다는 듯 가만히 그의 얼굴을 쓰다듬었다.

「오셨군요.」

그 한마디에 윈은 마음이 뒤집어지는 듯했다.

헬렌이 그의 손을 잡아 문이 열려 있는 방으로 데리고 들어갔
다.

「엄마.」

아이가 복도에서부터 엄마를 불렀다.

「엄마.」

록세나는 침대 옆의 의자에 앉아 마치 잠이 든 것처럼 머리를
앞으로 숙이고 있었다. 그녀는 헬렌의 나직한 목소리에도 놀라 벌
떡 일어나 허둥지둥 사방을 둘러보았다. 윈이 앞으로 나가 어깨를
감싸 안아주자 그녀는 기도하려는 사람처럼 눈을 감았다. 그러고

는 그의 손에 뺨을 대며 속삭였다.

「와주셔서 고마워요. 너무 힘들었어요.」

윈은 의자 옆에 무릎을 꿇고 앉아 그녀의 손을 잡아주었다.

「당신 편지를 받고 바로 달려왔소.」

록세나가 눈을 떴고, 그녀의 시선은 침대에 누워 움직임조차 없는 형체에 고정되어 있었다.

「귀찮게 해드리고 싶은 생각은 없었는데…….」

록세나는 머리를 흔들며 말꼬리를 흐렸다.

윈은 필리시티를 바라봤다. 너무나 조용히 누워 있는 아이의 모습이 너무나 낯설게 다가왔다.

록세나가 윈의 손을 꼭 잡으며 이야기를 시작하려는 순간, 리시가 꿈틀거렸다. 록세나는 그의 손을 놓고 딸의 이마를 짚어본 후에, 수건을 물에 적신 다음 꼭 짜서 리시의 마른 몸을 조심스럽게 닦아냈다. 그러고 나서 다시 시트를 덮어주었다.

「너무 야위었군.」

윈은 중얼거리면서 리시의 팔을 만져보았다. 앙상하게 드러난 갈비뼈가 너무나 참혹했다.

「너무 뜨겁고…….」

록세나는 잠시 서서 딸아이를 내려다보다가 다시 의자에 주저앉아 겨우 입을 열었다.

「거의 먹질 못했어요.」

억양이 다 사라진 음성이었다.

「클라이드 선생님 말씀으로는 언제라도 열은 물러갈 거라는데, 리시가 그때까지 버텨줄지 모르겠어요.」

그녀는 다시 입을 다물었다. 뺨 위로 눈물이 흘러내렸다. 절망의 눈물이었다. 그 얼굴을 어루만지던 윈은 문득, 앤서니를 생각하면서도 그녀가 이렇게 울었을 거라는 생각이 들었다. 물론 그랬겠지.

그는 손수건을 꺼냈다. 언제쯤이면 당신도 울지 않고 살아갈 수 있을까…….

방 안이 너무 어둠침침하다는 생각이 들었다.

「불을 좀 켜면 안 될까?」

「리시가 눈부셔해요. 오, 플레치, 이렇게 와주시다니 정말 너무나 고마워요.」

록세나는 마치 그가 방 안에 있다는 사실을 이제야 깨달은 사람처럼 말했다.

「록시, 마지막으로 잠을 잔 게 언제요?」

윈이 손수건을 호주머니에 도로 집어넣으며 물었다.

「글쎄요, 잘 모르겠어요.」

「식사는 언제 했소?」

록세나는 그의 시선을 피하며 어깨를 으쓱했다.

「언제 먹었는지, 잘 모르겠어요.」

그는 록시의 뺨을 어루만지다가 헬렌의 손을 잡고 방을 나갔다.

「헬렌, 내려가서 집을 좀 환하게 만들어보자. 너 음식 만들 줄 아니?」

아이가 미소를 지어 보였다.

「배우고 있는 중이에요. 지금은 샐리가 부엌에 있는데, 대개 수프를 만들어주고 있어요.」

아래층으로 내려간 그는, 지난 크리스마스 때 봤던 기억이 어렴풋이 나는 하녀와 악수를 나누었다. 하녀가 수줍어하고 있다는 사실을 모르는 체하고 수프 냄비에 손가락을 넣어 맛을 보던 그의 입에서 저도 모르게 감탄사가 튀어나왔다. 맛이 아주 훌륭했다. 이번에는 한 숟가락 가득 떠서 먹어봤다. 하웰 부인이 후계자를 철저하게 훈련시켰군. 그는 헬렌 쪽으로 눈을 돌렸다.

「헬렌, 식탁 테이블 세팅을 좀 해주지 않겠니? 그리고 샐리, 수

프만큼 맛있게 커피를 좀 끓여주겠니. 레이디 윈을 내려오시게 해서 뭐라도 좀 먹여야 하니까. 헬렌, 엄마가 식사하시는 동안 리시를 지켜줄 수 있겠지?

헬렌은 고개를 끄덕이면서 샐리에게 뭔가 두 사람만 아는 듯한 비밀스러운 미소를 건넸다.

「벌써 그러고 있었어요. 엄마를 리시의 방에서 나오게 하려면 한바탕 씨름을 각오해야 하는데, 우린 적어도 하루에 한번씩은 지지 않고 엄마를 끌어내 와요.」

윈은 두 소녀의 어깨 위에 손을 얹었다.

「워털루에 있을 때, 딱 너희들 같은 부하가 있었으면 했단다.」

칭찬에 소녀들의 얼굴이 밝아지자 그는 기분이 좋았다.

「그래, 지금 바로 시작해라. 나는 가서 엄마를 데리고 내려올 테니까.」

헬렌이 콧노래를 흥얼거리면서 식사준비를 하는 사이, 그는 식당과 현관 앞의 홀, 거실 등 곳곳에 등불을 켰다. 그는 거실의 피아노 뚜껑에 쌓인 먼지를 입으로 불어내고 뚜껑을 열었다. 그러고는 시험삼아 아무 곡이나 쳐보았다. 아직은 조율 상태가 그럭저럭 괜찮은 것 같았다. 건반 앞에 놓인 악보를 보니, 지난봄에 자신이 직접 작곡해서 헬렌에게 보내준 것이었다. 윈은 서 있는 채로 그 곡을 연주해보았다.

「전 그 곡을 외울 수도 있어요, 아저씨.」

복도에서 헬렌의 목소리가 들려왔다.

「스카를라티 연습도 부지런히 했구요.」

윈은 돌아서서 소녀에게 미소를 지었다. 그새 머리를 깔끔하게 빗어 뒤로 묶은 모습을 보니 기쁜 마음이 들었다.

「어서 가서 엄마에게 저녁을 좀 드시게 해보자꾸나. 혹시 아니, 저녁식사를 하고 침대에 가서 주무시게 만들 수도 있을지.」

「그건 불가능해요. 엄만 그냥 의자에 앉아서 꾸벅꾸벅 조시는
게 전부거든요.」

「오늘밤만은 그렇게 안 될 거야. 리시 옆에 대신 내가 있을 거
니까.」

단호하게 말한 후에 그는 헬렌의 손을 잡고 복도를 걸어갔다.

「엄마가 말을 들을까요?」

「엄마가 말을 안 들으면 나도 안 들을 거야.」

상당한 저항에 부딪힐 각오를 했는데 의외로 록시는 순순히 아
래층으로 내려왔다. 지칠 대로 지쳤으니 그럴 만도 하겠지. 저녁을
먹으라는 권고를 록세나가 받아들인 대신, 그는 식사를 끝내면 바
로 리시의 방으로 돌아오겠다는 그녀의 의견에 응해주는 분별력을
발휘했다.

「록시, 무엇이든 말만 해요. 다 들어줄 거니까. 그렇게 하기로
대장장이 앞에서 서약했으니 지켜야지.」

대답을 하면서 그가 헬렌에게 살짝 윙크를 건네자, 헬렌도 빙긋
마주 웃으며 록시의 의자에 앉았다.

록시, 당신도 몰라보게 여위었군. 록세나의 손을 잡고 아래층으
로 내려가면서 그는 생각했다. 오랜만에 밝은 곳으로 내려오자 눈
부셔 하던 록세나는 차츰 기분이 밝아져, 원이 이끄는 대로 식탁
에 가서 앉았다.

원은 헬렌이 꾸민 식탁을 대견한 마음으로 둘러보았다. 냅킨과
함께 깔끔하게 놓인 사기그릇과 크리스털이 진한 밤색의 식탁과
우아한 조화를 이루고 있었다.

필리시티가 숨어서 기다리다가 그가 나타나면 계피 빵을 먹게
해달라고 졸라대던 즐거운 추억이 어려 있는 이곳. 그런데 지금
은…… 위층에 말없이 누워 있는 리시를 처음 봤을 때의 고통이
또 한번 온몸을 휩쓸고 지나가는 것 같아, 원은 록세나의 등에 얼

굴을 파묻었다. 그 순간이 지나고 나서야 그는 자리에 앉아 샐리에게 수프를 가져오라고 고갯짓을 했다.

「편지를 좀더 일찍 보내지 그랬소.」

아내의 먹는 모습을 바라보던 그가, 지치고 황폐해진 그녀의 아름다움이 강렬하게 다가오는 것을 느끼면서 부드럽게 말했다. 고통과 괴로움에 수척해졌어도 그녀에게는 여전히 범접할 수 없는 그 무엇이 존재했다. 록세나가 아무런 대꾸도 하지 않자, 그는 빈 그릇을 보고 한 그릇 더 먹으라고 강권하면서 셰리주도 한 잔 더 따라주었다.

이제 곧 리시의 방으로 돌아가겠다고 고집을 부릴 텐데 말릴 방도를 궁리해야 해. 자신의 잔에 커피를 더 따르면서 그는 마음의 준비를 했다.

「그럼 이제…….」

입을 열던 그는 록세나를 보고 말을 그쳤다. 그러더니 씩 웃으면서 천천히 커피 잔을 비웠다. 내 전략이 완전히 맞아떨어졌군.

록시는 식탁에 이마를 대고 잔대를 손에 쥔 채 자고 있었다.

「가엾은 사람.」

그는 중얼거리면서 살그머니 일어나 록세나의 손에서 잔을 빼내었다. 그녀를 안고 이층으로 올라가는데 어떻게 이리 가벼울 수 있을까 하는 생각이 들었다. 동시에, 희미하게 풍기는 라벤더 향기는 그의 가슴을 벅차게 했다.

침대에 내려놓을 때는 혹시나 잠이 깨면 어쩌나 염려가 되었는데 다행히도 록세나는 가벼운 한숨만 내쉴 뿐, 손을 배 위에 올려놓고 완전히 잠에 빠져 있었다. 윈은 침대 옆에 양초 한 쌍과 등불을 켜고 새로 바른 벽지와 커튼을 감상했다. 딱딱하고 건조한 내 거처보다는 여기가 훨씬 낫군. 문득, 그는 이 집에서 살아야겠다는 생각이 들었다.

처음에는 신발만 벗기고 말까 생각했는데, 이왕이면 머리의 핀도 뽑고 옷도 벗겨주는 편이 좋을 것 같았다. 그는 침대 가장자리에 앉아서 록세나의 머리에서 핀을 뺀 후에 머리타래를 베개 위에 드리웠다. 그녀는 계속 잠에 취해 있었다. 옆에서 북소리를 울려대도 모르겠군. 그의 얼굴에 살며시 미소가 떠올랐다.

록세나의 소매에서 팔을 빼주면서 그는 사랑을 나눌 때 그녀의 몸이 얼마나 부드러웠는지를 떠올렸다. 그런데 지금은 리시의 간병을 하느라 완전히 녹초가 되어버렸군. 록세나의 결혼반지를 매만지며 그는 생각했다.

옷을 벗겨주니 훨씬 편안해 보였다. 페티코트를 조이고 있는 줄도 풀었다. 그런데 이게 웬일일까. 페티코트를 벗기는데 아내의 배에서 이상한 움직임이 느껴졌다.

「이게 뭐지, 록시?」

놀라 물으면서 그는 불룩하게 솟은 배를 쓰다듬었다.

「오, 록시! 이래서 편지를 쓰고 싶지 않았던 거였군.」

말로 표현할 수 없는 감동이 밀려왔다. 한번도 경험하지 못했던 그런 기쁨이었다. 그러니까, 지난 3월, 그때 우리 아기가 생겼단 말이구나. 난 석 달 반이나 된 내 아이를 만지고 있는 거야. 손 아래서 누군가 가볍게 문을 두드리는 듯한 태동이 느껴졌다.

「오, 하느님.」

그의 입에서 감사의 탄식이 저절로 흘러나왔다.

눈앞에 누워 있는 여인을 보고 있으려니 자신이 한없이 부끄러워졌다. 어떻게 지금까지 버텨낼 수 있었을까. 티비의 일을 하면서 리시를 돌보아야 했고, 게다가 매기의 죽음까지…… 그러면서도 입덧에 시달려야 했을 텐데. 입덧이 얼마나 성가신 것인지는 누이들의 불평을 들어왔기 때문에 익히 알고 있었다.

록세나의 배 위에 손을 올려놓고, 그는 곰곰이 생각을 해보았다.

「그렇게 오랫동안 혼자 괴로워하면서 왜 아무 말도 안 한 거요?」

자고 있는 록시에게 그가 물었다. 물론 답은 그 자신이 누구보다도 잘 알고 있었다. 그저 자신의 어리석음에 망연해질 뿐이었다. 아이를 원치 않는다고 말한 적이 얼마나 많았던가. 자신이 한없이 원망스럽고 통탄스러웠다. 당신은 내가 이 사실을 알면 화를 낼까 봐 두려웠던 거야.

「그렇다면 당분간은 모른 척하리다.」

나지막이 중얼거리면서 그는 조심스럽게 페티코트를 다시 입혀 주었다.

「리시가 이 고비를 빠져나올 때까지 기다립시다. 당신이 이 문제에 대해 어떤 생각을 가지고 있는지 빨리 듣고 싶어 미치겠어, 내 사랑스러운 아내!」

시트를 덮어주고 록세나의 뺨에 키스를 해주고 나서 그는 방을 나왔다. 리시의 방에 가서 헬렌과 교대할 때까지도 그는 여전히 싱글거리고 있었다.

「가서 자거라, 헬렌. 오늘밤은 내가 리시 곁에 있으마.」

헬렌은 일어나서 윈에게 의자를 내준 다음 그의 무릎에 올라앉아 몸을 기대면서 나직하게 말을 꺼냈다.

「보고 싶었어요. 우리 모두 다.」

「엄마도?」

그는 헬렌의 이마에 키스를 해주고서 무릎 위에 편안하게 앉혔다. 생각을 하고 병자를 지켜보면서 긴 밤을 지새울 각오가 되어 있었다. 마음은 침상에 말없이 누워 있는 아이를 생각하고 있지만, 가슴은 복중에 은밀한 비밀을 간직한 채 이층에 누워 있는 여인에게로 치닫고 있었다.

$$19$$

샐리가 갖다준 커피 한 주전자와 필딩(Henry Fielding, 1707-1754, 영국의 소설가이자 극작가. '톰 존스'의 저자)의 소설로 무장한 그는 밤새도록 리시의 곁을 지켰다. 자정이 되자, 헬렌은 잘 자라는 인사를 한 뒤 졸린 눈을 비비며 방을 나갔다. 그후부터 윈은 눈앞에 누워 있는 아이에게 신경을 집중했다.

리시는 가끔 발작적으로 뜻 모를 소리를 중얼거렸고, 서늘한 자리를 찾아 몸을 뒤척이기도 했다. 한번은 벌떡 일어나더니 그를 향해 헛소리를 하다가 다시 자리에 눕는 것이었다. 그는 진하게 탄 설탕물을 아이에게 먹여주고 스펀지로 여러 차례 몸을 닦아주었다. 앙상하고 건조한 피부에 열이 펄펄 끓는 아이를 그냥 지켜보는 것만으로도 피가 마를 것 같았다. 록시가 미라처럼 비쩍 말라버린 것도 무리가 아니었다.

밤이 깊어감에 따라 아내에 대한 그의 존경심은 더욱 깊어갔다.

도대체 록시는 어떻게 리시를 간호하면서 영지를 관리해나간 걸까? 여자는 연약한 존재라고 생각하는 사람이 있다면 록세나 랜드라는 여자에 대해 말해주리라. 그는 출산일을 꼽아보았다. 아들인지 딸인지는 모르지만, 크리스마스 무렵에 태어날 것 같았다. 얼마나 기쁜 선물이 될 것인가.

그는 모어랜드를 무척 사랑하지만 첫아이만큼은 가문의 본거지인 윈필드에서 낳고 싶었다. 이곳에는 여름마다 찾아오면 좋을 거야. 그는 중얼거리며 리시를 일으켜 해열제를 먹였다.

「오, 착하지.」

리시가 쓴 약을 싫어하지 않고 꿀꺽 삼키자 그의 입에서 감탄사가 흘러나왔다. 그 소리에 리시가 눈을 뜨더니 기쁘게도 그에게로 고개를 돌렸다. 홀쭉해진 얼굴에 예쁘장한 눈만 더욱 동그래 보여서 마치 동화 속에 나오는 주인공처럼 보였다.

「아저씨.」

리시의 입에서 나온 말은 겨우 그 한마디뿐이었지만, 그는 감정이 벅차 올라 눈물을 흘렸다. 침대에 도로 눕히자 아이가 그의 손을 잡으려고 더듬거렸다. 윈은 아이의 손을 가볍게 잡았다.

「조금 더 자거라, 응.」

아이가 잠이 들자 꾸벅꾸벅 졸기 시작한 그는 새벽 무렵, 저택 앞 마차 길에서 들려오는 소리에 잠이 깼다. 그는 일어나서 허리를 폈다. 의자에 앉아 불편한 잠을 잔 탓인지 목 근육이 뻐근했다. 커튼을 젖혀 내다보니 맨워링 가의 마차였다.

윈은 리시를 한번 돌아본 다음 발꿈치를 들고 살금살금 나가서 재빨리 계단을 내려갔다. 현관 계단을 올라오고 있는 누이를 그가 껴안고 키스했다.

「윈, 누가 보면 헤어진 지 수십 년 된 남매인 줄 알겠다.」

만면에 미소를 띠며 그녀가 말했다.

「그러니까 더 살갑잖아.」

윈은 클레어리스의 어깨너머로 마차에서 내리고 있는 사람들을 바라보았다.

「한 부대를 끌고 출동하셨군. 정말 고마워, 누나. 내가 마지막으로 사랑한다고 말한 게 언제였더라?」

클레어리스가 얼굴을 찡그려 보였다.

「글쎄, 생각도 안 나는걸.」

그녀는 제일 먼저 내린 키가 큰 젊은 남자를 소개했다.

「여기는 새 관리인, 데이빗 스타트.」

윈은 그 남자와 악수를 나누었다.

「애니는 부엌일과 여러 가지 시중을 들 거고, 미첨 부인은 하웰 부인이 돌아올 때까지 가정부 일을 하게 될 거야.」

묵직해 보이는 바구니를 관리인에게 건네면서 그녀가 덧붙였다.

「레몬과 젤리를 좀 가져왔다. 리시가 회복되었을 때 먹이면 좋을 거야.」

윈은 누이의 허리에 팔을 두르고 집으로 올라갔다.

「정말 고풍스런 집이야. 록시는 자니?」

「응, 다행히 잠이 들었어.」

누이의 코트를 벗겨주면서 그가 말했다.

「오, 누나, 록시가 쓰러지기 일보직전이었다는 거 알아?」

「짐작이 가는구나.」

윈은 록시가 이제 좀 쉴 수 있다는 사실에 기쁨이 솟구치는 것을 느끼면서 머리를 흔들었다.

「아니, 누나는 짐작도 못 할 거야.」

짓궂게 놀리는 누이의 표정에 그는 빙그레 웃기만 했다. 클레어리스가 데리고 온 사람들을 각 자리에 배치하는 동안 그는 기다렸다. 그녀는 관리인에게서 바구니를 받아들고, 위층에 가서 필리시티를 보고 올 동안 아래층에서 기다리라고 일렀다.

「날이 밝으면 윈 경께서 티비네 집으로 안내해주실 걸세.」

「누난 정말 장군감이야.」

계단을 올라가면서 윈이 농담을 하자 클레어리스가 웃으며 그의 등을 탁 쳤다. 그러나 리시를 보는 순간, 그녀는 웃음을 거두면서 머리를 흔들었다.

「독감은 악마의 병이야. 사람이 죽을 지경이 되야 겨우 물러나니, 윈.」

그녀는 리시의 팔을 잡고 자세히 살펴보았다.

「그동안 얼마나 시달렸는지 알 만하구나. 하지만 록시의 딸이니 맞서 싸울 힘이 있을 거야.」

그녀는 보닛을 벗고 동생을 따라 옆방으로 갔다.

「록시가 자고 있어.」

윈은 속삭이면서 아내를 바라보았다. 그가 눕혀놓은 그대로 누워 있었다.

「잠을 좀 제대로 자면 좋겠는데, 분명히 금방 깰 거야.」

클레어리스는 머리를 끄덕였다.

「그렇긴 하겠지만, 우리가 리시를 간호할 수 있다는 걸 알게 되면 그리 고집 부리지는 않을 거다.」

윈은 문을 닫고 나와 문에 몸을 기댔다.

「록시는 정말 잘 쉬어야 해, 누나. 아이를 가졌거든.」

쑥스러운 웃음을 지으면서 그가 덧붙였다.

「지난 3월에 잠깐 다녀갔을 뿐인데 꽤 의미 있는 시간을 보낸 셈이지.」

클레어리스가 숨이 막히도록 놀라면서 그를 껴안았다.

「윈, 정말 굉장하구나!」

누이와 함께 기쁜 소식을 나누게 되어 흡족해진 윈은 고개를 끄덕이며 그녀의 입술에 손가락을 가져다댔다.

「쉿, 나도 어젯밤에 록시의 옷을 벗겨주다가 알게 되었어. 그러니까 누나도 모른 척 해줘. 내가 알고 있다는 사실을 아직 모르거든.」

그녀는 동생의 팔을 이끌고서 다시 리시의 방으로 갔다.

「네가 화를 낼까 봐 여태 말을 못했나 보구나.」

「응. 록시에게 나에 대한 신뢰를 다시 심어주려면 부지런히 애교를 떨어야 할 것 같아. 난 지금 너무 기뻐서 춤이라도 덩실덩실 추고 싶어. 왜 내 아이를 갖고 싶지 않다는 멍청한 생각을 했는지 모르겠다니까.」

클레어리스는 아우의 얼굴을 매만지다가 발꿈치를 들어 입을 맞추었다.

「집에서나 전쟁터에서나 싸움하는 것만 봐왔으니 그럴밖에. 자, 이제 내려가서 데이빗에게 할 일을 일러주고, 가서 눈을 좀 붙이도록 해라. 리시 옆에는 내가 있으마.」

「네, 대장님.」

「원, 이 귀찮은 아우야.」

그녀는 상냥하게 말하며 리시에게 몸을 숙였다.

「자기 전에 위트콤에게 짤막하게 편지를 쓸까 해.」

윈이 문손잡이를 잡으며 말했다.

「무슨 일로?」

「가끔씩 이곳 노스 라이딩에 머무르려면 친척간에 둘러친 울타리 보수공사는 해둬야지.」

클레어리스는 아우에게 미심쩍은 눈초리를 던졌다.

「언제부터 네가 외교관이 되었는지 모르겠구나?」

윈은 한번 씩 웃고는 조용히 문을 닫았다.

＊　＊　＊

록세나가 눈을 뜨자, 방 안 가득 햇빛이 가득했고 침대 옆 테이블의 꽃병에는 장미가 꽂혀 있었다. 그녀는 무의식적으로 장미꽃에 코를 갖다댔다. 아침 입덧이 많이 가라앉아서 강한 장미 향기가 예전처럼 아름답게 느껴졌다. 편안하게 옆으로 누웠다. 거의 습관적으로 배에 손을 가져가자 분명하게 태동이 느껴졌다.

순간, 그녀는 벌떡 일어나서 이불을 걷어 젖혔다.

「리시!」

「리시는 정성껏 보살핌을 받고 있으니까 걱정 말아요.」

창 쪽에서 낯선 목소리가 들려왔다.

록세나는 재빨리 주위를 둘러보다가 이어 미소를 지었다.

「오, 클레어리스!」

방문객을 알아보자 마음이 놓였다.

「클레어리스가 왔답니다, 록세나.」

뜨개질하던 손을 내려놓으며 그녀가 인사를 건넸다.

「원이 얼마나 꽤씸한지 록세나는 모를 거야. 일 때문에 내가 원필드에 잠깐 가 있었는데, 록세나한테서 편지를 받고는 글쎄, 나한테 일을 맡겨버리고 부리나케 떠나버리지 뭐겠어. 관리인과 가정부, 하인들을 좀 데리고 따라오라면서 말이야. 그래서 지금 애니가 리시를 지키고 있지.」

「하느님, 감사합니다.」

록세나는 다시 누우면서 비틀려 있던 페티코트를 바로 입었다.

「어젯밤에 제 옷을 벗겨주셨군요, 고마워요.」

「오, 그게…… 그래.」

클레어리스의 대답에는 재미있어 하는 기색이 담겨 있었다.

「록세나, 좀더 자두지 그래. 리시는 애니가 돌보고 있고, 조금 있다가 내가 가볼 거니까.」

「헬렌은요?」

「데이빗 스타트라고, 새로 들어온 관리인하고 말을 타고 나갔어. 헬렌은 목장 구석구석 모르는 데가 없으니까 실제로 도움이 많이 될 거야.」

클레어리스가 록세나에게 좀더 가까이 다가갔다.

「딸을 정말 똑똑하게 키웠던데. 비결이 뭔지 알고 싶을 정도로 말이야.」

「그 아인 그렇게 자랄 수밖에 달리 선택의 여지가 없었죠. 제 엄마처럼.」

클레어리스가 그녀를 다시 침대에 눕혀 베개를 바로 해줬다.

「맞아요, 헬렌은 목장에 대해 모르는 게 없어요. 근래 들어 우리가 말을 타고 목장을 얼마나 돌아다녔는지는 하느님만 아실 거예요. 플레치도 헬렌을 좋아하구요.」

그녀는 록세나의 뺨을 어루만졌다.

「안심하고 푹 자요. 이제부터는 우리가 다 알아서 할 테니까.」

록세나는 눈을 감았다. 잠을 잘 수가 없을 거야. 그러나 다시 눈을 떴을 때는 석양이 드리우고 있었고, 클레어리스가 있던 의자에는 원이 앉아 있었다.

그는 침대 옆에 앉아 손으로 머리를 괴고 책을 읽고 있었다. 록세나는 가만히 누워, 코끝에 안경을 걸치고 독서에 열중하는 그의 모습을 물끄러미 바라봤다.

「플레치.」

미소를 지으며 시선을 돌린 원은 책을 덮고 안경도 벗었다.

「어제보다는 한결 사람다워졌어. 기분은 좀 어떻소?」

「아주 좋아요.」

그는 담요를 당겨 록세나의 어깨까지 덮어주고 벽난로로 가서 불을 더 돋우었다.

「리시는 어때요?」

윈이 다시 침대로 돌아와 걸터앉았다. 록세나는 그를 만지고 싶었다. 쓰다듬으면서 그의 존재를 확인하고 싶었지만 그럴 수가 없었다.

「제발 더 나빠지지만 않았으면 좋겠어요.」

「더 나빠지는 일은 없을 거요. 당신이 한 것처럼 우리도 최선을 다하고 있으니까. 닥터 클라이드가 리시를 보고 갔는데, 회복 가능성이 충분하다고 했소. 당신 진찰도 부탁할까 하는데…….」

「안 돼요! 절대로! 전 아무 이상 없어요. 그냥 좀 피곤했을 뿐이에요.」

그녀의 다급한 반응에 윈이 눈썹을 치켜올렸다.

「의사가 싫어서 그러는 거요?」

「전 환자가 아니니까요.」

「물론 아니겠지. 병은 아니고, 단지…… 피곤하니까.」

「그리고, 당장 일어나야 되겠어요.」

「그냥 푹 쉬는 게 좋을 것 같은데.」

움직이지 못하도록 윈이 그녀의 몸을 누르자, 록세나가 그를 올려다보았다.

「누님 말씀이 맞았어. 당신은 꽤씸한 사람이에요.」

록세나는 속삭이면서 윈의 포옹에 몸을 맡겼다. 그가 여기 있다니, 꿈만 같았다.

「이제는 아무 데도 가지 않을 거요, 록시.」

그는 힘있게 말했다.

「우리에게는 시간이 얼마든지 있소.」

임신을 들키지만 않으면요. 그런 생각이 떠오르자 록세나는 그의 품을 빠져나왔다. 아무래도 먼저 말을 해야 될 것 같았다.

「윈, 할말이…….」

그러나 윈은 책과 안경을 챙겨 자리에서 일어나버렸다.

「지금 당신에게 꼭 필요한 것은 더운물에 목욕하는 거요. 누님이 당신이 깨면 알려 달라고 했소. 욕조에 몸을 푹 담그고 그동안 쌓인 피곤을 씻어내도록 해요. 나 지금 어디 좀 가봐야겠소.」

그는 윙크를 하고 손을 흔들며 방을 나갔다. 잠시 후, 록세나가 리시의 방에 들어가 보니 윈이 거기에서 리시에게 밥을 먹이고 있었다. 그녀는 살금살금 걸어가서 그의 어깨에 손을 올렸다. 아이에게 밥을 먹일 줄도 알다니. 록세나는 눈앞에 벌어진 경이로운 광경에 그저 놀랄 뿐이었다. 그녀가 먹일 때는 얼굴을 돌리며 무작정 거부하던 리시가 그가 떠주는 오트밀은 아무 불평 없이 잘 먹고 있었다.

「플레치, 이건 기적이에요.」

잠이 든 리시를 제대로 침대에 눕히는 모습을 보며 록세나가 감탄사를 터뜨렸다.

「내가 먹일 때는 아주 조금밖에 먹지 않던데.」

윈이 그릇을 내려놓으며 입을 열었다.

「난 사령관이었소. 내 명령에 복종하지 않는 병사는 절대 용납하지 않았거든. 리시도 내가 입을 열라고 명령하면 그게 무슨 뜻인지 아는 거요.」

그는 록세나의 손을 잡고 뒤로 기대며 향기를 들이마셨다.

「라벤더 향이 기가 막히군. 리시가 매일 먹는 양을 조금씩 늘리고 기운을 차리면 열도 떨어질 거요.」

록세나는 가슴이 벅차 올라 말을 할 수 없었다. 지금이야, 록세나. 그가 이렇게 기분이 좋을 때 말해야 하는 거야.

「플레치, 사실은 당신이 꼭 아셔야 될 게 있어요.」

「뭘 말이오? 내가 멋지고 매력적이라는 사실? 그래서 당신의 두 번째 남편이 되기에 조금도 부족함이 없다고?」

록세나는 깔깔 웃다가 리시가 몸을 움직이자 얼른 손으로 입을 막았다. 기회인데, 차마 말문을 열지 못하는 자신이 한심스러웠다.

다시 입을 열려고 하는데 미첨 부인이 문을 열고 들어왔다.

「윈 경, 어떤 신사분이 찾아오셨는데요」

윈이 눈썹을 치켜올리며 되물었다.

「누구라고 하던가요?」

「위트콤 경이라고 하시던데요. 거실로 모셨는데, 곧 내려가신다고 전할까요?」

미첨 부인은 리시를 보면서 작은 소리로 말했다.

록세나는 두 손으로 입을 막으며 머리를 흔들었다. 의아한 눈초리로 바라보는 미첨 부인에게, 윈은 아주 좋은 소식이라도 들은 사람처럼 빙그레 웃어 보였다. 록세나는 겁에 질린 얼굴로 그를 바라봤다.

「알았소, 미첨 부인. 바로 내려간다고 전해요.」

그녀가 나가자 록세나는 벌떡 일어나 방구석으로 몸을 피했다.

「난 내려가지 않을 거예요.」

흥분을 억누르며 그녀는 작은 목소리로 말했다.

「나는 내려갔으면 좋겠소.」

윈은 가까이 다가가 그녀의 허리를 감싸안았다.

「오늘 아침에 내가 이곳에서 있었던 일을 적어서 보냈소.」

록세나는 눈이 동그랗게 뜨면서 그의 품을 빠져나왔다.

「왜요, 왜 그러셨는데요? 그 사람이 저지른 일을 생각해보셨어요? 생각을……」

이번에는 더 힘을 주어 윈이 그녀를 안았다.

「당신이 내 아내인 이상 법적으로 그는 아무 짓도 할 수가 없어요. 생각을 해봐요. 헬렌과 필리시티는 그의 조카들이잖소. 그에게는, 아이들에게 무슨 일이 일어났는지 알 권리가 있잖아, 안 그렇소?」

록세나는 잠시 생각해보다가 마지못해 고개를 끄덕였다.

「그래도 난 그가 무서워요」

윈은 다시 그녀를 안았다.

「알아요, 록시, 이해해. 그렇지만 이제 당신에게는 든든한 남편이 있잖소. 그러니 무서울 게 없단 말이오.」

윈은 그녀의 턱을 들고 눈을 똑바르게 쳐다보았다.

「당신은 더 이상 혼자가 아니야.」

록세나는 고개를 끄덕일 수밖에 없었다. 윈은 웃으면서 그녀의 이마에 키스를 했다.

「자, 사자를 잡으러 내려갑시다. 이건 내 생각인데, 분명 그 사람도 전처럼 위협적인 태도로 나오지는 않을 거요.」

록세나는 그의 손을 잡고 아래층으로 내려갔다. 거실이 가까워질수록 그를 잡은 손에 힘이 들어가자 윈은 얼굴을 찡그리며 투덜거렸다.

「이렇게 피도 안 통할 정도로 꽉 잡으면 어떤 일이 벌어질지 모르오. 손을 잘라내는 사태가 벌어질지도.」

그제야 록세나가 손에서 힘을 풀었다.

문 앞에 이르자 그녀는 심호흡을 했다. 헬렌이 안에서 모차르트를 치고 있었다. 어깨를 감싸안은 윈의 팔처럼 피아노 선율 또한 그녀의 신경을 누그러뜨려 주었다.

윈이 문을 열었다.

「아, 위트콤 경, 이렇게 찾아와주셔서 반갑습니다.」

문이 열렸기 때문에 그녀는 남편을 따라 들어갈 수밖에 없었다. 머리가 멍해지도록 긴장이 되었지만 마셜 드루가 천천히 다가와 손을 내밀자 어느 정도 누그러졌다. 내키지는 않았지만, 윈이 어깨를 감싼 손에 힘을 주며 눈치를 주자 할 수 없이 손을 내밀어야 했다.

「안녕하셨어요?」

록세나는 자기 목소리가 당당하게 들리기를 바랐다. 뭔가 힘이 실린 말을 한마디해야 할 텐데. 이런 악당에게는 무슨 말부터 해야 하나.

「그동안 실력이 많이 향상된 것 같아 무척 기쁘구나, 헬렌.」

피아노를 치는 딸을 향해 그녀가 말했다.

「계속 쳐도 돼요, 엄마?」

록시는 긴장이 풀리는 것을 느꼈다.

「그럼, 물론이지.」

그녀는 창가에 놓인 소파를 가리켰다.

「저기 좀 앉으세요.」

록세나는 목사관에서 위트콤을 독대했던 때의 괴로운 기억을 떠올리지 않으려고 애를 쓰며 남편 옆에 바싹 다가앉았다. 그 기억이 떠오르면 그때 일을 꼭 짚고 넘어가야 할 것 같은 압박감이 느껴졌기 때문이었다. 다행히 남편이 그 역할을 대신 해주었다. 그의 온화한 목소리에 록세나는 자신의 귀를 의심했다.

「위트콤 경, 우리는 리시의 상태를 알려드리고 싶었습니다. 회복되는 기미가 조금씩 보이기는 하지만, 아직 마음놓을 상태가 아닙니다.」

위트콤은 고개를 끄덕였다.

「우리라고 독감의 마수를 피할 수 있겠습니까. 티비도 앓아누웠다는 말을 들었습니다. 다행스럽게도 상당히 회복되긴 했습니다만. 록세나, 당신 목장이 모두에게 부러움을 사고 있다는 걸 아십니까?」

록세나는 속마음과는 다르게 웃음을 지으며 허리를 꼿꼿하게 세웠다.

「한 열흘 전만 해도 제가 관리인 노릇을 했죠.」

「그때 다들 당신을 격찬했지요.」

잠시 말을 멈춘 위트콤은 소나티네를 치느라고 정신이 없는 헬렌에게 눈을 돌렸다.

「헬렌은 괜찮소?」

「네, 덕분에.」

록세나는 공손하게 말했다. 딸을 걱정해주는 말에 마음이 조금은 누그러지는 듯했다.

「독감도 사람을 가리나 봅니다.」

윈의 말에 위트콤은 고개를 끄덕이며 자리에서 일어섰다.

「오래 있을 생각은 없습니다만 리시는 한번 보고 싶군요.」

「물론 그러셔야죠.」

남편의 호의적인 태도가 그녀는 별로 내키지 않았다.

「먼저 부인의 승낙을 받아야 할 것 같은데요.」

위트콤은 미소를 지었다. 록세나도 기억하는 미소였다.

「아직 록세나의 허락은 얻지 못했습니다만, 아마 동의할 겁니다. 그리고 헬렌을 며칠 정도 맡아주시지 않겠습니까?」

악을 쓰며 남편의 손을 꼬집고 싶은 것을 애써 참으면서 록세나는 입술을 깨물었다.

윈은 아내를 모욕하고 딸들을 훔쳐가려고 한 남자가 아니라 마치 친구와 얘기하고 있는 것처럼 천연스럽게 말을 했다.

「헬렌에게 잠시 환경을 바꿔줄 필요가 있는 것 같아서요. 록시도 좀더 여유 있게 리시를 돌볼 수 있을 거고요. 생각을 좀 해보시겠습니까?」

위트콤이 거절해주기를 간절히 바라며 록세나는 숨을 죽였다. 놀랍게도 그의 눈에서 눈물이 흘렀다. 그는, 머리를 끄덕여 박자를 맞추면서 스카를라티를 치기 시작하는 헬렌에게 시선을 돌렸다. 어느 정도 자제력을 회복하자 그가 비로소 입을 열었다.

「물론 그렇게 하겠습니다, 원 경. 헬렌을 잠시라도 데리고 있을 수 있다면 저에겐 큰 기쁨이지요. 애그니스에게도 말을 해두겠습니다. 물론 부인께서 허락하셔야 가능한 일입니다만.」

순간 록세나는 상황이 이해되면서 눈시울이 뜨거워졌다. 과연 지금 그가 보여주고 있는 관대함이 나에게도 존재할까.

「네, 마셜, 전혀 문제없어요. 리시를 간호하고 있는 동안 헬렌을 잘 돌봐줄 사람이 있다면 저도 마음이 놓이는 일이죠.」

마셜은 한숨을 쉬었다.

「정말 감사합니다. 그럼 헬렌을 데려가도 되겠습니까?」

그녀는 고개를 끄덕였다.

「리시의 상태에 관해서는 헬렌이 자세히 얘기해드릴 거예요.」

위트콤은 피아노로 가서 조카와 머리를 맞대고 앉았다. 두 사람이 나란히 앉아 있는 모습을 바라보고 있으려니 록세나는 지나간 날들이 떠올라 뜨겁게 치밀어 오르는 감정을 애써 삼켜야 했다.

그녀는 남편을 바라보았다.

「당신이 자랑스러워요. 다른 사람들에게서도 훌륭한 사람이란 말을 항상 듣겠지만요.」

그는 눈을 깜빡이며 시선을 피했다.

「아니오, 록세나. 당신을 만나기 전에는 결코 괜찮은 인간이 아니었소.」

위트콤이 미소를 지으며 소파로 돌아왔다.

「헬렌이 가겠다고 하는군요. 내일 아침에 마부를 보내겠습니다. 그리고 고맙습니다.」

「천만에요.」

이번에는 록세나가 먼저 대답했다. 그리고 한숨을 쉬며 위트콤을 향해 손을 내밀었다.

「자, 그럼 이제 리시에게 가기로 하죠. 헬렌은 여기 남아서 계속 연주를 하게 두고요.」

록세나는, 묵은 원한이 해소되었다는 사실에 감사하며 시숙을 안내해 천천히 계단을 올라갔다. 오랜만에 마음의 평화가 찾아온 것 같았다.

리시의 방에서는 미첨 부인이 간병을 맡고 있었다.

위트콤이 리시의 침대 모서리에 앉아서 아이의 뺨을 어루만지고 이마에 키스를 하는 동안 록세나는 복도에 서 있었다. 그를 용서해야 해. 자존심을 조금만 접어두면 한없이 많은 것을 보상받을 수 있을 거야.

위트콤이 리시의 방에서 나오자 록세나는 그와 나란히 계단을 걸어 내려갔다. 계단 끝에 이르자 위트콤이 그녀의 손을 잡았다.

「록세나, 리시의 병세를 자주 알려줬으면 좋겠소. 그리고 내가 할 수 있는 일이 있다면…….」

록세나는 미소를 지었다.

「기도를 해주세요. 우리가 할 수 있는 일은 그것밖에 없어요. 그리고 와주셔서 고마워요.」

록세나가 현관문을 열어주자, 위트콤은 선뜻 나가지 못하고 그녀를 가만히 바라봤다. 그의 눈동자에 왠지 모를 쓸쓸함이 깃들여 있는 것 같았다.

「록세나, 언젠가는 나를 용서해주기를 바라오.」

「노력해야겠죠. 안녕히 가세요, 마셜.」

거실로 돌아온 록세나는 홀에서 남편과 헬렌이 나란히 앉아 안단티노를 치는 모습을 지켜보았다. 이 순간을 영원히 지킬 수 있다면 얼마나 좋을까. 이토록 그를 사랑하지만 현실은 현실이야. 난 그 현실을 마주해야 하고.

윈이 몸을 돌려 손짓으로 부르자 록세나는 고개를 저었다.

「계속하세요. 모든 일이 해결된 것 같으니까, 난 리시 옆에 좀 앉아 있다가 자러가야겠어요.」

윈은 고개를 끄덕이며 그녀에게 키스를 보냈다.

「필딩을 읽는 것도 좋을 거요. 그리고 그 자리를 독점할 생각일랑 말아요. 한 시간 내로 갈 테니까.」

웃으며 돌아서는 록세나를 그가 다시 불러 세웠다.

「참, 이 말을 까먹을 뻔했는데, 데이빗 스타트가 당신보고 아주 훌륭한 관리인이었다고 하더군.」

그는 다시 피아노를 향해 돌아앉아 시끄러운 곡을 쳐댔고, 헬렌은 옆에서 깔깔거렸다.

예상했던 대로라면 그 주가 끔찍하게 지나가야 했는데 실제로는 달랐다. 수면시간이 좀 늘고 여러 사람의 보살핌을 받는다고 외모가 이렇게 달라지는지, 그저 놀랄 따름이었다. 윈이 오고 나서 첫날밤이었다. 자정이 좀 지나서 잠을 깼는데, 문득 리시가 혼자 있을지도 모른다는 생각에 더럭 겁이 났다. 록세나는 급히 숄을 두르고 리시의 방으로 달려갔다. 마음을 진정시키고 방문을 열었는데, 자고 있는 리시 옆에서 윈이 헨리 필딩의 책에 푹 빠져 있었다. 문가에 서 있는 록세나에게 그가 속삭였다.

「얼른 다시 가서 눈 좀 붙이지 않으면 내가 안아서 침대로 데려다줄 거요.」

그러시면 제가 곤란해져요. 록세나는 속으로 중얼거리며 조용히 문을 닫고 다시 침실로 돌아왔다.

윈이 잠을 자는 낮 시간에는 클레어리스가 교대하여 리시를 간호했다. 그녀 역시 윈과 마찬가지로 애정 어린 독재를 휘둘러 록세나에게 자꾸만 쉬라고 강권했다. 랜드 가의 핏줄은 어쩔 수가 없군, 하는 생각이 들었다. 애니는 청소를 맡고, 미첨 부인은 요리와 전반적인 살림 관리를 맡았다. 때문에 록세나는 할 일이 거의 없었고 리시를 돌보는 시간만 빼면 충분히 쉴 수 있었다.

윈은 오후마다 리시의 방을 찾아와서 긴 다리를 침대에 걸치고 앉아, 읽고 있던 책을 옛날이야기 들려주듯 읽어 내려갔다.

「자고 있는 애한테 뭘 읽어주고 계세요?」

「혹시 리시가 들을지도 모르니까.」

「책을 동화처럼 재미있게 읽어주는 재간이 있는 줄은 몰랐소」

록세나는 의자에 편안하게 앉아, 목까지 단정하게 늘어져 있는 남편의 곱슬머리를 물끄러미 바라봤다. 이발을 해줘야겠다는 생각이 들었다.

「나에 대해 모르는 게 아직 많을 텐데. 앞으로 차차 더 많은 걸 알게 될 거요, 랜드 부인.」

그의 눈이 생글생글 웃고 있었다.

이틀 후, 클레어리스의 남편 맨워링 경이 오렌지와 레몬, 그리고 처남을 위한 필딩의 소설을 우편마차에 가득 싣고 왔다. 그리고 리시의 방을 둘러보며 간병 체제가 엄청나게 막강한 것에 깜짝 놀라는 모습을 보였다.

「이보다 뛰어날 수는 없을 겁니다, 록세나.」

「일부러 이렇게 와주시지 않아도 되는데. 괜히 저희 때문에 번거로움만 더해진 것 같아 죄송하네요.」

「형제지간 좋은 게 이런 거죠.」

그 주가 끝나갈 무렵, 록세나는 오랜만에 모자를 찾아 쓰고 과수원으로 산책을 나갔다. 탐스럽게 익어가기 시작하는 사과 열매를 보면서 천천히 걸어가고 있는데, 어린 시절 켄트에서 자랄 때, 지금은 인도에 살고 있는 오빠들한테 떠밀려 했던 끔찍한 카드 게임이 떠올랐다. 올해는 그때 가졌던 패와 비슷한 패를 들고 살아왔다는 생각이 들었다. 비록 내가 바라고 선택한 것이 아니고 상황에 의해 마지못해 들게 된 패였지만 그 패를 가지고 할 수 있는 한 최선을 다했어. 아직 윈을 마주하고 내가 임신했다는 사실을 알려야 할 일이 남아 있기는 하지만. 그 때문에 그가 우리 곁을 떠난다 해도 어쩔 수 없는 일이야. 그러면 그런 대로 또 살아나갈 수 있겠지. 플레치는 나보고 무슨 일이든 늘 완벽하게 해내려 한다고 주장하지. 그래, 그의 말이 옳아. 그렇지 않다면 내 형편에 무슨 힘으로 살아갈 수 있겠어.

그녀는 끝없이 뻗어 있는 요크 평원을 내려다보았다. 7월의 온기 속에 피어난 아지랑이 너머로 목장과 목장들이 가지런하게 제자리를 지키고 있었다. 이래로 계속 남편과 딸들에게 둘러싸여 오순도순 정답게 살 수 있다면 얼마나 좋을까. 아이를 원하지 않는다고 말은 했지만 정말 그게 원의 진심일까.

「어이, 록세나! 빨리 와봐요.」

프레드가 현관 앞 계단에서 외치고 있었다. 순간 록세나는 신경이 뚝 끊어지는 기분이 들었다. 그의 목소리에 이상한 떨림이 묻어 있었기 때문이었다.

「하느님, 제발…….」

그녀는 소리 죽여 기도했다. 프레드가 그녀를 향해 빠르게 걸어오고 있었다. 리시의 방을 올려다보니, 열린 창으로 플레치가 내려다보고 있었다.

「안 돼, 있을 수 없는 일이야. 모두들 그렇게 애를 썼는데, 어떻게…….」

큰 소리로 울부짖으며 그녀는 프레드를 무시하고 집안으로 뛰어들어갔다. 허겁지겁 방에 들어선 순간, 공포로 얼어붙고 말았다. 클레어리스가 동생을 끌어안고 울고 있는 것이었다. 원 역시 흐느끼고 있었다. 두 사람은 마치 죽음을 보여주지 않겠다는 듯 침대 앞에 버티고 서 있었다.

「안 돼…… 이럴 수는 없어!」

록세나는 그 말 말고는 모두 지워버린 듯 머릿속이 텅 빈 느낌이었다.

계단을 뛰어올라온 맨워링 경은 문에 기대어 숨을 고르고 있었다. 울고 있는 두 사람을 보더니 그가 머리를 설레설레 흔들었다.

「그만들 해두시지. 그리고 리시, 너도 이제 어른들 그만 놀려야지. 이러다가 네 엄마 기절하시겠다.」

록세나는 숨을 훅 멈추더니 두 사람을 헤집고 리시를 보았다. 리시는 침대에 앉아 늘 하던 대로 입을 꼭 다물고 눈앞의 소동을 물끄러미 바라보고 있었다. 록세나는 참지 못해 눈물을 터뜨리고야 말았다.

「먹을 걸 달라고 한 것뿐인데.」

리시가 쉰 목소리로 말했다. 어지러운 듯 머리를 조금 떨기는 했지만 아주 정상적으로 보였다. 참을성이 없는 것도 여전했다. 록세나는 떨리는 손으로 아이의 이마를 짚었다. 차가웠다.

「계피 빵이 먹고 싶어.」

아이의 입에서 흘러나온 그 몇 마디 말에 클레어리스는 더 크게 울었고, 윈은 의자에 주저앉아 천장을 바라보며 한없이 눈물을 흘렸다. 록세나도 딸을 끌어안고 목놓아 흐느끼기 시작했다.

「리시, 걱정 마라. 내가 미첨 부인한테 계피 빵을 가져오라고 이르마. 그 사이에 사과즙부터 좀 먹자꾸나.」

맨워링 경이 그릇을 들며 말했다.

리시는 고개를 끄덕이며 어미 새에게 모이를 받아먹는 아기 새처럼 순순히 입을 벌렸다.

「이거야 원, 이 방에서 멀쩡한 사람은 우리 둘뿐인 것 같구나. 우리가 친척이라는 건 더 설명할 필요가 없는 것 같고. 자, 리시, 맨워링 아저씨한테 입을 크게 벌려다오.」

「자, 이제 이 기쁜 소식을 어서 헬렌에게 전해주도록 합시다. 이제 당신도 헬렌의 삼촌 앞에서 담담해질 수 있을 만큼 진정이 되었으니.」

록세나는 자신을 마차에 태워주고 뒤따라 올라탄 그에게 바싹 다가앉으며 말없이 미소를 지었다. 기분 좋게 흔들리는 마차 안에서 윈은 잠이 들었다.

간병하느라고 피곤했던 거야. 그녀는 속으로 중얼거리며 느슨해진 그의 포옹에서 빠져나와서 눈을 감았다.

마차가 위트콤 저택 앞에 멎었을 때 먼저 눈을 뜬 록세나는 윈의 뺨을 어루만지며 그를 깨웠다. 윈은 깜짝 놀라며 눈을 뜨더니 사방을 둘러보고는 껄껄 웃으며 록시를 껴안았다.

「록시, 여기 볼일을 마치거든 집에 가서 곧장 침실로 갑시다. 한 일주일은 잘 수 있을 것 같소.」

그때 현관 계단을 내려온 위트콤을 보고 록세나의 얼굴이 빨갛게 상기되었다. 위트콤은 두 사람에게 듣게 될 소식을 자못 궁금해하는 눈치였다.

「제발 좋은 소식을 가지고 오신 거였으면 좋겠군요.」

록세나를 마차에서 내려주고 있는 윈에게 그가 말했다.

「마셜, 열이 물러났어요. 당신과 헬렌에게 바로 알려주고 싶어서 이렇게 달려왔어요.」

때마침 헬렌이 달려나와 엄마의 팔에 안긴 다음 윈의 품에 뛰어들었다. 그는 차분하게 기쁜 소식을 전했다.

「내일쯤 마차를 타고 가볼 작정이었소. 그때까지 헬렌을 여기 데리고 있어도 될지 모르겠군요. 리시를 위해 지금 하고 있는 일이 있는데, 아직 끝내지를 못했어요.」

「상관없어요, 마셜.」

록세나가 망설임 없이 대답했다.

「애그니스와 함께 오셔서 아예 저녁식사까지 하고 가세요.」

「기꺼이 그러지요.」

위트콤은 헬렌을 돌아보며 말했다.

「헬렌, 들어가서 우리가 그린 그림을 가져오려무나.」

그는 집안으로 뛰어들어가는 헬렌의 모습을 가만히 바라보다가 록세나의 손을 잡았다.

「정말이지 두 분에게 어떻게 사죄를 드려야 할지 모르겠소.」

나직하면서도 결연한 의지가 담겨 있는 어조였다. 윈을 바라보며 그는 말을 이어갔다.

「지난겨울의 내 행동은 믿을 수 없을 정도로 사악했어요. 나도 그때 내가 왜 그랬는지 모를 지경입니다.」

록세나는 그의 손을 잡으며 심호흡을 했다.

「마셜, 그 일로 너무 자책하진 말아요.」

「록세나, 나 때문에 당신이 그렇게 위험한 여행을 강행했다고 생각하면…….」

록세나는 고개를 저었다. 꿈이 아닌가 싶을 정도로 마음이 편안해졌다.

「마셜, 당신이 나를 거기까지 몰고 가지 않았으면 나는 윈 경과 결혼할 생각도 못했을 거예요. 지금 생각하면 훨씬 더 잘된 일이죠.」

록세나는 윈의 손을 잡고 계속 말했다.

「이이가 없는 인생이란 상상할 수도 없거든요. 지금 와 돌아보면 그때 일이 너무 고마워요. 그런 의미에서 제가 오히려 당신에게 빚을 진 셈이죠.」

위트콤은 윈에게 눈을 돌려 미소를 지었다.

「윈 경, 당신은 행운아요. 록세나, 그럼 내일 저녁에 다시 만나기로 합시다.」

위트콤은 서둘러 집안으로 들어갔다.

평온한 침묵 속에서 마차를 타고 돌아오던 중, 목사관과 그 앞으로 난 길이 창 밖으로 보였다. 윈은 마부에게 마차를 세우라고 지시했다.

「여기서부터는 걸어가는 게 좋겠소.」

그들은 소를 키우는 목장을 가로지르기 시작했다.

「당신에게 산책이 필요할 것 같아서.」

그가 걸음을 멈추고 록세나의 어깨를 안았다.

「록세나, 그렇게 나를 사랑했다면 지난 3월에 왜 편지를 쓰지 않았소?」

록세나는 그를 가만히 응시했다.

「썼어요. 그리고 답장을 기다리고 또 기다렸죠.」

한숨을 쉬면서 그녀는 윈의 목에 팔을 둘렀다.

「당신이 떠나고 나서 한참을 망설이다 보니 시간이 너무 많이 지난 것 같아서 칼라일로 보내지 않고 노섬벌랜드로 보냈죠. 거기서 받지 않으셨어요?」

윈은 그녀를 당겨 끌어안았다.

「맙소사, 내가 하이 포인트로 가기 이틀 전에 그곳 하인들이 굴뚝 대청소를 하다가 부주의로 불이 났었소. 그 바람에 집 전체가 완전히 타버렸다는군. 그러니 노섬벌랜드에는 갈 수가 없었지.」

록세나는 기뻐서 웃다가 눈물을 흘리기 시작했다. 암소 떼가 그들을 향해 다가오다가 눈물을 쏟으며 우는 여자를 멀뚱멀뚱 바라보았지만 그녀는 개의치 않았다.

「그러면 지난 3월에 내가 당신을 얼마나 그리워했는지 모르셨겠군요?」

「물론 몰랐지.」

윈은 그녀의 머리에 입술을 가져갔다.

「짐작은 했지만 확인할 수가 없었소.」

그녀를 안은 팔에 더욱 힘을 주며 윈이 이야기를 이어나갔다.

「그리고 록시, 그 문제와 비슷한 건데, 좀 물어봐야 할 게 있소. 본의 아니게 나는 우리 둘 사이에 누군가가 존재한다는 사실을 알게 되었소.」

록세나는 한참이나 아무 말이 없었다.

「말씀드리기가 무척 두려웠어요. 아이를 갖지 않겠다고 했던 당신 말, 기억나시죠?」

윈의 미간에 주름이 잡혔다.

「내가 그런 쓸데없는 소리를 하기는 했지.」

「그러셨어요. 당신에게서 답장이 없자, 난 당신 마음이 변해서 우리 관계를 후회하시는 줄 알았어요. 그래서 아기 얘기는 꺼내지도 못했죠.」

록세나는 그의 가슴에 얼굴을 묻었다.

「그리고 원래 나쁜 소식은 미뤄두는 게 제 버릇이라서요.」

윈이 그녀에게서 몸을 떼고 살짝 배를 어루만졌다.

「내가 어리석은 짓을 많이 했군. 당신이 자비롭게 용서해주면 안 되겠소? 그러면 나도 아기에 대해 여태까지 말하지 않은 것을 용서하겠소.」

「그런데, 당신은 알았죠?」

록세나가 다시 유쾌하게 들뜬 목소리로 물었다.

「최근에 저를 아주 조심스럽게 대하던 걸 생각하니 짐작이 가요. 도대체 어떻게 아셨어요?」

「내가 여기 도착했던 날 밤, 옷을 벗겨주다가 그런 의심이 들었소. 원래 그런 것에 좀 둔한데, 손 밑에서 태동이 느껴져서 확실히 알았던 거지.」

록세나는 그에게 키스를 했다.

「정말 괜찮으시겠어요?」

「괜찮겠느냐고? 이제는 아버지가 된다는 부담감도 견딜 수 있을 것 같소.」

록세나의 배를 쓰다듬으며 그가 말을 이었다.

「게다가 난 이미 아빠가 될 훈련을 마친 셈이잖소. 그런 좋은 교육을 헛되이 할 수야 없지. 우리 딸들에게는 내가 말하는 게 좋을 것 같소.」

그는 록세나의 눈을 들여다보았다.

「딸이라고 불러도 괜찮겠지? 꼭 내 딸 같은 생각이 드니까.」

물론 그녀는 괜찮았다. 마음속 어디에선가 앤서니도 좋아할 것 같다는 생각이 들었다.

「그래요, 당신이 말하세요.」

천천히 걷다가, 모어랜드가 보이는 곳에서 그녀는 발을 멈췄다. 지난가을 근심을 잔뜩 안고 길을 걷다가 원의 작은 집을 발견했을 때가 문득 떠올랐던 것이다.

「난 10파운드에 레이디 원이 되고 가정을 얻었어요.」

에필로그

윈필드
1817년 12월 15일

보고싶은 클레어리스 누나와 매형에게

　두 분께 이 소식을 제일 먼저 전한다는 것을 알아주었으면 좋겠
군요. 드디어 록시가 어제 오후 3시 30분에 아들을 낳았답니다. 아
기가 나오면서부터 굉장하게 울어대는 통에 록시는 나를 닮았을
거라고 하더군. 난 오히려 록시를 닮아서 그렇다고 맞받아쳐주려
다가 참았어요. 부디 내 인내심을 높이 사주시길. 가엾은 록시는
마차에 들이받은 사람처럼 기진맥진했죠. 아내가 진통하는 동안
나는 내내 손을 잡고 등을 문질러줬답니다. 그러다가 아기의 첫
울음이 터지니까 정신이 아득해지더라구요.

아기 이름은 '로버트 뉴월 앤서니 플레처 윈프리'라고 지으려고 합니다. 주먹만한 아기 이름치고는 너무 거창하죠? 아기는 록시의 초생달 눈썹과 내 녹색 눈동자를 물려받았어요. 키도 얼마나 큰지 몰라요. 그렇게 큰 애를 록시가 어떻게 아홉 달씩이나 뱃속에 넣고 다녔는지 모르겠다니까요. 리시와 헬렌은 아주 신이 났답니다. 다들 돌아가면서 애기 기저귀를 갈아주겠다고 야단이에요. 아기에게 젖을 먹이는 건 록시의 고유 권한이니 어쩔 수 없지만 말이죠. 지난달에 아마벨이 좋은 유모를 추천하겠다고 편지에 써보냈는데, 누나는 록시가 얼마나 철저한 여자인지 잘 알잖아요. 어쨌든 티비가 늘 말하는 대로예요.

'사랑스러운 양이 푸른 초원에서 풀을 뜯고 있도다.'

우리는 이렇게 지내고 있답니다. 부디 계획대로 올 크리스마스를 여기서 지냈으면 좋겠군요. 아마 록시는 우리 각자에게 할 일을 나눠주고는, 난로 가 의자에 앉아 로버트에게 젖을 먹이면서 무섭게 우리를 감독하겠죠.

어쨌든 난 무지하게 운이 좋은 사낸 것 같습니다. 록시에게 에메랄드 목걸이를 크리스마스 선물로 주려고 하는데, 미리 애기하지는 말아요. 그리고, 록시가 예전에 집을 빌릴 때 티비에게 10파운드를 건네주는 장면을 내가 그림으로 그려서 액자에 끼워뒀답니다. 록시는 어느 쪽을 더 좋아할까?

사랑과 키스를 보내며,
자랑스러운 아기아빠, 윈.

추신: 매형, 록시가 새벽 두 시에 일어나서 아기에게 젖을 먹이면 나도 깨서 돕는 척이라도 해야 하는 겁니까, 아니면 그냥 계속 자도 되는 겁니까? 빨리 답장해줘요.

CARLA KELLY

칼라 켈리

브리검 영 대학에서 역사학 석사학위 취득. 동 대학에서 시간제 역사 강의를 해오고 있으며, 남편 역시 같은 대학 연극 학부의 디렉터로 활동중이다. 1998년 무렵에는 남편과 함께 노스다코타에 살면서 몬태나와 노스다코타 경계 지역의 사적지에서 일을 하기도 했다.

짓밟히고 억눌린 삶을 살아가는 과정에서 내면에 감추어져 있던 자아의 힘을 발견하고 변해 가는 사람들의 모습을 위트와 깊이가 넘치는 문장으로 그려내는 그녀의 작품 속에는 '평범한 사람들'이 살아서 숨쉬는 것을 느낄 수 있다. 살면서 만나게 되는 강인한 사람들에 대한 찬탄의 마음을 작품에 그리고 싶었다고 한다.

1600년대 미국 남서부를 배경으로 한 A Daughter of Fortune을 시작으로 해서 15편에 달하는 소설을 썼고, 미국 로맨스 작가 협회가 주는 RITA 상을 두 번 수여했다.

WITH THIS RING

사교철을 맞이하여 가족이 런던으로 가게 되었을 때, 미스 리디어 퍼킨즈는 아무런 기대도 가지고 있지 않았다. 독설가인 어머니와 이기적인 여동생의 하녀처럼 살아가는 리디어에게 삶의 목적이 찾아든 것은, 어머니의 허영심에 떠밀려 동생을 데리고 세인트 바너버스 교회에 발을 들여놓았을 때였다.
귀족들이 가식적인 동정심을 보일 때, 병동환경과 군인들의 처참한 삶의 모습을 목격한 록세나는 그들을 위해 팔을 걷어붙인다. 장교임에도 불구하고 일반 사병들과 허름한 병동에 남아 부하들을 위해주는 의로운 소령 샘

리드와 그녀 사이에 견고하고 특별한 연대감이 생겨나고, 그 연대감은 육체적인 고난과 사람들의 비난을 이겨내는 힘이 되는데……

THE LADY'S COMPANION

한번 도박에 손을 대자 그곳에서 헤어 나오지 못하는 아버지로 인해 세간을 모두 잃고 급기야 집을 잃는 신세가 되자 고모의 집으로 들어가게 된 수잔 햄튼. 그 집에서 무급 하녀 노릇을 하지 않기 위해 일자리를 찾아 나선 그녀는 늙은 미망인 레이디 부시널의 친구가 되어주는 일을 얻게 된다. 처음에는 매섭게만 보이던 미망인은 알고 보니 남편과 함께 유럽의 전쟁터를 곳곳마다 누비던 여장부. 병사들만큼이나 용감했던 그녀를 수잔은 존경하고 좋아하게 된다.
한편 그 집 관리인 데이빗 위긴즈와도 친구가 된 수잔은 그에게서 신뢰와 강인한 생활력을 보게 된다. 자신의 농장을 갖겠다는 꿈을 이루기 위해 새로운 밀 종자를 개발하는 일에 몰두하는 남자. 그와 이야기를 나누고 그의 일을 도와주는 것이 점점 재미있어진다. 이것이 사랑은 아닌지……

REFORMING LORD RAGSDALE

총명하고 재치 있는 남자 랙즈데일 경. 자신의 식견과 기지의 절반도 따라오지 못하는 사람들에게 둘러싸여 사는 삶이 지루하기만 하다. 회계장부는 엉망이고 토지를 관리하는 일에도 태만. 그에게는 불행하게도 대화다운 대화를 나누거나 그의 유쾌하고 통찰력 있는 농담을 함께 즐길 만한 상대가 없다. 가장 슬픈 일은, 아버지를 잃은 슬픔을 아무에게도 말할 수가 없다는 것.
그에게는 현실을 이겨내는 한 가지 방법이 있으니, 곤경을 이겨내려고 애를 쓰는 것이 아니라 자신이 알고 있는 세상에서 가장 재기발랄하고 가장 똑똑한 사람, 바로 자기 사신과 애기를 나누며 시간을 보내는 것. 그러나 여전히 쓸쓸하고 적막하다.
그 앞에 나타난 하녀 엠마 코스텔로. 똑똑하고 분별력 있고 강인한 생활력이 있는 그녀에게 어느날 끔찍한 일이 닥치고 랙즈데일 경이 그녀를 구하여 그녀의 노비문서를 없애버린다. 고마운 마음을 보답하기 위해 엠마는 그를 변화시키기로 마음먹는데……

LORRAINE HEATH 러레인 히스

영국인 어머니와 텍사스 출신 공군인 아버지의 슬하에서 남. 잉글랜드 남동부의 하트퍼드셔 주에서 태어나, 얼마 후 미국 텍사스로 이주. 이러한 '이중' 국적이 영국적인 것과 텍사스의 특색을 골고루 사랑할 수 있는 소양을 길러주었다. 텍사스 대학에서 심리학을 전공했으며, 그때의 배움이 '사실적인 인물들'이라고 정평이 나 있는 그녀의 작중 인물들을 창조해낼 수 있는 원천이 되어주고 있다.

20편 가량의 작품을 썼으며, 창작활동 외에 Novelists Inc.에 칼럼을 기재하고 있으며, 각 지역 도서관, 작가 모임, 독자 모임 및 각종 소규모 협회에서 강연활동을 한다.

'USA 투데이' 베스트셀러 작가
1999 '어페어 드 쿠르' 인기작가 베스트10
1995-96 로맨틱 타임즈 어메리컨 히스토리컬 부분 우수 작가상 수상

Leigh Brothers 시리즈

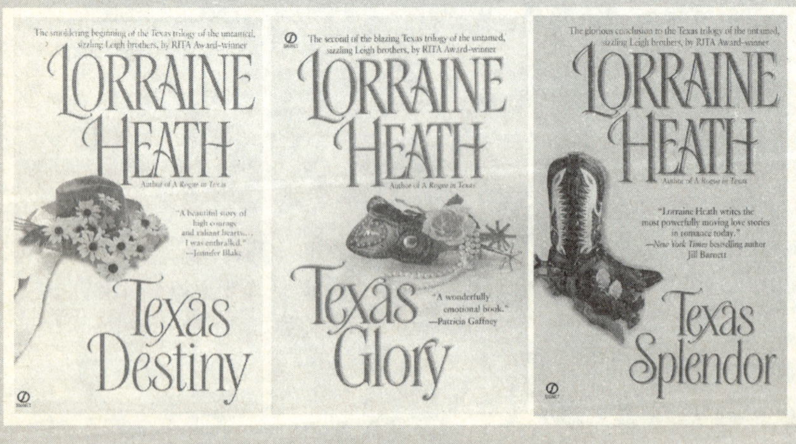

TEXAS DESTINY

형의 신부……

어밀리어 카슨은 우편을 통해 결혼을 약정한 달라스 리를 만나기 위해 포트 워스 역에 내린다. 그곳에서 처음 대면한 사람은 휴스턴 리. 그는 형이 기다리고 있는 목장까지 어밀리어를 호위하며 3주간의 길고 험한 여행을 하게 된다. 사랑하는 가족들을 전쟁으로 모두 잃고, 달라스의 편지를 통해 텍사스의 소망을 갖게 된 어밀리어. 좋은 남자만 옆에 있어준다면 천국 같은 텍사스에서 꿈을 이루며 살아갈 수 있을 것 같은데.
몸에도 마음에도 전쟁의 상흔을 안고 살아온 휴스턴 리. 그는 어밀리어에게서 거친 땅이 요구하는 담력을 보며, 어밀리어는 외관에 드러난 그의 흉터를 지나 영혼을 읽는다.

TEXAS GLORY

자유와 사랑의 길을 보여줄 이방인과의 가약.

어머니가 세상을 떠난 후, 코딜리어 더퀸은 아버지의 집에서 사실상 죄수나 다름없는 생활을 한다. 그리고 이제 모든 것이 바뀌려고 한다. 땅과 물의 사용권을 두고 벌어진 두 집안의 싸움과 흥정 끝에 달라스 리의 신부라는 낯선 세계로 떠밀려가게 된 것이다.
대지에 온 생애를 바치며 살아온 달라스. 그는 이제 지도 위에 웨스트 텍사스를 그려 넣게 할 도시를 건설하려한다. 그런데 자신의 소유가 된 낯선 여인의 눈동자 속에서 빛나는 또 다른 왕국의 섬광이 점차 그를 사로잡는다. 온정이 흐르고, 마음이 살아 숨쉬는 왕국.
찬란한 사랑의 약속으로 풍요로운 미래를 함께 아로 새겨나갈 여인, 그 여인이 바로 그녀가 아닐까?

TEXAS SPLENDOR

범하지 않은 죄의 누명을 쓰고 살아야 했던 5년의 감옥 생활……

오스틴 리는 누명을 벗고 사랑하는 여인 베키와 다시 만나기 위해 그렇게 5년을 기다려야 했다. 하지만 감옥을 나왔을 때, 베키는 이미 다른 남자의 여자가 되어 있다. 이제 그는 자신의 삶을 망쳐놓고, 처음으로 찾아온 사랑의 기회를 앗아가 버린 살인자를 찾아내리라 결심한다. 정의를 위해, 그리고 복수를 위해. 그런데 그가 찾게 된 것은 전혀 다른 것이었다.
로리 그랜트, 비극을 이겨낸 여인. 용서와 참회의 먼길을 함께 걸어 가주는 참된 동반자. 오스틴은 처음으로 그런 친구를 만난 것이다. 그리고 이 낯설고 아름다운 여인에게 서서히 영혼을 벗겨 보여주면서 마음도 열어가기 시작한다… 사랑을 위한 마음을.

옮긴이 · 안선영

서울여대 영문학과 졸업.
홍익대학원 사진학과 이수.
성균관대학교 사회교육원 번역자 양성과정 수료.
데이콤 DB사업부 비디오텍스과 근무.
현재 전문 번역가로 활동 중.

겨울소묘

지은이/칼라 켈리
옮긴이/안선영
펴낸이/양장목
펴낸곳/현대문화센타
주소/서울시 은평구 대조동 191-1(122-842)
전화/384-0690~1 팩스/384-0692
E-mail/HDbook@netsgo.com 천리안ID / hdpub
Homepage: http://www.hdbook.co.kr

출판등록일 / 1992년 11월 19일(제3-448호)
초판 1쇄 인쇄일 / 2002년 2월 18일
초판 1쇄 발행일 / 2002년 2월 21일

값 8,500원

ISBN 89-7428-185-6

※ 잘못 만들어진 책은 교환해드립니다.